MAYDAY, MAYDAY !

DU MÊME AUTEUR
CHEZ POCKET

LE DÉSHONNEUR D'ANN CAMPBELL
RETOUR DE L'ENFER
LE VOISIN

NELSON DEMILLE
et
THOMAS BLOCK

MAYDAY, MAYDAY !

ROBERT LAFFONT

Titre original :

MAYDAY

traduit de l'américain
par Benjamin Legrand

(édition originale : Warner Books, Inc., New York)

ISBN : 2-266-11793-9

SUCCÈS / QUATRE VOLS MARDI MATIN / TOUS CONTRE VENTS À 34 KM / HEURE / ONT DÉCOLLÉ DU NIVEAU DE LA MER AVEC LA SEULE PUISSANCE DE LEUR MOTEUR / VITESSE MOYENNE EN VOL 50 KM / HEURE / PLUS LONG VOL 59 SECONDES / VEUILLEZ INFORMER LA PRESSE / À LA MAISON POUR NOËL.

Télégramme du révérend Milton Wright de Kitty Hawk, Caroline du Nord, 17 décembre 1903.

1

Se découpant sur l'horizon bleu profond de la stratosphère, le vol 52 de la Trans-United croisait, plein ouest, vers le Japon.

En dessous, le commandant Alan Stuart pouvait voir, dans les trous de la couverture nuageuse, des morceaux du Pacifique éclairés. Au-dessus, c'était la stratosphère — un vide sans air, ni soleil, ni vie. L'onde de choc continue générée par la vitesse du supersonique géant s'élevait, invisible, de ses ailes et tombait, inaudible, vers le milieu de l'océan Pacifique.

Le commandant Stuart vérifiait ses instruments. Cela faisait deux heures et vingt minutes que le vol était parti de San Francisco. Le Straton 797 maintenait une vitesse de Mach 1,8 — 800 nœuds, plus de 1 500 kilomètres à l'heure. Les trois centrales de navigation à inertie reliées par satellite étaient toutes d'accord : le vol 52 progressait très précisément selon son plan de vol. Stuart prit un bloc-notes sur la console centrale entre le copilote et lui-même, vérifia leur plan de vol sur ordinateur, puis regarda à nouveau les indications électroniques de leur position : 161 degrés 14 minutes ouest, 43 degrés 27 minutes nord — 1 800 nautiques à l'ouest de la Californie, 1 300 nautiques au nord de Hawaii.

— On est en plein dans le mille, commenta-t-il.

Le premier officier Daniel McVary, le copilote, lui jeta un coup d'œil.

— On devrait être à Chicago d'ici une petite heure, dit-il.

Stuart réussit à sourire.

— Tu te trompes de carte, Dan, dit-il.

Il n'appréciait pas trop l'humour de cockpit. Il déplia la carte des couloirs de navigation à haute altitude du milieu du Pacifique pour la journée et l'étala sur ses cuisses, l'étudiant lentement, avec les gestes d'un homme qui a plus de temps que de devoirs. La carte était vierge, hormis les lignes de longitude et de latitude et les couloirs aériens normaux. Le vol 52 avait, depuis longtemps, laissé derrière lui tout ce que les géographes pouvaient mettre sur une carte. Même de leur altitude de plus de 60 000 pieds — presque 20 000 mètres —, il n'y avait pas une terre visible sur cette route. Le commandant Stuart se tourna vers son second.

— McVary, tu as intégré les secteurs quatre et cinq ?

— Oui. Les mises à jour aussi.

Il bâilla et s'étira.

Stuart hocha la tête. Son esprit vagabonda vers San Francisco. La ville où il vivait. Il avait participé à un talk-show à la télé le matin précédent. Il avait été très anxieux avant, et, comme un flash-back, des bribes de conversation lui remontaient à l'esprit.

Comme d'habitude, le présentateur avait été beaucoup plus intéressé par le Straton que par son pilote, mais il avait fini par s'y faire. Il se repassa les éléments standard. Le Straton 797 n'était pas comme le vieux Concorde franco-britannique. Il grimpait à la même altitude, mais il volait un peu plus lentement.

Et pourtant il était nettement plus pratique. Armés de quelques découvertes aérodynamiques des années 90, les concepteurs du Straton avaient visé moins de vitesse pour plus de place. Le luxe accouplé à l'économie de l'opération.

L'appareil emportait 40 passagers de première classe et 285 passagers en classe économique. Pour plaire au présentateur, il s'était souvenu de mentionner le pont supérieur où étaient situés le cockpit et le salon des premières. Le salon comportait un bar et un piano. Un jour où il se sentirait téméraire, il affirmerait à un reporter qu'il y avait aussi une cheminée et un billard.

Quand il n'avait plus bien su quoi dire, Stuart avait balancé les formules publicitaires. Le Straton volait plus vite que le soleil, c'est-à-dire légèrement plus vite que la vitesse de rotation de la Terre.

À une vitesse de croisière proche de 1 600 kilomètres à l'heure, le vol 52 arriverait à Tokyo à 7 h 15, heure locale, alors qu'il était parti de San Francisco à 8 heures du matin. Du moins était-ce le cas, en général. Pas aujourd'hui. Ils avaient quitté San Francisco avec trente-neuf minutes de retard à cause d'une légère fuite dans le système hydraulique numéro trois. Pendant que les mécaniciens changeaient la valve défectueuse, le commandant Stuart et son équipage avaient passé leur temps à revoir leur profil de vol sur ordinateur. Une toute nouvelle prévision des vents qu'ils allaient rencontrer leur avait été envoyée, et Stuart avait utilisé cette nouvelle information pour réviser son plan de vol. Ils allaient voler au sud de la route originellement prévue pour rester éloignés des vents de face nouvellement annoncés.

La durée totale du vol serait légèrement plus élevée que d'habitude, six heures et vingt-quatre minutes. C'était encore très impressionnant ; de l'eau pour le moulin des médias. Ils allaient traverser sept fuseaux horaires et la ligne internationale de changement de date en moins d'une journée de travail. La merveille de la décennie.

Mais c'était quelque peu effrayant. Stuart se souvenait du temps où il s'était comporté naïvement lors d'une interview pour un magazine. Il avait honnêtement expliqué les problèmes techniques que posait un vol supersonique à 20 000 mètres, comme les effets subtils de l'empoisonnement par l'ozone par exemple, ou l'accroissement périodique des radiations issues des taches solaires. Le journaliste avait insisté sur quelques-uns de ces points, en avait exagéré d'autres et avait écrit un article qui aurait flanqué une trouille de tous les diables à un astronaute de la navette spatiale ; Stuart avait été appelé par le chef pilote pour répondre de sa naïveté. Plus jamais.

— J'ai encore fait une de ces sacrées interviews télé, hier matin, dit-il.

McVary le regarda.

— Sans blague ? Pourquoi ne nous l'avez-vous pas dit ? Remarquez, je ne me serais pas levé si tôt...

L'observateur, Carl Fessler, qui était assis derrière eux en position de pilote de secours, se mit à rire.

— Pourquoi est-ce qu'ils vous choisissent toujours vous, Commandant ?

Stuart haussa les épaules.

— Un crétin quelconque du service des relations publiques pense que je suis télégénique. Moi, je préfère cent fois traverser un cyclone que de me retrouver devant une caméra.

McVary opina. Alan Stuart était exactement l'image du commandant de bord compétent, de ses cheveux gris jusqu'au pli de ses pantalons.

— Moi, ça me plairait de passer à la télé.

Stuart bâilla.

— J'en parlerai aux relations publiques.

Il balaya la cabine de pilotage du regard. Derrière

McVary, Fessler tapait sur un ordinateur portable, l'équivalent électronique d'un journal de bord, se servant des données sorties des instruments de bord. McVary était retourné à sa contemplation du pare-brise, le regard absent, perdu, sans nul doute, dans des pensées personnelles.

La routine du milieu du vol avait étendu son voile bleu sur l'équipage. Le blues bleu du cœur du Pacifique. La zone des calmes équatoriaux, comme les marins l'appelaient — mais leur vaisseau à eux n'était pas immobile comme un navire pris dans ces zones. Il fonçait à une vitesse proche de celle d'une balle de fusil. Et pourtant, pour les trois pilotes, il n'y avait absolument rien à faire pour l'instant. À 62 000 pieds, toute météo était en dessous d'eux. Une heure auparavant, ils avaient survolé une zone de mauvais temps. Certains des énormes cumulus montaient assez haut pour donner à l'équipage ou aux passagers quelque chose à regarder, s'ils en avaient le désir. Mais il n'y avait pas eu la moindre turbulence à ces altitudes. Stuart aurait accueilli avec bonheur une petite secousse, comme les camionneurs le faisaient après des centaines de kilomètres d'asphalte lisse. Il regarda à nouveau devant lui. Il n'y avait qu'une chose à voir, et cela n'avait jamais cessé de le fasciner : la ligne d'horizon courbe qui séparait la terre de la stratosphère.

Le pilote automatique faisait de petites corrections silencieuses pour maintenir le vol sur sa course préprogrammée. Stuart posa avec indolence deux doigts sur le manche. Il n'avait pas tenu les commandes depuis le décollage. Il ne les reprendrait pas avant les dernières minutes de leur approche sur Tokyo.

Carl Fessler releva le nez de son portable. Il le posa sur la petite table à côté de lui.

— Qu'est-ce que c'est casse-pied, ces mises à jour

des données, dit-il. La plupart des autres compagnies ont cessé de s'encombrer avec ce fatras.

Les yeux de Stuart quittèrent l'horizon pour regarder le pilote de renfort.

— Je parie qu'on pourrait trouver un tout nouveau jeune pilote pour prendre ta place. Il taperait sûrement plus vite, en plus.

Stuart sourit, mais il avait fait cette remarque très sérieusement. Il montrait peu de patience envers la nouvelle génération. Ils avaient un boulot qui était cinquante fois mieux que celui de leurs aînés et pourtant ils n'arrêtaient pas de se plaindre. Est-ce qu'ils se rendaient compte que trente ans auparavant, Alan Stuart devait tracer à la main chaque segment de route avant même de s'asseoir dans le siège du copilote ? Quels enfants gâtés, songea Stuart. Tenter de leur en parler aurait été une pure perte de temps.

— Si on atterrit en pleine mousson à Tokyo, dit-il, tu auras mérité ta paie, Carl.

MacVarny referma son numéro de *Playboy* et le rangea dans son sac de voyage. La lecture n'était pas autorisée pendant le vol et Stuart commençait visiblement à entrer dans une de ses humeurs de commandant.

— C'est vrai, Carl, ajouta-t-il, si l'une de ces loupiotes se met à clignoter, on va te trouver quelque chose à faire très vite.

Fessler voyait d'où soufflait le vent.

— Vous avez raison. C'est un bon boulot. (Il fit pivoter légèrement son siège vers l'avant.) En attendant, vous assurez au Trivial Pursuit ? Quelle est la capitale du Rwanda ?

McVary regarda par-dessus son épaule.

— J'en ai une meilleure pour toi. Quelle est l'hôtesse qui est branchée sur toi ?

Fessler eut soudain l'air plus alerte.

— Laquelle ?

— Je te pose la question, reprit McVary en riant. Écoute, je vais appuyer sur le bouton d'appel et si le sort t'amène celle qui est secrètement amoureuse de toi, je hocherai la tête. Sinon... eh bien il t'en restera dix pour deviner. (Il rit à nouveau, puis regarda le commandant Stuart pour évaluer son humeur. Le vieil homme semblait plutôt bien le prendre.) Commandant, quelque chose pour vous ?

— Je ferais aussi bien, oui. Du café et un gâteau.

— Café pour moi, dit Fessler.

McVary décrocha l'interphone de bord et appuya sur le bouton d'appel.

Les hôtesses Sharon Crandall et Terri O'Neil étaient dans le *galley* des premières dans la cabine principale à l'étage inférieur quand la lumière clignota. Terri O'Neil décrocha le téléphone. Après un bref échange avec McVary, elle raccrocha et se tourna vers Sharon Crandall.

— Ils veulent encore du café. C'est bizarre qu'ils ne deviennent pas noirs avec les quantités qu'ils avalent.

— C'est parce qu'ils s'ennuient, dit Crandall.

— Dommage pour eux. Remonter à chaque fois que les pilotes ont besoin d'une diversion, c'est pas marrant.

O'Neil prit une assiette de pâtisseries et remplit trois gobelets de café. Crandall sourit. Terri avait toujours des motifs pour râler. Aujourd'hui, c'était le cockpit.

— J'y vais, Terri. J'ai besoin d'un peu d'exercice. Il faut que je descende bientôt au sous-sol de toute façon pour aider Barbara Yoshiro. (Elle désigna du menton le monte-charge de service qui menait à la cuisine principale, dans les soutes.) Il n'y a pas la place de bouger, ici.

— Non. Fais un break. Si quelqu'un a besoin

d'exercice, c'est plutôt moi. Regarde-moi ces hanches...

— Okay. Vas-y. (Elles rirent toutes les deux.) Je m'occupe de nettoyer, dit Crandall.

Terri O'Neil prit le plateau, quitta le galley et franchit la courte distance qui menait à l'escalier en colimaçon. Elle attendit au pied des marches qu'une vieille dame très élégante finisse de descendre.

— Je suis désolée d'aller si lentement, dit la dame.

— Prenez votre temps. Il n'y a pas le feu, répondit O'Neil.

Elle aurait pourtant bien aimé que la vieille dame bouge plus vite.

— Je suis Mrs. Thorndike, se présenta cette dernière à la manière machinale des anciens, ne se souciant pas ou se fichant de ce que les voyages modernes ne l'exigeaient plus. J'aime bien votre pianiste, il est assez bon, ajouta-t-elle.

Elle s'arrêta sur la dernière marche pour bavarder.

O'Neil se força à sourire et posa le plateau contre la rampe.

— Oui. Il est bon. Il y en a tout de même de meilleurs.

— Vraiment ? J'espère qu'on aura un des meilleurs pour le voyage de retour.

— Je vous le souhaite.

Finalement, la vieille dame s'écarta et l'hôtesse grimpa l'escalier. Des bribes de *As Time Goes By* descendaient en flottant vers O'Neil, couvrant le bruit normal du vol. À chaque marche, les voix des passagers les plus grégaires augmentaient de volume.

Quand O'Neil atteignit le haut de l'escalier, elle fronça les sourcils. Trois passagers masculins se tenaient bras dessus, bras dessous autour du piano. Pour l'instant, ils se contentaient de chanter doucement. Mais elle savait que lorsque les hommes se montrent très liants quand ils sont encore sobres, ils deviennent particulièrement bruyants une fois qu'ils ont commencé à boire. L'alcool laisse réapparaître le ténor irlandais en chacun d'eux. O'Neil savait qu'ils auraient bientôt leur chance, puisqu'elle était censée ouvrir le bar dans quelques minutes. Elle souhaitait que la compagnie revienne à l'ancien salon des premières, au lieu de cette espèce de night-club aérien.

— Salut, fit O'Neil au jeune pianiste.

Elle n'arrivait pas à se rappeler si son nom était Hogan ou Grogan. Il était trop jeune pour elle de toute façon. Elle se fraya un chemin entre une demi-douzaine de passagers, sur la moquette épaisse du salon, vers le cockpit. Tout en tenant le plateau en équilibre à deux mains, elle frappa à la porte de fibre de verre du bout de sa chaussure. Une vague ombre se profila, lui apprenant que quelqu'un s'était levé et regardait à travers la minuscule ouverture sans tain pour voir qui avait frappé.

Carl Fessler déverrouilla la porte pour elle et O'Neil entra dans le cockpit.

— Le café est servi, messieurs.

— Le gâteau est pour moi, Terri, dit Stuart.

Tout le monde prit un gobelet de plastique et elle tendit à Stuart l'assiette de pâtisseries.

Stuart se tourna vers Fessler.

— Carl, regarde si les informations sur les vols en correspondance pour les passagers sont déjà arrivées sur le data-link. (Il jeta un coup d'œil vers l'écran électronique éteint sur le piédestal entre les deux sièges des pilotes.) Peut-être qu'on ne l'a pas vu passer.

Fessler regarda par-dessus son épaule vers l'arrière droit du cockpit. Il avait laissé la petite porte de l'imprimante de données ouverte. Le réceptacle à papier était toujours vide.

— Y a rien, chef.

Stuart acquiesça.

— Si on n'a pas ces infos sur les correspondances

rapidement, dit-il à Terri O'Neil, je vais expédier une autre demande.

— Très bien, fit O'Neil. Il y a des premières qui deviennent nerveux. Un listing réactualisé des correspondances, ça marche encore mieux qu'un Valium.

Tout en parlant avec le commandant, O'Neil pouvait voir du coin de l'œil que McVary et Fessler se regardaient d'une manière particulière, s'envoyant visiblement une sorte de signal. Terri se rendait compte que le copilote et le pilote de renfort jouaient un petit jeu — et qu'elle en faisait partie. Ah, les garçons... Elle quitta le poste de pilotage et referma la porte derrière elle.

Le commandant Stuart avait attendu son café et sa pâtisserie comme s'il s'agissait d'un événement spécial — une borne plantée le long d'une autoroute rectiligne traversant le désert. Il mangea son gâteau lentement, puis se renfonça dans son siège pour boire son café à toutes petites gorgées. Des trois pilotes présents, seul Stuart se souvenait de l'époque où tout leur était servi dans de la porcelaine véritable. Les couverts étaient en argent, alors, et la nourriture était également moins plastique. Maintenant, même les arômes étaient une pâle imitation de ses souvenirs de jeune copilote. Tout le cockpit embaumait différemment à l'époque. Du vrai cuir, du fluide hydraulique et du vieux tabac ; pas le parfum stérile des peintures acryliques et des matériaux synthétiques.

Alan Stuart laissait divaguer ses pensées. Cela faisait trente-quatre ans qu'il volait pour Trans-United. Il avait traversé le Pacifique plus de mille fois. Il avait plusieurs millions de miles à son actif, même si les vols supersoniques avaient ôté toute valeur à ces mesures. Désormais, il ne comptait plus les heures, les miles et le nombre de traversées. Il soupira, prit une autre gorgée de café de son gobelet en plastique.

— Je ne sais pas où la compagnie achète ce café

dégueulasse, dit-il sans s'adresser à personne en particulier.

Fessler se retourna.

— Si c'est pour le Trivial Pursuit, dit-il, la réponse, c'est au Brésil.

Stuart ne répondit pas. En quelques secondes, ses pensées s'étaient à nouveau confortablement glissées là où elles avaient été précédemment. Les transports supersoniques n'étaient pas à proprement parler des vols. On visait et on regardait. Ce que les pilotes modernes faisaient principalement, c'était de taper des instructions sur les ordinateurs de bord, et c'était comme ça que le travail de pilotage s'effectuait. C'était devenu un travail si passif — jusqu'à ce que quelque chose aille de travers.

Dans le temps, il y avait beaucoup plus de boulot, mais c'était nettement plus amusant. Il y avait les longues escales à Sydney, Hong Kong, Tokyo. Certains jours, dans le Straton, il s'asseyait dans son perchoir à 20 000 mètres d'altitude et il contemplait les routes qu'il avait suivies étant jeune. Les vieux Boeing 707 — les premiers jets. Et les commandants de bord qu'il avait connus et qui eux avaient volé sur des DC 4, des DC 6 et des DC 7 sur ces mêmes routes. Même avec les vieux 707, il fallait faire des escales pour se ravitailler en kérosène. Le nombre moindre de passagers signifiait que les vols n'avaient lieu que quelques fois par semaine, et donc ils faisaient escale quelques jours dans des endroits lointains et isolés. La vie, il en était certain, était alors plus simple et nettement plus excitante.

Carl Fessler tapait son crayon sur l'écran digital de la jauge de température de la cellule. Il entamait un nouveau cycle d'entrée de données dans le portable, les chiffres des performances de l'appareil à mi-trajet. Enregistrements de toutes sortes, qui seraient avalés par l'ordinateur central de la compagnie et qu'on ne reverrait jamais.

L'aiguille de la température totale de la cellule était fixée sur 189 degrés Fahrenheit, s'approchant de la ligne rouge des 196. Les limites opérationnelles à 62 000 pieds étaient toujours une question de températures et de pressions, se disait Fessler. La peau du Straton ne devait pas excéder les limites fixées. Si nécessaire, Fessler en aviserait le commandant et il ralentirait l'appareil. L'environnement dans lequel ils évoluaient était assez hostile. Pas la peine d'en rajouter.

— Quelle est la capitale du Japon ? demanda-t-il sans lever le nez de son travail de paperasserie.

McVary regarda par-dessus son épaule.

— Le mont Fuji ?

— Pas loin, dit Fessler, mais pas assez près pour que tu essaies de te poser dessus.

Fessler entra les données finales dans l'ordinateur et regarda vers le pare-brise. Juste au-delà du verre et de la peau d'alliage aluminium-titane du 797, il y avait un filet d'air qui bougeait si vite que tout ce que sa friction frôlait passait instantanément à 175 degrés Fahrenheit. Et pourtant la température normale de l'atmosphère dehors était de 67 degrés en dessous de zéro. L'air lui-même était assez ténu pour être non existant. Moins d'une livre par pouce carré — un quinzième de la valeur normale au niveau de la mer. Il était composé de moins d'un pour cent d'oxygène. Cette masse s'avérait irrespirable, de toute manière, puisque la pression était trop basse pour pousser les rares molécules d'oxygène dans les poumons. La stratosphère, se dit Fessler. Ce n'était pas pour la stratosphère qu'on l'avait engagé cinq ans auparavant. Mais il y était en plein.

McVary se redressa soudain sur son siège et posa son gobelet de café.

— Commandant ! Qu'est-ce que c'est que ça ?

Il désignait l'avant droit de l'appareil. Il y avait une petite tache à l'horizon — à peine plus qu'un grain sur la vitre du cockpit.

Stuart se redressa à son tour et approcha son visage de la vitre.

Fessler posa son café et fit pivoter son siège pour regarder.

Ils contemplaient la tache dans le coin droit du pare-brise. Elle bougeait devant eux, apparemment selon un angle oblique. Elle grossissait légèrement, mais ce n'était pas alarmant. Elle ne semblait pas — du moins pour l'instant — devoir susciter une menace quelconque de collision.

McVary se détendit quelque peu.

— Ça doit être un avion de chasse. Un de ces jockeys qui se fait une petite cavalcade à travers cieux.

Stuart acquiesça. Il fouilla dans son sac de voyage et en sortit une paire de jumelles, de très belles Bausch & Lomb qu'il avait achetées en Allemagne des années auparavant. Il les emportait presque comme un gag. Il s'en servait pour regarder les navires, les avions et les côtes lointaines quand il volait assez bas pour observer quelque chose qui vaille la peine. Cela faisait un moment déjà qu'il s'était dit qu'il ne les emporterait plus, mais l'habitude et la nostalgie — il avait vu une bonne portion du monde avec elles — avaient ajourné la retraite de ses jumelles. Il fit le point.

— Je n'arrive pas à voir ce que c'est.

— C'est peut-être un missile, dit McVary. Un missile Cruise.

Il avait été pilote dans l'Air Force et sa cervelle travaillait encore souvent dans cette direction.

Fessler était à moitié debout devant sa console.

— Est-ce qu'ils le tireraient si haut ?

— Ils ne sont pas censés le faire, dit McVary. Pas

près des couloirs aériens commerciaux. (Il marqua un temps d'arrêt.) On a pas mal dévié vers le sud aujourd'hui.

Stuart continuait à tripoter le bouton pour faire le point.

— Je l'ai perdu. Attendez... je l'ai.

— Vous arrivez à voir ce que c'est, Commandant ? demanda McVary, avec une légère anxiété dans la voix.

— Drôle de forme. Jamais rien vu de pareil. Une espèce de missile, on dirait. Je ne peux pas dire. Tenez. (Il tendit les jumelles à McVary.) Regardez, vous.

L'ancien pilote de chasse prit les jumelles. Même sans elles, il pouvait dire que l'objet s'était rapproché. À l'œil nu, on aurait dit une lamelle de métal sombre collée contre le ciel. Cet objet avait quelque chose de très familier, mais il n'arrivait pas à définir quoi. C'était difficile d'avoir une perspective sur sa taille, mais, instinctivement, il savait qu'il n'était pas très grand.

— C'est petit, dit-il. Et à cette vitesse et à cette altitude, ça ne peut être que militaire.

Fessler se rapprocha du pare-brise central.

— Quels militaires ?

McVary haussa les épaules, tout en continuant à observer l'engin.

— L'Air Force martien, Carl. Comment diable est-ce que je pourrais le savoir ? (Il se pencha encore plus en avant. Pendant un bref et irrationnel instant, il pensa qu'il assistait à la première salve d'une guerre atomique. La fin du monde. Non. C'était trop bas, trop petit, et cela se dirigeait vers l'immensité du Pacifique.) Ce doit être un chasseur... mais...

— Si ça se rapproche, on va tourner, dit Stuart.

Altérer la trajectoire d'un transporteur supersonique n'était pas une mince affaire. À vitesse de croisière, il lui faudrait presque quatre minutes et demie pour faire virer le 797 et pendant ce temps, l'appareil aurait franchi soixante-sept miles. Tout virage plus serré provoquerait une élévation de G positifs insupportable pour les passagers. Ceux qui étaient debout seraient projetés au sol. Ceux qui étaient assis seraient incapables de bouger. Il enclencha le signal « Attachez vos ceintures » puis fit pivoter son siège et s'empara des commandes. Son pouce gauche était suspendu au-dessus du bouton de désengagement du pilote automatique. Il regarda l'objet à l'horizon, puis à nouveau son équipage. Le cockpit avait brutalement changé. C'était toujours comme ça. Rien à faire, ou trop à faire. Il regarda le pilote de renfort, qui était encore à moitié debout, les yeux fixés sur le pare-brise.

— Fessler. Qui était l'adversaire de Cary Grant dans *North by Northwest* ?

— Je ne sais pas.

— Alors retourne à ton siège faire quelque chose que tu sais faire. Assieds-toi, boucle ta ceinture et tiens-toi prêt.

— Oui, monsieur.

De petites perles de transpiration avaient commencé à se former sur le front du commandant.

— Je vais tourner, dit-il, mais il ne désengagea pas encore le pilote automatique.

Alan Stuart — comme presque tous les pilotes de vols commerciaux — n'aimait pas modifier sa trajectoire, sa vitesse ou son altitude sauf en cas de nécessité absolue. Se lancer tête baissée dans une action d'évasion pas réellement indispensable était une cascade réservée aux élèves pilotes.

Le quatrième être du cockpit — le pilote automatique — continuait à maintenir le cap et l'altitude du 797.

L'objet était facilement visible, désormais. Stuart

pouvait évaluer maintenant que le mystérieux missile n'entrerait pas en collision avec le Straton. Si aucun des deux engins ne modifiait sa trajectoire, l'objet passerait devant eux en toute sécurité. Le commandant Stuart relâcha sa prise sur les commandes, mais resta prêt à exécuter un virage vers le nord si la trajectoire de l'engin changeait. Il regarda sa montre, encore à l'heure de San Francisco. Il était exactement 11 heures.

Dans les jumelles, McVary voyait maintenant très clairement l'objet.

— Mon Dieu !

Sa voix exprimait un mélange de surprise et de peur.

Le commandant Stuart retrouva dans son estomac une sensation familière mais oubliée depuis longtemps.

— Quoi ? Quoi ?

— Ce n'est pas un missile ! dit McVary. C'est un drone. Une cible volante militaire !

À 10 h 44, heure de San Francisco, l'homme de barre du porte-avions nucléaire *Chester W. Nimitz* fit une correction de 3 degrés tribord. Positionné à 2 000 mètres en poupe du *Nimitz* se trouvaient le croiseur *Belknap* et les destroyers *Coontz* et *Nicolas.*

Leurs timoniers firent également les corrections appropriées. La flotte naviguait à allure régulière au 135, filant un bon 18 nœuds. Ils traversaient sereinement le milieu du Pacifique, à 780 nautiques au nord de Hawaii. Les cieux de cette fin de matinée étaient clairs et l'air chaud. Les prévisions météo pour les trente-six prochaines heures promettaient peu de changements.

L'amiral à la retraite Randolf Hennings se tenait sur le pont 0-7 des superstructures du porte-avions. Le costume civil bleu d'Hennings tranchait parmi les hommes et les officiers vêtus de beige tropical. Le passe orange ALL-ACCESS épinglé à son col le rendait à peine plus conscient de lui-même.

De ce balcon au septième étage derrière la passerelle, Hennings avait une vue sans obstacle sur la piste d'envol du *Nimitz*. Pourtant, ses yeux erraient des opérations en cours en contrebas vers les hommes à leur poste à quelques mètres de lui derrière la passerelle vitrée du navire.

Le capitaine Diehl était assis dans son fauteuil de cuir pivotant, surveillant les opérations de la matinée. Il était, à cet instant, en conversation avec le lieutenant Thompson, officier de pont, et avec un autre lieutenant, qu'Hennings n'avait jamais rencontré. Le timonier surveillait avec attention les instruments de contrôle du *Nimitz*.

Sur la piste d'envol, l'agitation des manœuvres d'entraînement de la matinée s'était peu à peu réduite. Hennings compta une demi-douzaine d'avions sur le quart tribord du pont du *Nimitz*. Un par un, on les emmenait vers les hangars de maintenance situés sous la piste d'envol. Le bulletin des opérations dans la salle de Commandement aérien n'avait montré qu'un seul appareil devant encore être récupéré. *Navy 347. Pilote Lt. P. Matos. Catapulté à 10 h 27, le 23 juin. Test spécial. Heure de retour estimée, 13 h 00.* Hennings n'avait pas aimé cette appellation de « test spécial ». C'était trop proche de la vérité — et la vérité ne devait en aucun cas être discutée ouvertement. Il aurait préféré quelque chose de plus routinier comme « entraînement supplémentaire ».

Hennings savait trop bien pourquoi ce test était un secret, même si, en fait, personne n'en avait réellement parlé avec lui. Il savait qu'il l'était, à cause du nouveau traité de réduction volontaire des armements, récemment approuvé par le Congrès et signé par le Président. Hennings avait lu que cet accord interdisait spécifiquement le développement de missiles tactiques éprouvés, entre autres choses. Le test secret d'aujourd'hui serait le premier pour le tout nouveau missile Phoenix. Sa portée avait été doublée jusqu'à huit kilomètres, un nouveau système de guidage-radar avait été ajouté et, c'était là le plus important, sa manœuvrabilité avait été considérablement augmentée. Tout ceci était, sans nul doute, bien au-delà des limitations du traité décidées par le Congrès. Mais si une arme s'avérait utilisable, cela pourrait altérer l'équilibre des puissances dans n'importe quel scénario futur de combat air-air.

Hennings se rendit compte qu'une jeune enseigne de vaisseau se tenait au garde-à-vous et lui parlait. Il regarda le nom de la jeune femme sur son badge bleu et blanc.

— Qu'y a-t-il, Mrs. Phillips ?

L'enseigne de vaisseau cessa de saluer.

— Excusez-moi, Amiral. Le commandant Sloan requiert votre présence salle E 334.

Hennings hocha la tête.

— Très bien. Je vous suis.

Le vieil amiral emboîta le pas de la jeune femme à travers l'écoutille, puis dans un escalier de métal. Ils marchaient en silence. Hennings était entré dans la marine à une époque où le personnel féminin ne servait pas sur les navires de guerre. Au moment où il avait quitté la Navy, ce n'était plus inhabituel. Pendant qu'il était dans la Navy, Hennings avait suivi la ligne officielle et approuvé ouvertement les femmes servant avec les hommes à bord des navires. En réalité, Hennings pensait que toute cette expérience sociale se révélait un désastre. Mais la Navy et le Pentagone avaient camouflé la plupart des problèmes pour que le public ne soit pas au courant du taux très élevé de femmes enceintes parmi le personnel féminin non marié, des harcèlements sexuels, des abus sexuels et même des viols, et de l'effondrement général de la morale et de la discipline. En résumé, c'était un cauchemar pour les commandants de bateaux, mais ce n'était pas son problème.

Sur le pont 0-2 du kiosque, ils prirent un long couloir gris semblable aux milliers d'autres qu'Hennings avait arpentés durant sa carrière navale. Depuis son époque, il y avait eu une quantité incroyable d'innovations technologiques à bord des navires, mais le vieil adage architectural selon lequel la forme doit suivre la fonction n'avait jamais été aussi vrai que sur un navire de guerre. Il y avait une familiarité réconfortante dans l'architecture navale militaire. Pourtant, tout au fond de lui-même, il savait que rien n'était plus pareil.

— Est-ce que vous avez déjà servi sur un navire plus ancien, Mrs. Phillips ?

L'enseigne de vaisseau regarda par-dessus son épaule.

— Non, monsieur. Le *Nimitz* est mon premier navire.

— Est-ce que vous pouvez vous imaginer ce que ce genre de coursive pouvait donner avant l'air conditionné ?

— Oh, j'imagine, monsieur. (L'enseigne de vaisseau s'arrêta brusquement et ouvrit une porte marquée « E 334 ». Elle était soulagée d'être débarrassée de sa charge, soulagée de ne pas avoir à entendre des histoires de navires en bois et d'hommes en acier.) L'amiral Hennings, Commandant.

Hennings entra dans la petite salle peinte en gris et surchargée d'appareillage électronique. La porte se referma derrière lui.

Un engagé était assis devant une console. Debout derrière lui et regardant par-dessus son épaule se trouvait le commandant James Sloan. Sloan leva le nez quand Hennings entra dans la pièce.

— Bonjour, Amiral. Est-ce que vous avez assisté au lancement ?

— Oui. Le F-18 était accroché à la catapulte quand je suis arrivé sur le pont. Plutôt impressionnant.

— Cette machine en a dans le ventre, oui. Excusez-moi juste une seconde, Amiral.

Sloan se pencha et dit quelque chose au spécialiste de l'électronique, le quartier-maître Kyle Loomis, d'une voix juste assez basse pour qu'Hennings ne puisse entendre.

Hennings voyait bien que Sloan n'était pas content. Ils avaient apparemment quelque difficulté technique. Pourtant Hennings avait le sentiment qu'on ne lui montrait pas toute la courtoisie militaire possible, mais il décida de ne pas en faire un plat. À la retraite, après tout, ça voulait bien dire ce que ça voulait dire. Il avait une seule mission à bord du *Nimitz,* qui consistait à rapporter les résultats du « test spécial » aux chefs d'état-major, porter sur lui des données sans titre et sans signature, et confier à sa mémoire tout ce qui ne pouvait être écrit. Il était un messager. L'exécution du test n'était pas une zone où il se souciait d'être impliqué.

Ses vieux amis de Washington lui jetaient ce genre de mission en pâture comme des faveurs. Il avait si peu à faire par ailleurs. Cette fois-ci, pourtant, il commençait à souhaiter ne pas avoir été chez lui quand son téléphone avait sonné. Hennings avait le sentiment que tous ces petits boulots dans des endroits exotiques et ces généreuses commissions de consultant avaient été une mise en scène destinée à lui faire avaler le moment où ses amis auraient besoin d'une vraie faveur. Serait-ce aujourd'hui ? Le moment était-il venu ? Hennings haussa les épaules. Peu importait. Ses amis avaient acquis sa loyauté et il la leur montrerait.

Le commandant Sloan désignait un panneau de cadrans au-dessus de la console. Loomis marmonna quelque chose. Sloan secoua la tête. Visiblement, il n'était pas content.

— Un problème, Commandant ?

Sloan se retourna et se força à sourire.

— Les problèmes habituels... Amiral. (Il s'arrêta et réfléchit une seconde.) L'un de nos canaux haute fréquence vers San Diego ne fonctionne pas. On n'arrive pas à comprendre pourquoi.

Il regarda l'équipement comme si un engagé avait sauté du haut du porte-avions.

— Est-ce que cela va retarder les choses ?

Sloan pensait que cela se pourrait bien, mais ce n'était pas la réponse appropriée.

— Non. Cela ne devrait pas. On peut passer par Pearl Harbor. Ce n'est qu'une étape dans la procédure. (Il s'arrêta à nouveau. Il se demandait jusqu'à quel niveau Hennings avalait ce baratin.) Nous pourrions éliminer cette étape, de toute façon. Tout ce dont nous avons besoin fonctionne.

— Bien. Je dois être à la conférence demain matin.

Sloan le savait déjà. Les fameux petits déjeuners de l'État-Major, où de vieux bonshommes aux yeux troubles passaient en discutant de leur dernier parcours de golf à l'holocauste nucléaire avec l'aisance d'un pianiste exécutant un pot-pourri familier.

— J'ai un vol commercial qui part de Los Angeles tard ce soir. Je dois avoir quitté le porte-avions à 16 heures.

— La mission sera accomplie dans peu de temps.

— Bien. Maintenant, pouvez-vous me dire pourquoi vous m'avez convoqué ici, Commandant ?

Son ton était toujours celui d'un gentleman et donc les mots prenaient tout leur sens, plus dur, pas moins.

Sloan resta un moment interdit.

— Je ne vous ai pas convoqué... je veux dire : je pensais que vous souhaitiez être présent.

— Ceci... (Hennings désigna la pièce), ceci a très peu de sens pour moi. J'aurais préféré avoir un rapport oral ou écrit de votre part une fois le test achevé. Mais si vous voulez que je sois là, je reste.

Il se posa sur un petit fauteuil pivotant.

— Merci, monsieur, c'est bien cela.

Sloan n'avait pas assez confiance en lui-même pour en dire plus. Il avait traité Hennings avec légèreté depuis qu'il était monté à bord, mais maintenant, on venait de lui rappeler, au cas où il l'aurait oublié, que Randolf Hennings avait des amis. Plus que cela, songea-t-il. Le vieux dicton : « Amiral un jour, fils de pute toujours » refaisait surface.

Tandis qu'Hennings regardait Sloan fouiller dans ses papiers, il se rendit compte pour la première fois que le commandant désirait ardemment sa présence, qu'il voulait qu'il soit là, comme un véritable complice de cet essai de missile. Ils étaient en train, Hennings le réalisa subitement, d'accomplir un acte *criminel.* Mais il était trop tard pour faire demi-tour. Hennings écarta de son esprit ces questions perturbantes et se força à penser à d'autres choses.

Sloan se tourna vers les appareils électroniques. Il fixait intentionnellement le panneau, mais il essayait, en fait, de se souvenir de ce qu'il savait sur Randolf Hennings. Action au Vietnam et aux alentours. Considéré par ses pairs comme un homme appréciable, mais, avec les amiraux, vous ne pouviez jamais savoir, retraités ou pas. Ils pouvaient changer aussi vite que la météo sur l'Atlantique Nord. Hennings était connu comme ayant assez de persévérance pour mener ses tâches à bout, mais pas assez pour être une menace à l'égard de ses seniors. Ces mêmes seniors qui étaient arrivés en haut du monde et avaient choisi Hennings pour surveiller une mission des plus délicates. Hennings avait la réputation d'être un modèle de confiance et de discrétion. Comme un dinghy pris dans le sillage d'un cuirassé, pensa Sloan, le contre-amiral à la retraite Hennings avait suivi une vitesse et un trajet élaborés par d'autres. Et pourtant Sloan devait faire avec lui. Il le regarda.

— Du café, Amiral ?

— Non, merci.

L'esprit de Sloan n'était toujours pas braqué sur les problèmes électroniques du test, mais sur sa politique. Il pensa demander quelques informations à Hennings, mais décida que ce serait une faute. Hennings ne pouvait en aucun cas en savoir plus que lui, Sloan.

— Monsieur, la correction par Pearl ne passe pas.

Sloan regarda l'électronicien.

— Quoi ?

— Le problème est peut-être de leur côté.

— Oui, probablement.

Sloan jeta un coup d'œil vers Hennings. L'amiral pianotait sans y penser sur le bras de son fauteuil. Son attention semblait focalisée sur l'écran vidéo qui diffusait des données météo de routine.

Le quartier-maître Loomis regarda par-dessus son épaule.

— Monsieur ? Est-ce que j'essaie encore ?

Sloan tapa du pied imperceptiblement. L'heure d'une décision, d'un commandement. Il sentait l'acide dans son estomac et il savait pourquoi les officiers avaient plus d'ulcères que les hommes d'équipage. Il réfléchit. Les éléments du test étaient presque tous en place. Un délai pouvait reporter les choses de plusieurs heures. Hennings devait être au Pentagone le lendemain matin avec le rapport. Si le rapport ne disait que « test spécial reporté », le commandant James Sloan se retrouverait en fâcheuse posture. Les hommes derrière les tests pouvaient s'énerver et l'annuler pour de bon. Pis, ils pouvaient penser qu'il avait perdu son sang-froid. Il songea demander son avis à Hennings, mais cela aurait été une bourde tactique.

— Monsieur, dit l'électronicien, la main suspendue au-dessus d'une rangée de boutons sur la console.

Sloan secoua la tête.

— Revenez au profil de la mission. On ne peut pas perdre davantage de temps à des procédures de routine. Envoyez l'approbation pour le lancement, puis obtenez une mise à jour du lieutenant Matos.

Le quartier-maître Kyle Loomis retourna à son équipement. Il avait commencé à suspecter qu'il ne s'agissait pas du tout de routine ici, mais en tant qu'ancien sous-marinier, sa connaissance des chasseurs et des missiles était trop limitée pour lui permettre de comprendre ce qui était de la routine dans ce test et ce qui n'en était pas. Sans que personne ne le lui dise, il savait que son ignorance lui avait permis de sortir de ce sous-marin qu'il en était arrivé à haïr pour grimper à bord du *Nimitz,* ce qu'il trouvait nettement plus tolérable. Il savait aussi que sa demande de transfert pour la flotte méditerranéenne était en bonne voie tant qu'il n'ouvrait pas la bouche.

Sloan contempla la procédure électronique pendant quelques instants, puis jeta un œil vers Hennings. Le vieil homme regardait toujours l'écran vidéo, aussi impénétrable que s'il avait soudain décidé de se changer en bonze.

— Bientôt, Amiral, dit-il.

Hennings leva le nez vers lui et acquiesça.

Il vint à l'esprit de Sloan que peut-être Hennings, comme lui-même, voulait être enregistré comme n'ayant rien dit qui pût être retenu.

Le quartier-maître Loomis parla.

— Monsieur, le lieutenant Matos est en place. Il orbite dans le secteur vingt-trois.

— Très bien. Dites-lui que nous attendons des informations sur la cible sous peu.

— Bien, monsieur.

Sloan essaya d'évaluer sa propre position dans cette affaire. Tout avait commencé par la livraison de routine de deux missiles d'essai Phoenix sur le porte-avions un mois auparavant. Il avait signé pour ces missiles. Puis il y avait eu une communication de routine en provenance de Pearl Harbor, informant le commandant du *Nimitz*, le capitaine Diehl, qu'Hennings venait pour observer un essai de missile air-air. Pas inhabituel, mais pas routinier. Puis il y avait eu une brève communication qui enclenchait un tir d'entraînement des deux missiles. La seule exception à la routine était que « procédures et distances » seraient en accord avec les nouvelles spécifications du constructeur pour la version AIM-63X du Phoenix. C'était à ce moment-là que Sloan avait su qu'il se tramait une conspiration au plus haut niveau — non pas une conspiration, une *initiative* — une initiative au plus haut niveau parmi les chefs d'état-major. Ils allaient secrètement passer outre le nouvel accord sur la limitation des armements que le Congrès avait ratifié. Et par un coup du sort, Sloan avait été nommé officier technicien en charge de ce test. D'ici un an il serait capitaine d'un vaisseau de ligne... ou il serait dans la prison navale de Portsmouth. Il regarda à nouveau Hennings. Qu'en était-il pour lui ?

Sloan savait qu'il aurait pu se retirer à n'importe quel moment en demandant qu'on le ramène à terre. Mais les vieux du Pentagone avaient bien fait leur travail quand ils avaient étudié son profil personnel. Ils savaient reconnaître un joueur quand ils en voyaient un. Un petit filet de transpiration coula dans le cou de Sloan et il espéra qu'Hennings ne l'avait pas remarqué.

— Dans approximativement dix minutes, Amiral.

Il appuya sur un bouton de la console et un compte à rebours digital se mit en marche.

Sloan éprouvait une fascination démesurée, mélangée à une certaine phobie, pour les procédures de compte à rebours. Il regardait fixement les chiffres courir à l'envers. Il utilisait ce moment pour examiner ses motifs et renforcer ses décisions. Pour rationaliser. Le nouveau Phoenix était une arme cruciale en cas de guerre, même si les idiots du Congrès se comportaient comme s'il ne devait plus jamais y avoir de guerre. Un test discret avec ce missile dirait aux chefs d'état-major s'il fonctionnait dans les conditions d'un combat, si sa manœuvrabilité accrue signifiait que le quotient de létalité de cette nouvelle arme atteignait presque cent pour cent.

Les huiles de la Navy sauraient alors ce qu'ils avaient à leur disposition, et les politiciens pourraient continuer à jouer de la mâchoire. La puissance aérienne américaine aurait un avantage inconnu du public, peu importait ce qui se produirait dans le futur. La Russie pouvait très bien redevenir l'Union soviétique et la guerre froide regeler : les forces de combat américaines auraient quelque chose de plus. Et avec la technologie moderne, un léger avantage était tout ce que vous pouviez espérer. Tout ce dont vous aviez besoin, en réalité. Il y avait également le fait que la Navy retrouve ses couilles, après des années d'humiliation face aux politiciens, aux homosexuels et aux féministes. Neuf minutes.

Le commandant Sloan se versa une tasse de café avec un thermos métallique. Il regarda Hennings. L'homme n'avait pas l'air à l'aise. Cela se voyait dans ses yeux, comme il l'avait déjà vu plusieurs fois la veille. Savait-il quelque chose que Sloan ignorait ?

Sloan se dirigea vers l'extrémité de la console et regarda les cadrans. Mais ses pensées allaient vers Hennings. L'amiral semblait presque ne pas s'intéresser au test. Ne pas s'intéresser à Sloan, également, ce qui était inhabituel puisque Sloan était certain qu'Hennings devait faire un rapport oral d'évaluation sur lui. Sloan sentit son ancienne paranoïa d'enseigne de vaisseau, presque oubliée, remonter en lui et il tenta de s'en débarrasser au plus vite. Un officier expérimenté tourne tout à son avantage. Il tournerait le détachement d'Hennings à son avantage, si nécessaire.

Hennings se leva soudain et s'approcha de Sloan. Il parla, à voix basse.

— Commandant, est-ce que les données seront prêtes dès que le test sera achevé ? Aurez-vous besoin de faire quelque chose d'autre ?

Sloan hocha la tête.

— Juste quelques formulaires qualitatifs. (Il tapota du doigt une pile de paperasses sur le bureau près de la console.) Une demi-heure, environ.

Hennings acquiesça. La pièce était plongée dans le silence, hormis les bruits électroniques ambiants.

Randolf Hennings laissait ses yeux vagabonder d'un air absent sur l'équipement de cette pièce confinée. Les fonctions de cet équipement n'étaient pas entièrement un mystère pour lui. Il en reconnaissait quelques éléments et il essayait de deviner quand quelque chose lui paraissait vaguement familier, comme un homme pourrait faire s'il avait dormi pendant cent ans pour se réveiller au XXIe siècle.

Quand il était plus jeune, il avait posé de nombreuses questions à ses techniciens de bord et à ses officiers. Mais plus les années avaient passé, plus le sens des réponses de ces jeunes gens était devenu abscons pour lui. Il était, il se le rappela, le produit d'une autre civilisation. Il était né pendant la Grande Dépression. Son frère aîné était mort d'une banale infection au pied. Il se souvenait très bien de la

Seconde Guerre mondiale, des Nazis et des Japs, il avait écouté les bulletins d'information jour après jour dans le salon de ses parents. Il avait un souvenir très vivace du jour de la mort de Roosevelt, d'Hiroshima, de Nagasaki, du jour de la reddition des Japonais, de celui où, adolescent, il avait vu un téléviseur pour la première fois. Il se souvenait de la voiture familiale, une grosse Buick toute en rondeurs, et de sa mère qui n'avait jamais appris à la conduire. Ils avaient parcouru un incroyable chemin en un laps de temps très court. Beaucoup de gens avaient choisi de ne pas suivre cette course insensée. D'autres en étaient devenus les timoniers ou les navigateurs. Et puis il y avait les gens comme lui, qui se retrouvaient à des postes de commandement sans comprendre ce que les timoniers et les navigateurs faisaient, ni où ils allaient.

Il se dirigea vers le seul hublot de la pièce et écarta le rideau de protection. La mer tranquille calma sa conscience troublée. Il se souvenait du jour où il avait décidé finalement qu'il devrait évaluer ses hommes selon leurs traits personnels puis faire confiance à leurs avis techniques d'après cette évaluation. Les êtres humains ne changeaient pas vraiment de génération en génération. Si ses soixante-sept années étaient bonnes à quelque chose, c'était de l'avoir amené à une compréhension de la machinerie la plus complexe de toutes. Il pouvait lire les cœurs et les âmes de ses compagnons humains ; il avait plongé les yeux dans la psyché du commandant James Sloan, et il n'aimait pas ce qu'il avait vu.

Le quartier-maître Loomis se retourna.

— Commandant Sloan.

Il désigna un écran vidéo.

Sloan s'approcha de l'écran. Il regarda le message.

— Bonne nouvelle, Amiral.

Hennings referma le rideau de protection et se retourna.

Sloan parlait tout en lisant l'information.

— Nos éléments sont en position. Le F-18 est en position, de même que le C-130. Nous n'avons plus besoin que de la vérification du largage.

Il jeta un œil vers le compte à rebours. Cinq minutes.

Hennings hocha la tête.

— Très bien.

Sloan eut une dernière pensée pour la seule vérification qu'il ne pouvait pas accomplir. Si le test n'avait pas été un secret, si son report n'avait pas signifié une annulation possible, si son annulation n'avait pas signifié un désavantage potentiel dans une guerre future, si sa carrière n'était pas dans la balance, si Hennings ne l'évaluait pas avec ses yeux gris acier, s'il n'était pas l'heure pour la Navy de montrer à nouveau ses couilles, et si ce foutu compte à rebours ne cavalait pas comme ça... alors, peut-être, il aurait attendu. Quatre minutes.

L'écran vidéo afficha de nouvelles données et Sloan regarda le bref message. Il le lut d'abord pour lui-même, sourit, puis le lut à haute voix : « Le C-130 a lâché sa cible et elle a été repérée en dernier lieu comme suivant correctement la trajectoire prévue. Le drone cible a accéléré jusqu'à Mach 2 et se trouve maintenant à une altitude de 62 000 pieds. » Il regarda le compte à rebours digital.

Dans deux minutes et trente secondes, je vais pouvoir ordonner au lieutenant Matos de commencer à traquer la cible et de tirer à volonté.

— Voudriez-vous un autre verre ?

— Non, je crois que je vais attendre.

John Berry posa son verre vide et regarda l'hôtesse. Ses cheveux bruns lui tombaient sur les épaules, effleurant le haut de son chemisier blanc. Elle avait des hanches étroites, une taille élancée, et très peu de maquillage visible. Elle ressemblait à un de ces mannequins dans les brochures pour club de tennis. Berry lui avait déjà parlé plusieurs fois depuis le début du vol. Maintenant que le travail de service du petit en-cas de milieu de matinée était presque achevé, elle avait l'air de traîner un peu près de son siège.

— Pas trop de monde, dit Berry en désignant du menton la section avant à moitié vide du Straton 797.

— Ici, non. À l'arrière, oui. Je suis ravie d'avoir tiré les premières aujourd'hui. La classe éco est pleine.

— C'est la grande saison à Tokyo ?

— Je pense. Peut-être y a-t-il des remises sur les visites des usines d'électronique. (Elle rit de sa propre plaisanterie.) Vous y allez pour les affaires ou pour le plaisir ?

— Les deux. C'est un plaisir de partir pour affaires.

Les révélations peuvent survenir à des moments inhabituels. Pourtant, pour John Berry, ce moment particulier n'était pas inhabituel. Cette jeune hôtesse était tout ce que Jennifer Berry n'était pas. Et même mieux, elle semblait n'être rien de ce que Jennifer Berry était devenue.

— Sharon ? dit-il en désignant le badge de l'hôtesse.

— Oui, Sharon Crandall. De San Francisco.

— John Berry. De New York. Je vais voir Kabushi Steel à Tokyo. Puis une autre compagnie de fabricants de métaux à Nagasaki. Pas d'usines d'électronique. J'y vais deux fois par an. Le patron m'y envoie parce que je suis le plus grand. Les Japonais aiment insister sur leurs différences avec les Occidentaux. Les petits hommes d'affaires les rendent nerveux.

— Vraiment ? (Elle le regardait, intriguée. Elle

sourit. Personne ne m'avait jamais dit ça avant.) Vous plaisantez ?

— Bien sûr.

Il hésita. Il avait la gorge sèche. Rien que la pensée de demander à cette jeune femme de s'asseoir un moment avec lui était quelque peu déconcertante. Pourtant, tout ce qu'il désirait, c'était quelqu'un à qui parler. Pour passer le temps. Pour prétendre que quelques moments agréables effaçaient la situation qui existait à New York.

Les tentacules de Jennifer Berry s'étendaient jusqu'ici. Sa présence planait au-dessus d'un continent et par-dessus la moitié d'un océan. L'image de sa femme, si difficile et si perpétuellement en train de se plaindre, se répandait dans les pensées de John Berry. Il avait également à l'esprit leurs deux enfants — un fils et une fille — déjà adolescents. Ils avaient grandi en s'éloignant de lui un peu plus chaque année. Les liens de la famille s'étaient insensiblement réduits à partager le même nom. Partager l'espace à vivre et partager des documents. Des légalités.

Le reste de ce qu'on pouvait appeler leur style de vie était, pour Berry, une cruelle plaisanterie. Une maison outrageusement chère à Oyster Bay qu'il n'avait jamais aimée. Un country-club prétentieux. Un groupe de bridge bidon. Des amitiés fausses. Des racontars de voisinage. Les cocktails, sans lesquels tout Oyster Bay, comme les banlieues alentour, aurait commis des suicides de masse depuis longtemps. La futilité. La bêtise. L'ennui. Qu'était-il arrivé aux choses qui lui tenaient à cœur ? Il parvenait à peine à se souvenir du bon vieux temps. Les nuits entières à discuter avec Jennifer, à faire l'amour, avant que cela ne devienne qu'une obligation de plus. Les voyages en camping avec les enfants. Les longs petits déjeuners du dimanche. Les parties de base-ball dans le jardin de derrière. Cela semblait une autre vie. Cela semblait avoir eu lieu des siècles auparavant.

John Berry se retrouvait de plus en plus souvent plongé dans son passé. Vivant au passé. Une chanson des années soixante à la radio lui faisait regretter sa ville natale, Dayton, dans l'Ohio. Un vieux film ou une vieille série télé ravivait une telle nostalgie que son cœur lui faisait mal.

Il regarda la jeune femme qui se tenait debout devant lui.

— Vous boiriez un verre avec moi ? Non, je sais... Vous êtes en service. Alors un Coca, peut-être ? (Berry parlait vite.) Je vous parlerai des businessmen japonais. Des coutumes japonaises. Très éducatif. De merveilleuses informations. Tout un tas de trucs à savoir si vous voulez un jour devenir une compagnie internationale.

— Bien sûr, dit-elle. J'adorerais entendre ça. Donnez-moi juste le temps de ramasser quelques plateaux. Dix minutes.

Sharon Crandall prit le plateau de Berry et une demi-douzaine d'autres. Elle lui sourit en repassant devant lui pour atteindre l'ascenseur de service à l'arrière du compartiment des première classe.

Berry se retourna et la regarda s'y engouffrer. L'étroit ascenseur était à peine assez large pour elle et les plateaux. En quelques secondes elle eut disparu derrière la porte coulissante, en route vers les soutes sous le compartiment des premières.

John Berry resta assis une minute et essaya de rassembler ses pensées dispersées. Il se leva de son siège et s'étira. Il regarda alentour, la spacieuse section des premières. Puis il regarda par les hublots les deux moteurs géants montés sous l'aile droite du Straton.

Ils pourraient avaler le Skymaster. D'une bouchée, songea-t-il.

Sa compagnie, Taylor Metals, possédait un Cessna Twin Skymaster à quatre sièges pour l'équipe des revendeurs, et si Berry manifestait encore un vague intérêt pour quelque chose, c'était pour le vol. Il supposait que son envie de voler était quelque peu liée à ses autres problèmes. S'il avait trouvé la terre plus tolérable, il n'aurait sans doute pas saisi toutes les opportunités de se retrouver au-dessus d'elle.

Berry se tourna vers l'arrière de la section des premières. Il vit que les lavabos étaient vides. Il regarda sa montre. Il avait le temps de se rafraîchir et de se recoiffer avant que Sharon ne revienne.

En avançant vers l'arrière de la cabine, Berry jeta à nouveau un œil dehors. Il s'étonna de la taille énorme et de la puissance des moteurs de cet appareil géant. Il s'étonna aussi de la solitude de l'espace. Ce qu'il ne remarqua pas, c'est qu'ils n'étaient pas seuls. Il ne vit pas la minuscule tache à l'horizon qui s'approchait rapidement du Straton supersonique.

Le lieutenant Peter Matos tenait le manche à balai du F-18 de la main droite. Il poussa les leviers de puissance vers l'avant, très légèrement. Les deux moteurs General Electric grondèrent pour atteindre un régime supérieur. Matos continuait à faire évoluer son chasseur de la Marine en larges et paresseux cercles à 54 000 pieds. Il maintint une vitesse constante inférieure à Mach 1. Il flânait, volant selon des trajectoires indescriptibles dans un morceau de l'espace international connu des militaires de son pays comme la zone d'opérations R-23. Il attendait un appel de la Maison. L'heure de l'appel était dépassée et il commençait à se poser des questions quand ses écouteurs grésillèrent. Le début d'un message. C'était la voix du quartier-maître Kyle Loomis, que Matos connaissait vaguement.

— Navy trois-quatre-sept, ici la Maison, over.

Matos pressa un bouton sur le dessus de son manche.

— Roger, la Maison. Trois-quatre-sept. Allez-y. Over.

Il entama un autre cercle dans le ciel tranquille du Pacifique.

La voix de l'électronicien de la salle E-334 sonnait fort et clair.

— La cible a été lâchée. Nous estimons une pénétration initiale de votre zone d'opérations dans les deux minutes. Le statut de l'opération est désormais changé. Lisez Foxtrot-Alpha-Victor. Je répète, Foxtrot-Alpha-Victor.

— Roger, la Maison. Je lis Foxtrot-Alpha-Victor.

Matos relâcha le bouton et tira simultanément sur le manche. Foxtrot-Alpha-Victor. Feu à volonté. Il ne verrait jamais la cible, l'impact, ni la destruction, sauf sur son radar, et pourtant les stimuli du prédateur étaient là, et son cœur battait plus vite. Le F-18 serra son virage et Matos sentit l'accroissement des G alors qu'il accélérait pour achever le cercle qu'il avait entamé. Il dirigea son chasseur vers le nord-est et redonna des gaz. Il se sentait comme un chevalier qui chargeait sur le champ de bataille.

Peter Matos, comme la plupart des militaires qui n'étaient pas nés sur le continent des États-Unis, était plus loyal, plus patriote, plus enthousiaste que les vrais Américains eux-mêmes. Il s'était rendu compte de ça depuis le départ. Partout où avaient flotté les drapeaux de l'armée américaine — l'Allemagne, Guam, le Canal, les Philippines —, de jeunes hommes s'étaient ralliés à ce drapeau. Il y avait également la subculture des officiers cubains, des Mexicains, des Canadiens et d'autres qui voyaient dans les forces armées américaines plus qu'une simple organisation militaire, plus qu'une dépense nécessaire, ou juste un organisme où vous expédiez l'argent de vos impôts, mais jamais vos fils. Pour des hommes comme Peter Matos, qui venait de la plus abjecte pauvreté que sa terre natale, Porto Rico, avait à offrir, l'armée était la maison, la famille, les amis, la vie elle-même.

Matos travaillait dur, étudiait les manuels, surveillait ce qu'il disait, ne remettait jamais en cause la chaîne de commandement, n'exprimait des opinions que quand on le lui demandait, et exécutait tous les ordres avec enthousiasme et sans hésitation. À l'extérieur, il était certain de faire bien, mais à l'intérieur, il priait saint Jérôme pour que la promotion ne l'oublie pas. Une marche ratée signifierait la fin de sa carrière militaire, surtout dans la Navy en temps de paix.

La voix de Loomis le tira de sa rêverie.

— Navy trois-quatre-sept, recevez-vous la cible ?

Matos regarda son écran radar.

— Négatif, la Maison.

— Roger, Navy. Tenez-nous informés.

— Je le ferai.

Matos gardait un œil sur l'écran radar tout en laissant son esprit errer vers de plus vastes problèmes. Matos était certain que les résultats de ce test détermineraient la course future de son existence. Le test était secret. Ça, au moins, on le lui avait dit. Il était également illégal. Ça, il l'avait deviné tout seul. Ce qu'il n'arrivait pas à comprendre, c'était pourquoi on l'avait choisi, lui, pour tirer ce missile.

Les nouveaux missiles Phoenix AIM-63X étaient accrochés sous le ventre de son F-18. Pour ce test, les missiles étaient munis de têtes factices faites d'acier inoxydable et de titane et la cible était un drone militaire supersonique lancé à plusieurs centaines de kilomètres de là par un Hercules C-130 de la Navy. Si on exceptait ces faits, songea Matos, il aurait très bien pu être en train de diriger une paire de missiles armés sur un bombardier Tupolev ou sur un Mig 21 chinois.

Bien sûr, la Russie et la Chine étaient des amis des États-Unis pour l'instant — mais comme la plupart des militaires, Matos savait que des amis comme ça pouvaient se changer en ennemis en une fraction de seconde.

Matos regarda son écran radar. Toujours pas de cible en vue. La mission d'aujourd'hui était un exercice au maximum de la portée des missiles pour tester la nouvelle manœuvrabilité de ces armes réactualisées. La portée normale de leur radar, qui était de 320 kilomètres, avait été poussée pour accepter une limite de 800 kilomètres. Une fois lancé, le nouveau Phoenix n'aurait pas besoin du suivi habituel de guidage. Ses ordres étaient de tirer le premier missile, d'attendre qu'il se stabilise, de tirer le second, puis de faire un 180 degrés et de s'éloigner à vitesse maximum de la zone de combat. Le nouveau système de guidage automatique chercherait la cible et continuerait à la traquer sans plus d'assistance de Peter Matos.

Tactiquement, ce missile était beaucoup plus sécurisant pour un pilote de chasse. Avant que l'appareil ennemi sache même qu'il avait été attaqué, le chasseur était parti. Matos n'était pas bien certain d'aimer cette innovation. Cela faisait appel à moins d'adresse personnelle que de guider le missile depuis le F-18 et c'était un peu moins... humain... que de rester dans la zone. Il n'y avait également pas la moindre possibilité de voir l'impact. Mais ce n'étaient pas ses affaires.

Il se concentra sur le radar. Un bip électronique commença à apparaître sur la frange externe de son écran. Il pressa le bouton de la radio sur le manche.

— La Maison. Trois-quatre-sept, acquisition préliminaire de cible.

Sa voix était calme, presque laconique. Il sourit en pensant à ces pilotes japonais ou allemands dans les vieux films qui hurlaient dans leur radio, pendant que les pilotes américains ou britanniques avaient toujours l'air de s'ennuyer, même quand leur avion partait en morceaux autour d'eux. Cool.

— Vous me recevez, la Maison?

— Roger, trois-quatre-sept. Acquisition préliminaire de la cible. Procédez. Out.

Le lieutenant Matos poussa un bouton sur la console, puis leva les yeux vers le processeur de contrôle de tir. Un symbole électronique vira vers le bip de la cible. Matos regarda l'écran pendant quelques secondes. Soudain, un second bip apparut. Matos cligna des yeux. Il regarda à nouveau. Le second bip avait l'air plus petit et plus faible. Il était juste derrière le premier. Fausse image, pensa Matos. Un transistor ou une diode qui déconne. Un dixième de degré trop chaud. Quelque chose comme ça. Il avait déjà expérimenté ce genre d'aberrations électroniques. Des pépins, ou des anges, voilà comment on les appelait. De fausses images. Des échos. Un feedback. Un reflet dans un autre radar. Des reflets de la surface de l'océan. Des apparitions avec guère plus de substance qu'un nuage de vapeur. L'ordinateur a des vapeurs, comme on disait dans le langage parlé moderne.

Matos pressa un bouton sur sa console. Il tourna un autre bouton pour ajuster la résolution de son écran. La seconde cible commença à s'estomper. Puis elle disparut. Il lui sembla qu'elle avait émergé avec l'original, le bip plus fort, qui était la cible. Il en avait la certitude. Il pressa le bouton de sa radio.

— La Maison, Navy trois-quatre-sept. Cible en vue. Bonne résolution. Distance 400 nautiques. Over.

La voix de Loomis était plate, neutre, comme celles de tous les opérateurs radio militaires.

— Roger, trois-quatre-sept.

Matos hésita. Il songea à mentionner l'autre bip, mais décida de ne pas le faire. S'il y avait une chose qu'ils ne voulaient pas entendre, c'était bien un problème qui n'existait pas. Il regarda à nouveau l'écran radar. Bonne cible. Il abaissa le bouton de sécurité, puis souleva le couvercle qui gardait la gâchette de tir. Il allait exécuter le tir air-air le plus lointain de l'Histoire. Il pressa le bouton radio.

— Tir numéro un.

Il attendit une seconde, prit une grande respiration, puis appuya sur la gâchette.

Le missile Phoenix AIM-63X se décrocha de son support sous le F-18. Pendant un bref instant, le missile eut l'air assoupi, tandis qu'un appareillage électronique lui permettait de se dégager de tout conflit potentiel avec l'appareil de Matos. Quand l'intervalle requis fut atteint, un microvolt se déclencha à l'intérieur. Suivant un labyrinthe de circuits imprimés, le courant atteignit son but, les solénoïdes furent activés et le moteur de la fusée s'alluma.

Une traînée de flammes orange jaillit à l'arrière du Phoenix. En quelques secondes, le missile accéléra pour atteindre deux fois la vitesse du F-18.

Matos vit le missile partir. Il allait entamer la séquence de lancement du second Phoenix. Il regarda son écran radar. La cible s'était à nouveau séparée en deux images. *Deux cibles.* Matos régla la définition de l'écran. Pas de changement. Il appuya à nouveau sur les boutons de l'écran. Toujours pas de changement. *Deux cibles distinctes. Si l'une était le drone cible, l'autre était quoi ? Bon Dieu de bon Dieu...* Le missile autoguidé qu'il avait déjà lancé était complètement hors de son contrôle.

Le système de guidage automatique du missile travaillait justement à ce problème. Le conflit entre les deux images électroniques lui posait un dilemme. En gardant la logique de priorité qui avait été formulée dans une salle de conférence à des milliers de kilomètres de là, une impulsion électrique minuscule suivit un autre sentier décisif. Le Phoenix AIM-63X, avec son système ultra-perfectionné et sa toute nouvelle manœuvrabilité, fit un léger ajustement de trajectoire. Il se dirigea vers la plus grosse des deux cibles.

2

John Berry contemplait le reflet de son visage dans le miroir des toilettes des première classe. Il parcourut d'un doigt les filets gris dans ses cheveux bruns. Il avait quelques rides autour des yeux. Pourtant, à quarante et un ans, il était encore bien.

Certaines des femmes qu'il connaissait au country-club ou au travail utilisaient pour le décrire des mots comme « intéressant », « charmant », ou « solide ». Il savait qu'il aurait été censé faire un mouvement vers ces femmes, mais il n'arrivait pas à trouver l'enthousiasme minimum pour aller vers elles. Sauf une fois. Une représentante, au bureau. Et cela avait été un désastre.

John Berry songea à son père, comme cela lui arrivait de plus en plus ces derniers temps. À quarante et un ans, son père avait eu une femme aimante, quatre enfants loyaux, son église, sa communauté, son pays, son propre petit business qu'il adorait. Mais c'était en d'autres temps, presque dans un autre pays. John Berry n'avait rien eu de ces choses, et à quarante et un ans il ne les aurait plus jamais. Pourtant, il y avait encore une issue. Il pouvait quitter Jennifer et recommencer à zéro ; rien qu'un couple divorcé de plus, comme tant de ses amis. Au moins, alors, il aurait un espoir. À chaque fois qu'il volait dans le Skymaster, il pensait à ça. Mais, quelque part, il se demandait s'il parviendrait un jour à s'y résoudre.

Berry se repassa la conversation qu'il venait d'avoir avec l'hôtesse. Pourquoi avait-il fait ça ? Qui diable était Sharon Crandall ? Une heure auparavant, il ne savait même pas qu'elle existait. Elle n'allait en rien résoudre ses problèmes. Pourtant, il se sentait moins aliéné. D'avoir établi ce contact lui faisait sentir un nouveau lien avec le reste de l'humanité.

Une lumière clignota à la périphérie de sa vision. Il se passa plusieurs secondes avant qu'il ne se rende compte que c'était le signal stipulant de regagner la cabine au-dessus de la porte. Berry savait que le signal « Attachez vos ceintures » était également allumé. En tant que voyageur aérien expérimenté, il trouvait cela étrange puisque le vol était calme. Un autre appareil a dû signaler des turbulences droit devant, songea-t-il. Il ne lui vint pas à l'idée que le Straton était le seul vol commercial à utiliser ce couloir et cette altitude. Ses pensées allaient à Sharon Crandall. Avec le signal « Attachez vos ceintures », elle allait probablement s'installer avec les autres hôtesses. Et puis après il lui faudrait préparer les déjeuners. *Et merde.* Il prit son temps pour se laver les mains, ignorant délibérément le signal lumineux.

Le lieutenant Peter Matos avait les yeux fixés sur son écran radar, espérant que la seconde cible allait disparaître. Il savait qu'il fallait qu'il fasse un rapport quelconque. Les secondes défilaient en clignotant sur la pendule de sa console. *Ils attendent des nouvelles de toi, Matos.* Avec réticence, il reposa le doigt sur le bouton de la radio.

— La Maison, ici Navy trois-quatre-sept.

— Allez-y, trois-quatre-sept, répondit Loomis.

— Je... j'ai des problèmes avec la définition de la

cible. Je reporte le deuxième tir. Stand-by pour mise à jour.

— Roger. Out.

Matos avait la gorge sèche. Il avait éludé le problème. Menti. Mais si le pire était arrivé, alors rien, rien ne pouvait sauver l'autre appareil — si le second bip sur le radar était bien un autre avion. D'un autre côté, si ce n'était qu'une aberration électronique, alors il n'avait aucune raison de relater plus que ce qu'il avait déjà dit. Problèmes avec la définition de la cible. Ils se mordaient sans doute déjà les lèvres sur le *Nimitz. Joue-la cool, Peter.*

Il regarda à nouveau l'écran — espérant que tout était résolu. Mais il y avait toujours deux cibles. La plus faible des deux passait devant la plus grosse, puis elle disparut de son écran vers le sud-ouest. Le bip le plus fort restait sur sa trajectoire précédente. Il se rappela encore une fois que même si la cible la plus grosse tentait des manœuvres d'évasion, le résultat serait le même. Le système de guidage du Phoenix AIM-63X avait déjà choisi l'objet le plus gros — il l'avait déjà choisi pour qu'il meure. Le Phoenix resterait braqué sur sa victime comme un rapace, la suivrait, la prendrait en chasse, et fondrait dessus. C'était tout ce qu'il savait faire. Et c'était pour cela qu'il avait été créé.

Mais qui était l'autre cible ? Qu'est-ce que c'était ? Soudain, cela le frappa comme un coup de poing. Ça devait être l'Hercules C-130. Doux Jésus, songea-t-il. Mon Dieu, j'ai fait une erreur de navigation. C'est ma faute. Ma faute.

Matos se tourna vers le système de navigation satellite sur le côté gauche du cockpit de son F-18. Il écrasa quelques commandes. Sa main transpirait sous le cuir de son gant. Il tapa sur un mauvais bouton et dut tout effacer avant de recommencer.

Santa Maria ! Calmete !

Pendant qu'il bataillait avec son système de navigation, sa mémoire suivait un sentier déplaisant. Il avait dix-sept ans et il conduisait sa première voiture, une Ford 71. À l'arrière de la voiture se trouvaient sa mère, son père et grand-mère Matos. Sa sœur était assise à côté de lui. Il était sorti de l'autoroute par la mauvaise sortie. Pendant qu'on mariait sa cousine Dolores, il baladait sa famille très énervée dans des rues inconnues de Miami Nord. Son père avait sifflé entre ses dents serrées : « *Es tu culpa, Pedro.* »

Il regarda son écran de navigation. Il vérifia sa position : correcte. Pour en être absolument certain, il revérifia. Correcte. Il était bien là où il était censé être. Du moins était-ce ce que l'équipement affirmait. Alors, qu'est-ce que c'était que cette seconde cible ?

Il regarda son écran radar. Le missile Phoenix était petit et d'un blanc fantomatique tandis qu'il traversait l'écran verdâtre, verrouillé sur sa cible. Cela rappelait toujours à Matos un de ces jeux vidéo. Un jeu. C'est tout ce que c'est, décida-t-il. Ils avaient introduit un autre élément dans le jeu pour voir comment il allait réagir. Cettre grosse cible blanche sur le champ vert n'était pas un appareil transportant de la chair humaine. C'était un leurre électronique. Un mirage, expédié par l'Hercules C-130 ou le drone cible. Il aurait dû en faire le rapport. Ils l'avaient testé, *lui*, et il avait échoué. Il s'était compromis. Il était fini.

Il continuait à fixer l'écran. Tout prenait maintenant un sens. Tout cadrait. Sauf une chose. Le Phoenix suivait la grosse cible et le Phoenix n'aurait pas suivi un leurre électronique.

La distance entre le rapace et sa proie se réduisait à 300 kilomètres. Le missile naviguait à Mach 3, couvrant presque un kilomètre et demi à la seconde.

Matos commença à appuyer sur le bouton de sa radio, mais il retira sa main. Il ratissa son cerveau, cherchant des réponses. *Est-ce que l'Hercules peut avoir dévié ? Est-ce que mes instruments peuvent se tromper ?* Il savait que si c'était un problème d'instruments, ce serait tout de même techniquement sa faute. Une erreur de l'appareil équivalait à une erreur de son pilote. C'était injuste, mais réel. Cela obligeait ceux qui détenaient l'autorité à prêter beaucoup d'attention aux détails. La marine moderne s'éloignait peu à peu de ce concept, mais il n'avait pas encore complètement disparu. Et cette responsabilité ne faisait pas de discrimination entre le commandant d'un *Nimitz* de 91 000 tonnes et le pilote d'un avion de 30 tonnes. L'électronique pouvait vous trahir, mais un système de navigation ne se retrouverait jamais à côté de vous derrière la barre des accusés. S'il avait tiré sur l'Hercules, la démonstration d'une panne de son système de navigation pouvait lui éviter la cour martiale, mais sa carrière dans l'aéronavale serait finie. Il se remémora que la carrière de l'équipage de l'Hercules serait terminée également, et bien plus abruptement si ce missile se dirigeait vers eux.

Le son de sa propre respiration envahissait son casque et la transpiration remplissait sa combinaison sous pression. Sa main droite était crispée sur le manche à balai. Sa main gauche était fermement appuyée sur la console, ses doigts frôlant les gaz. Il avait cessé d'essayer de re-régler le radar. L'image qu'il montrait était réelle.

Il sentait ses nerfs se rétablir alors qu'il se résignait aux pires scénarios. Il regarda distraitement l'écran radar, et, pour la première fois depuis qu'il avait tiré, il regarda dehors, hors de la bulle de Plexiglas, vers le monde qu'il traversait. *Es tu culpa, Pedro. C'est ta faute, Peter.* Il appuya du doigt contre le fin Plexiglas. À moins d'un centimètre de lui, il y avait le vide, le froid absolu, sans air.

Une lueur d'espoir le tira de sa lassitude. Il y avait encore un fétu de paille auquel il ne s'était pas raccroché. Il regarda à nouveau sa console. Travaillant très vite avec les contrôles radar, il sortit des données sur la cible de son écran. Quelques secondes plus tard, une autre donnée s'afficha sur son collimateur. La cible volait à 62 000 pieds. Elle évoluait à une vitesse de 790 nœuds.

Matos sourit pour la première fois depuis qu'il avait été catapulté du *Nimitz*. Aucun Hercules turbopropulsé ne pouvait atteindre même la moitié de cette vitesse. Très peu d'avions le pouvaient. Le vol supersonique à haute altitude était la province des missiles, des bombardiers et des avions espions. Il aurait su si un quelconque appareil ami de ce type avait circulé dans cette zone, sauf s'il avait brusquement changé de trajectoire. Restaient deux possibilités : la première, que ce soit un appareil ennemi, auquel cas il n'obtiendrait pas une médaille pour l'avoir abattu, mais ne passerait pas en cour martiale non plus. On le couvrirait et il susciterait les envies secrètes de tous les officiers volants du bord. C'était déjà arrivé.

La seconde possibilité était plus probable. Le profil de vol de la cible était très proche des performances prévues du drone. *L'Hercules a dû lâcher deux drones, soit par erreur, soit exprès.* Ce devait être ça. Matos se sentait mieux. Sa carrière navale avait encore toutes ses chances. Il fallait qu'il appelle immédiatement le *Nimitz*. Qu'il s'explique. Il pouvait encore relocaliser l'autre cible, tirer le second missile, faire demi-tour et se tirer de là en vitesse. Il regarda à nouveau l'écran radar. La distance qui séparait le Phoenix de sa cible diminuait rapidement. 50 kilomètres, 30, 15. Puis le missile et la cible convergèrent, ne firent plus qu'une tache. Matos hocha la tête. Le missile fonctionnait. Ça, au moins, ils le savaient maintenant. Mais il se demandait toujours ce qu'il avait touché.

John Berry ferma à moitié le lavabo et ouvrit l'eau jusqu'à ce que le bassin se remplisse, puis ajusta les robinets jusqu'à ce que la quantité qui s'écoulait s'équilibre avec la quantité qui arrivait. Il ôta sa montre et la posa sur la tablette d'aluminium : 11 h 02. Elle était toujours à l'heure californienne. Les effets du décalage horaire n'étaient pas aussi désagréables avec le Straton qu'avec les jets conventionnels, mais cela provoquait encore une désorientation de son horloge biologique. Le temps était *relatif.* Son corps était à l'heure de New York, sa montre à l'heure californienne, mais il était en fait dans un fuseau horaire obscur appelé Samoan-Aléoutien, et il allait bientôt atterrir à Tokyo à une heure complètement différente encore. Pourtant chez lui, le temps s'étirait, restait presque immobile, heure après heure, jour après jour, semaine après semaine. Mais cela ne l'avait pas empêché de devenir plus vieux — en fait, cela accélérait même son processus de vieillissement. *Relatif. Pas de doute là-dessus.* Il se pencha sur le lavabo et commença à s'asperger le visage.

Le missile Phoenix, avec sa manœuvrabilité renforcée, fit une légère correction et se mit en position pour frapper le côté gauche du fuselage, légèrement au-dessus du bord d'attaque de l'aile.

Quelque part dans les circuits, les senseurs, le micro-ordinateur du Phoenix — l'endroit qui contenait son pouvoir incomplet de juger et de raisonner —, il aurait presque pu y avoir un sens ou une impression d'avoir réussi sa mission. Et, sans peur, sans hésitation, sans instinct de survie, il accéléra droit vers sa proie, la reléguant, elle et lui-même, dans l'oubli.

Un homme entre deux âges, assis dans la rangée 15 siège A, regarda par le hublot. Il remarqua un point argenté à moins d'un kilomètre. Il cligna des yeux.

Le point était maintenant aussi large qu'un ballon de basket et à quelques centimètres du hublot. Avant que son cerveau ait pu transmettre même la plus primitive des réponses, un geste pour l'éviter, un cri, l'orbe d'argent traversa le hublot, emportant une section du fuselage, et avec elle la tête et le torse de l'homme. Le Phoenix plongea à travers les deux autres sièges de la section, le B et le C, désintégrant la femme et la mère du passager. Il traversa l'allée jusqu'à la section centrale, emportant avec lui des morceaux de sa macabre moisson, et balaya les quatre sièges du centre, D, E, F et G, et les passagers qui les occupaient, puis s'engouffra dans l'allée droite. Il poussa alors les sièges H, J et K, et trois passagers de plus à travers le fuselage puis, emportant un tas de débris avec lui, disparut dans le vide.

Tout ce qu'il y avait sur le chemin du Phoenix et dans son sillage, à un mètre de chaque côté, fut pulvérisé par la désintégration à très haute vitesse du fuselage. Sièges et gens furent changés en un magma méconnaissable et leur désintégration à haute vitesse, à son tour, réduisit les gens et les objets qui étaient proches d'eux à des restes tordus et écrabouillés de ce qu'ils avaient été. Sans tête explosive sur le missile, il n'y eut pas d'explosion, bien évidemment, mais les forces d'impact eurent le même effet sur tout ce qui se trouvait en travers de son passage.

La décélération avait commencé à faire basculer le Phoenix quand il avait atteint la troisième rangée de sièges. Sa queue s'était relevée et elle frappa la carlingue côté droit sur toute sa largeur, découpant, en sortant, une fente de plus de deux mètres de haut et de presque deux de large. Il tomba dans l'espace, entraînant plus de métal et de chair avec lui. Son énergie épuisée, le Phoenix continua à voler encore pendant un bref instant avant de tomber comme une feuille morte, pendant 20 000 mètres, jusqu'à la surface de l'océan Pacifique.

Le premier son que John Berry entendit fut un bruit indistinct, comme si une très haute étagère pleine de feuilles de métal avait été renversée. Il sentit l'appareil encaisser un léger choc. Avant même qu'il puisse relever son visage du lavabo, il entendit un rugissement, un bruit comme si quelqu'un avait ouvert la fenêtre d'un métro lancé à toute vitesse dans un tunnel. Il se redressa vivement et se figea une seconde, le temps que ses sens puissent encaisser tous les stimuli. Le vol était encore stable, l'eau continuait de couler des robinets, les lumières étaient toujours allumées et le rugissement avait diminué. Tout semblait presque normal, mais quelque chose — son instinct de pilote — lui disait qu'il était à bord d'un avion qui se mourait.

De l'autre côté de la porte, dans la cabine, l'énorme quantité d'air pressurisé commençait à sortir par les deux trous béants dans le fuselage du Straton. Tous les petits objets à bord — lunettes, plateaux, chapeaux, journaux, bagages à main — furent immédiatement propulsés à travers la carlingue et se retrouvèrent soit coincés derrière quelque chose de stable, soit avalés par les trous.

Les passagers restèrent assis tranquillement pendant de très longues secondes, complètement incapables d'appréhender ce qui venait de se produire. Dans leurs cerveaux, il n'y avait pas le moindre point de référence pour identifier ce phénomène. Les réactions normales de hurlements, d'accélération cardiaque, de flux d'adrénaline, de peur ou de fuite, étaient absentes. Ils ne réagirent que par un silence et une immobilité absolus dans le vacarme rugissant de l'air.

Comme un raz-de-marée grandissant, l'air qui s'échappait prenait de la vitesse.

Un bébé fut arraché des bras de sa mère qui n'y comprenait rien et expédié par-dessus les têtes des passagers jusque dans le trou de droite et le vide de l'espace.

Quelqu'un cria.

Trois enfants non accompagnés, un garçon et deux filles, sur les sièges H, J et K, rangée 13, près du trou du côté droit, n'avaient pas attaché leurs ceintures. Ils furent soulevés par la vague de vent et projetés dehors, hurlant de terreur.

Tout le monde criait maintenant parce que la vision et le son commençaient à se faire jour dans les consciences.

Une adolescente dans la rangée 18, siège D, près de l'allée bâbord, son siège disloqué par l'impact originel, se retrouva soudain sur le sol, s'agrippant aux rails, le siège retourné toujours attaché à son corps. La ceinture lâcha et le siège fila dans l'allée. Elle perdit sa prise et fut à son tour aspirée par une force invisible extrême. Ses longs cheveux blonds volaient au-devant d'elle et sa jupe et son chemisier furent arrachés de son corps. Ses yeux étaient emplis de terreur tandis qu'elle continuait à lutter contre cette puissance invisible qui voulait l'emporter. Elle planta ses ongles dans la moquette, alors que l'air en furie la tirait vers le trou béant qui s'ouvrait sur le vide.

Aucun des passagers assis à quelques centimètres d'elle n'entendit ses hurlements. Le bruit de l'air qui s'échappait était si fort qu'on ne pouvait plus l'identifier comme un son. Cela ressemblait plutôt à une masse solide qui frappait les gens dans leurs sièges. Les événements dans la carlingue prirent l'horrible aspect d'une pantomime macabre.

Certains des boulons qui tenaient encore d'autres sièges endommagés cédèrent à leur tour. Plusieurs rangées de sièges se détachèrent et vinrent cogner les rangées qui les précédaient, certains fauteuils passant par-dessus les autres en se précipitant vers le trou. Un ensemble de quatre sièges, avec les passagers encore attachés dessus, se retrouva collé dans le plus petit trou, celui par où le missile était entré, bloquant en partie la sortie et provoquant un effet de succion renforcé du côté droit, là où le trou était plus large. De ce côté, une rangée de sièges semblait s'empiler comme des parachutistes nerveux, prêts à sauter. Un autre siège volant débloqua cet embouteillage et l'un après l'autre, ils furent tous projetés dans l'espace, avec leurs passagers attachés, hurlant, donnant des coups de pied et des coups de griffes dans le vide, en vain.

John Berry, ignorant ce qui se passait au-dehors, tourna la poignée des toilettes et tira vers lui. Elle avait l'air bloquée. Il essaya à nouveau, tirant de toutes ses forces, mais la porte en fibre de verre ne bougeait pas d'un millimètre, même s'il pouvait voir que le loquet était désengagé. Il appuya ses deux pieds contre le chambranle et, à deux mains, il tira sur le loquet le plus fort qu'il pouvait. Mais rien ne bougea même d'une fraction de millimètre. Il était effrayé et déconcerté en même temps. Il appuya à coups répétés sur le bouton d'appel et attendit de l'aide.

Tandis que l'air interne s'échappait de la section économique du Straton, puis de la cabine des premières et du salon à l'étage au-dessus, le flux de pression toujours pompé dans l'appareil s'entassait littéralement dans les endroits où il ne pouvait pas aussi facilement se répandre — les cinq toilettes munies de portes s'ouvrant vers l'intérieur. L'air pressurisé pulsé entrait dans ces lavabos par les bouches d'air normales et, même si une petite quantité de cet air parvenait à s'échapper par les interstices autour des portes, la balance était positive. Ces cinq portes de fibre de verre étaient comme scellées par une différence de pression de 500 grammes par centimètre carré, qui s'ajoutait aux 1 800 kilogrammes qui les fermaient.

Les sept toilettes munies de portes s'ouvrant vers l'extérieur s'ouvrirent d'un coup dans le vide, projetant leurs occupants dans la carlingue, vers les trous béants.

Dans le salon des premières, verres et bouteilles furent aspirés vers l'escalier en colimaçon qui menait à la cabine des premières. Livres, magazines et journaux furent arrachés des mains des passagers et projetés dans le vortex d'air rugissant. Tous les objets qui n'étaient pas maintenus tournoyaient, propulsés vers la cage d'escalier comme une tornade.

Les passagers qui avaient choisi de rester dans le salon quand le signal « Attachez vos ceintures » s'était allumé regardaient avec une fascination horrifiée tout ce qui était mobile dans la pièce être aspiré vers le vortex grandissant de débris autour de l'escalier.

Eddie Hogan, le pianiste, était en train de jouer *Les Feuilles mortes* quand le flot d'air soudain l'arracha de son siège vissé au sol. Le petit banc du piano avait été équipé d'une ceinture spéciale, mais Hogan n'avait pas daigné la mettre. Il fut tiré, la tête la première, jusque dans l'escalier, à travers la cabine, et disparut par le trou de droite.

Un aveugle, assis près du piano, criait sans discontinuer, suppliant qu'on lui explique ce qui se passait. Son corps tirait sur sa ceinture et il s'efforçait de retenir la laisse de son chien-guide. Le labrador jaune semblait vouloir s'éloigner de lui mû par une force contre nature. Il hurla après le chien :

— Shannon ! Shannon ! Arrête ça !

Le chien gémit en enfonçant ses griffes dans le tapis épais. Sa laisse cassa et il fut emporté dans le tourbillon, dégringolant l'escalier jusque dans la cabine des premières où son corps se coinça sous un siège vide.

Les douze passagers du salon regardaient, attachés à leur siège, le piano et son tabouret qui dansaient littéralement sur leurs bases mais continuaient à tenir face au maelström. L'hystérie gagna tout le monde en même temps.

Dans la cabine des premières, à l'étage inférieur, les objets venus du salon passaient dans l'air accéléré, coupant des visages, s'écrasant contre des torses et des bras levés en gestes de protection. Le nuage de débris passa à travers le rideau qui séparait les premières de la classe éco et se joignit à l'autre. Un nombre d'objets incroyable se précipitait vers le vide, comme si ce terrible néant pouvait être rempli, satisfait, lorsque assez d'objets et de gens lui auraient été sacrifiés.

Dans la section éco, un gros homme attaché à son siège hurlait à pleins poumons. Il enrageait contre le vent, contre les objets volants, et contre le destin qui avait conspiré pour que son premier vol en avion soit précisément celui-ci. Il venait de voir sa femme à moitié déshabillée projetée hors d'un des lavabos et l'avait regardée alors qu'elle semblait courir, trébucher, et voler vers le trou, hurlant son nom en passant à côté de lui avec un regard complètement désemparé. Soudain, il défit sa ceinture et sauta sur ses pieds. Il vola à moitié, bras et jambes écartés, pardessus les têtes des autres passagers, les cognant en passant. Arrivé au trou de droite, son gros corps se planta dans l'aluminium déchiré, sa gorge s'ouvrit et son bras fut coupé net, juste avant qu'il soit vomi hors de cet appareil mourant.

Dans les lavabos qui avaient été ouverts, l'eau filait hors des robinets et des toilettes, à cause de la dépressurisation. Des entrailles de l'avion géant, les réservoirs d'eaux usées se vidaient à l'envers et leur contenu vint voler par les siphons et les chasses d'eau.

Dans les minicuisines, les valves d'eau se rompirent et l'eau déborda des éviers. Placards et réfrigérateurs s'ouvrirent d'un coup et leur contenu vola dans les allées et dans les cabines.

Dans les soutes à bagages pressurisées sous le plancher des cabines, les aérosols et les flacons dégorgèrent leur contenu dans les bagages. Les chats et les chiens qui voyageaient dans des cages sous leurs maîtres se jetaient, affolés, contre les grillages.

La porte du cockpit, qui s'ouvrait vers l'extérieur, tint un moment. Elle tira sur sa serrure et sur ses charnières d'aluminium, mais la différence de pression entre le cockpit et le salon était trop grande et finalement, elle s'ouvrit d'un coup, à moitié arrachée.

Le commandant Stuart entendit la porte céder. Soudain, tous les objets posés un peu partout dans le cockpit — cartes, crayons, gobelets de café, casquettes et vestes — s'envolèrent et convergèrent vers la porte ouverte. Stuart se sentit lui-même tiré vers le fond de son siège. Ses bras s'élevèrent au-dessus de sa tête et son bracelet-montre s'arracha. Il tira ses bras vers le bas, serra ses mains sur ses cuisses et attendit la fin de l'appel d'air initial. Il resta immobile, essayant de calmer les coups de son cœur dans sa poitrine. Il parvint à stopper le flot désordonné de ses pensées et tenta de reconstruire ce qui s'était produit dans les dernières secondes. Il se souvenait qu'il avait senti la secousse d'un léger impact sur le Straton quelques instants auparavant, mais il n'avait aucune idée de sa cause. Ce qu'il savait, pourtant, c'était que le pilotage automatique fonctionnait toujours et que l'avion était encore sous contrôle. Il jeta un rapide coup d'œil vers McVary, puis derrière lui vers Fessler.

— Qu'est-ce qui s'est passé ? hurla-t-il.

McVary continuait à fixer silencieusement ses instruments.

Fessler regardait derrière, vers la porte béante, et ne répondit pas.

— Descendez ! commanda Stuart, et il réduisit brusquement la puissance, avant de désengager le pilotage automatique et d'abaisser le manche vers l'avant.

Le Straton piqua brutalement du nez. Mais, à leur incroyable vitesse de croisière, le mouvement vers l'avant ralentit leur descente initiale. Stuart regardait l'altimètre tandis qu'ils descendaient lentement, trop lentement. 58 000 pieds. Cinquante secondes s'étaient écoulées depuis l'impact.

Stuart balaya ses instruments du regard. Les indications du cockpit étaient encore bonnes, excepté le fait qu'ils avaient déjà perdu la plus grande partie de l'air pressurisé. Sa première pensée fut qu'une porte du fuselage avait dû s'ouvrir d'une manière quelconque. Il regarda les voyants d'alarme des portes. Ils indiquaient que toutes les portes étaient fermées. Est-ce qu'un hublot défaillant avait explosé ? Non. La décompression était bien trop rapide pour ça. Qu'est-ce qui avait pu provoquer la secousse ? Une bombe. Ça ne peut être qu'une bombe, songea-t-il. Qu'est-ce qui se passe derrière ?

Stuart regarda l'altimètre de la cabine — le cadran de pression différentielle — qui lui disait à quelle altitude relative s'élevait la pression dans la carlingue. Les aiguilles de l'altimètre de la cabine tournaient comme une montre folle. La pression de la cabine, qui avait toujours été maintenue à 10 000 pieds, en atteignait maintenant 19 000. On dépressurise. *Il faut maintenir la pression.* Ils perdaient l'atmosphère artificielle qu'ils avaient emportée avec eux — cette atmosphère de la Terre qui permettait de vivre à 62 000 pieds —, ils la larguaient dans la stratosphère, par un trou considérable.

Stuart scruta les deux altimètres en même temps. L'altimètre de l'avion montrait que le Straton n'était descendu qu'à 55 000 pieds. L'altimètre cabine disait qu'ils avaient maintenant une altitude cabine de 30 000, puis 35 000 pieds. Stuart estima que cette atmosphère artificielle allait finir de saigner dehors au moment où le Straton atteindrait 50 000 pieds. À ce moment, les deux altimètres diraient la même chose. La stratosphère aurait envahi la cabine.

Stuart commençait à se sentir étourdi. Instinctivement, il remit le pilotage automatique en marche. Il balança la main sur le sélecteur de descente automatique, le poussant au maximum de son taux de descente, laissant l'ordinateur le faire descendre aussi vite que possible. Il se rencogna dans son siège. Sa tête était martelée de douleur. Ses sinus lui faisaient atrocement mal. Les poches d'air dans son crâne ne pouvaient pas s'ajuster à la vitesse du changement d'altitude et de pression combinées. Son nez commença à saigner. Une rivière de sang coulait sur sa chemise blanche. Ses poumons avaient déjà été vidés de l'essentiel de leur air. Il se sentit partir. Ses mains et ses pieds étaient glacés, et il ne savait pas si c'était à cause de la perte de sang ou de la perte de la chaleur dans la carlingue.

Les quatre moteurs du Straton avalaient et comprimaient l'air ténu de l'extérieur et pompaient tout l'air pressurisé qu'ils pouvaient dans la carlingue éventrée. Tandis qu'ils descendaient plus bas, l'air devint légèrement plus consistant et le flot d'air pressurisé plus fort. Mais Alan Stuart soupçonnait, savait en fait, qu'il était en train de perdre la bataille. Il y avait un satané trou là derrière, et mathématiquement... *Si un évier contient dix litres d'eau et perd un litre par seconde par son siphon, et qu'un robinet y verse un demi-litre toutes les cinq secondes, combien de temps faudra-t-il avant que ?...* Trop longtemps. Sa tête éclatait, et il ne parvenait plus à penser à autre chose qu'à la douleur.

Il tourna lentement la tête vers McVary. Le copilote avait mis son masque à oxygène et il transmettait un appel au secours sur les fréquences de détresse internationales. Stuart secoua la tête.

— Inutile, murmura-t-il, mais il saisit lui aussi son masque à oxygène et le mit, attachant les élastiques autour de son visage.

Il regarda derrière, vers Fessler. Le jeune copilote était affalé sur sa console. Du sang coulait de sa bouche, de son nez et de ses oreilles.

McVary continuait à transmettre le signal de détresse, mais sa voix et ses pensées se fragmentaient. Il aspirait le plus fort possible l'oxygène de son masque en parlant, et du sang jaillissait dans sa bouche, qu'il devait avaler.

McVary savait que le masque à oxygène seul ne suffisait pas. Sans une pression suffisante pour forcer l'oxygène dans ses poumons, il était quasiment inutile. La bonbonne d'oxygène d'urgence, derrière les cadrans de Fessler, aurait aussi bien pu être à San Francisco, pour le bien qu'elle leur faisait. Seule une combinaison militaire sous pression — ou une combinaison de cosmonaute, du type qu'il avait porté une fois — aurait pu exercer la pression nécessaire sur son corps pour lui permettre de respirer. Mais il savait que même s'il en avait eu une, il n'aurait pas eu le temps de l'enfiler.

Dan McVary avait volé sur toutes sortes d'appareils militaires en effectuant des manœuvres sauvages ; il se retrouva soudain plus effrayé qu'il ne l'avait jamais été. Comment était-ce arrivé ? Les vols commerciaux n'étaient pas censés subir une dépressurisation totale comme les avions militaires quand ils étaient touchés au combat. La possibilité d'une soudaine décompression était si réduite qu'elle avait été ignorée par les ingénieurs aéronautiques qui avaient construit le Straton. Il n'y avait pas de portes étanches ou de compartiments à pression entre les sections de l'appareil comme il y avait des compartiments étanches dans un navire ou des compartiments à pression dans les dirigeables modernes. Ces mesures de sécurité étaient trop lourdes pour un avion. Trop coûteuses. Une dépressurisation complète n'était pas censée se produire. Jamais. Pourtant c'était ce qui leur arrivait. Mais comment ? Il se demanda si des compartiments étanches auraient servi à quelque chose. L'image du *Titanic* avec ses pseudo-compartiments étanches qui le rendaient insubmersible lui sauta à l'esprit. Les merveilles techniques... chaque contingence hautement planifiée... seul un concours de circonstances... hautement improbables... sa tête se fendait en morceaux et il sentait une froideur au fond de son corps le geler peu à peu comme jamais de sa vie. Dan McVary savait qu'il était en train de mourir.

La vision du commandant Stuart commençait à se brouiller. Il avança la tête pour lire l'horloge digitale. Plus d'une minute était passée depuis le choc initial. Le Straton était toujours en pilotage automatique et commençait à descendre très rapidement. Il pouvait voir que le taux de descente s'était accru jusqu'à 12 000 pieds par minute. Ils passèrent les 53 000 pieds. L'altitude cabine était de 45 000 pieds. Ils n'allaient pas atteindre un niveau où les masques à oxygène pourraient servir à sauver qui que ce soit encore en état de les utiliser. Définitivement. Ils n'atteindraient pas l'atmosphère naturellement respirable avant plusieurs minutes. Il secoua la tête. Ils étaient tous morts.

Pendant un instant, Stuart pensa aux passagers. Ils étaient sous sa responsabilité. Mais il n'y avait rien qu'il puisse faire, ni même dire. Un avion ne coulait pas lentement comme certains navires, le capitaine ne pouvait pas faire un discours mélodramatique, il n'y avait pas d'adieux, ni de derniers toasts. Il n'y avait que quelques secondes ou quelques minutes d'horreur, puis la mort.

Dans la classe éco, le bruit du vent et de l'air qui s'échappait avait considérablement diminué parce que les pressions intérieures et extérieures approchaient d'un équilibre. Les gens pouvaient s'entendre maintenant, mais très peu parlaient. La plupart des passagers suçaient comme ils pouvaient l'oxygène des masques qui étaient descendus automatiquement devant eux. Ils inspiraient et expiraient profondément, étonnés par l'absence de cette sensation familière d'avoir avalé une bonne bouffée d'air.

Une froidure glaciale pénétrait la carlingue et approfondissait les effets de choc, tout en accroissant les effets de privation d'oxygène. Des couches de brouillard se constituaient au plafond, causées par la vapeur d'eau naturelle du bord qui avait été soudainement refroidie par la réduction de pression. Les passagers regardaient ces étranges nuages qui se formaient, pas bien certains de ce qu'ils étaient ou de ce qu'ils signifiaient.

Quelqu'un cria « Au feu ! » et des gens se mirent à hurler, mais la plupart demeurèrent silencieux, acceptant cette nouvelle aberration, trop engourdis et trop désorientés pour réagir. Le nuage bougeait dans la carlingue comme une brume de mer sur une ville côtière, dispersant un flou gris amorphe sur les passagers murés dans le silence. À travers ce nuage, les lumières de la cabine brillaient avec une luminescence d'un autre monde. D'étranges particules de glace commençaient à se former sur les parois et les hublots. Près du trou côté droit, il y eut une brève tempête de neige.

L'humidité disparut et l'atmosphère de la cabine commença à sécher, en dehors des nuages de vapeur formés par les souffles des vivants et du sang qui giclait des blessures ouvertes des morts. Le sang et l'air se cristallisaient et formaient des nappes de givre blanc et rouge partout où ils touchaient une surface gelée.

Comme le vacarme de l'air qui se précipitait dehors diminuait, le bruit extérieur des quatre moteurs du Straton et de l'air passant par les trous béants augmenta. Ces nouveaux bruits emplirent la cabine et noyèrent les faibles gémissements des blessés.

Un nombre incalculable de passagers étaient morts ou mourants, et la plupart des autres étaient en état de choc. Mais il semblait que le pire du supplice était passé. L'avion volait toujours et ne montrait aucun signe visible qu'il allait s'écraser. Un calme étrange, une langueur agréable, un peu comparable aux effets de l'alcool ou des tranquillisants, s'empara des voyageurs du vol 52, lorsque les premiers effets de l'hypoxie commencèrent à se faire sentir. Il y avait toujours la douleur dans les regards, dans les oreilles, mais elle semblait moins aiguë maintenant.

Le commandant Stuart appuya son visage contre sa console. Tout paraissait sombre dans le cockpit, mais il pouvait voir que les éclairages des instruments fonctionnaient encore. Ils brillaient comme des soleils mourants dans une galaxie lointaine, et pourtant ils ne semblaient pas émettre de lumière au-delà de leur surface. Il lut les deux altimètres. L'altitude de l'appareil était de 51 000 pieds, et descendante. L'altitude de la cabine était également de 51 000 pieds et descendait maintenant avec l'appareil. La différence de pression de la cabine était égale à zéro. Dedans était dehors. Dehors était dedans.

Le pilote automatique continuait à faire descendre

l'appareil, aussi vite qu'il pouvait le faire en toute sécurité, vers l'atmosphère respirable qu'on trouvait à 30 000 pieds, là où il y aurait assez de pression ambiante pour que les masques à oxygène fonctionnent. Le taux de descente faisait la course contre les effets physiologiques de l'anoxie — la suffocation — et l'anoxie était en train de gagner. Stuart ne voyait aucun moyen de s'en sortir. Tous les paramètres — la vitesse relative, l'altitude, le taux de descente, le quotient de perte de pression — avaient été calculés. Il connaissait ces valeurs avant d'avoir mis les pieds pour la première fois dans son premier Straton. Si seulement ces satanés trous avaient été plus petits...

Dans le salon des premières, un homme âgé, John Thorndike, enleva sa ceinture de sécurité et se leva vivement. Une sensation familière lui écrasait la poitrine et il chercha une boîte de cachets dans sa veste. Il pâlit, puis devint bleu alors que son cœur lâchait. Il vacilla un moment, puis tomba en avant de l'autre côté de la table à cocktails, atterrissant sur sa femme qui essayait en vain de crier.

Dans les classes éco et premières, les personnes les plus âgées commencèrent à mourir. Certaines glissaient dans la mort sans un bruit, d'autres gémissaient tandis que leur cœur et leurs poumons lâchaient.

Partout dans l'avion, les vieux, puis tous ceux qui avaient des problèmes médicaux décédaient tour à tour. Les poumons lâchaient, les cœurs cessaient de battre, de fins vaisseaux sanguins éclataient, et des hémorragies sortaient par tous les orifices. Des hémorragies internes se déclaraient dans le cerveau ou ailleurs, causant une mort plus douloureuse. Des poches d'air pressurisé se développaient dans certains organes, et certains voyageurs commençaient à se griffer le visage et le torse, essayant follement d'atteindre la source de ces douleurs.

Tout le monde, jeunes et vieux, en bonne ou en mauvaise santé, fit l'expérience de l'hyperventilation, fut pris de vertiges, eut la vision brouillée et la nausée. Quelques-uns s'étouffaient avec leur vomi quand les muscles et le cerveau privés d'oxygène refusaient de répondre au réflexe du vomissement. Les couleurs des visages passaient du blanc au bleu. Des entrailles et des vessies se relâchèrent, et si une respiration normale avait été possible, rendant par là même également possible la perception de l'odorat, la cabine aurait empesté.

De plus en plus de gens avaient abandonné les masques à oxygène, mais beaucoup essayaient encore désespérément d'aspirer dedans, jurant silencieusement contre ce qu'ils croyaient être une panne du système fournissant l'oxygène. Mais l'oxygène était là. Les molécules sortaient des masques et tourbillonnaient devant leurs visages comme une cruelle plaisanterie, puis se dissipaient dans l'atmosphère à basse pression.

Dans la cabine éco glaciale où tous ceux qui se souciaient de regarder pouvaient voir les trous, le soleil se déversait à travers l'ouverture à gauche faisant face au sud et faisait scintiller les débris et le carnage laissés par le sillage du missile.

À cet instant, les rares passagers encore capables de formuler une pensée surent qu'ils étaient en train d'étouffer. Pourtant, dehors, par les trous, ils pouvaient voir le ciel sans limites, d'un bleu profond et sans nuage, brillant sous le soleil. Il semblait doux, enchanteur, mais il était aussi létal que le fond de l'océan.

Le commandant Stuart était à peine conscient. Il bougea la tête vers la droite. McVary était toujours dressé, les yeux fixés droit devant lui. Il tourna la tête vers Stuart avec une expression étrange. Stuart fit un mouvement et regarda par-dessus son épaule. Fessler était toujours affalé sur sa console dans une flaque de sang. Le saignement avait l'air de s'être arrêté.

Les doigts de Stuart étaient engourdis et ses membres lourds. Son cerveau semblait détaché de son corps et il avait l'impression de flotter. Les cellules de son cerveau se mouraient, mais une pensée brillante, comme une lointaine balise d'atterrissage, émergeait de plus en plus clairement dans le cockpit assombri. Depuis qu'il avait commencé à voler sur un Straton, la crainte de la décompression à haute altitude ne l'avait pas quitté et il avait formulé une réponse à cette possibilité qui était si bien implantée qu'elle n'était pas encore morte, ou n'avait pas encore été balayée comme tout le reste. Il savait qu'il devait couper le pilote automatique et pousser l'avion en un piqué soudain. Cela lui revenait maintenant. Il le tenait. *S'ils ne mouraient pas tous rapidement et si quelqu'un fonctionnait encore dans le cockpit quand l'avion atteindrait l'air respirable, alors cette personne pourrait avoir sauvegardé assez de lucidité pour faire atterrir l'appareil quelque part.* Il regarda à nouveau McVary. Jeune. En bonne santé. Aspirant fort dans son masque. La moitié de son cerveau pouvait survivre. Cet idiot pourrait les sauver de la mort et les condamner à cet endroit obscur, ce lieu de perpétuelle éclipse, cet état d'esprit qu'on appelle la semi-vie — sans parole, aveugle, paralysé, imbécile. Il pensa à sa femme et à sa famille. *Mon Dieu, non...*

Stuart atteignit de la main l'interrupteur du pilote automatique. Non. Pas bon. McVary pouvait le remettre en marche. Il avança la main vers sa console et trouva ce qu'il voulait — la commande principale du pilote automatique, qui n'était pas doublée du côté du copilote. Il avança la main et souleva le couvercle qui protégeait la commande. Ses doigts trouvèrent le petit bouton.

Il hésita. L'instinct de survie — de n'importe quel

type de survie — commençait à reprendre le dessus sur son intellect qui s'estompait. Il fallait qu'il agisse vite. Vite ! Faire quoi ? Il essaya de se rappeler ce qu'il était supposé faire, puis, dans un flash, se souvint et appuya sur le bouton. Il ne s'enfonça pas. Il se rappelait clairement que le système requérait une force assez considérable pour éteindre... *éteindre quoi ?*

Le commandant Stuart se renfonça dans son siège et regarda par le pare-brise. Il fronça les sourcils. Il avait mal à la tête. Quelque chose l'ennuyait. *Du café. Le Brésil.* Il fallait qu'il aille au Brésil pour avoir du café. Il sourit. Un petit filet de salive coula sur son menton.

Le pilote automatique du Straton 797 continua sa descente d'urgence programmée. Sa mémoire électronique et ses réponses préprogrammées n'étaient en rien affectées par la privation d'oxygène. Pas une fois il ne considéra les effets de l'anoxie sur sa charge humaine. Il était vrai que le jeune créateur de ce pilote automatique avait suggéré une fois qu'une soudaine et complète décompression à des altitudes supérieures à 50 000 pieds devrait induire un arrêt du pilote automatique. Mais ce jeune homme ne concevait plus de pilotes automatiques et sa « réponse autodétruisante », comme les patrons de chez Straton l'avaient appelée, ne faisait pas partie du répertoire du pilote automatique. Le pilotage automatique pouvait descendre, et allait descendre jusqu'à 11 000 pieds, à 3 000 mètres et quelques, là où l'air était respirable et plus chaud, et continuerait à piloter le Straton selon son plan de vol jusqu'à Tokyo. Il pouvait faire ça, et bien d'autres choses encore. La chose qu'il ne pouvait pas faire, c'était poser l'avion, en tout cas s'il restait privé des données additionnelles de l'équipage.

John Berry sentait les effets de l'atmosphère raréfiée. Il avait commencé à hyperventiler. Sa tête lui faisait affreusement mal et il était pris de vertiges. Il s'assit sur la petite commode jusqu'à ce que cela passe.

Il se releva et tira sur la porte. Elle était toujours fermement collée. Il se sentait trop faible pour essayer à nouveau. Il regarda sa montre sur la tablette. 11 h 04. Deux minutes seulement s'étaient écoulées depuis qu'il avait senti la secousse. Cela lui avait semblé beaucoup plus long.

Berry commença à taper dans la porte.

— Ouvrez ! Ouvrez cette sacrée porte ! Je suis enfermé !

Il colla son oreille contre la paroi. Des bruits étranges lui parvenaient de la cabine des premières. Il cogna encore puis s'effondra contre les toilettes. Il voulait essayer d'ouvrir à nouveau, mais décida d'attendre de se sentir mieux.

John Berry savait que si l'avion faisait un atterrissage forcé dans l'océan, il ne serait pas capable d'atteindre les canots. Il coulerait avec l'appareil. Il mit ses mains sur sa tête douloureuse, se pencha et vomit sur le sol, sans chercher à se servir du lavabo. Il se redressa et respira profondément plusieurs fois, mais un étourdissement passa sur lui avec la force d'une vague géante. Il voulait se laver le visage et la bouche, mais il se souvint que le robinet était à sec. *Pourquoi ?*

Les toilettes s'assombrissaient et il se sentait de plus en plus faible. Il glissa sur le sol. Sa transition vers l'inconscience se fit lentement et il permit à son corps de se détendre. Il ressentait une étrange euphorie et décida que la mort ne serait pas si mal que ça. Il n'avait jamais pensé qu'elle le serait. Il se souvint de son enfance, ce qui ne le surprit pas, il pensa même à ses enfants, ce qui le fit se sentir moins coupable des sentiments qu'il avait pour eux. Il se rappela Jennifer, ce qu'elle était jadis. Il ferma les yeux et sombra dans le noir.

Le ventilateur des lavabos continuait à envoyer un flot d'air pressurisé ininterrompu et chaud dans cet espace clos. La pression fuyait autour de la porte, mais elle fuyait doucement, assez lentement pour garder une pression supérieure à cinq cents grammes par centimètre carré sur la porte, la scellant complètement. La perte de pression était également assez lente pour que l'atmosphère dans les lavabos ne s'élève jamais au-dessus de 31 000 pieds.

John Berry reposait, tassé sur le sol, respirant irrégulièrement. Cinq minutes de plus à l'altitude de 31 000 pieds pourraient lui causer des dommages au cerveau irréversibles. Mais le pilote automatique du Straton faisait descendre l'avion rapidement.

Dans la cabine éco, la cabine des premières, le salon des premières et le cockpit, les passagers et l'équipage du vol 52 de la Trans-United avaient sombré, un par un, dans un sommeil profond et miséricordieux ; le niveau d'oxygène fourni aux cellules de leurs cerveaux était tombé trop bas pendant trop de temps.

À 11 h 08, six minutes après le passage du missile Phoenix à travers sa carlingue, le Straton atteignit 18 000 pieds. Le pilote automatique nota l'altitude et commença à redresser doucement l'appareil, cessant son plongeon d'urgence. Les aérofreins furent automatiquement rétractés et suivis par une remise en puissance, lente et régulière, sur les quatre moteurs.

Dans le cockpit, trois formes étaient assises, attachées à leurs sièges. Les deux commandes bougeaient à l'unisson, les quatre manettes des gaz aussi, les ailerons faisaient des corrections légères et régulières. L'avion volait très bien. Mais ce n'était pas un vaisseau fantôme, pas un *Hollandais volant.* C'était un appareil moderne que le pilote automatique avait pris en charge comme on le lui avait ordonné. Tout irait bien, au moins pendant un moment.

Quand les circuits électroniques du pilote automatique captèrent la proximité de l'altitude désirée, celui-ci stabilisa l'avion géant et établit une altitude de 11 000 pieds et une vitesse lente et économique pour la consommation de 340 nœuds, soit quelque 600 kilomètres à l'heure. Le système de pressurisation de l'air s'était arrêté automatiquement quand l'appareil était entré dans une atmosphère plus épaisse. L'air frais et pur de la brise du Pacifique emplit peu à peu la carlingue du vol 52 de la Trans-United.

Quelques minutes après ce retour à l'horizontale, les premiers passagers commencèrent à sortir de leur terrible sommeil comateux.

3

Le lieutenant Peter Matos maintenait son F-18 selon une trajectoire droite et horizontale. Avec réticence, il appuya sur le bouton de son transmetteur radio. « La Maison, ici Navy trois-quatre-sept. » Il continua à presser le bouton pour ne pas pouvoir recevoir de réponse du *Nimitz* tant qu'il n'y était pas préparé. Son esprit était en plein conflit. Il y avait quelque chose qui n'allait vraiment pas. Finalement, il ôta son doigt du bouton.

— Roger, Navy trois-quatre-sept. Nous avons également enregistré l'interception, répondit le quartier-maître Kyle Loomis.

Matos savait que le porte-avions avait été équipé pour suivre le missile, et que les hommes dans la pièce électronique E 334 avaient surveillé l'aiguille qui enregistrait la soudaine fin de transmission du AIM-63X quand il avait frappé la cible, détruisant son transmetteur.

— Navy trois-quatre-sept, ici la Maison.

La voix dans les écouteurs de Matos était indiscutablement celle du commandant Sloan. Même alors qu'un brouilleur de voix spécialement codé était utilisé pour empêcher qui que ce soit de capter leur canal, les qualités de mesure et de profondeur de la voix de Sloan passaient. Matos découvrit qu'il s'était soudain raidi, comme s'il était tombé sur Sloan dans une des coursives du *Nimitz*.

— Nous recevons des signaux contradictoires, dit Sloan.

Matos sentait une colère grandissante dans le tranchant de la voix de Sloan. Il n'avait jamais expérimenté personnellement une engueulade avec le commandant, mais beaucoup trop d'autres pilotes, eux, si. Les colères de Sloan étaient légendaires. Pas de parano, se rassura Matos. Ce n'est qu'un écho électronique qui le fait sonner comme ça. Garde ta tête à ton boulot.

— Nos moniteurs sont d'accord avec votre rapport sur l'impact du missile. Mais nous avons toujours le drone cible sur l'écran, poursuivit Sloan. Conditions de vol normales. Cela contredit les résultats du Phoenix. Est-ce que vous avez la zone d'engagement sur votre écran radar, et avec une bonne définition ?

Matos s'enfonça dans son siège aussi profondément que son harnais de sécurité le lui permettait. Son cœur sombrait en entendant ces mots et il pouvait sentir la bile au tréfonds de son estomac. Dieu tout-puissant, sainte Marie mère de Dieu... Il s'humecta les lèvres et s'éclaircit la gorge avant de presser le bouton de transmission.

— Roger, la Maison. Ici trois-quatre-sept. Je commence à avoir une bonne définition sur la zone d'impact. Stand by.

James Sloan n'avait pas l'intention de se laisser démonter, même momentanément, par un de ses subordonnés.

— Trois-quatre-sept, exécutez un verrouillage radar avec le Phoenix, transmit-il. Le missile a dû avoir une panne avant d'engager la cible. Cela expliquerait pourquoi nous lisons toujours le drone cible.

— Roger, la Maison.

Mais Matos savait que le Phoenix avait touché *quelque chose.* Il avait regardé les échos radar converger. Il savait également que le radar de bord du *Nimitz* ne pouvait pas couvrir la zone d'impact. Le porte-avions était à des centaines de kilomètres sur l'arrière de son F-18, ce qui le mettait hors de portée radar du site du test. Tout ce que les gens du porte-avions seraient capables de dire d'après l'équipement de la salle électronique, c'était qu'il n'y avait plus de signal radio venant du missile et que le drone cible continuait, inexplicablement, à envoyer un signal fort et clair.

Matos se pencha sur son écran radar. La cible avait maintenu un cap stable pendant un bref moment après l'interception. Matos tourna deux manettes du cockpit, puis fit un ajustement sur le radar. Il pouvait maintenant lire les deux pertes d'altitude sur son écran vertical, celle du drone cible et celle du Phoenix. Au-delà de la cible se trouvait le reflet radar presque estompé représentant les restes du missile Phoenix AIM-63X. Il resta visible pendant une demi-minute, et Matos le suivit jusqu'à ce qu'il tombe dans la mer.

— La Maison, ici trois-quatre-sept. Le missile est tombé dans l'océan. Je traque maintenant le drone cible. Je l'ai verrouillé en vertical. Il descend. Altitude approximative 51 000 pieds. Taux de descente estimé à 12 000 pieds/minute.

— Okay, répondit Sloan, c'est bien. Nos sorties montrent encore la cible à un niveau de 62 000 pieds. L'équipement de transmission de la cible doit avoir été endommagé par l'impact. Peut-être que le Phoenix n'a fait qu'effleurer le drone. (Sans tête explosive, Sloan savait que la destruction complète requérait un coup dans le mille.) Continuez à traquer, et nous considérerons nos moniteurs de bord comme dysfonctionnant.

— Roger.

Mais quelque chose d'autre ennuyait Matos. La cible ne tombait pas très rapidement. Son propre jet pouvait plonger plus vite que ça. Pour ce qui était censé être une cible éclatée virevoltant dans le ciel, elle ne se comportait pas comme on aurait pu s'y attendre.

Il manque des données, songea-t-il. Il n'y avait qu'une raison à cette absence de rationalité : il opérait sans toutes les informations. Quand on entre des conneries, il sort des conneries, comme ils disaient dans les cours d'informatique de Pensacola. Pas de conclusions hâtives. Laissez les réponses émotionnelles aux civils. Les techniciens militaires attendaient les données. La technologie était vraiment la science du recul. Quand ils corrigeraient et analyseraient toute la matière, ils découvriraient facilement ce qui avait rendu ce test si bizarre.

Matos n'avait plus d'appréhension. Il y avait quelque chose dans les procédures machinales qui calmait et réconfortait. Tant qu'il s'en tenait aux routines des techniciens, il parvenait à écarter ses peurs. Les bips sur son radar étaient redevenus les simples pièces d'un jeu, et la manœuvre entière avait pris l'aura d'un échiquier électronique.

L'impact a distordu la forme du drone, pensa Matos. Il a été plié en une sorte de corps sans poids. Aplati comme un parachute de métal qui a déjà atteint sa vitesse maximale. Des choses plus étranges se sont déjà produites. Matos sentait que l'idée du commandant Sloan selon laquelle le missile n'avait fait qu'effleurer le drone était probablement juste. Cela expliquerait comment et pourquoi les signaux erronés du drone étaient encore transmis machinalement au *Nimitz*.

— Le balayage vertical indique 25 000, rapporta Matos. (Les événements s'étaient stabilisés et les choses commençaient à prendre leur sens. 17 000 pieds.) La cible se déplace maintenant à 38 degrés sur la droite de sa trajectoire avant interception. Je vois...

Les yeux de Matos balayaient la rangée de données qui sortaient. Il se figea quand il vit la nouvelle tendance. C'était trop anormal pour essayer de prétendre autre chose.

— La Maison... le taux de descente de la cible a diminué. (La voix de Matos montait dans les aigus.) 8 000 pieds par minute. Maintenant 6 000 par minute. Altitude 14 000 pieds. Le taux de descente est tombé à 3 000 pieds par minute. La cible maintient maintenant une altitude de 11 000 pieds !

Après quelques minutes de pause, la voix de Sloan emplit soudain le vide.

— Navy trois-quatre-sept, je ne sais pas ce qui se passe là-bas, bon sang, mais vous feriez mieux de le savoir. Et vite.

Il n'y avait plus d'erreur possible sur le timbre de voix de Sloan ou ses intentions.

— Roger, la Maison. Je procède à l'approche de la cible. Jusqu'au contact visuel.

Matos mit pleins gaz. Le F-18 accéléra rapidement, l'écrasant contre son siège. Un flot d'émotions disparates l'envahissait, mais il les maintenait à distance. Il dirigea toute son énergie vers la tâche purement technique consistant à intercepter la cible mobile sur son radar.

— C'est une excellente question, Commandant. Que diable s'est-il passé là-bas ?

Randolf Hennings se permettait un léger début de colère d'amiral. Il avait joué le messager silencieux trop longtemps. Retraité ou pas, la propension naturelle d'Hennings pour le commandement — dans la naphtaline ces dernières années, avec ses uniformes de la Navy — avait commencé à émerger. Sloan perdait le contrôle de la situation.

Depuis leur première poignée de main, Hennings n'avait pas aimé le commandant Sloan. Il y avait quelque chose de trop astucieux et de trop calculateur chez cet homme. Il n'avait pas montré le moindre signe de bonne nature. C'était comme si l'univers entier n'avait été créé que pour son bénéfice personnel.

Sloan avait ignoré la question de l'amiral.

— On va prendre la suite, dit-il au quartier-maître Loomis. (Il renvoya le technicien, et Loomis quitta la pièce rapidement et en silence.) Rien ne s'est passé de travers, j'en suis certain, finit par répondre Sloan, en se tournant vers Hennings. Mais même si c'est le cas... il est inutile que qui que ce soit soit au courant en dehors de nous deux. Je ne rappellerai pas le technicien avant qu'on ait résolu le problème, quel qu'il soit.

— Nous sommes trois, dit Hennings. N'oubliez pas votre pilote. Il en sait plus que nous. C'est lui qui est là-bas. Nous n'avons pas un tableau très clair... (Il désigna l'empilement d'électronique)... avec tout ça.

— Matos n'est pas un problème, répondit Sloan. Je sais comment les choisir. Je sais à qui assigner une mission.

Randolf Hennings regarda le jeune commandant avec un dédain marqué. Il ne commande pas ses hommes. Il les utilise, songea Hennings. Les hommes comme lui n'étaient pas bons, ni pour un équipage, ni pour un navire, ni pour la Navy.

— Ne soyez pas surpris si vos subordonnés vont parfois contre le vent dominant.

— Surpris ? Bon sang, non, je serais stupéfait.

Mais à peine avait-il dit cela que Sloan sut qu'il avait été trop loin. Il avait lâché cette remarque trop vite, sur les talons de tous les virages improbables que les événements avaient pris. La remarque resta suspendue en l'air entre les deux hommes, et Sloan le regretta.

Sloan essaya d'éradiquer son erreur. Il sourit à Hennings, puis força un petit rire.

— Vous avez raison, Amiral. Parfois, ils essayent d'aller contre le vent. Nous le faisons tous, à l'occasion.

Hennings hocha légèrement la tête mais ne dit rien. Il n'admettait pas d'être lié à Sloan, même d'une manière mineure. Dans le temps, à l'époque du *John Hood*, songea Hennings, il aurait convoqué cet officier dans ses quartiers et, en privé, il lui aurait passé un sacré savon. Souviens-toi de la mission, se dit Hennings, se citant à lui-même ce qu'une vie d'expérience lui avait appris.

— Nous essayons de faire un travail, pas de gagner des points, dit Hennings.

L'amiral à la retraite avait construit sa carrière navale sur ces prémisses, précisément. Embarrasser vos subordonnés était contre-productif, pensait-il. Vous n'obteniez le meilleur d'un homme que lorsqu'il se souciait assez de sa mission pour être productif. Les menaces ne vous menaient nulle part.

Sloan marmonna une réponse incompréhensible, puis tourna les yeux vers la console électronique. Il comprenait à peu près comment faire marcher l'équipement, et il le vérifia pour se rafraîchir la mémoire. Sloan se mit à évoluer rapidement et avec compétence parmi les séries de boutons et de cadrans, comme un chirurgien habile accomplissant une opération familière.

Hennings le regarda pendant un moment, puis soupira. Peut-être avait-il été trop critique. Peut-être vieillissait-il trop. Les temps avaient changé. C'était le *show* de Sloan. Miner la confiance du commandant ou réprouver ses méthodes ne ferait du bien à personne, et surtout pas à la Navy. Personne ne devrait essayer d'être le capitaine de tous les bateaux.

— Juste quelques minutes, Amiral.

Sloan était conscient du mécontentement d'Hennings. C'était un autre facteur à considérer. La réussite complète de la mission était le but premier, mais ne pas s'aliéner l'amiral à la retraite venait en second. Il avait pris un mauvais départ avec le vieil homme, et il allait falloir ramer pour rattraper les choses. Un test couronné de succès aiderait à combler le fossé entre eux. Rien ne rendait les gens plus amicaux qu'une réussite commune.

Hennings s'assit sur le bord de la console. Il regardait d'un œil vide de l'autre côté de la pièce, vers la porte blindée fermée.

Sloan se retrouva en train de pianoter sur le verre de l'horloge. Il changea de position. Puis il toussota légèrement pour s'éclaircir la gorge. Si les choses tournaient bien, tout serait emballé d'ici une heure.

— Il n'y en a plus pour longtemps, dit-il pour briser le silence. Matos devrait être en contact visuel avec notre cible.

La première vision qu'eut Matos de la cible était de la routine pure : un point noir suspendu, immobile, contre le ciel bleu. Sans rien autour pour donner la moindre perspective, il était impossible d'en déterminer la taille.

La cible maintenait une trajectoire au cap 342. Elle avait graduellement ralenti pendant sa descente, et elle évoluait maintenant à 340 nœuds. Volant à trois fois la vitesse de la cible, le F-18 avalait rapidement la distance qui les séparait. Il allait l'intercepter sous peu.

Matos avait partagé son attention entre le radar et le pare-brise, et maintenant qu'il avait un contact visuel avec la cible, il gardait les yeux fixés dessus.

— Navy trois-quatre-sept, contact visuel établi, transmit-il.

— Roger, répondit Sloan, d'un ton impatient.

Matos ne prêta pas attention au message implicite. Il avait cessé de s'inquiéter de Sloan, et se concentrait complètement sur sa tâche. Rester non impliqué émotionnellement était l'attitude propre à tout travail scientifique.

La main gauche de Matos réduisit les gaz du F-18. Il entama une décélération qui devait amener son appareil à une vitesse semblable à celle de la cible quand il passerait à côté, pour éviter de la dépasser. Le vol en formation restait une histoire de pratique, d'adresse et de réactions à l'estomac. Dans le répertoire du pilote de chasse moderne, c'était une zone qui n'avait pas encore été prise en main par l'électronique. Peter Matos excellait particulièrement dans les vols en formation à grande vitesse. Il restait parfois loin derrière sa patrouille, puis fonçait et venait rapidement et sans heurt se mettre à sa place désignée. « Bien ramé », lui disaient ses potes par radio, mais tout le monde était impressionné. Matos était un bon.

Et pourtant, aujourd'hui, il avait un problème. La cible restait à distance. Matos avait mal jugé. Il avait entamé sa réduction de vitesse d'un point trop éloigné. Les centaines de fils conducteurs qui constituaient les réactions instinctives d'un pilote étaient quelque peu à côté de la plaque. Quelque chose allait de travers. Matos quitta des yeux le point noir à l'horizon et regarda son écran radar.

Six miles. Doux Jésus, pensa-t-il. Comment pouvait-elle encore être aussi loin ? Matos regarda à travers le pare-brise. Il accéléra à nouveau, et la distance diminua. Apparemment, le point noir n'était pas un drone. Il était trop gros. C'était ça qui avait faussé ses perceptions et l'ajustement de sa vitesse. Il s'était attendu à un objet d'une dizaine de mètres, et il avait accordé sa vitesse de rapprochement à cette éventualité.

Comme l'espace entre eux diminuait, la taille de la cible grandit rapidement. Elle était énorme. La première marque distinctive était une ligne horizontale au milieu de la structure. Une ligne d'ailes. Puis la queue devint subitement distincte. Matos était sidéré. C'était un avion. Un jet. « Mon Dieu ! »

Un vol commercial ! Il n'y avait plus aucun doute dans son esprit : c'était la cible qu'il avait touchée. L'appareil apparaissait, fantomatique, comme un navire abandonné en haute mer. Mort dans l'eau. Il acheva de réduire la distance qui les séparait sans plus penser à rien, ni rien ressentir.

Matos longea l'avion de ligne. Le logo de la TransUnited semblait incongru. Des couleurs vibrantes — vert, bleu et jaune. Des couleurs vivantes sur un vaisseau mort.

Le Straton 797 semblait étrange, comme si l'avion lui-même savait ce qui lui était arrivé et qui l'avait fait. Il volait avec le nez légèrement relevé. Ses quatre réacteurs produisaient un flot continu de gaz d'échappement. Il se maintenait solidement à 11 000 pieds et filait à 340 nœuds. Matos se dit qu'il était piloté par son ordinateur de bord.

Le militaire manœuvra pour approcher son chasseur. Il examina le côté gauche de l'énorme fuselage et vit ce qu'il cherchait. Le trou. Une ombre noire sur l'argenté de la carlingue, comme une tache menaçante dans une radiographie. Il balança son appareil de l'autre côté. Le trou de sortie, comme la blessure de sortie d'une balle, était beaucoup plus large. Énorme, déchiqueté, affreux. Ses mains, puis ses genoux commencèrent à trembler. Il rejeta la tête en arrière et leva les yeux vers le haut de sa bulle de plexi, vers les cieux. « Doux Jésus. Oh, mon Dieu !... »

Il ne regarda plus le Straton pendant un long moment.

Finalement, il se força à l'étudier à nouveau. Personne n'était visible derrière aucun des hublots. Aucun œil ne l'observait tandis qu'il volait parallèlement à la rangée de ronds de Plexiglas, à seulement une douzaine de mètres de là où les gens auraient dû être. Il avait déjà fait des vols d'entraînement pour intercepter des avions de ligne, et il savait qu'il aurait dû apercevoir les passagers. Matos augmenta les gaz et avança pour atteindre le côté du cockpit. Pas de têtes dans le cockpit non plus. Il n'y avait personne nulle part. Pas de passagers, pas d'équipage. Pas de survivants.

— Trois-quatre-sept ! hurla la radio, et Matos sursauta. (La soudaine transmission de Sloan l'avait surpris.) Vous êtes là ? Mais qu'est-ce qui se passe, bordel ?

— Je... La Maison...

Le pouce de Matos resta bloqué sur le bouton de la radio. Comme il laissait son F-18 partir à la dérive pour voler moins près de l'autre appareil, l'ombre du fuselage du Straton passa par-dessus son cockpit. D'en dessous, le 797 semblait incroyablement immense. Le F-18 de Matos n'était qu'un point insignifiant. Il pilotait un jouet comparé à ce mammouth mécanique suspendu au-dessus de lui.

Et pourtant l'inimaginable s'était produit. Le jouet de Matos avait détruit un grand avion de ligne. Au-delà de tous ses doutes et de toute parole, la réalité s'étalait devant lui. Son visage était couvert de sueur et ses yeux laissaient couler un flot de larmes.

— La Maison. Nous avons touché un avion de ligne. Un Straton 797. Trans-United.

Il n'y eut pas de réponse du *Nimitz*.

4

John Berry reposait, inconscient, dans l'une des toilettes des premières du Straton 797. Sa respiration, irrégulière quelques minutes plus tôt, était revenue à la normale. Il était immobile, hormis le tremblement involontaire de sa main gauche. Son esprit combattait dans des couches de rêves troubles provoqués par ce sommeil. Insensiblement, comme un brouillard matinal se lève imperceptiblement, John Berry s'éveilla.

Il ouvrit ses paupières alourdies. Il tourna lentement la tête et regarda autour de lui la minuscule cabine, sans bien comprendre où il se trouvait. Au début, il ne parvint pas à se rappeler quoi que ce soit en dehors de sa propre identité.

John Berry tenta de se relever de son inconfortable position, plié en deux sur le sol, mais ses muscles ne répondaient pas. Pas de forces, se dit-il. Ce fut sa première pensée rationnelle. Allongé sur le plancher, tout en rassemblant l'énergie nécessaire pour se relever, il repéra un petit objet brillant près de lui. Sa montre. Il la ramassa. 11 h 18. Cela mit sa mémoire en branle et toutes les pièces manquantes reprirent leur place. Graduellement, il se souvint d'où il était, puis de pourquoi. Il se rendit compte qu'il était resté inconscient pendant quatorze minutes. La dépressurisation, pensa-t-il. Une porte ouverte. Un hublot éclaté. C'était à peu près tout ce qu'il pouvait se figurer. Il avait lu des articles sur ce genre de choses dans des magazines d'aviation.

On vole encore. Ses sens lui disaient que le Straton naviguait droit et stable, et il pouvait sentir les pulsations rassurantes de la puissance des réacteurs dans la structure de l'appareil. C'était rassurant de savoir que l'équipage avait encore l'appareil bien en main.

Berry s'agrippa au bord du lavabo et se tira vers le haut. Ses jambes étaient encore en coton et il se sentait étourdi. Il se souvenait vaguement d'avoir vomi, et il en vit la preuve dans un coin. Mais il commençait déjà à se sentir mieux. Il se regarda dans le miroir. Il avait l'air à peu près bien. Pas de coupures, pas de bleus, même s'il avait des cercles noirs autour des yeux. Ses yeux eux-mêmes étaient rouges et humides.

Berry prit quelques grandes inspirations et secoua la tête pour s'éclaircir les idées. Il se sentait comme pris d'une gueule de bois géante, à ceci près que les symptômes s'effaçaient rapidement. Il allait s'en sortir, se rassura-t-il. La dépressurisation était une chose temporaire. Pas de dommages permanents. C'était comme de s'écrouler à force d'avoir descendu trop de Martini. Trop de Martini était sans doute même pire. Il se sentait déjà presque redevenu normal.

Berry saisit la poignée de la porte. Il essaya de tirer dessus, se souvenant qu'auparavant il n'était pas parvenu à l'ouvrir. Mais le système de pressurisation du Straton s'était arrêté automatiquement une fois que le vol 52 avait atteint une altitude vivable, et il n'y avait plus d'air pulsé par la ventilation derrière lui. À la plus grande surprise de Berry, la porte s'ouvrit facilement. Il la poussa et s'avança dans la cabine.

John Berry n'avait aucune notion préconçue de ce à quoi s'attendre. Il n'avait pas encore laissé son cerveau aller si loin, et pourtant, inconsciemment, il s'attendait certainement à quelque chose de pas trop loin de l'ordinaire. Quand ses yeux furent confrontés à la scène, ce qu'il vit le fit brutalement reculer vers le mur de fibre de verre. Cette vision terrible emplit son esprit et un cri primal s'éleva du fond de son âme. Pourtant, aucun son ne sortit de sa gorge.

Une dévastation complète. Le pire des dégâts se situait dans la section avant de la classe éco, à moins de dix mètres de là où il se tenait. C'est là que ses yeux furent instantanément attirés et son attention rivetée. Le rideau qui séparait les premières de la classe éco avait été arraché, révélant l'intégralité de l'immense carlingue du Straton.

À travers le trou déchiqueté sur le côté gauche de l'appareil, Berry pouvait voir l'aile, et, en dessous, les eaux bleues du Pacifique. Étalé autour du trou, sur quatre mètres environ, s'entassait un incroyable amas de débris impossibles à identifier. En regardant plus attentivement ce monticule, il commença à distinguer ses composants : rails de fauteuils, sièges et bagages à main.

Tandis que ses yeux erraient sur cet empilement, il essayait de comprendre ce qu'il voyait. Il y avait deux trous dans le fuselage de l'avion. Le trou du côté droit était considérablement plus gros et plus irrégulier que celui du côté gauche. Des deux côtés, des feuilles de métal vibraient continuellement à cause de la vitesse. Cela ajoutait un étrange contrepoint sonore au bruit du vent qui hululait. Il n'y avait aucune trace de feu. John Berry ne parvenait pas à relier ce qu'il voyait à aucune cause probable. Son œil inexpérimenté ne pouvait pas séparer les différentes pièces du puzzle pour les changer en indices valables.

Berry se rendit lentement compte que la flaque sous la masse de débris était en fait du sang. Il fut soudain couvert de sueur froide. Dans la pile de débris, il reconnut ce qui semblait être des morceaux de chair, des sections de bras et de jambes. Un torse mutilé était accroché au bord du trou dans le fuselage.

Un mouvement sous les débris attira son attention. Une femme. Elle était apparemment coincée sous la masse d'objets. Berry fit un pas vers elle. Le vent qui soufflait par les trous béants fit remuer l'amas dévasté.

Berry se figea. Le visage de la femme, qui avait l'air intact et sans la moindre blessure, se tourna. Sous la cascade de ses cheveux blonds apparut le tronçon sanglant de son cou.

Berry détourna les yeux. Sa gorge se contracta et il commença à avoir des haut-le-cœur. Son rythme cardiaque s'accéléra subitement. Pendant un moment il pensa qu'il allait s'évanouir. Il ferma les yeux et s'appuya contre la cloison.

Quelques secondes plus tard, John Berry regarda vers l'avant de l'avion. À première vue, tout avait l'air à peu près normal, si ce n'étaient les masques à oxygène qui pendaient, se balançant au-dessus de chaque siège. Des attaché-cases et des morceaux de vêtements étaient entassés dans les recoins. Mais ce qui attira son attention, ce fut ce qui était très clairement absent de cette scène : la vie. Les passagers étaient assis immobiles sur leurs sièges, comme un étalage de mannequins attachés dans un décor d'avion.

Berry s'avança jusqu'à sa place. Dans la rangée de devant se trouvait un homme avec qui il avait échangé quelques mots amicaux. Pete Brandt, de Denver, se souvint-il. Berry prit le poignet de l'homme et tâta, à la recherche de son pouls. Rien. Il mit la main devant la bouche de Brandt. Il ne sentit pas de souffle.

Berry regarda autour de lui et se rendit alors compte que Brandt, et tous ceux qui étaient assis cinq rangées devant lui, n'avaient pas de masques à oxygène. Pour une raison indéterminée, les masques n'étaient pas tombés de leurs logements au-dessus de chaque siège de cette partie de l'avion. Berry regarda le siège où il avait été assis, lui. Pas de masque. Je serais mort, pensa-t-il.

Il se retourna et observa toute la carlingue. La plupart des passagers de ce côté avaient leurs masques à oxygène accrochés sur le visage. Berry se rendit jusqu'à une rangée où un homme âgé chauve était assis. Ils s'étaient poliment salués en montant à bord.

Avant même de mettre la main sur la poitrine de cet homme, Berry sut. La blancheur crayeuse de sa chair et son expression figée signifiaient qu'il était mort. La peur et l'agonie étaient plaquées sur son visage. Pourtant, il portait un masque à oxygène et Berry pouvait sentir le filet d'air pompé vers le masque dans le petit tube transparent. Alors pourquoi était-il mort ?

Berry regarda le passager à côté. C'était Isaac Shelbourne, voyageant avec son épouse. Berry connaissait de vue ce célèbre pianiste et il l'avait reconnu quand ils attendaient pour embarquer. Il avait espéré pouvoir engager la conversation avec lui pendant le vol.

Berry posa la main sur l'épaule de Shelbourne. L'homme remua. Vivant, songea Berry, et son cœur s'emplit d'espoir. Il pouvait entendre Shelbourne marmonner d'une manière incohérente sous son masque à oxygène et il le lui ôta.

Il prit Shelbourne par les épaules et, à deux mains, il le secoua.

— Réveillez-vous, dit-il à haute voix.

Il le secoua à nouveau, plus violemment. Les yeux de Shelbourne étaient ouverts, mais son regard restait vide. Les yeux du pianiste pleuraient et clignaient involontairement. De la salive coula d'un des coins de sa bouche. Des sons émanaient des profondeurs de sa gorge, mais ce n'étaient que des bruits inintelligibles.

— Shelbourne ! cria Berry, sa voix prenant un ton menaçant.

En un instant, écœuré, Berry comprit dans quel terrible état se trouvait le pianiste, totalement et irrévocablement détruit.

Berry regarda autour de lui. D'autres personnes commençaient à s'éveiller, manifestant les mêmes signes de dysfonctionnement que Shelbourne : discours incohérent, spasmes musculaires, et aucune capacité apparente de pensée rationnelle. *Lésions cérébrales !* L'horreur de cette idée frappa Berry de plein fouet. Il lâcha l'homme qu'il avait tenté de ranimer.

John Berry s'éloigna de quelques pas. Maintenant il était à la fois effrayé et révolté. Les gens dans la cabine étaient apparemment tous victimes de lésions cérébrales irréversibles. Il comprenait qu'une trop longue privation d'oxygène pouvait provoquer cela. Porter un masque à oxygène ne suffisait visiblement pas. Il se rappelait vaguement un article sur la pression contre le pourcentage d'oxygène. Au-dessus d'une certaine altitude, même l'oxygène pur n'était pas suffisant. Pas de pression, pas de flux, telle était la phrase dont il se souvenait. Il se demanda si cela s'appliquait à l'altitude de croisière du Straton. 62 000 pieds. Oui, c'était ça. Bien sûr. Ils avaient voyagé dans la stratosphère.

Il était maintenant certain que tous ceux qu'il avait vus sans masque étaient morts et que ceux qui les avaient portés avaient survécu — seulement pour endurer des lésions cérébrales terribles. Pourtant, lui était vivant, et capable de pensée rationnelle — et il n'avait pas porté de masque à oxygène. Pourquoi n'avait-il pas été affecté ? L'idée que les lésions cérébrales puissent être progressives l'envahit. Sa tête allait peut-être partir peu à peu, quand les résultats de la privation d'oxygène commenceraient à faire effet.

Sept fois neuf, soixante-trois, se dit-il. La première loi de Newton concerne les corps inertes. Il était rationnel. Ce n'était pas une illusion. Il avait l'impression que les lésions cérébrales causées par l'hypoxie n'étaient pas progressives. Il en était certain. Du moins sentait-il qu'il en était certain.

Des passagers s'étaient levés de leur siège. Berry voyait que ceux qui commençaient à se déplacer étaient handicapés à des degrés divers. Certains avaient des difficultés à marcher, tandis que d'autres semblaient bouger normalement. Mais de près, il pouvait voir que même ceux qui paraissaient avoir un contrôle musculaire normal avaient été affectés ; il le lisait dans leurs yeux.

Berry s'écarta pour laisser passer un jeune étudiant qui descendait l'allée. Le garçon trébucha plusieurs fois. Plusieurs pas au-delà de Berry il se tint subitement tout raide, puis tomba sur le sol. Son corps s'agitait de convulsions. Une crise d'épilepsie. Berry se souvenait qu'il fallait faire quelque chose pour empêcher le garçon d'avaler sa langue. Mais il ne parvenait pas à avancer vers lui. Il se détourna, se sentant dégoûté et désespéré.

Une jeune fille d'à peine plus de onze ou douze ans se déplaçait lentement dans l'allée. Elle venait de quelque part vers l'arrière de l'avion. Sur son visage on pouvait lire qu'elle avait peur et qu'elle comprenait l'horreur. Elle se tourna vers Berry.

— Monsieur ? Est-ce que vous pouvez m'entendre ? Est-ce que vous me comprenez ?

Elle avait une voix ténue et son visage était couvert de larmes.

— Oui.

Ce fut tout ce qu'il put trouver à répondre.

Ils se regardèrent, en un instant bref et intense.

Dans un éclair de compréhension, elle sut soudain que Berry était comme elle et pas comme les autres. Il n'était pas une menace. Elle courut vers lui, enfouit son visage contre sa poitrine et se mit à sangloter.

— On va s'en sortir, dit Berry.

Ses mots étaient autant pour lui que pour elle. Pour la première fois depuis qu'il s'était éveillé, il se permettait une petite mesure d'émotion. « Merci, mon Dieu », se dit-il en laissant couler des larmes de gratitude devant ce petit miracle. L'enfant continuait à pleurer, mais plus doucement. Il tenait son petit corps tendu contre le sien.

Comme son attention était braquée sur la jeune fille, il ne remarqua pas que plusieurs des voyageurs s'étaient levés et s'avançaient vers eux. John Berry et la gamine se serraient dans les bras l'un de l'autre au centre de la cabine avant tandis que les passagers silencieux commençaient à les encercler.

Le commandant James Sloan était cloué sur place par le message radio venu de son pilote. Il regardait l'ensemble de l'appareillage électronique comme s'il s'attendait à trouver une solution à cette situation dans les boutons et les cadrans. Pourtant il n'y avait rien sur cette console, rien que des données neutres de fréquence et de puissance de signaux. Ce que Sloan voulait savoir ne pouvait émaner que d'une seule source.

— Matos, vous en êtes certain ? demanda Sloan.

Ses mains en sueur étaient crispées sur le micro. Sa voix, habituellement égale et autoritaire, avait pris un ton étrange et nouveau, et ses mots semblaient complètement hors de propos.

Il n'y eut pas de réponse immédiate du F-18 et, tout en restant planté dans cette pièce silencieuse emplie d'appareillages électroniques, le commandant James Sloan se rendit soudain compte qu'il avait peur. C'était une émotion à laquelle il n'était pas accoutumé et qu'il se laissait rarement aller à ressentir. Mais il s'était produit trop de choses et trop vite.

— Matos, répéta-t-il, prenez votre temps. Regardez encore. Il faut être absolument certain.

L'amiral à la retraite Randolf Hennings, qui était resté silencieux depuis que Matos avait expédié son sidérant message, s'approcha de la radio. Il pouvait entendre le rythme de son propre cœur, fort, et il était certain que Sloan l'entendait aussi.

Mais James Sloan n'écoutait pas. Son univers entier avait rétréci. Il n'y avait plus rien qui le préoccupait en dehors des mots qui allaient sortir du haut-parleur de la radio. Il n'y avait pas d'autre voie vers sa pensée.

— Il n'y a aucun doute, Commandant, commença à transmettre Matos.

Le visage de Sloan vira au blanc. Il écouta le reste du message du pilote à travers un filtre de parasites personnels, tandis que son esprit battait la campagne.

— Il est juste devant moi. Je suis à trente mètres derrière sa dérive. Trans-United, un Straton 797. Il y a un trou d'un mètre carré dans son fuselage à gauche et un autre trou à droite. Celui de droite est plus grand — trois ou quatre fois plus grand. Je ne vois aucun mouvement dans le cockpit ni dans la carlingue.

Sloan se leva, les yeux fermés, les deux mains appuyées sur le coin de la console. Il n'avait pas été face à face avec la peur depuis qu'il était tout jeune garçon. Tous les muscles de son corps se tendirent et il fut pris d'une irrésistible envie de courir, de bondir hors de la pièce et de s'enfuir. Il voulait se secouer, se sortir de cet incroyable cauchemar.

— Et maintenant ? demanda finalement Randolf Hennings, sa voix douce brisant à peine le silence. Que pouvons-nous faire ? Qu'allons-nous faire ?

Sloan ouvrit lentement les yeux, puis tourna la tête pour fixer Hennings. Quand ses yeux établirent le contact avec le regard de l'amiral, James Sloan se tira hors du puits émotionnel le plus profond de sa vie. Il avait perdu presque complètement tout self-contrôle. L'air renfrogné du commandant était revenu, ainsi que son expression d'une volonté de fer et son maintien sans faille habituel.

— Qu'est-ce que vous suggérez, Amiral ? demanda Sloan d'un ton visiblement sarcastique. (Il aiguillonnait le vieil homme. Hennings en parut surpris. Sloan leva la main nonchalamment.) Nous devrions peut-être faire une balade à fond de cale. Nous enfermer aux fers. Mieux, allons au carré des officiers. Ils ont une très belle paire de sabres de cérémonie sur le mur. On pourrait les décrocher et s'empaler dessus.

Hennings marmonna un son inintelligible qui marquait sa surprise.

— Écoutez, Amiral, poursuivit Sloan, il faut évaluer cette situation d'une manière réaliste. Évaluer précisément notre position. La dernière chose à faire serait de nous précipiter et de faire quelque chose que nous regretterions ensuite. Quelque chose de mauvais pour la Navy.

Sloan espérait ne pas avoir poussé le vieil homme trop loin. Ou trop vite. Pourtant, c'était sa seule chance. Sans Hennings avec lui, il n'avait aucun moyen de construire une quelconque couverture. Sloan l'avait déjà fait une fois auparavant dans sa vie, quand, à cause d'une erreur, l'un de ses pilotes avait détruit un bateau de pêche mexicain. La responsabilité de cette tragédie aurait pu atterrir sur ses genoux, et il avait donc très vite réagi pour arranger tout ça. Il n'avait fallu qu'un vol rapide d'hélico et une petite bande de bérets verts Yankee. Ici, il faudrait beaucoup plus. Mais cela pouvait encore être fait.

— Je ne vois pas ce que vous voulez dire. Qu'avez-vous l'intention de faire ? demanda finalement Hennings.

Sloan s'assit sur le siège devant la console. Il sortit une cigarette. Il prit son temps pour l'allumer, puis inhala profondément. Il fit pivoter le siège pour faire face à Hennings et se rencogna contre le dossier.

— D'abord, dressons la liste des évidences, dit Sloan. (Il parlait lentement, avec mesure, et en choisissant ses mots avec soin.) Aucun de nous ne désirait ceci. C'est un pur accident. Dieu seul sait ce qui a pu se passer. Cette zone était censée être vide de tout trafic aérien. J'ai vérifié moi-même ce matin.

Sloan marqua un temps d'arrêt. Les procédures requéraient qu'il revérifie, en cas de changement de dernière minute. Il avait essayé, mais il n'avait pas été capable de passer sur les canaux normaux, même après correction de programme. La chance qu'un avion ait altéré son plan de vol durant le bref moment où il n'avait pas disposé d'un canal clair était minuscule. Moins que minuscule. Et pourtant cela s'était produit, pensa Sloan. Il se débrouilla pour dissiper ce mauvais calcul d'un simple haussement d'épaules, puis retourna son attention vers Hennings.

— Comment cet avion est arrivé là me dépasse complètement, affirma-t-il. Je pense que nous avons joué de super-malchance.

— De malchance ? dit Hennings. Mais qu'est-ce qui vous arrive, bon sang ? C'est un avion de ligne ! Il y a des gens à bord. Des femmes et des enfants.

Le visage du vieil homme était rouge et ses mains tremblaient. Le volume de sa voix emplissait la pièce et la faisait paraître plus petite qu'elle n'était. Hennings eut la soudaine impression d'être piégé. La petitesse de cette salle pleine d'électronique le retenait captif et il désirait remonter sur le pont, désespérément.

James Sloan restait assis, immobile. Il continuait à arborer la même expression ambiguë.

— Vous avez raison, dit-il. C'est une tragédie. Mais ce n'est pas notre *faute.*

Sloan s'arrêta un moment pour laisser les mots s'imprimer chez son interlocuteur. Il avala une autre bouffée de sa cigarette, profondément. Il savait que c'était sa faute, au moins partiellement. Mais ce n'était pas l'essentiel.

Hennings regarda Sloan, d'un air abasourdi par l'incrédulité.

— Est-ce que vous seriez en train de suggérer que nous prétendions que ceci n'est jamais arrivé ? (Il commençait à se demander si Sloan n'était pas fou. Qu'une personne entretienne même de telles idées semblait une preuve d'insanité totale.) Il nous faut aider ces gens.

Un silence de mort s'installa entre les deux hommes. Des nombres paradaient sur la pendule digitale, mais le temps s'était suspendu. Finalement, l'amiral secoua la tête. Il ne comprenait pas.

— Mais c'est un avion de ligne, répéta-t-il. De la Trans-United. Il faut qu'il reste des passagers. Il doit encore y avoir des membres d'équipage.

— Non, Amiral. Plus maintenant. (Sloan choisissait ses mots avec soin.) L'impact du missile a fait deux trous dans leur coquille pressurisée. À 62 000 pieds, ils ne pouvaient pas survivre. Ils sont morts, Amiral. Tous morts.

Sloan se renfonça dans son fauteuil et regarda les mots s'enregistrer chez le vieil homme. Sloan avait compris, dès qu'il avait recommencé à penser clairement, que les trous causés par le missile Phoenix avaient fait décompresser l'avion. Une décompression à 62 000 pieds ne pouvait qu'être fatale.

L'expression d'Hennings avait changé. Le choc avait été remplacé par la douleur.

— Morts ? Vous en êtes certain ? demanda-t-il.

— Absolument, fit Sloan en levant une main dans un geste exprimant la fatalité finale.

Mais il savait qu'il y avait encore quelques doutes techniques possibles. S'il laissait ces doutes faire surface, ils allaient éroder sa résolution et grignoter la base de son plan. Il savait qu'Hennings aurait besoin d'une bonne excuse pour accepter de l'aider à se couvrir. Il se figurait que le vieil homme *voulait* une excuse. Sloan serait heureux de lui en fournir une. Il était plus que probable que tout le monde à bord de l'avion était mort — ou le serait dans les plus brefs délais. Le mal était déjà fait. Maintenant, il s'agissait de se sauver lui-même. Et de sauver la mission. Et, bien entendu, la réputation de la Navy, qui en avait bien besoin par les temps qui couraient.

Sloan se pencha vers Hennings.

— Je sais que Matos ne dira rien. Il est dedans jusqu'au cou avec nous. Cela ne provoquerait rien de bon de nous livrer. C'était un accident. Si la vérité éclatait, c'est la Navy tout entière qui en pâtirait.

Sloan s'éclaircit la gorge. Il lui fallut quelques secondes pour jauger la réaction d'Hennings. Pour l'instant, Sloan l'avait encore de son côté. Hennings avait acquiescé. La sauvegarde de la Navy était son point faible. Cela valait le coup de s'en souvenir. Sloan aurait sans doute encore besoin de jouer là-dessus, maintenant qu'on en arrivait à la partie sensible.

— Notre meilleure tactique, poursuivit-il, c'est que Matos expédie le second missile dans le... la cible. C'est le pilotage automatique qui la maintient en l'air. De très près, il pourrait diriger son missile sur le cockpit du Straton. Cela achèverait les commandes de l'avion. (Le coup de grâce dans la nuque, voulait-il dire, mais il s'en abstint.) Il tombera. Pas de preuve. Juste une subite disparition au milieu du

Pacifique. Des terroristes. Une bombe. Une panne technique. Nous serions hors de cause.

— Non ! cria Hennings en tapant du poing sur la console. C'est dément ! Criminel. Il faut les aider. Ils pourraient être encore en vie. Ils ont probablement envoyé des signaux de détresse. Nous sommes plus que trois à savoir. Tout le monde sait. (Hennings désigna l'équipement radio.) Ils doivent avoir envoyé un SOS.

— Ce n'est pas vrai, Amiral.

Leur conversation avait pris l'allure d'un débat, et James Sloan aimait plutôt ça. Il ne s'était pas vraiment attendu à atteindre un accord avec Hennings sans un combat quelconque. Hennings parlait toujours et délibérait, et c'était bon signe. Maintenant, Sloan n'avait plus qu'à trouver les mots qu'il fallait.

— Nous surveillons les deux canaux d'urgence internationale sur ces deux appareils, dit-il en désignant deux récepteurs radio au-dessus de la console. Il n'y a rien eu. Vous l'auriez entendu vous-même. Notre centre de communication à bord, dans le Centre interne de commandement au niveau 0-1, serait immédiatement alerté du moindre problème advenant à des navires ou des avions dans tout le périmètre autour du porte-avions. On a même tous les trucs de routine. Des histoires de bateaux avec des fuites ridicules et des avions avec des difficultés mineures. Il n'y a aucun moyen qu'un message de détresse ait été envoyé de cet appareil sans que notre CIC ne soit au courant. L'officier de service au CIC m'aurait appelé immédiatement s'il avait reçu quelque chose.

— Mais les gens ? dit Hennings. On ne peut pas présumer qu'ils soient tout simplement tous morts.

— Matos a constaté qu'il n'y avait aucune activité. Il n'y avait personne dans le cockpit. Il peut s'approcher à quinze mètres de l'avion. Si personne n'est visible, c'est parce qu'ils sont morts. Effondrés dans leurs sièges.

— Eh bien... je ne sais pas, dit Hennings.

Ce que disait Sloan paraissait sensé, même s'il se demandait si le commandant était complètement honnête. Hennings désirait faire ce qui serait le mieux pour la Navy. Cet accident était une tragédie monumentale. Mais, comme Sloan l'avait fait remarquer, rien ne pouvait plus changer cela. Rien ne pouvait effacer les erreurs, les omissions et les coïncidences pour ramener ces gens à la vie. Disqualifier la Navy était la dernière chose qu'il souhaitait. Les amis d'Hennings au Pentagone seraient exposés. Il savait qu'ils étaient vulnérables, puisqu'au départ ce test n'avait pas été autorisé. Il se rendait compte qu'il se trouverait, lui aussi, dans une position impossible si la vérité éclatait au grand jour. Les visages de ses vieux amis au Pentagone semblaient clignoter dans son crâne. Protège la Navy. Protège les vivants, pensa Hennings.

— Amiral, dit Sloan, sentant qu'Hennings pouvait être maintenant poussé à la conclusion vers laquelle il le menait, je comprends vos réserves. Vos remarques sont valides. Je veux tout vérifier. Je vais appeler le CIC pour m'assurer qu'aucun message de détresse n'a été envoyé par le Straton. Ensuite, nous demanderons à Matos de jeter un nouveau coup d'œil. De très près. Si son rapport stipule qu'il n'y a personne de vivant à bord, alors nous saurons ce qu'il nous reste à faire.

Tout en se dirigeant vers le bureau pour prendre le téléphone direct les reliant au CIC, Sloan garda les yeux rivés sur Hennings. Sloan évaluait ses chances. Il voulait cimenter l'amiral dans la conspiration. Il avait besoin de lui. Il y avait peu de chances que Matos puisse effectivement voir une vie quelconque à bord du Straton.

Hennings se tenait très raide, tous les muscles de son corps tendus comme des câbles. Il regarda Sloan s'emparer du téléphone. Ses yeux s'attardèrent sur la pendule digitale. Une demi-minute passa où son esprit resta aussi vide et neutre que les parois grises du *Nimitz*. Hennings se tourna vers Sloan. Tout semblait être dans un état d'animation suspendue, attendant un geste de sa part. Finalement, d'un mouvement presque imperceptible, l'amiral à la retraite Randolf Hennings hocha la tête.

La jeune fille s'accrocha à John Berry quand il se leva dans l'allée de la cabine avant de l'avion foudroyé. Le ronronnement des réacteurs du Straton et le bruit de l'air s'engouffrant par les deux trous du fuselage emplissaient la cabine, et pourtant Berry pouvait entendre les sanglots de l'adolescente et sentir ses larmes couler sur son bras. Il bénissait sa présence. Faire face seul à ce cauchemar aurait été vraiment trop dur. Tout compagnon, même une enfant, valait mieux qu'être seul.

La première notion que leur moment de tranquillité allait être de courte durée vint à Berry d'un son étouffé derrière lui. Tenant toujours l'enfant, il se tourna.

— Couche-toi ! cria-t-il, et il poussa la jeune fille vers une rangée de sièges vides au centre de l'appareil.

Un type grand et musclé avec des yeux de dément leur fonçait dessus, tenant un morceau de plateau à la main comme une arme. Les gens qui avaient suivi cet homme dans l'allée s'arrêtèrent à quelques sièges de Berry et de la jeune fille. Ils paraissaient plus curieux qu'agressifs. Ils étaient là, dans une sorte de contemplation muette, observant la rencontre qui avait lieu devant eux.

L'homme criait d'une manière incohérente. Ses muscles faciaux étaient tordus par la haine et de la sueur lui dégoulinait du front. Quelque part dans son cerveau endommagé, l'homme avait dû formuler que si la petite pleurait, c'était parce que Berry lui avait fait du mal. L'homme voulait protéger la jeune fille. Il allait tuer Berry.

— Stop ! hurla Berry.

Comme l'homme approchait toujours, Berry pivota sur un côté. Le morceau de plateau frappa là où il n'était plus. Dérangé, et agissant seul, l'homme devenu fou ne faisait pas le poids face à un adulte normal. D'un uppercut dans la mâchoire, Berry le repoussa dans une rangée de sièges.

John Berry se tenait au milieu de l'allée. Sa main droite l'élançait, et pendant quelques secondes la douleur lui fit croire qu'il l'avait cassée. Il se frotta les articulations et tout en le faisant, il sentit renaître en lui un sentiment oublié, un sens de la fierté. Il avait réussi à défendre la jeune fille, et lui-même.

Berry fixa les autres passagers et leva les poings. C'était un simulacre, une démonstration de force pour la demi-douzaine d'entre eux qui se tenaient autour à le regarder. Intérieurement Berry n'avait qu'une envie : courir. Mais s'ils l'attaquaient en masse, il n'avait aucune chance. Dérangés ou pas, ils étaient tout simplement trop nombreux. Trop de muscles. Il espérait que son geste de menace serait suffisant pour les tenir à distance.

Dans la cervelle des passagers, des filets de pensées rationnelles coulaient au milieu des zones arides des cellules ravagées. Ils pouvaient encore ressentir une peur personnelle, et cela les avait fait reculer, un par un. Berry remercia le bon Dieu qu'ils n'aient pas assez de présence d'esprit pour se grouper contre lui. Pas encore, tout du moins.

Berry prit l'adolescente par le bras et l'entraîna vers l'escalier en colimaçon.

— Ça va, monsieur ? demanda-t-elle.

— Oui.

Son cœur battait, et sa bouche était sèche. Il plia les doigts et sut qu'il n'avait rien de cassé. Il allait falloir faire très attention. S'il se retrouvait blessé, ils seraient sans défense. Il fallait qu'il se trouve une arme quelconque dès qu'il pourrait, et une pour la fille aussi.

Berry prit une profonde inspiration et sentit son corps commencer à se calmer.

— Garde les yeux ouverts. Surveille-les bien.

— Okay, répondit-elle.

Ils grimpèrent l'escalier et atteignirent le salon. L'escalier grinçait sous leurs pas.

La scène dans le salon était un soulagement après la folie d'en dessous. En dehors des masques à oxygène qui se balançaient, tout avait l'air normal, à première vue. Mais en avançant dans le salon, les anormalités devinrent évidentes.

Il y avait neuf personnes dans le salon, et la première impression de Berry fut qu'elles étaient endormies. Puis il remarqua qu'elles étaient assises dans des positions tendues et presque contorsionnées. Sur leurs visages, elles arboraient des expressions de terreur absolue. Deux d'entres elles, une hôtesse et une vieille dame, étaient à demi conscientes.

L'hôtesse était adossée contre le bar et elle divaguait. Elle avait un air de folie dans les yeux et elle s'agrippait frénétiquement au bord du comptoir pour maintenir son équilibre. Sur son badge, Berry vit qu'elle s'appelait Terri O'Neil. Il l'avait remarquée pendant le service du petit déjeuner. Et, à peine une demi-heure auparavant, elle avait servi avec aisance apéritifs et amuse-gueule dans la cabine des premières. Maintenant, elle arrivait à peine à se tenir droite. Berry se détourna.

De l'autre côté du salon se trouvait la vieille dame. Elle caressait la tête de son mari qui reposait face contre terre en travers de la table devant elle. Elle chantonnait à ce cadavre des comptines enfantines et sa voix pathétique et haut perchée remplissait les oreilles de Berry.

Trois hommes et deux femmes étaient assis sur un divan en forme de fer à cheval près du piano. Ils portaient tous des masques à oxygène et avaient l'air inconscient. Un homme avec lunettes noires était assis à côté d'eux, les bras tendus dans une quête futile vers le masque à oxygène qui pendait à quelques centimètres sur sa gauche. Il paraissait mort.

À quatre mètres de lui, la porte du cockpit était ouverte et Berry pouvait voir que les membres d'équipage étaient affalés sur leurs sièges. À chaque pas, Berry ralentissait sa marche, réticent à l'idée d'entrer dans le cockpit.

Finalement, il passa le seuil. Les trois pilotes étaient inconscients. Reprends-toi, pensa Berry.

La jeune fille se tenait juste derrière lui. Elle dit :

— Personne ne pilote.

— C'est automatique. Comme un ascenseur.

Les commandes bougeaient gentiment à l'unisson, répondant à de petites impulsions électriques du pilote automatique, gyro-stabilisé pour maintenir l'avion sur sa trajectoire programmée.

La fille regarda autour du cockpit et vit le corps sans vie de Carl Fessler étalé sur sa console. Elle pouvait entendre le sifflement continu du flot d'oxygène sortant de son masque défait. Elle recula et écarquilla les yeux.

Berry se rendait à peine compte de la présence de la jeune fille. Il avait deviné sans se tromper la condition de Fessler dès qu'il avait vu qu'il n'avait plus son masque à oxygène. Berry s'intéressait davantage au commandant, qui lui le portait encore. Il s'approcha de l'homme et essaya de le secouer pour lui faire reprendre conscience. Leur survie en dépendait.

Le commandant Alan Stuart respirait, mais il était

dans le coma. Lentement, Berry accepta le fait que le commandant était probablement au-delà de toute rémission.

Berry regarda le copilote. Lui aussi était inconscient. Berry et la jeune fille avaient survécu jusqu'ici seulement pour découvrir qu'il n'y avait plus personne capable de piloter l'avion.

Berry regarda autour de lui. Les parois qui entouraient le poste de pilotage étaient couvertes d'instruments. Il comprenait certains de ceux qu'il voyait, mais des panneaux entiers et des rangées complètes de cadrans et de jauges restaient un mystère total pour lui. La différence entre un quadriréacteur géant et son petit avion privé à hélice pour quatre personnes était la même qu'entre un planeur et une navette spatiale. La seule chose qu'ils avaient en commun, c'était qu'à l'occasion, ils volaient dans le ciel.

John Berry savait qu'il ne pouvait pas piloter cet énorme avion supersonique. Il était le dos contre un mur insurmontable d'angoisse et de désespoir. Tout ce qui lui importait, c'était leur survie immédiate — rester vivants dans les limites tracées par la trop rapide grande aiguille de la pendule du cockpit.

Le copilote remua dans son fauteuil et ses bras quittèrent ses cuisses. Il s'écrasa en avant, avec un bruit mat, en plein sur la planche de bord. Berry retint son souffle en attendant de voir ce qui allait se produire. Si cet homme bougeait encore, il pouvait désengager par inadvertance le pilote automatique ou faire quelque chose d'autre qui mettrait en péril la stabilité de leur vol. Dans ce labyrinthe de boutons, Berry savait qu'il ne pouvait pas espérer trouver les combinaisons correctes pour remettre les choses en place.

— Vite. Aide-moi à le sortir de son siège, dit-il à la fille.

Elle s'approcha et saisit maladroitement les

jambes du copilote tandis que Berry prenait McVary à bras-le-corps.

— Ne le laisse pas toucher les commandes.

— Oui.

Elle souleva les pieds au-dessus de l'équipement de la console centrale, tandis que Berry tirait l'homme en arrière.

— Je vais le soulever. Toi, surveille bien ses jambes.

Une fois quittée la console centrale, Berry laissa les pieds du copilote traîner sur la moquette jusqu'au salon.

— Est-ce qu'il est malade ? demanda la très jeune fille.

Elle voyait bien qu'il n'était pas mort. Il respirait et, de temps à autre, sa tête dodelinait, même si ses yeux demeuraient clos.

— Oui. Allongeons-le là. Tire ses jambes bien droites. Passe-moi cet oreiller.

Berry cala l'oreiller sous la tête du copilote. Il souleva les paupières de l'homme. Ses pupilles semblaient dilatées, mais il n'en était pas certain. Berry regarda l'adolescente.

— Il va peut-être aller mieux. Installons-le confortablement. C'est tout ce qu'on peut faire.

— Je vais chercher une couverture, dit-elle en en désignant une roulée sous un siège voisin.

Berry hocha la tête. Le copilote allait peut-être s'en sortir, au moins assez pour aider Berry à manœuvrer l'avion. Avec le copilote lui expliquant les choses, Berry pensait qu'il parviendrait peut-être à piloter le 797. Peut-être.

La jeune fille ramena la couverture. Ils étaient tous les deux à genoux sur la moquette épaisse du salon et ils s'affairèrent à installer confortablement McVary. Berry jeta un coup d'œil vers le cockpit. Il savait que, sous peu, il allait devoir demander à la jeune fille de l'aider à sortir le commandant de son siège, puis à dégager du cockpit le corps sans vie du troisième pilote. Mais ces tâches pouvaient attendre quelques minutes. Entre-temps, il reporta son attention sur le copilote. Il était, sans conteste, leur meilleur espoir.

Berry demanda à la jeune fille :

— Comment tu t'appelles ?

— Linda. Linda Farley.

— Tu es seule ?

— Oui.

— Quel âge as-tu ?

— J'aurai treize ans dans quatre jours...

Sa voix s'éteignit et Berry se força à sourire. Il pensa *Joyeux anniversaire, Linda.*

Berry et Linda firent du mieux qu'ils purent pour installer le premier officier Daniel McVary le plus confortablement possible. Ils ne virent absolument pas l'avion dehors, qui avait volé à vingt mètres de là où ils étaient à genoux.

— La Maison, je ne vois aucun signe de vie dans la cabine.

Matos partageait son attention entre la longue rangée de hublots et les impératifs techniques d'un vol si rapproché. Ses mains jouaient constamment avec les gaz et le manche pour effectuer les corrections destinées à maintenir son F-18 sur le côté gauche du Straton, aussi près que possible.

Sa position en formation était un petit peu plus haute qu'une position optimale, mais mettre son appareil en ligne directe avec les hublots du fuselage aurait été trop dangereux. L'écoulement d'air sur l'aile du supersonique géant rendait cet endroit trop turbulent. Matos avait opté pour une altitude plus stable à quatre mètres au-dessus.

— C'est dur de voir clairement. La cabine est sombre. Stand by.

Avec la lumière étincelante du Pacifique qui leur tombait dessus, toute tentative pour regarder à travers les hublots à cette distance était vouée à l'échec. Matos le savait déjà avant même d'essayer. Sa première idée était que les deux trous dans le fuselage lui donneraient une vision à peu près claire de l'intérieur du Straton. Mais il n'en était rien. Trop de débris et trop d'ombres. Même si quelqu'un était vivant, il y avait peu de chances pour qu'il s'approche des trous. Rien que le vent suffirait à l'éloigner. Matos savait que tout ce qu'il pouvait espérer voir, ce seraient des gens qui voudraient être vus. Ceux du 797 — si quelqu'un était encore vivant — devraient se coller aux hublots pour devenir visibles. Une fois à cinquante centimètres, ils s'estomperaient dans l'obscurité relative qui régnait à l'intérieur.

Ils voudraient sûrement être vus. Ils voudraient attirer l'attention de Matos. Pour obtenir son aide.

— Okay, Matos. Rien dans la carlingue. Allez au cockpit.

La voix de Sloan était à nouveau impatiente. Il commandait. Tyrannique, selon les autres pilotes du *Nimitz*. Ce type voulait visiblement que le boulot soit vite fait. Pour quelle raison, Matos ne pouvait pas le deviner. Il se demanda quel genre d'ordres il allait recevoir ensuite.

Matos poussa les gaz et manœuvra doucement son appareil vers l'avant. En passant la section la plus large du fuselage du Straton, il inclina son F-18 vers la droite, plaçant le bout de son aile à trois mètres du poste de pilotage du 797.

Alors qu'il finissait sa manœuvre, quelque chose capta son regard. Il avait dirigé presque toute son attention vers la distance de séparation de son aile, mais soudain, il eut une impression de mouvement. Quelque chose dans le poste de pilotage du Straton. *Quelqu'un dans le cockpit. Quelqu'un de vivant,* se dit Matos.

Il fixa attentivement l'intérieur du Straton. L'étroitesse relative du cockpit et l'étendue de ses vitres facilitaient son observation par rapport aux hublots du fuselage. À droite. *Le siège du copilote.*

Quelque chose avait bougé du côté droit du cockpit. Du moins l'avait-il cru. Maintenant, il en était moins sûr. En regardant mieux, il ne voyait rien. Personne. S'il y avait encore quelqu'un là-dedans, il était affalé sous le bord des hublots.

Ce devait être un reflet. Un éclat de soleil. Une distorsion dans la vitre du cockpit. Il n'y a personne de vivant, pensa Matos. Il resta là pendant une minute encore et regarda le Straton, puis il vira sur la gauche et éloigna le F-18.

La blessure émotionnelle du lieutenant Peter Matos s'était rouverte.

— La Maison. Il n'y a personne dans le cockpit. Il n'y a personne de vivant.

Plus il essayait de se contrôler, moins Matos parvenait à être le technicien non impliqué. Son cœur était remonté jusque dans sa gorge. *Es tu culpa, Pedro.*

Le F-18 rompit son vol en formation avec le Straton. Il s'écarta et le laissa filer devant. Tout en le faisant, il passa le long du salon des premières, à vingt mètres des rangées de hublots alignés. Incapable de se forcer à regarder encore l'avion dévasté, Peter Matos gardait les yeux braqués droit devant lui.

5

Jack Miller était assis devant son long bureau moderne et fonctionnel au centre de la pièce violemment éclairée et dénuée de fenêtres. Il regarda l'horloge murale — 11 h 37 — puis son assistant, Dennis Evans, qui était assis devant un bureau plus petit, consultant divers papiers par intermittence.

— Je pars déjeuner dans cinq minutes, Dennis.

— Okay, répondit Evans en levant le nez de son bureau.

Le service du dispatching de Trans-United Airlines de l'aéroport international de San Francisco vivait son habituelle platitude de la mi-journée. Les départs du matin étaient bien installés dans leurs routines, et il était trop tôt pour entamer les plans de vol des avions de l'après-midi. La demi-douzaine de dispatchers lisait le journal, leurs assistants faisaient des efforts pour s'occuper et les jeunes stagiaires essayaient d'avoir l'air dans le coup et débordé.

Miller bâilla et s'étira. Après vingt-huit ans chez Trans-United, il avait pu obtenir les deux choses qu'il avait toujours souhaitées : l'équipe de dispatching de neuf à cinq et l'affectation au bureau du Pacifique. Maintenant qu'il avait les deux, il s'ennuyait. Il regrettait presque toutes les équipes de nuit et le bureau de l'Amérique du Sud, nettement plus agité. La vie, c'est comme ça.

Miller feuilleta d'un air distrait son *Sports Illustrated,* puis le poussa de côté. Il regarda son ordinateur, la liste des vols assignés. Il n'était, à cet instant, responsable que de quatre vols : le 242 d'Honolulu, le 101 de Melbourne, le 377 vers Papeete et le 52 vers Tokyo.

La météo était bonne sur les couloirs du Pacifique et tous les vols avaient bien assez de réserves de kérosène. Pas de problèmes. Pas grand-chose à faire. Les jours comme ça, il se surprenait à regarder la pendule. Ses yeux tombèrent sur une entrée manquante sur son écran de contrôle. Il regarda la colonne vide pendant une seconde.

— Dennis. (Il parlait d'une voix que des années de pratique avaient entraînée à pénétrer les sons ambiants sans s'élever réellement davantage que le reste du bruit dans la pièce.) Dennis, est-ce que tu as oublié la mise à jour du 52 ?

— Attends. (Le jeune homme se leva et alla examiner une pile de messages d'ordinateur sur un comptoir. Il les feuilleta. Il les feuilleta à nouveau, plus lentement.) On n'en a pas eu. On l'attend. Tu veux que je leur expédie une demande ?

Miller n'aimait pas le choix d'Evans. Dans le langage aérien, les mots « on l'attend » n'avaient pas la même connotation que « en retard ». Miller regarda l'horloge murale. La position et la réserve de kérosène n'avaient qu'un décalage de quelques minutes sur l'horaire prévu. Un vague retard. C'était de la pure routine. Des informations mineures. Et pourtant Miller, en aucune circonstance, ne laisserait Evans s'occuper seul de quoi que ce soit qui ne fût absolument parfait. Vingt ans auparavant, il avait laissé une situation en plan et il était parti dîner. Quand il était revenu, il avait trouvé le bureau du dispatching plein de patrons de la compagnie. L'un de leurs tout nouveaux Boeing 707 était tombé quelque part au-dessus du golfe du Mexique. C'était cette nuit-là que l'euphémisme « on l'attend » avait pris tout son sens.

Miller regarda à nouveau l'horloge murale, puis l'écran de son ordinateur. Il n'aimait pas ça, mais il n'était pas réellement inquiet. « Bon... on a le temps. » Il passa à une autre fenêtre sur son écran, puis regarda le nom des membres de l'équipage. Le nom d'Alan Stuart lui était assez familier. Comme dans beaucoup de relations de travail modernes, les leurs étaient strictement électroniques. Juste une voix au téléphone ou à la radio. Et pourtant, il sentait qu'il connaissait l'homme et devinait qu'on pouvait compter sur le commandant du vol 52. Les autres noms ne disaient rien à Miller, mais il savait que l'avion était en bonnes mains. Miller était certain que Stuart allait bientôt découvrir le retard et envoyer sa position. Agacer un pilote, et surtout un pilote consciencieux comme Stuart, était le moyen le plus rapide de devenir un contrôleur chiant, et Jack Miller n'avait aucune intention de faire une chose pareille pour les années de carrière qui lui restaient. C'était le genre de réputation qui collait déjà aux basques d'Evans. Miller regarda à nouveau Evans, qui réexaminait tous les messages. « On va avoir leur appel très bientôt. Sinon, eh bien... »

Miller s'arrêta et réfléchit. Il ne voulait pas réclamer les mises à jour du vol 52 en passant un appel par le contrôle aérien que tout le monde pourrait entendre. Ses yeux se portèrent sur la porte de la salle de communications vitrée qui contenait le data-link, la machine transmettant directement les données sur un ordinateur à bord des appareils.

— Si on n'entend pas parler d'eux d'ici, disons,

midi, tape une demande de mise à jour sur le data-link.

Evans grommela une réponse. La radio était plus rapide et plus simple que le data-link — parfois les messages passés grâce à ce nouveau système de transmission n'arrivaient jamais —, mais Miller était toujours soucieux d'être discret et poli. Si un commandant était assis avec les doigts dans le nez là-haut, il fallait l'appeler par radio et lui en parler, du moins était-ce l'opinion d'Evans. Il posa les imprimantes des messages et revint s'asseoir devant son bureau.

Miller regarda à nouveau son écran, puis appuya sur un bouton pour le mettre en veille.

— Il fait beau, là-bas, dit-il à Evans. Ils sont en train de boire un café et de rêvasser.

Evans marmonna quelque chose en s'attaquant aux données d'un autre vol.

Miller regarda la pendule. La pièce retomba dans le silence, hormis le bruit de fond des appareils électroniques. Miller se laissa aller à envisager autre chose. Il avait l'habitude de ce genre d'attente. Comme lorsque sa femme était en retard. Ou ses deux grands adolescents, sa fille et son fils. La pendule avançait, non pas lentement, mais vite dans des moments pareils, courant d'une minute à l'autre, rendant celui qu'on attendait encore plus attendu. Faisant songer à toutes sortes de choses.

John Berry était assis dans le siège du commandant du Straton. Le soleil de la mi-journée se déversait dans le cockpit, le baignant de ses rayons. Il pressa encore une fois le bouton du micro de la radio de bord et parla, assez fort.

— Est-ce que vous me recevez? Est-ce que quelqu'un me reçoit?

Des gouttes de transpiration parsemaient son front et il avait la bouche sèche.

De sa main droite, il fit délicatement quelques ajustements sur le panneau radio.

— Mayday. Est-ce que vous me recevez ? Mayday. Appel à toutes les stations. Mayday...

Il se recula dans son siège et écouta. Il guettait le grésillement familier, attendant le craquement précis qui était l'équivalent électronique d'un homme s'éclaircissant la gorge avant de parler et qui précédait toute réponse. Mais il n'y avait que le grésillement ténu et persistant des haut-parleurs.

Berry s'enfonça dans le fauteuil. Il était perplexe. S'il y avait bien une chose qu'il connaissait grâce à ses années de vol, c'était la manière d'utiliser une radio. Cela semblait assez simple, même dans le Straton. Les radios des avions de ligne n'étaient pas réellement différentes de tous les autres appareils radio qu'il avait déjà utilisés dans sa vie. Pourtant, il devait y avoir quelque chose de différent, une petite manœuvre ésotérique qui devait être accomplie avant que les radios transmettent. Mais laquelle ? Et pourquoi ? Pourquoi ces radios devraient-elles être différentes ? « Bon sang ! » Berry se demanda comment diable il parviendrait à faire voler l'avion s'il n'arrivait même pas à faire marcher la radio.

Le besoin urgent de parler à quelqu'un était devenu irrésistible. Il avait dépassé la simple nécessité de rendre compte du désastre et de demander de l'aide. C'était devenu un besoin surpuissant d'entendre une voix humaine, une obligation absolue. Mais à chaque minute de silence qui passait, Berry perdait un peu plus espoir et devenait de plus en plus frénétique et découragé. Sa main tremblait si fort, maintenant, qu'il cessa d'essayer de transmettre, se rencogna dans son fauteuil et tenta de se calmer. Il regarda les instruments. Tout avait l'air en ordre, mais après son échec avec la radio, il commençait à douter de sa capacité à lire même les cadrans les plus ordinaires. Et la majorité des instruments du Straton étaient assez standard pour lui être familiers. Mais les indications — l'altitude, les vitesses, les réserves de kérosène, les températures des réacteurs — étaient incroyablement amplifiées. Il essaya d'imaginer qu'il était dans son Skymaster et s'efforça de réduire les problèmes et les panneaux d'instruments à des proportions faciles.

Il regarda les jauges de carburant. Moins de la moitié du plein. Ce que cela signifiait en temps de vol à sa vitesse et son altitude présentes, il n'en savait rien. Mais il le saurait bien assez tôt, dès que les aiguilles commenceraient à descendre vers la gauche et qu'assez de temps aurait passé. Il regarda les deux manches qui remuaient doucement — vers lui, vers l'avant, à gauche, à droite. Les palonniers effectuaient de petits mouvements aussi. Le vol était stable.

Quelque chose de bizarre attira son attention et il regarda vers son genou gauche. Un couvercle de protection était ouvert et il lut les mots écrits dessus. AUTOPILOT MASTER SWITCH. La commande principale du pilotage automatique. Il regarda le bouton qui était pointé sur ON. Il comprit. Le commandant avait soit perdu connaissance soit perdu le contrôle de ses nerfs avant de pouvoir achever son dernier geste. Berry hocha la tête. Il comprenait. Mais pour lui, il n'y avait pas de sortie aussi facile. Pas encore. Il se pencha et referma le couvercle de protection.

Il se rendit compte qu'il était en train de se fabriquer, tout seul, une saine colère contre le destin et contre la mort. Que son seul but était de pouvoir être capable de dire à sa femme ce qu'il pensait réellement d'elle... Affaires inachevées. Il se pencha et reprit le micro. « Mayday ! Mayday ! Tas de fils de putes ! Répondez ! Mayday ! »

Il commença à changer de fréquence, alternant entre les fréquences qui demeuraient sur les radios. Quand il transmettait, il savait qu'il devait s'en tenir aux mots universellement compris. Il pouvait garder les explications pour le moment où il établirait un contact. « Mayday ! Mayday ! Mayday ! Mayday ! » Il attendit une réponse, mais, encore une fois, il n'y en eut pas.

En désespoir de cause, il commença à tourner les boutons au hasard et à transmettre sur tous les canaux et avec chacune des quatre radios du cockpit. « Mayday, Mayday, Mayday, Mayday... »

Il revint à la fréquence originelle. « Ici le vol Trans-United... » Quel était le numéro du vol ? Quelle différence cela faisait-il ? Il essaya de se souvenir de ce qui était écrit sur sa carte d'accès à bord, mais il n'y parvint pas. « Ici le vol du Straton 797 pour Tokyo de la Trans-United Airlines. Mayday. Est-ce que vous me recevez ? Mayday. Dispatching de la Trans-United Airlines, ici le Straton 797 pour Tokyo, nous avons une urgence. Est-ce que vous me recevez ? » Il attendit. Rien.

Il constatait que les voyants des transmissions radio clignotaient à chaque fois qu'il pressait le bouton du micro. Il pouvait dire, en écoutant le retour des haut-parleurs du cockpit, que les radios fonctionnaient. Mais pour une raison qu'il ignorait, les messages semblaient ne pas quitter l'appareil. Il soupçonna que quelque chose — l'antenne peut-être — avait été endommagé. Il avait espéré que quelqu'un dans le cockpit avait été capable d'envoyer un signal de détresse, mais maintenant il était à peu près certain qu'il n'en était rien. L'absence de transmission ne venait pas de son fait — ça, il l'aurait su, réellement. Les radios avaient toutes été branchées par les pilotes pour transmettre. Or, elles n'émettaient pas, tout simplement. C'était tout. Aucun appel de détresse n'avait été envoyé et aucun ne le serait jamais.

Pas de radio équivalait à aucune chance de ramener l'avion jusqu'à la maison. Il se sentit presque soulagé. La responsabilité de piloter et de poser cette énorme machine n'était pas une éventualité qu'il avait envisagée avec plaisir. Mais il *voulait* vivre. Il posa le micro et regarda le ciel clair autour de lui. Ses problèmes de terrien étaient ramenés à leur juste perspective désormais. Il pouvait et il allait changer beaucoup de choses s'il revenait jamais à New York. Mais toute personne qui fait face à la mort doit se faire cette remarque. Une nouvelle chance. Or, plus souvent qu'il n'y paraît, si vous avez assez de chance pour obtenir une deuxième vie, rien ne change. Pourtant il ne voulait pas s'allonger et se laisser mourir. C'était ce qu'il avait fait durant ces dix dernières années. Il fallait qu'il change tout. Plus tard.

John Berry se retourna et regarda vers le salon par la porte ouverte du cockpit. Il pouvait voir Linda Farley assise dans un fauteuil club. Elle pleurait en silence. Le commandant et le copilote étaient allongés près du piano où la jeune fille et lui les avaient traînés, avant de les recouvrir d'une couverture. Le corps du jeune troisième pilote reposait contre la cloison du fond, recouvert, lui aussi, par une petite couverture.

Berry regarda l'hôtesse dont le badge précisait qu'elle s'appelait Terri. Elle était assise sur un petit divan et se parlait à elle-même d'une manière complètement incohérente. Son visage était couvert de sang et de salive. Elle avait l'air calme, mais il faudrait la surveiller de près au moindre signe d'agitation violente. Il faudrait l'éloigner du cockpit, où elle pouvait vraiment faire des dégâts.

Berry remarqua que la vieille dame avait cessé de babiller à l'oreille de son défunt mari, et qu'elle était maintenant accroupie derrière un fauteuil, les yeux levés vers le plafond en émettant des gloussements bizarres. Du sang et de la bave recouvraient également son visage. Le corps de son mari était toujours étalé en travers de la table basse, mais il semblait avoir bougé. Berry se demanda si la raideur cadavérique s'était déjà installée.

Les cinq passagers du divan en forme de fer à cheval étaient toujours inconscients. L'un d'eux, une jolie jeune femme, émettait des sons de gorge étranges, qui pouvaient ressembler, d'après Berry, à ce qu'on appelait le râle de la mort.

Le salon sentait les défécations, l'urine et le vomi. Berry ferma les yeux et appuya les doigts sur ses tempes. Sa tête lui faisait encore mal de la privation d'oxygène, et il était nauséeux.

Il rouvrit les yeux et examina à nouveau la scène. Il s'était imaginé que l'état de confusion mentale de ces gens pouvait diminuer, être réversible. Mais il était presque certain maintenant qu'il n'en était rien. Son monde était désormais divisé irrévocablement, sans le moindre flou, entre Nous et Eux. Et Eux étaient nettement plus nombreux.

Berry s'approcha de la jeune fille et posa une main sur son épaule. Sa propre fille avait l'âge de Linda quand son enfermement sur elle-même et son rejet de lui avaient commencé. Mais c'était sur terre. Ici, un adulte pouvait encore profiter de ses bonnes vieilles prérogatives.

— Il va falloir que tu te calmes et que tu commences à m'aider.

Linda Farley s'essuya les yeux et hocha la tête.

Berry avança jusqu'au bar et trouva une canette de Coca-Cola qu'il ouvrit. Il fouilla dans les débris sous le bar pour en extraire une fiole d'alcool. Johnny Walker Rouge. Il l'ouvrit, avala la dose, puis apporta le Coca à la jeune fille.

— Tiens.

— Merci, dit-elle avant de le prendre et de le boire.

Berry s'agenouilla près de McVary et souleva ses paupières. Pupilles partiellement dilatées. Respiration régulière, mais faible. Il regarda la jeune fille.

— Est-ce qu'il a bougé ?

Linda hocha la tête.

— Il a ouvert les yeux une fois. Il a dit quelque chose aussi, mais je n'ai pas compris. (Elle désigna Stuart.) Celui-là n'a pas bougé.

Berry se tourna vers Stuart. Le sang et le vomi sur sa figure formaient une croûte sèche. Berry souleva ses paupières. Ses pupilles étaient complètement dilatées. La peau du capitaine était humide et sa respiration irrégulière. L'homme agonisait.

Berry se releva et regarda encore une fois McVary. Si le copilote revenait à la conscience, et s'il était un tant soit peu cohérent, ils auraient peut-être une chance. L'avion était pilotable. Tout ce dont il avait besoin, c'était de quelqu'un aux commandes. Berry songeait qu'il pourrait peut-être s'en charger si quelqu'un lui expliquait les manœuvres. Quelqu'un à la radio, s'il parvenait à la faire fonctionner, ou ce copilote. Sans aide, il lui faudrait attendre en toute conscience l'heure de sa mort. Il en enviait presque les autres.

— Écoutez !

Berry jeta un coup d'œil à la jeune fille, puis se força à calmer sa respiration et prêta l'oreille.

— L'escalier, murmura-t-elle.

Berry hocha la tête.

— Ne fais pas de bruit.

L'escalier métallique en colimaçon qui descendait vers la cabine des premières avait apparemment été quelque peu dévissé et Berry se souvint qu'il grinçait quand il l'avait emprunté. Et il grinçait à nouveau.

Il arpenta le salon à toute vitesse cherchant quelque chose pour se défendre. Les tabourets de bar étaient boulonnés au sol, les bouteilles étaient des mignonnettes et les autres boissons se présentaient sous la forme de petites boîtes qui ne nécessitaient pas d'ouvre-boîte. Il y avait un tiroir plein de zestes de citrons verts. Pas de couteau. « Bordel ! » Il regarda le sol. Presque tout ce qui était mobile avait été emporté dans la cage d'escalier. Il chercha désespérément un attaché-case, un parapluie, la canne de l'aveugle, mais il savait qu'il ne trouverait rien. Les pas se firent plus présents.

Linda Farley hurla.

Berry regarda vers l'escalier et aperçut le sommet du crâne d'un homme. Il cria à la fille :

— Va dans le cockpit et restes-y ! Vite !

Puis il se déplaça au-delà de l'escalier et s'agenouilla près du corps de Carl Fessler. Il lui retira sa ceinture et en enveloppa son poing droit, qui lui faisait encore mal de la confrontation dans la cabine. Il laissa le côté boucle voler librement.

Berry se releva rapidement et s'avança jusqu'à la rampe de l'escalier. Il regarda en bas et vit un type assez costaud qui le fixait.

— Stop !

L'homme s'arrêta.

Berry vit les mains de l'homme sur le sol à quelques centimètres de ses chevilles. Il recula d'un pas.

— Descendez !

Il leva la ceinture.

L'homme hésita.

Berry savait que tant qu'il ne bougeait pas il pouvait empêcher n'importe qui de grimper les escaliers. Mais il ne pouvait pas rester là indéfiniment.

— Allez-vous-en !

L'homme redescendit quelques marches. Il regardait Berry avec une expression d'incompréhension totale. Il ouvrit la bouche et émit un petit bruit, puis parla clairement.

— Qui êtes-vous ?

Berry se pencha et regarda l'homme droit dans les yeux. Des taches de vomi couvraient son menton et sa chemise blanche. Ses yeux avaient l'air vivants, expressifs. Il n'avait pas de sang sur le visage, et pas de bave coulant de ses lèvres.

— Qui êtes-vous ? demanda Berry.

— Harold Stein.

— D'où êtes-vous ?

— Quoi ?

— Votre adresse ?

L'homme fit un autre pas en arrière.

— Où est le pilote ? J'étais aux lavabos quand...

— Répondez moi, bon Dieu ! Votre adresse ?

— Chatham Drive, Bronxville.

— Quel jour on est ?

— Mardi. Non, mercredi. Écoutez, qui êtes-vous ? Dieu du ciel, mon vieux, vous vous rendez compte de ce qui s'est passé en bas ? Où est le pilote ?

Berry se sentit soulagé d'un énorme poids dans la poitrine et ses yeux s'emplirent presque de larmes. Désormais, ils étaient trois dans leur petite minorité.

— Vous vous sentez bien ?

— Je crois, oui. (Les choses devenaient plus claires pour Stein.) Les gens en bas...

— Je sais. Montez, montez Mr. Stein.

Harold Stein fit un pas hésitant.

Berry recula. Il défit la ceinture de son poing et la mit dans sa poche de pantalon.

— Venez, vite.

Il regarda derrière lui et vit les trois hommes et les deux femmes assis sur le divan en forme de fer à cheval commencer à s'agiter.

— Dépêchez-vous.

Stein se hissa jusqu'au salon.

— Mais au nom du ciel...

— Plus tard. Vous ne seriez pas pilote, par hasard ?

— Non. Malheureusement. Je suis éditeur.

Berry avait beau se dire qu'il était au-delà de toute déception, il sentit son cœur sombrer un peu plus profond. Il regarda Harold Stein pendant un moment. La quarantaine. Très costaud. Visage intelligent. Il pouvait aider.

Les yeux de Stein étaient fixés sur la porte du cockpit.

— Hé, qu'est-ce qui est arrivé au pilote ?

Berry le désigna d'un geste du pouce, par-dessus son épaule.

Stein regarda plus attentivement la scène dans le salon.

— Oh non ! Mon Dieu !...

— Okay, Mr. Stein, oubliez ça. Parlons plutôt de survie.

— De survie..., fit Stein en hochant la tête. (Il n'encaissait que dix pour cent environ de ce qui se produisait. Il avait dû se dire qu'ils étaient sérieusement en danger, mais il pensait que les pilotes étaient encore aux commandes. Il regarda à nouveau le cockpit et vit le manche du commandant bouger.) Qui... ?

— Le pilote automatique.

— Qu'est-ce qui s'est passé ?

Berry haussa les épaules.

— Une bombe, je pense. (Mais les deux trous ne ressemblaient pas aux effets d'une bombe, et il n'avait pas entendu d'explosion avant les autres bruits.) Est-ce que vous avez vu ou entendu quelque chose ?

Stein fit non de la tête.

Les deux hommes se tenaient au milieu de la pièce, mal à l'aise, ne sachant plus bien quoi faire ensuite. La vitesse stupéfiante et l'étendue du désastre les avaient complètement sonnés et ils avaient besoin que la situation reste stable quelques minutes pour se reprendre un peu. Finalement, Stein se remit à parler.

— Rien que nous deux ?

Berry se tourna vers le cockpit.

— Linda, tu peux sortir !

La jeune fille jaillit du cockpit et se colla à Berry qui la prit sous son bras, comme s'ils participaient à une réunion de famille.

Berry sentait son petit corps trembler. Il la regarda et la rassura :

— Voici Mr. Stein. Il va nous aider.

Stein se força à sourire. Ses yeux erraient encore sur le salon.

— John Berry, dit-il en lui tendant la main.

Stein la serra.

Berry regarda la jeune fille sous son bras.

— Et elle, c'est Linda Farley.

Il était surréaliste et pourtant réconfortant d'échanger des civilités. C'était tout ce qui leur restait. Conduisez-vous normalement, d'une manière civilisée et la pensée rationnelle et l'action suivront. Berry dit :

— Asseyons-nous. (Il avait développé une attitude de propriétaire quant au salon et au cockpit. Il désigna un divan vide avec une table basse en face de la porte du cockpit.) Vous voulez un verre, Mr. Stein ?

— Harold, je vous en prie.

Berry se rendit au bar et trouva deux flacons de Canadian Club et un autre Coca. Il les rapporta à la table et s'assit. Il décapsula sa petite bouteille et but. Autour de lui s'étendait une scène qui l'avait salement secoué à peine dix minutes auparavant, mais comme tout survivant d'un désastre, son esprit barrait la destruction, les morts et les mourants qui n'avaient plus d'importance et se focalisait désormais sur les problèmes dont il avait hérité.

Harold Stein but son alcool et laissa ses yeux errer

autour du salon. Les deux hommes en uniforme étaient allongés près du piano dans le coin gauche de l'escalier, au fond. L'un remuait, l'autre pas. Un troisième homme en uniforme était étendu contre le mur du fond du salon. De l'autre côté, le bar était dévasté. Juste en face de lui se trouvait un autre divan en forme de fer à cheval. Trois hommes et deux femmes y étaient assis, attachés. Leurs corps remuaient spasmodiquement de temps à autre ; chaque changement de position présentait à Stein un nouveau tableau, chaque tableau plus grotesque que le précédent.

Stein se détourna et dirigea son attention vers un groupe de fauteuils-clubs le long de la paroi de gauche. Un homme qui portait des lunettes noires était pétrifié, ses mains apparemment tendues vers un masque à oxygène qu'il n'avait jamais trouvé. En face de lui, un vieil homme était affalé en travers de la table basse, apparemment mort aussi. Une femme âgée, la plus animée de tous, se cachait derrière le fauteuil de l'homme, jetant des coups d'œil de temps à autre par-dessus le dossier tout en gémissant. Une jeune hôtesse, également consciente, pleurait toute seule, roulée en boule sur le sol près de la table basse. Des vêtements et tout un bazar hétéroclite étaient répandus sur l'épaisse moquette bleue.

— C'est monstrueux.

— Restons calmes. Ceci, dit Berry en désignant ce qui les entourait d'un geste, ne nous concerne plus... sauf s'ils deviennent... incontrôlables.

— Oui, c'est vrai. (Stein semblait réfléchir.) Peut-être qu'on devrait... aider ces gens... à descendre.

Berry acquiesça.

— Oui, ils sont inquiétants, mais je ne suis pas bien certain que ce soit la meilleure chose à faire avec eux. Je... Et puis, ce ne serait pas facile. Laissons tomber pour le moment.

— D'accord.

Berry se pencha en avant.

— Où étiez-vous quand... l'air est sorti ?

Berry commençait à chercher des réponses. S'il pouvait se figurer ce qui s'était passé, il serait peut-être capable de se figurer quoi faire ensuite.

— Je vous l'ai dit. J'étais aux toilettes.

La jeune fille posa son Coca.

— Moi aussi, monsieur Berry.

— Okay, dit Berry. C'est ça. J'étais également aux toilettes. Les lavabos retenaient plus de pression. Est-ce que l'un de vous s'est évanoui ?

Ils hochèrent tous deux la tête.

— Okay. Mais nous allons mieux maintenant. Les gens qui n'avaient pas mis leur masque sont morts. Ceux qui l'avaient fait sont soit morts, soit victimes de graves lésions cérébrales.

Stein se courba en avant et s'exprima tout doucement :

— Des lésions cérébrales ?

— Oui. Bien sûr. C'est bien à ça que ça ressemble, non ?

— Eh bien... Oui. Je... ma femme... mes deux enfants...

Stein se plaqua les mains sur le visage.

Il n'était pas venu à l'idée de Berry que Stein voyageait en famille. Berry avait voyagé seul depuis tant d'années qu'il s'était habitué à penser en voyageur solitaire. Même à la maison, il semblait ne penser la plupart du temps qu'en termes d'unicité. Tout s'était produit si rapidement que ses pensées n'étaient jamais allées vers l'évident, même en ce qui concernait Linda Farley. Elle, plus que tout autre, devait avoir été accompagnée.

— Je suis désolé, Harold. Je ne m'étais pas rendu compte... (Il pouvait voir qu'il perdait Stein et que la jeune fille partait avec lui.) Écoutez, je suis pilote et j'ai une certaine expérience de ces choses, et les effets de... la privation d'oxygène sont temporaires.

Je ne voulais pas dire des lésions définitives — ne vous méprenez pas. Je pense que quand j'aurai posé ce truc et que tout le monde pourra recevoir les soins médicaux appropriés, eh bien, tout ira très bien. Maintenant, il faut que vous m'aidiez pour que je puisse tous nous ramener chez nous. Okay? (Il se tourna vers la jeune fille qui pleurait à nouveau.) Tu étais avec quelqu'un, Linda? Allez. Prends une grande respiration et explique-moi.

Linda Farley essuya ses larmes.

— Oui, avec ma mère. Nous étions... J'ai essayé de la retrouver tout à l'heure. Et puis tout s'est passé si vite...

— Oui, je suis sûr qu'elle va bien. Où était-elle assise?

À peine avait-il posé la question qu'il le regretta. Mais quelque chose l'avait poussé à désirer savoir.

— Au milieu. Je crois que c'était près de là où il y a le trou.

Ses yeux s'emplirent à nouveau de larmes. Elle comprenait ce que cela signifiait.

John Berry cessa de la regarder et focalisa son attention sur un tableau accroché sur le mur du fond près du piano. La célèbre *Persistance de la mémoire* de Dali. Un bizarre regroupement de montres molles, étalées dans un paysage surréaliste. Si un tableau avait jamais correspondu exactement à une pièce, c'était ce tableau-là dans ce salon précis. Il détourna les yeux et fixa distraitement la table de plastique devant lui. Lui, on lui avait épargné toute inquiétude en dehors de sa propre survie. Il était reconnaissant de ça, au moins. Si jamais ils revenaient sur terre, il serait le seul qui ne porterait pas de cicatrices de cette tragédie. En fait, pensa-t-il non sans culpabilité, il pourrait même s'en sortir mieux qu'il n'y était entré. Mais il y avait près de trois cent cinquante âmes à bord. Des âmes, se remémora-t-il, tel était le terme officiel. Comme c'était étrange! Et la plupart de ces âmes étaient mortes ou mourantes. C'était un satané prix à payer pour la résurrection personnelle du seul Berry. S'il survivait.

Berry jeta un œil vers Stein. L'homme semblait abasourdi. Il était visiblement hanté par la présence de sa famille au cerveau bousillé, qui était assise à moins de trente mètres de lui. Berry se demanda comment il aurait réagi, lui, face à une telle épreuve. Pendant un instant, il invoqua une image de Jennifer et de ses deux enfants.

Il essayait d'analyser ses sentiments. Une pensée lui avait traversé l'esprit : abandonner et attendre tout simplement qu'il n'y ait plus de kérosène. Mais il avait également pensé essayer de piloter l'avion de ligne, le conduire jusqu'à un atterrissage éventuel. Il regarda Stein et la jeune fille. Il pensa aux autres dans la carlingue du 797 et le mot *euthanasie* lui jaillit à l'esprit.

Berry savait que le ronronnement des moteurs le berçait d'une fausse sécurité, une léthargie qui rendait tout acte difficile tant que n'apparaissait pas un danger immédiat. Il se demanda s'il y avait assez de carburant, en considérant la grosse consommation d'un vol à basse altitude, pour lui permettre d'atteindre un morceau de terre. Il supposait qu'il pouvait poser l'avion sur l'océan. Est-ce que le Straton avait un transmetteur automatique de signal de détresse dans la queue comme le Skymaster ? Et si oui, est-ce qu'il fonctionnait ? S'il y était et s'il fonctionnait, un bateau pourrait sans doute venir à leur secours. Mais il ne savait pas s'ils pourraient tous trois quitter l'appareil avant qu'il ne coule. Et les autres passagers ? Et si tous trois parvenaient à quitter l'avion, combien de temps devraient-ils flotter dans l'océan avec leurs gilets de sauvetage ? Il pensa aux brûlures du soleil, à la déshydratation, aux tempêtes et aux requins. Visiblement, ils mourraient s'il ne tentait rien. Pour une raison quelconque, connue seulement de Dieu, Linda Farley, Harold Stein et lui avaient reçu une deuxième chance, une opportunité de se sauver. Il se leva tout à coup.

— Okay. Première priorité. Trouver d'autres personnes qui n'auraient pas souffert de la... dépressurisation. Mr. Stein... Harold... Vous allez descendre et faire des recherches.

Stein considéra l'escalier. La pensée de descendre là-dedans avec trois cents personnes dysfonctionnantes et probablement dangereuses n'était pas rassurante. Il ne bougea pas.

Berry eut une autre idée.

— Très bien. Restez ici.

Il se rendit dans le cockpit et regarda autour de lui. Finalement, il trouva ce dont il avait besoin : le micro de la radio de bord et pressa le bouton. Il entendit le bruit du retour et prit une profonde inspiration.

— Bonjour. C'est... le commandant qui vous parle. (Sa propre voix résonna dans le salon et il pouvait entendre les échos de ses mots montant dans l'escalier.) S'il y a quelqu'un dans l'avion qui... qui... (*Bon Dieu !*) Qui n'est pas affecté par la décompression, qui se sent bien, et qui peut penser clairement, s'il vous plaît, rendez-vous dans le salon des premières à l'avant de l'appareil.

Il répéta son message puis retourna dans le salon.

Berry et Stein s'installèrent près de la rampe de l'escalier, les yeux rivés sur lui, l'oreille aux aguets. Certains passagers avaient été secoués de leur léthargie par la voix et produisaient des sons bizarres — des grincements, des grognements, des gémissements et des grondements. Un rire suraigu leur parvint, venu du fond de la cabine, grimpant jusqu'au salon. Stein haussa les épaules et secoua la tête spasmodiquement. « Bon Dieu ! »

Ils attendirent, mais personne ne vint.

Berry se tourna vers Stein et lui posa une main sur l'épaule.

— Je crois que ce n'est pas concluant. Quelqu'un peut être coincé ou terrorisé. Il faut que vous descendiez.

— Je ne veux pas descendre, dit Stein d'une toute petite voix.

Berry se mordit la lèvre inférieure. Il se rendait compte que s'il le lui permettait, Stein allait lui bouffer son temps et son attention comme une éponge. C'était un besoin compréhensible. Mais John Berry n'avait pas de temps à gaspiller, et ne pouvait pas s'autoriser la compassion d'un homme normal.

— Stein, je me fous que vous le vouliez ou pas. Je ne veux pas mourir. Et cette jeune fille non plus. Ce que nous *voulons* ne suffit plus. Tout ce qui compte c'est ce dont nous avons *besoin.* J'ai besoin de savoir si quelqu'un d'autre peut nous aider dans ce bon Dieu d'avion. Il faut trouver un docteur, ou quelqu'un de l'équipage. Peut-être un autre pilote.

Berry se tourna vers le cockpit. La vue de cette cabine de pilotage vide lui envoya un frisson tout le long de la colonne vertébrale. Il s'en débarrassa d'un haussement d'épaules et se tourna vers Stein.

— Prenez cette ceinture. Trouvez d'autres armes. On peut en avoir besoin. Linda, tu restes ici dans le salon et tu surveilles ces gens. Surveille surtout le copilote là-bas. D'accord ?

— Oui, monsieur.

— Si qui que ce soit commence à agir... bizarrement, préviens-moi. Je serai dans le cockpit. Okay, Linda ? Okay, Harold ?

Stein opina avec réticence. Il croyait à moitié que sa famille allait récupérer et était presque persuadé que Berry pouvait piloter l'avion.

— Je vais amener ma famille. Je préférerais qu'ils soient ici. Ils iront mieux dans un moment.

Berry fit non de la tête.

— Ils sont très bien où ils sont. Plus tard, quand ils seront plus conscients, on les amènera ici.

— Mais...

— Je dois insister. S'il vous plaît, allez-y. J'ai d'autres choses à faire dans le cockpit.

Stein désigna le cockpit vide.

— La radio? est-ce que vous allez essayer de contacter ?...

— Oui. Allez, descendez. Laissez-moi m'inquiéter de l'avion.

Harold Stein se leva lentement et prit la ceinture pour s'en envelopper la main droite.

— Vous croyez qu'ils sont... très dangereux ?

Berry balaya le salon des yeux. Pas plus que ceux-là. Il s'arrêta. Il devait à Stein davantage d'informations. Certains mensonges étaient indispensables. D'autres étaient intéressés.

— Faites attention. J'ai été attaqué en bas. Certaines personnes réagissent différemment à la privation d'oxygène. Le cerveau est compliqué... faites juste très attention. Chaque galley possède un téléphone d'appel. Vous pouvez vous en servir si vous voulez me parler.

— Très bien.

Berry se retourna abruptement et rentra vite dans le cockpit.

Stein regarda Berry se glisser dans le fauteuil du pilote. Il regarda ensuite la jeune fille, se força à lui sourire, et commença à descendre l'escalier.

Berry éprouvait une très forte envie d'éteindre le pilote automatique et de prendre le manche. Pour avoir l'impression, juste une seconde, de sentir la machine. Pour prendre son destin dans ses propres mains. Il regarda le bouton sur le manche et tendit le bras. Conduire cet avion géant était peut-être à sa portée. Mais si l'avion lui échappait d'une manière ou d'une autre, il savait qu'il ne serait jamais capable de le reprendre en main. Et pourtant il pressentait qu'il lui faudrait sans doute le faire quand il n'y aurait plus de carburant. À ce moment, il n'aurait plus rien à perdre en essayant de se poser sur le ventre dans l'océan. Alors, pourquoi ne pas s'entraîner un peu maintenant ? Sa main toucha le bouton de désengagement du pilote automatique. Non. Plus tard. Il écarta la main.

Il pensa à la descente vers l'océan. Faute de mieux, il lui faudrait probablement faire un 180 degrés et se diriger vers le sud avant qu'ils quittent les eaux tièdes du milieu du Pacifique. Il regarda les commandes du pilote automatique montées sur le panneau anti-reflets placé entre les deux pilotes. Un bouton était étiqueté HEADING. Le cap. Berry mit sa main dessus, prit une profonde inspiration et le tourna vers la droite.

L'aile droite du Straton s'abaissa lentement tandis que l'aile gauche montait. Lentement l'appareil fit un virage sur l'aile. Le mouvement incliné ramena une sensation familière sous ses fesses. Avec cette inclinaison, il lui faudrait très longtemps pour faire un 180 degrés, mais il ne voulait pas encore faire demi-tour. Pas avant d'avoir un plan d'action solide à l'esprit. C'était un vieux principe de pilote de ne pas changer de direction sans raison. Il regarda les jauges de carburant. Il avait le temps. L'eau en dessous d'eux était probablement encore assez chaude pour être supportable et elle le serait encore pendant un bon moment. Berry était satisfait que le pilote automatique ait répondu au mouvement qu'il avait imprimé au bouton de contrôle. C'était tout ce qu'il avait le cran d'essayer pour l'instant. Il tourna doucement le bouton dans l'autre sens et l'avion se remit à niveau. Il regarda le compas magnétique et vit qu'il était sur un cap légèrement différent, au 330. Il tourna encore le bouton pour mettre le bon chiffre sous le curseur et l'avion revint à son cap originel de 325 degrés.

Il s'enfonça dans son fauteuil. Ses mains tremblaient et son cœur battait plus vite. Il prit quelques secondes pour se calmer. Il envisagea d'essayer à nouveau les radios, mais décida qu'elles étaient définitivement hors d'usage. Psychologiquement, il n'était pas bon d'essuyer un autre échec avec elles et il ne voulait pas cultiver une dépendance vis-à-vis d'elles. *Au diable les radios.* S'il devait piloter le Straton, il serait obligé de le faire par lui-même, à moins que Stein ne revienne avec un pilote de ligne. Et Berry ne comptait pas trop là-dessus.

Stein se tenait à la base de l'escalier, le regard plongé dans l'immense caverne sombre. Il avait senti l'avion s'incliner et avait pensé qu'il allait s'écraser. Puis il s'était remis droit. Berry le pilotait donc. Il se relaxa un peu et attendit que ses yeux s'ajustent aux ombres obscures autour de lui.

Au centre de la cabine des premières, à quelques pas de l'escalier, se trouvait l'endroit clos qui incluait les deux lavabos. Il s'avança jusqu'au bord de la cloison et regarda vers l'arrière, vers le compartiment éco. Comme les rideaux séparant les sections avaient été arrachés, il pouvait voir combien le Straton était énorme. Rangées de sièges, comme un cinéma. Des rais de soleil passaient par les hublots et il voyait des nuées de poussière s'agiter à l'intérieur. Un rayon de soleil beaucoup plus gros traversait l'immense fuselage de part en part, d'un trou à l'autre, et l'air passant par ces ouvertures béantes produisait un bruit étrange. Il remarqua qu'une petite brise agréable parcourait la cabine, aidant à dissiper l'odeur de vomi ou d'excréments. La pression et l'écoulement de l'air étaient quasiment arrivés à un niveau d'équilibre.

Comme s'ils avaient, eux aussi, atteint un équilibre interne, presque tous les passagers étaient assis, immobiles. Leurs éclats initiaux d'énergie avaient été dépensés, et ils étaient prostrés, les yeux fermés, leurs visages mous et crayeux, quasiment tous couverts de sang et de vomi. Une douzaine d'entre eux à peu près continuaient à faire du bruit, et de l'arrière de l'appareil jaillit un rire terrible. Quelques hommes et femmes persistaient à se déplacer sans but d'un bout à l'autre des allées, dans une sorte de transe. C'était un croisement entre un asile de fous et un abattoir. Comment, songea Stein qui était très religieux, comment Dieu a-t-il permis que cela arrive ? Pourquoi Dieu a-t-il donné la capacité à l'homme de grimper si haut dans les cieux pour l'abandonner ainsi ? Et pourquoi avait-il été épargné ? Était-il épargné ?

Il examina les visages des gens les plus proches de lui. Aucun d'eux n'offrait la plus infime promesse de normalité. Il respira un grand coup et avança de quelques pas dans l'allée. Il se força à regarder vers les quatre sièges de la rangée centrale où sa famille était assise. Ses deux filles, Debbie et Suzan, lui souriaient, leurs bouches couvertes de sang. Sa femme semblait ne pas le remarquer du tout. Il cria son nom. « Miriam ! Miriam ! » Elle ne leva pas le nez, mais beaucoup d'autres passagers le firent.

Stein se rendit compte que le bruit les avait rendus plus actifs. Il resta parfaitement immobile, puis regarda à nouveau sa femme et ses filles. Les larmes lui montèrent aux yeux. Il recula et s'adossa à la cloison des toilettes. Il pensa qu'il allait s'évanouir et respira profondément à plusieurs reprises. Son esprit se clarifia et il se redressa. Il savait qu'il ne parviendrait jamais à traverser tout l'avion. Il allait juste attendre là cinq minutes puis remonter. Il allait également emmener sa famille en haut.

Une sensation particulière, une vibration douce, commença à émerger dans sa conscience. Il se tourna et posa une main contre la cloison. La vibration venait de l'intérieur et elle grandissait. C'était le bourdonnement rythmé d'un moteur électrique tournant au ralenti. Il se souvint qu'il y avait un monte-charge de service adjacent aux lavabos. Il fit le tour de la zone de service pour aller de l'autre côté. Il se retrouva nez à nez avec une petite porte métallique. Le moteur s'arrêta. Il recula d'un pas en voyant la poignée tourner. La porte s'ouvrit.

Stein se retrouva face à face avec deux femmes. Deux hôtesses. Une grande brune, et l'autre de type oriental. Elles étaient tassées l'une contre l'autre dans le petit ascenseur. Il pouvait lire de la terreur pure sur leurs visages. Leurs yeux étaient rouges et humides et des traces de vomi maculaient leurs uniformes bleu azur.

— Vous allez bien ? demanda Stein. Est-ce que vous me... comprenez ?

— Qui êtes-vous ? demanda la brune. Que s'est-il passé ? Est-ce que tout va bien ?

Stein respira un grand coup pour reprendre le contrôle de sa propre voix et répondit :

— Il y a eu un accident. Des trous dans l'avion. On a perdu la pressurisation. Quelques-uns d'entre nous étaient coincés dans les toilettes. Les portes des lavabos ont retenu l'air, dit Stein, se souvenant des mots de Berry. Je pense que c'est aussi ce qui s'est passé là où vous étiez.

— Nous étions dans la zone de service en dessous, dit l'hôtesse brune.

— Est-ce qu'une porte s'est ouverte ? demanda l'Orientale.

— Non. C'est une bombe.

— Mon Dieu !

Sharon Crandall sortit de l'ascenseur et passa très vite à côté de Stein. Elle se retourna et regarda toute la longueur de la carlingue.

— Oh, mon Dieu ! Oh non ! Barbara ! Barbara !

Barbara Yoshiro sortit rapidement de l'ascenseur et s'arrêta derrière Sharon. Elle se mit à hurler, un long cri primal qui mourut dans sa gorge à l'instant où elle s'évanouit entre les bras de Stein.

Sharon Crandall mit ses mains sur son visage et respira très vite plusieurs fois, par saccades. Elle se tourna vivement vers Stein.

— Les pilotes. Les pilotes !

— Morts. Enfin... inconscients. Mais il y a un passager qui est pilote. Venez. Il faut sortir d'ici.

— Qu'est-il arrivé à ces gens ?

— Lésions cérébrales... hypoxie. Ils peuvent devenir violents. Allez, venez !

Une douzaine de passagers commençaient à avancer vers eux dans les allées. Quelques autres essayaient de se lever, mais leurs ceintures les retenaient assis. À force d'essais et d'erreurs, ou à cause d'un vague souvenir, certaines personnes parvenaient à détacher leurs ceintures et à se lever. Quelques-unes d'entres elles s'avancèrent dans les rangées. Un type très grand se leva juste à côté de Stein.

Stein commençait à avoir peur.

— Avancez ! Passez devant !

Sharon Crandall hocha la tête et s'avança vivement vers l'escalier. Stein traînait Barbara Yoshiro, la tenant d'une main sous l'aisselle. Un passager se leva soudain de son siège et lui barra la route de l'escalier. De sa main libre Stein le tira par un bras et l'homme partit en avant, pivotant et vacillant comme un gyroscope défaillant.

Soutenant l'hôtesse évanouie, Stein monta lentement les escaliers. Il y avait quelqu'un derrière lui.

Une main saisit sa cheville. Il donna un coup de pied en arrière pour se dégager et grimpa les marches en colimaçon beaucoup plus vite. Il posa Barbara Yoshiro sur la moquette et se pencha par-dessus la rambarde. Une demi-douzaine de visages grotesques le fixaient. Il pensa reconnaître la chevelure de sa femme, mais il ne pouvait pas en être certain. Sa respiration était lourde et son cœur cognait sauvagement dans sa poitrine.

— Allez-vous-en ! Barrez-vous !

Sharon Crandall regarda dans le salon.

— Oh, mon Dieu !

Stein se tenait près de l'escalier et il s'entoura le poing avec la ceinture.

— Je reste ici. Allez dans le cockpit.

Berry regarda par-dessus son épaule.

— Venez !

Mais l'attention de Sharon Crandall se focalisa sur l'hôtesse assise sur la moquette avec les jambes écartées. « Terri ! » Elle courut vers la jeune femme et s'agenouilla auprès d'elle.

— Terri ? Ça va ?

Terri O'Neil ouvrit grands les yeux et les tourna vers l'origine du son. C'était une réponse involontaire à un stimulus auditif. Son esprit rationnel avait été effacé par l'atmosphère raréfiée qui régnait à 62 000 pieds. La vision du visage de Sharon Crandall ne signifiait plus rien pour elle. La mémoire des centaines d'heures où elles avaient volé ensemble s'était évaporée de son cerveau comme l'eau d'une bouilloire oubliée sur le feu.

— Terri !

Sharon prit le bras de son amie.

— Oubliez-la ! cria Berry. Venez ici !

Sharon se tourna vers le cockpit et vit un homme assis dans le fauteuil du commandant. Sa voix lui était vaguement familière, mais elle était trop choquée pour penser clairement. Elle ignora Berry et retraversa le salon, se dirigeant vers les corps étendus de Stuart et McVary près du piano. Elle secoua les épaules du pilote.

— Commandant Stuart !

Stein vit qu'un homme montait de la cabine dans l'escalier en spirale. Un autre homme, puis une femme suivirent. Bientôt, toute une ligne de gens s'engagèrent maladroitement sur les marches circulaires.

— Descendez ! Descendez !

— Ahhhh !

Stein se tint à la rampe et appuya son pied sur la tête du premier homme.

L'homme tomba à genoux, puis partit en arrière, expédiant toute la rangée de gens pêle-mêle derrière lui.

Linda Farley s'agenouilla près de Sharon Crandall.

— Ils sont très malades. J'ai essayé de les aider.

Sharon regarda la jeune fille sans la voir, puis aperçut Harold Stein près de la rampe et le corps inconscient de Barbara Yoshiro. Elle se dirigea vers le bar et trouva une boîte de premiers secours. Elle prit une ampoule de carbonate d'ammonium, la brisa et la tint sous la narine de la jeune femme.

— Ça va aller...

Barbara Yoshiro émit un bruit de souffle coupé, puis ouvrit grands les yeux. Crandall l'aida à s'asseoir.

Les deux hôtesses se tenaient l'une à l'autre, Sharon Crandall réconfortant Barbara Yoshiro qui avait éclaté en sanglots.

— Doucement, Barbara... Tout va bien se passer.

Stein les regarda.

— Allez dans le cockpit et voyez si vous pouvez l'aider. Okay ?

Crandall aida Yoshiro à se lever et à reprendre son équilibre tout en avançant vers le poste de pilotage.

— Ne regarde pas les autres. Viens. Dans le cockpit.

Berry leur lança un coup d'œil par-dessus son épaule.

— Est-ce que l'une de vous connaît quelque chose à tout ça ?

— Je croyais que vous étiez pilote, dit Crandall.

— Oui, je suis pilote, répondit Berry, mais je ne suis pas familiarisé avec cet appareil. Je peux y arriver si je suis aidé. Est-ce que vous savez quoi que ce soit sur le cockpit ?

— Non, dit Crandall. (Elle aida Yoshiro à s'installer sur le siège de Fessler. Elles remarquèrent toutes deux le sang qui maculait la console, mais ne firent aucun commentaire.) Dans quel état sont les pilotes ?

— Ils s'en tireront.

— Pas la peine de nous mentir, dit Sharon Crandall.

— Ils ont des lésions cérébrales. Peut-être — mais ce n'est qu'un peut-être — le copilote parviendra-t-il à s'en sortir avec assez de facultés pour nous aider.

Crandall réfléchit à tout ça pendant quelques longues secondes. Elle aimait bien McVary. Elle les aimait tous bien, en fait. Maintenant ils étaient tous partis, y compris les autres hôtesses avec lesquelles elle avait partagé tant de moments. Les équipages parlaient rarement d'accidents, mais elle avait entendu raconter des accidents de dépressurisation.

— Qu'est-ce qui s'est produit exactement ?

— Je n'en sais rien. Et ça ne fait pas beaucoup de différence, non ?

— Non.

Berry se retourna et regarda Barbara Yoshiro.

— Vous allez bien ?

— Oui, je me sens mieux.

Berry hocha la tête. Il avait le sentiment, ou plutôt l'intuition, qu'à partir de maintenant elle garderait son calme. C'était une bonne chose à savoir, et peu importait si c'était vrai ou non. Il lui demanda :

— Vous connaissez quelque chose à tout ça ?

Yoshiro secoua la tête.

— En général, je reste en bas dans la cuisine. Sous la cabine principale.

— Je viens souvent dans le cockpit, dit Crandall, mais je n'ai jamais vraiment fait attention.

— Vous en savez probablement plus que vous ne le pensez. Asseyez-vous.

Sharon Crandall prit le siège du copilote.

— Ça ne va pas beaucoup vous aider.

Berry ne la reconnut pas tout de suite, mais en regardant son profil avec attention, il se souvint qui elle était. Un sourire se forma sur ses lèvres. Il était content qu'elle s'en soit sortie. Leur conversation avait eu lieu un siècle auparavant, mais elle lui avait apporté quelques minutes de plaisir et il était heureux de pouvoir la reprendre là où elle s'était achevée.

— Vous vous souvenez de moi ?

Elle le regarda.

— Oui. Bien sûr. L'homme d'affaires. J'allais venir m'asseoir avec vous. (Crandall marqua un temps d'arrêt.) Vous n'êtes pas pilote.

— L'homme d'affaires, oui. Si, si, je vole, aussi.

— Sur quoi ?

— Des petits avions. Celui de ma firme. Je peux me débrouiller ici.

Il était soudain devenu très fort pour apaiser les esprits. Peut-être était-il trop rassurant. Il se dit que personne ne resterait calme très longtemps une fois qu'ils l'auraient vu essayer de piloter ce géant des airs.

— Où étiez-vous toutes les deux quand la dépressurisation a commencé ?

— Dans la cuisine en dessous, répondit Yoshiro.

Berry acquiesça.

— Il y a sans doute eu de l'air pressurisé captif là-dessous aussi. Nous étions tous les trois dans des toilettes.

— C'est ce que l'autre homme nous a dit, répliqua Yoshiro. Je pense qu'il peut y en avoir d'autres.

— Oui. C'est pourquoi j'avais envoyé Stein en bas. (Il baissa la voix.) Sa femme et ses deux enfants y sont. La jeune fille, elle, s'appelle Linda Farley. Sa mère n'était pas loin du trou dans le fuselage. Je m'appelle John Berry.

— Barbara Yoshiro. Vous connaissez Sharon...

— Oui, dit Berry.

— Écoutez, dit Sharon Crandall, appelez les Opérations de Trans-United. Ils vont vous donner une route et puis vous guider jusqu'à l'atterrissage.

Lui conseiller d'utiliser la radio n'était pas vraiment le genre d'information qu'il recherchait.

— Bonne idée, dit Berry, mais les radios ne fonctionnent pas.

Il y eut un long silence dans le cockpit. Berry le rompit.

— Je vais virer et nous mettre sur un cap approximatif vers la Californie. Si le carburant dure jusque-là, on décidera si on tente un atterrissage ou si on amerrit près d'une plage. Je pourrai peut-être atteindre quelqu'un par radio quand on sera plus près de la côte. Qu'est-ce que vous en pensez ?

Les deux hôtesses ne dirent rien.

Barbara Yoshiro se leva.

— Je vais descendre voir si personne n'est... sain d'esprit.

— Je n'irais pas maintenant, dit Berry.

— Croyez-moi, Mr. Berry, je préférerais ne pas y aller. Mais il y avait deux pilotes de notre compagnie à bord — partant en vacances avec leur femme — et il faut que j'aille voir s'ils sont encore vivants et en état. Et puis je suis encore en service et j'ai des obligations envers les autres passagers.

Berry refusa de se laisser aller à l'excitation qui le gagnait quant à la possibilité de trouver de vrais professionnels qui pourraient piloter le Straton.

— Les passagers sont dangereux.

— Moi aussi. Ceinture noire, judo et karaté. Et j'ai cru comprendre qu'ils manquaient de coordination.

— Ils sont trois cents.

Crandall se retourna sur son siège.

— N'y va pas, Barbara.

— Si ça tourne vraiment mal, je remonte.

Berry lui jeta un coup d'œil.

— Je ne peux pas dire à Stein de vous accompagner. Il faut qu'il reste en haut des marches pour empêcher les gens de monter.

— Je n'ai pas réclamé de compagnie.

Berry hocha la tête.

— Très bien, alors. Appelez des zones de service toutes les cinq minutes environ. Si on n'entend plus parler de vous... eh bien, si on peut, on viendra vous chercher.

— Okay.

Elle sortit rapidement du cockpit.

Berry se tourna vers Sharon Crandall.

— Elle a du cran, hein.

— Plus que vous ne le pensez. Elle n'en connaît pas plus en judo ou en karaté que moi. Elle essaye de se rattraper parce qu'elle s'est évanouie. Mais il y a effectivement deux pilotes de la compagnie en bas. On leur a parlé toutes les deux. Et j'espère, mon Dieu, qu'ils vont bien.

— Moi aussi.

Il essayait de se représenter Jennifer faisant quelque chose de désintéressé, de noble. Il en rit presque. Dieu, si seulement il pouvait revenir et lui dire ce qu'il pensait d'elle.

Crandall prit le micro du copilote et le tint maladroitement.

— Je me suis servi de ça une ou deux fois. Elle appuya sur le bouton. Trans-United, ici le vol 52. Est-ce que vous me recevez ? Over.

Ils attendirent tous les deux dans le silence du cockpit.

Berry la regarda, assise avec la tête penchée, attendant que le haut-parleur revienne à la vie comme il l'avait toujours fait.

— Oubliez la radio, dit-il.

Elle reposa le micro.

Les minutes passaient. Soudain l'interphone sonna. Sharon Crandall prit le combiné sur la console.

— Barbara ! Elle écouta. Très bien. Fais attention. Rappelle d'ici trois minutes. Bonne chance. Elle reposa le téléphone et se tourna vers Berry. Les pilotes. Ils sont morts tous les deux. Elle ajouta : C'est votre navire désormais, Mr. Berry.

— Merci.

Crandall pensa aux procédures officielles du manuel. Techniquement, c'était *son* navire, ou, plus exactement celui de Barbara Yoshiro. Barbara était la plus âgée des survivants de l'équipage. Mais quelle différence cela faisait-il ? L'avion de Barbara ou de Sharon ? Impossible. Absurde.

Berry essayait de ne montrer aucune émotion.

— Très bien. Parlons de ce cockpit. Est-ce qu'il y aurait une sorte d'appareil émettant un signal de détresse par exemple ? Tenez, ça... qu'est-ce que c'est ?

Elle regarda le bouton rouge qu'il désignait. Elle secoua la tête.

— Je n'en sais rien.

Berry décida de la laisser réfléchir un peu tranquillement. Mentalement, il coupa le cockpit en six parties et commença à examiner la première, en bas à gauche, manette par manette, bouton par bouton, cadran par cadran. Il y avait des choses qu'il connaissait et beaucoup plus qu'il ne connaissait pas. Il se mit à mémoriser l'emplacement des instruments et des appareillages de contrôle.

— Et le data-link ? dit-elle.

— Quoi ?

— Le data-link. Vous l'avez essayé ?

— De quoi vous parlez ?

— Le data-link. Ce truc, là. Elle désignait un clavier monté entre les sièges des pilotes, un peu en dessous des radios. J'ai vu l'équipage s'en servir pas mal de fois. Ils tapent dessus. Et il y a des messages qui en sortent aussi. Elle désigna un petit écran vidéo au milieu du panneau en bas. C'est relié au centre des opérations de dispatching à San Francisco.

Berry fixait l'appareil. Il l'avait déjà remarqué, mais l'avait écarté comme étant encore un de ces tas d'instruments inconnus. Il pensait que l'écran était une sorte de radar. Maintenant, cela prenait un sens. Il avait lu quelque part quelque chose sur les data-links — un écran électronique discret pour envoyer des messages individuels à différents avions. La plupart des compagnies s'en servaient pour communiquer avec leurs appareils sans avoir à passer par les ondes normales. Il se tourna vers Sharon.

— Vous savez vous en servir ?

— Non. Mais je crois qu'il suffit de taper le message, comme sur un ordinateur. Essayons. Il y avait un début d'excitation dans sa voix, un enthousiasme. Allez. On n'a rien à perdre. Il nous faut une lumière verte pour savoir que c'est allumé. Voilà. Il faut que cette petite ampoule, là, soit verte.

Berry observa le clavier. Après quelques hésitations, sa main se dirigea vers un bouton étiqueté « entrée ». La lumière verte se mit à clignoter. Berry supposa que cela voulait dire qu'il avait un canal clair. Il appuya sur un bouton marqué « transmission » et tapa trois lettres sur le clavier : SOS. Il regarda l'écran vidéo. Rien.

— Est-ce qu'on n'est pas censé voir son propre message apparaître sur l'écran ?

— Si.

— Je ne vois rien. Bon Dieu de bon Dieu, saloperie d'avion.

— Je crois qu'il faut taper le message d'abord, et ensuite appuyer sur « transmission ».

— Okay. (Berry appuya sur le bouton « Clear ».) Bon, voyons si ça marche.

Il tapa à nouveau SOS. Puis il appuya sur le bouton « transmission ». Ils regardèrent tous deux l'écran vidéo. SOS apparut en lettres blanches d'ordinateur, un peu anguleuses.

Sharon laissa échapper un petit cri.

— On a réussi ! On a réussi ! Elle se pencha et serra la main de Berry.

Berry souriait.

— Oui, bon Dieu. On a réussi. Okay. Okay.

Mais il soupçonnait que l'image sur l'écran ne signifiait pas grand-chose. La seule manière de déterminer si le signal avait réellement été expédié et reçu par quelqu'un d'autre était d'attendre qu'une réponse apparaisse sur l'écran.

Berry était à peu près certain que le data-link ne pouvait pas envoyer et recevoir en même temps ; il résista donc à la tentation de transmettre à nouveau et attendit la réponse. Contrairement à une radio, si cette machine fonctionnait, il y avait un écran quelque part qui devait être lu. Il se demanda combien de fois par jour on vérifiait les messages sur data-link.

Le Straton 797 maintenait un cap nord-ouest à travers le Pacifique. Les minutes passaient.

John Berry savait que c'était leur dernier espoir de survie. Il regarda Sharon Crandall. Elle semblait le savoir aussi.

— Je vous offre un verre ?

Il fit un geste vers le bar.

— Non. Pas maintenant. Plus tard, peut-être. Allez vous servir si vous voulez, je surveille l'écran.

— Je n'en ai pas besoin. (Il regarda le moniteur vidéo, puis à nouveau Sharon Crandall.) Vous voulez que je vous parle des hommes d'affaires japonais ? des coutumes japonaises ? C'est très intéressant.

Elle le regarda.

— Bien sûr, dit-elle avec peu de conviction et en se forçant à sourire.

Son sourire s'estompa vite. Elle avait les yeux fixés sur l'écran du data-link. En dehors de leur propre SOS inscrit dans le coin gauche en haut, l'écran était d'un vide menaçant.

6

Même s'il ne le regardait pas directement, le lieutenant Matos eut l'impression distincte que le Straton avait brièvement viré sur l'aile, puis s'était redressé. Il le fixa avec attention, mais il semblait être bien à l'horizontale. Il regarda son compas magnétique. Toujours au 325. Non, le Straton n'avait pas viré. Ce n'était qu'une illusion. Il se frotta les yeux. Il commençait à être fatigué.

Le F-18 suivait la queue de l'énorme avion de ligne à une distance de mille mètres. Matos ressentait de légères turbulences dues au sillage du Straton et il fit grimper son chasseur légèrement plus haut. Le dernier message reçu du *Nimitz* était bizarre. Un message étrange même pour une situation aussi bizarre. *Navy trois-quatre-sept. Suivez à 6 heures. Restez hors de vue des hublots et du cockpit. N'essayez pas de communiquer, je répète, n'essayez pas de communiquer avec le Straton. Accusez réception.*

Matos avait répondu « bien reçu » et suivi les ordres sans poser de questions. Si sa position avait été plus défendable, il aurait demandé des explications. Mais il était désormais numéro un sur la fameuse liste noire de Sloan, et cela avait pour effet de le mettre dans un état de dépendance psychologique totale, d'asservissement. Tout ce que Sloan demanderait, il l'obtiendrait. Il y avait visiblement une certaine méthode dans la folie de Sloan.

Matos commençait à identifier correctement les différents tons de voix de Sloan, malgré le brouillage de la transmission, décodée par son système audio. Et les dernières instructions de Sloan étaient nuancées d'une étrange qualité qui n'avait pas échappé à l'attention de Matos. La voix n'était ni hostile ni cassante. Elle était presque amicale, cajoleuse. La voix semblait dire : *Très bien, Peter, t'as tout foiré, mais contente-toi de suivre les ordres et on va pouvoir tout remettre d'aplomb.*

Mais, au nom de Dieu, comment est-ce que qui que ce soit, fût-il le commandant Sloan, pouvait remettre ça d'aplomb ?

Maintenant qu'il avait le temps de penser, il venait à l'esprit de Matos que sa carrière n'était pas la seule qui soit foutue. Il n'avait pensé qu'à lui, ce qui était naturel étant donné les circonstances. Maintenant il voyait la situation pour ce qu'elle était. Un foirage monumental. Cela avait commencé par lui, mais la réaction en chaîne allait éclabousser Sloan et tous ceux qui auraient la malchance de se trouver dans la salle d'électronique. Elle maculerait également le commandant du *Nimitz,* le capitaine Diehl, et probablement tous ses subalternes. L'explosion allait se répandre jusque dans les couloirs du Pentagone, au ministère de la Marine, au Département de la Défense et peut-être même jusqu'à la Maison-Blanche. Quel que soit le niveau où il avait été décidé de faire ce test de missile interdit par le nouveau traité de limitation des armes, tous les gens de ce niveau seraient considérés comme coupables. *No es tu culpa, Pedro.*

Pourtant, même s'il ne comprenait pas complètement qui avait ordonné ce tir d'essai ou son degré d'illégalité, Matos y était très favorable. Il s'imaginait devant une sorte de comité d'enquête — le Sénat, la Maison-Blanche, peut-être le Département de la Défense. Il défendrait son implication comme une décision morale basée sur la sécurité nationale. Une décision personnelle qui transcendait n'importe quel traité. Il ne dirait *pas* qu'il n'avait fait qu'obéir aux ordres. C'était le chemin emprunté par les lâches. Il commençait à endosser le manteau des patriotes et des martyrs : la défense Ollie North. Il allait leur montrer de quoi il était fait quand ces sénateurs entameraient leur feu roulant de questions. La Navy serait impressionnée par sa loyauté. Sloan serait impressionné par sa défense de ses supérieurs. Peter Matos eut enfin la sensation d'être arrivé quelque part.

— Navy trois-quatre-sept.

La voix de Sloan tira Matos de sa rêverie.

— J'écoute.

— Rapport sur la situation.

— Roger. Je suis toujours. Pas de changement dans le Straton.

Il regarda l'énorme avion. Ce qui était arrivé était, au plus, seulement à demi sa faute. Quelqu'un dans le porte-avions avait omis de noter le plan de vol du Straton. Le ciel était un grand champ de tir. C'était la responsabilité de quelqu'un d'autre de s'assurer que le champ de tir était vide.

Mais il était harcelé par le sentiment que le commandant Sloan avait quelque chose d'autre en tête — quelque chose qui ne susciterait ni martyr, ni enquête. Il savait que s'il se mettait dans la tête du commandant Sloan, sachant ce qu'il savait sur lui, il pouvait prévoir le contenu de la prochaine transmission de l'officier. Mais il ne voulait pas laisser son esprit aller à l'évidente et finale conclusion en ce qui concernait le Straton.

Il regarda l'avion mutilé. S'il continuait à suivre ce cap, il finirait par atteindre l'océan Arctique, et si aucun Mayday n'avait été envoyé, et si personne sur le *Nimitz* ne faisait de rapport... Pourquoi aurait-il fait ce rapport ? Quelle satanée stupidité...

Il regarda ses jauges de carburant. Il ne pourrait plus suivre l'avion de ligne bien longtemps. Et pourtant il savait que Sloan voulait qu'il le fasse, précisément. Il faudrait qu'il reste avec le Straton jusqu'à ce que son destin soit scellé.

Sa radio grésillait et il se sentait engourdi. Il s'éclaircit la gorge et attendit le message.

— Navy trois-quatre-sept, ici la Maison. (La voix du commandant Sloan était calme, contrôlée. Sloan regardait Hennings du coin de l'œil tout en transmettant.) État du Straton ?

— État inchangé.

— Roger. Stand by pour ordre de mission.

— Roger.

— Out. Sloan reposa le micro et se tourna vers Hennings. Très bien, Amiral. Le temps de la discussion est terminé. Je vais ordonner au lieutenant Matos de tirer le second missile dans le cockpit du Straton. Je suis entièrement convaincu qu'il n'y a aucun survivant à bord. S'il y avait un pilote aux commandes, il aurait changé de direction depuis longtemps. (Il fit une pause et reprit, sur le ton de la conversation.) Vous savez que la Navy doit couler les navires abandonnés qui pourraient présenter un danger pour la navigation. Bon, cette analogie est assez imprécise, mais cet appareil est également un danger pour la navigation. À son altitude présente et avec son cap, il pourrait couper certains couloirs aériens commerciaux et...

— C'est absurde.

Sloan poursuivit.

— Il pourrait aussi tomber sur un navire. Il est vrai qu'il n'y a pas de précédent, mais il me semble que c'est une obligation logique d'ordonner qu'on abatte un avion abandonné. Nous devons le descendre selon nos propres obligations. Maintenant. Danger pour la navigation, répéta-t-il, espérant que la vieille terminologie produirait l'effet nécessaire.

Hennings ne répondit pas, mais un vacillement d'émotion passa sur ses traits taillés à la serpe. Sa mémoire glissa vers un incident dont ils avaient souvent parlé à l'Académie navale. Cela s'était passé au début de la Seconde Guerre mondiale. Un navire, le *Davis*, avait récupéré dans les flots l'équipage d'un destroyer sévèrement endommagé, le *Mercer*. Le *Mercer* était très touché et en flammes, mais ne montrait aucun signe qu'il allait couler. La flotte japonaise avait envoyé un croiseur et deux destroyers vers lui. La dernière chose que la Navy souhaitait, c'était que les Japonais prennent en remorque un navire de guerre américain complet, avec cartes, codes, nouveaux armements et appareils de cryptage. Le commandant du *Davis,* John Billings savait qu'il y avait des blessés et des hommes coincés à bord du *Mercer*. Les survivants avaient aussi rapporté que le commandant du *Mercer,* le commandant Bartlett, un compagnon de l'École navale de Billings, était toujours à bord. Le commandant Billings, sans hésitation et sans la moindre trace d'émotion, s'était, dit-on, tourné vers son officier de tir et avait ordonné : « Coulez le *Mercer*. »

Mais c'était la guerre, songea Hennings. C'était tout à fait différent. Pourtant... ils étaient en guerre, ou du moins ils pouvaient l'être un jour — contrairement à ce que ces fous du Congrès pensaient avec leurs solutions politiquement correctes et leurs raisonnements sans fin. Le Straton, s'il était repéré visuellement ou par radar, ou s'il s'écrasait près d'un navire, pouvait être récupéré. Et s'il l'était, la nature de ses dommages serait très vite reconnue pour ce qu'elle était. Et cela mènerait éventuellement jusqu'au *Nimitz*. Hennings savait que c'était ça dont parlait Sloan en vérité avec tout son baratin sur le danger pour la navigation.

Et si le *Nimitz* était suspecté, tous les enfers se déchaîneraient. L'Amérique lavait son linge sale en public. La Navy serait soumise à des enquêtes, au scandale et à une publicité désastreuse. Ce serait l'affaire Tailhook en mille fois plus grande. L'incident achèverait d'émasculer la Marine des États-Unis ; cette émasculation allait déjà au-delà de l'imaginable.

Hennings savait exactement ce que les chefs d'état-major diraient si cela arrivait : « Pourquoi est-ce que ces fils de pute, Hennings et Sloan, n'ont pas fait sauter ce putain d'avion en plein ciel ? » Ils ne donneraient jamais cet ordre, mais ils s'attendaient à ce qu'il soit exécuté par leurs subordonnés. *Quelqu'un* devait faire le sale boulot et protéger les gens d'en haut. Protéger la position de la Défense nationale et la viabilité de ses militaires.

Sloan avait laissé s'écouler assez de temps.

— Amiral ?

Hennings le regarda. S'il n'avait pas personnellement détesté cet homme — si cette suggestion était venue d'un officier plus courageux moralement —, alors il lui aurait été plus facile de dire oui. Hennings s'éclaircit la gorge.

— Donnons-lui encore dix minutes.

— Cinq.

— Sept.

Sloan se pencha et régla la pendule de compte à rebours pour sept minutes. Il appuya sur le bouton de départ.

Hennings hocha la tête. Le commandant Sloan était un homme qui ne gaspillait ni ses mots ni son temps.

— Vous êtes certain que Matos va...

— On le saura très bientôt. Mais je serais surpris s'il n'était pas arrivé lui-même aux mêmes conclusions. Je comprends Matos mieux qu'il ne se comprend lui-même, même si je lui ai rarement adressé la parole. Matos veut faire partie de l'équipe. (Il s'assit et se mit à écrire.) Je lui rédige un message et je veux que vous m'aidiez à le faire. Ce que nous allons dire et comment nous le dirons sera très important.

— Eh bien, Commandant, si vous m'avez convaincu, vous pouvez convaincre cet infortuné pilote. Vous n'avez aucunement besoin de mon aide pour ce faire.

Randolf Hennings tourna le dos à Sloan et ouvrit le rideau qui protégeait le hublot. Il regarda la mer. Il se demanda quelles destinées avaient conspiré contre lui pour en arriver à lui faire faire une telle chose si tard dans sa vie. Les bonnes années, les années d'honnêteté, tout cela semblait compter si peu une fois confronté à ceci. Il pensa au Straton. Combien de gens à bord ? Trois cents ? Ils étaient sûrement tous déjà morts. Mais maintenant, leur sort ne serait jamais connu de leurs familles. Randolf Hennings venait de leur assigner leurs tombes. Ils allaient reposer là, dans l'océan, où tant de ses amis reposaient déjà, et où il aurait aimé, lui aussi, reposer.

Jerry Brewster était debout, paressant dans la petite salle des communications des opérations de la Trans-United de l'aéroport international de San Francisco, les mains dans les poches. Il attendait que la carte météo 500 hectopascals du Pacifique finisse de s'imprimer. Travailler dans cette pièce était la seule partie de son boulot d'assistant dispatcher qu'il détestait franchement. Les lumières étaient trop vives, les bruits trop forts, et les odeurs chimiques des tireuses couleur imprégnaient l'atmosphère stagnante d'une manière quasi intolérable.

Le tirage de la nouvelle carte s'achevait. Brewster attendit impatiemment qu'elle sèche pour pouvoir la tirer hors de la machine. Jack Miller avait requis une estimation nouvelle des températures à altitude moyenne et Brewster entendait lui fournir ces données avant le déjeuner. Brewster mettait un point d'honneur à abandonner tout ce qui était en cours quand Miller réclamait quelque chose. Brewster aimait bien le vieux ; Miller était toujours disponible pour la formation ou pour un conseil.

Brewster se pencha et tira avec précaution la nouvelle carte hors des rouleaux. Il la tint devant lui. Il s'avança vers la porte, la carte entre le pouce et l'index, juste pour s'assurer qu'il ne laisserait pas de taches sur l'encre encore fraîche. Une sonnette retentit derrière lui. Le minuscule son provenait de l'autre extrémité de la pièce, traversant la confiture sonore de bruits électroniques. Brewster s'arrêta. C'était la sonnette du data-link. Il se retourna. L'écran laissa apparaître un message et, même de là où il était, il pouvait voir qu'il était anormalement court. Quelques lettres ou quelques chiffres. Brewster savait ce que cela signifiait. Encore un dysfonctionnement. Encore du charabia. Un segment de quelque transmission intercompagnies mal digéré. Il regarda de loin pour voir si l'écran allait accréditer l'origine.

Après avoir dépensé une petite fortune pour équiper la flotte entière de Trans-United avec cette merveille électronique, le réseau de communications par data-link était encore sujet à des « difficultés techniques », comme ils appelaient ça. Brewster, lui, appelait ça des foirages. Messages caviardés. Phrases ou lettres qui se répétaient écran après écran. Colonnes de données mal alignées ou inversées.

C'était presque drôle, sauf qu'ils ne cessaient d'appeler les ingénieurs de ce système pour réparer et régler ce satané truc. Heureusement, on ne s'en servait que pour des communications banales et routinières — problèmes de repas, horaires des équipages, correspondances des passagers, routine météo et signalisation de nouvelles positions. Quand ça marchait, c'était très bien et quand ça ne fonctionnait pas, vous l'ignoriez. Brewster l'ignora.

Il se dirigea vers la porte. Les produits chimiques lui piquaient les narines et lui embuaient les yeux. Il n'avait qu'une envie, se retrouver dans l'air plus propre du bureau des dispatchers, loin de toutes ces irritations. Il ouvrit la porte, puis hésita. Surveiller le data-link faisait partie de ses responsabilités. *D'accord, bon sang.* Il referma la porte en la claquant, traversa la pièce et se planta devant l'écran. Il lut le message :

SOS

C'était tout. Rien d'autre. Pas de code d'identification, pas d'origine de la transmission. Brewster était intrigué. *Mais qu'est-ce que c'était que ce bordel ?* Un canular ? Une plaisanterie ? Aucun pilote de ligne au monde n'enverrait sérieusement un SOS. C'était archaïque, datant de la marine à vapeur. C'était comme si le témoin d'un viol appelait en disant : jeune fille en détresse. Qui pouvait prendre ça au sérieux ?

Brewster roula la carte météo et la mit sous son bras. Il regardait la machine en face de lui. Non, un pilote de ligne en détresse enverrait un Mayday sur un canal de détresse spécifique en se servant de l'une de ses quatre radios. Il n'enverrait pas un message à l'ancienne sur un jouet électronique. Et même si l'impossible s'était produit et que les quatre radios ne fonctionnaient plus, et qu'un pilote se rabattait sur le data-link, alors il enverrait un message complet avec son code d'identification. Il s'agissait ici soit d'un mauvais fonctionnement de la machine, soit de l'idée qu'un pilote se faisait d'une blague. Et elle était très mauvaise. Ce pilote savait que sa plaisanterie n'irait pas plus loin que la salle des communications de la Trans-United.

Brewster se rendit compte que la blague était dirigée contre lui, et ça le mit en colère. Il appuya sur « impression » puis arracha une copie du message à la machine et le tint devant lui.

SOS

Les idiots. S'il faisait un rapport, ça leur ferait les pieds. Il ne savait pas s'il pouvait les retrouver, découvrir de quel vol provenait ce message anonyme. C'était une chose stupide et irresponsable, un truc à ne pas faire, et le pilote serait dans la panade s'ils parvenaient à l'identifier. Mais ça pouvait aussi être un mauvais fonctionnement. Pourquoi se mêler de ça ? S'il faisait un rapport, il aurait mauvaise réputation dans les équipages. Ce qui, d'une manière quelconque, finirait par affecter son avancement. Miller lui avait toujours enseigné de couvrir les équipages. Que cela payait. Il était content qu'Evans n'ait pas vu le message. Il en fit une boulette et la jeta dans la corbeille à papiers avant de quitter la pièce.

Jack Miller vit Brewster sortir de la salle des communications.

— Jerry, vous pouvez me donner ce truc sur les altitudes intermédiaires rapidement ?

Brewster regarda de l'autre côté de la salle.

— Bien sûr, Mr. Miller. Juste une minute.

Il regarda l'horloge murale. Midi moins trois. Ils seraient tous deux en retard pour déjeuner. Il déroula la carte sur son bureau, mit des poids à chaque coin, puis prit un crayon et commença à retranscrire les températures adéquates sur une feuille de papier blanc.

John Berry regardait le sélecteur de code rotatif sur le data-link. Le truc à faire, décida-t-il, c'était de changer les codes et d'expédier un nouveau message. Plus long cette fois. Ce SOS impulsif avait été trop bref, énigmatique, se rendait-il compte. Il regarda autour de lui dans le cockpit, cherchant des livres de codes, mais il comprit que même s'il y en avait eu, ils avaient probablement été aspirés au moment de la dépressurisation. Il allait falloir qu'il essaye tous les canaux, transmette un message complet, attende une réponse et, s'il n'y en avait pas, qu'il passe au canal suivant. Quelque part, l'autre extrémité de cette machine imprimerait. Il devrait rester à l'écoute de chaque canal après avoir transmis. C'était une approche au fusil à canon scié, mais c'était mieux que d'attendre à ne rien faire. L'envie de tromper le sort s'emparait de lui.

— Je crois que je vais essayer un autre canal. Qu'est-ce que vous en pensez ?

Sharon Crandall regarda l'écran vidéo vide.

— Attendez une minute ou deux. Je me souviens que les pilotes attendaient parfois une réponse pendant dix minutes, voire plus.

— Pourquoi ?

— Eh bien, on n'envoie jamais rien d'important avec ça. Les pilotes ne s'en servent que parce qu'ils peuvent laisser un message dans la salle des communications — comme ça, il reste une trace.

— Vous avez déjà vu la salle des communications à San Francisco ?

— Une fois. Je sortais avec un pilote. Il m'a amenée là-bas et m'a montré le data-link, les tireuses à cartes et à graphiques, et tout.

— Ça a l'air marrant. Où est cette salle des communications ?

— Près du bureau du dispatcher principal.

— Il y a quelqu'un de service en permanence ?

Elle réfléchit un moment.

— Non, je ne crois pas... que des machines. Mais les gens vont et viennent.

Berry hocha la tête.

— Okay. Il va falloir attendre que quelqu'un y entre et voie notre message. Où est placée la machine ?

— Au milieu de la pièce. La pièce est petite. Ils ne peuvent pas ne pas la voir.

— J'espère.

Crandall se sentait sur la défensive, mais elle ne savait pas pourquoi. Elle essaya de se concentrer sur le tableau de bord. Peut-être pouvait-elle trouver autre chose. Les inscriptions au-dessus des instruments et des jauges étaient si énigmatiques. RMI. LOM. Alternate Static. Gyro Transfer.

— Là. Je me souviens de ça. L'ADF. Je crois que c'est une espèce de radio.

Berry s'efforça de sourire.

— Oui, c'est pour se relier au signal d'un aéroport. Ça vous met automatiquement dans la bonne direction. Peut-être qu'on pourra s'en servir plus tard.

— Oh. (Elle se renfonça dans son siège.) Je suis inquiète pour Barbara. Ça fait un moment qu'on n'a pas eu de ses nouvelles.

Berry avait trouvé l'horloge du cockpit, mais elle avait l'air de mal fonctionner.

— Quelle heure est-il ?

Elle regarda sa montre.

— Midi et six minutes, heure de San Francisco.

Berry regarda à nouveau la pendule. 20 h 06 ; huit

heures après l'heure de San Francisco. Il se rendit compte qu'elle était à l'heure de Greenwich et se souvint que les compagnies aériennes mesuraient toujours le temps à partir de ce point de départ internationalement reconnu. Dégoûté, Berry secoua la tête. Tout dans ce cockpit semblait vouloir ne lui fournir que des informations inutiles. Les radios étaient pleines de fréquences qui ne voulaient pas émettre. Les indicateurs de vol restaient aveuglément au centre de leurs graduations. L'horloge lui disait qu'à ce moment précis, de l'autre côté du monde, des néons s'allumaient à Piccadilly et que les théâtres de Londres levaient le rideau sur le premier acte. Toutes ces informations inutiles lui tapaient sur les nerfs. Il devenait de plus en plus morose. Il s'en rendait compte. Il fallait qu'il se sorte de cet état. Il toussa sèchement dans sa main pour éclaircir sa gorge desséchée.

— Au moins il fait beau et nous avons encore des heures de jour devant nous. Si cela s'était produit de nuit...

— C'est vrai.

Crandall répondit avec fort peu d'enthousiasme.

Ils retombèrent tous deux dans le silence. Chacun savait que l'autre était nerveux, et pourtant ils ne parvenaient pas à établir un pont au-dessus du gouffre pour se réconforter l'un l'autre. Berry se surprit à souhaiter que Stein puisse être libre de le rejoindre dans le cockpit. Crandall, elle, souhaitait que Yoshiro se dépêche de revenir. Aucun d'eux ne se souciait de souhaiter que cet accident ne se soit jamais produit; aucun d'eux n'était reconnaissant d'être encore en vie. Leur existence était réduite à l'inquiétude sur la toute prochaine démarche, sur les minutes qui allaient suivre.

Berry se leva à moitié de son siège et regarda dans le salon.

— Comment ça va, Mr. Stein ? cria-t-il.
Harold Stein répondit :
— Ils ont l'air de s'être calmés en bas. Ici, aussi. Pas de changement chez le copilote.
— Appelez Barbara Yoshiro.
Stein appela, fort, dans l'escalier et écouta attentivement. Il se tourna vers le cockpit.
— Rien.
Sharon prit l'interphone et regarda la console.
— Je ne sais pas quel poste appeler.
— Essayez n'importe lequel.
Crandall sélectionna le poste six à l'arrière de l'appareil et pressa le bouton d'appel. Elle attendit. Personne ne répondit.
— J'essaye un autre poste ou j'attends sur celui-ci ?
— Est-ce que je sais, moi ? fit impatiemment Berry.
— J'ai peur pour elle.
Berry sentait la colère monter.
— Je ne voulais pas qu'elle descende. Maintenant, elle fait partie du problème et elle n'aide pas à la solution.
Il soupira.
Sharon Crandall se leva.
— Je descends voir.
Berry se pencha et lui saisit le poignet.
— Non. Vous n'irez nulle part. J'ai besoin de vous ici.
Berry la regarda avec attention. Un message non formulé passa entre eux : désormais, Berry commandait.
Crandall se laissa retomber lentement dans son fauteuil. Finalement, elle hocha la tête.
— Okay.
Elle regarda John Berry et il lui rendit son regard. Elle se sentait étrangement calme et en confiance en présence de cet homme.
— Essayez les autres postes d'équipage, dit Berry

d'une voix calme. Je vais commencer à changer de canaux sur le data-link. Peut-être que si on travaille dessus, on va faire tourner notre chance.

Berry desserra doucement les doigts du poignet de Crandall et il approcha la main du data-link.

Jack Miller essayait de décider s'il allait donner un peu plus de temps au vol 52. Il regarda Brewster.

— Comment marche le data-link aujourd'hui ?

Brewster leva le nez de sa carte météo.

— Quoi ?

— Le link ? Il fonctionne ?

— Oh... (Il hésita.) Non. D'ailleurs, je viens juste d'avoir un message incompréhensible.

— Okay.

Miller fit pivoter son fauteuil et regarda Evans.

— Okay, Dennis, dans dix minutes tu les appelles par radio. Et gentiment.

— Je suis toujours gentil, chef.

— Bien.

Jerry Brewster se releva brusquement, posa son crayon et retourna rapidement vers la salle des communications.

— Bon Dieu de perte de temps ! grommela-t-il.

Il ouvrit la porte, ignora la puanteur des produits chimiques, avança jusqu'au centre de la pièce et s'installa dans le fauteuil devant le clavier du data-link. Il vit qu'il n'y avait pas de message sur l'écran, puis régla la machine pour qu'elle choisisse automatiquement et transmette sur le canal qui venait juste d'être utilisé pour le dernier message reçu. Le SOS. Il savait que cette procédure fonctionnerait uniquement si l'appareil n'avait pas changé le code de sa propre machine. Brewster posa les mains sur le clavier et tapa un message presque aussi court que celui qu'il avait reçu.

QUI ÊTES-VOUS ?

Une copie du message s'inscrivit sur son propre écran.

Berry crut qu'il avait senti une imperceptible pulsation dans la machine et qu'il avait vu l'une des petites lumières clignoter un bref instant. Il écarta immédiatement la main du sélecteur de codes comme si c'était du fer rouge.

La sonnerie qui signalait un message sonna deux fois. Sa vibration emplit le cockpit du 797 comme les cloches de Notre-Dame la nuit de Noël.

Sharon Crandall laissa échapper un petit cri de surprise.

John Berry sentit sa poitrine se soulever et sa gorge se serrer.

Des lettres commençaient à s'imprimer sur l'écran vidéo du data-link.

Sharon Crandall saisit le bras de Berry.

QUI ÊTES-VOUS ?

Berry bondit presque hors de son siège.

— Qui nous sommes ? hurla-t-il. (Il laissa échapper un rire involontaire.) J'vais leur dire qui on est, bon Dieu ! (Il posa les doigts sur le clavier.) Quel est notre putain de numéro de vol ?

— 52 ! Vol 52 ! Dépêchez-vous ! Pour l'amour du ciel, ne les laissez pas disparaître !

Pour la première fois depuis que tout avait commencé, des larmes apparurent aux yeux de Sharon Crandall et elle sanglota doucement. Elle regardait la main de Berry, tremblante, qui tapait un message.

— Jésus ! Jerry Brewster se pencha sur l'écran du data-link en regardant le message apparaître.

DU VOL 52. URGENCE. MAYDAY. AVION ENDOMMAGÉ RADIOS HS. MILIEU PACIFIQUE. BESOIN AIDE. NOUS RECEVEZ-VOUS ?

Brewster appuya rapidement sur le bouton « impression », puis arracha la copie de la machine et la regarda. Son cœur battait et son cerveau courait dans mille directions différentes. Il se précipita vers la porte mais s'arrêta brusquement et revint au data-link.

Il savait qu'ils voudraient absolument savoir s'ils avaient été reçus. N'importe qui dans cette situation le souhaiterait. Avec des doigts qui semblaient ne pas vouloir faire ce qu'il leur demandait, il tapa une courte réponse.

AU VOL 52. MAYDAY BIEN REÇU. RESTEZ SUR CE CANAL.

Brewster poussa le bouton pour transmettre et pria pour que cette satanée machine ne soit pas dans un mauvais jour. Il vit son message expédié avant de courir vers la porte.

Brewster déboula dans le grand bureau de dispatching et cria :

— Silence ! Écoutez ! Le vol 52 a des problèmes !

Sa voix excitée coupa court à toutes les conversations et aux bruits automatiques du bureau. La pièce tomba dans un soudain silence, excepté la sonnerie d'un téléphone que personne ne décrochait.

Jack Miller sauta de son fauteuil et l'envoya rouler dans le bureau derrière lui.

— Qu'est-ce qui se passe ?

Il s'approcha vivement de Brewster.

Brewster agitait le message, tout excité.

— Là. C'était sur le data-link !

Miller saisit le message et le lut rapidement. Il s'éclaircit la gorge et le lut à haute voix, d'un ton haché. « Mayday... Avion endommagé... radios HS. » Miller n'était pas complètement surpris. Au fond de son crâne, ces données absentes sur l'écran de son ordinateur étaient devenues de plus en plus menaçantes à chaque minute qui passait. Et pourtant il avait retardé l'appel qui aurait résolu la question. Il était naturel de supposer que tout allait parfaitement bien.

Un murmure d'excitation s'éleva des dispatchers dans la pièce et grandit en volume, fait de questions en l'air et d'exclamations d'incrédulité.

Miller se tourna vers Brewster.

— Vous avez répondu ?

— Oui. Oui, j'ai dit qu'on avait bien reçu. Je leur ai dit de rester en stand by

— Okay, okay. Bien, bien.

Les yeux de Miller balayaient le bureau. Tout le monde le regardait. Il était le dispatcher le plus âgé et le 52 était son vol. De toutes les façons, c'était sa responsabilité. C'était ce que le manuel disait. Mais les choses n'arrivaient jamais comme elles étaient censées le faire. Pour une étrange raison, ce message d'urgence était venu directement à lui par le data-link et pas par les canaux normaux. Il n'était pas bien certain de sa prochaine démarche.

L'assistant dispatcher Dennis Evans parla d'un ton monotone qui l'atteignit à travers les bruits de la pièce.

— On ferait mieux d'appeler quelqu'un, et vite.

Miller fronça les sourcils. Evans était chiant, mais cette fois il avait raison.

— Très bien, Dennis, dit Miller d'une voix coupante, faites les notifications. Prenez le carnet d'urgence et appelez tous les gens de la liste. Dites-leur...

Miller regarda le message dans sa main un peu tremblante. Il savait qu'à partir de maintenant il allait devoir faire très attention. Un millier de personnes, depuis leurs patrons chez Trans-United jusqu'aux officiels du gouvernement et aux gens des médias, allaient essayer d'anticiper chaque mouvement qu'ils allaient faire, chacune de leurs respirations. Jack Miller et son bureau de dispatching étaient subitement sous les projecteurs. Il regarda Evans.

— Dites à tous ceux que vous appelez que la nature de l'urgence est encore inconnue. Donnez-leur le moins de détails possible. Le 52 a envoyé un message en aveugle sur le link. Avion endommagé. Besoin d'aide. Mais ils transmettent toujours, donc ça n'a pas l'air si terrible que ça. (Il s'arrêta et regarda autour de lui.) Le commandant Stuart est le meilleur de nos pilotes.

Evans s'empara de son téléphone.

— Allons-y, dit Miller en désignant la salle des communications.

Il entra le premier.

Miller s'installa devant la console du data-link, Brewster debout à côté de lui. Une douzaine de dispatchers s'entassèrent dans la petite pièce encombrée et bataillèrent pour une bonne place près de la console.

Miller dénoua sa cravate.

— Le code est toujours actif?

— Oui, dit Brewster en hochant la tête.

Il se demanda à quel moment il allait pouvoir avouer sa négligence.

Jack Miller commença à taper.

AU VOL 52. EXPLIQUEZ NATURE DE L'URGENCE. NATURE DE L'ASSISTANCE REQUISE. QUANTITÉ DE CARBURANT RESTANT. POSITION PRÉSENTE.

Miller appuya sur le bouton pour transmettre et se recula sur son fauteuil.

La pièce était d'un calme absolu. Quelqu'un toussa. Quelques brèves remarques passèrent, à voix basse.

Le data-link sonna et tout le monde se rapprocha.

Miller fit signe à Brewster.

— Allumez le moniteur en haut. Je m'occupe de la console. Tous les autres reculent. Vous lirez sur le moniteur. J'ai besoin de place.

L'écran vidéo au fond de la pièce s'alluma. Des lettres blanches commencèrent à apparaître en même temps qu'elles s'imprimaient sur le petit écran du data-link.

ICI VOL 52. DEUX PILOTES INCONSCIENTS. UN MORT. JE SUIS UN PILOTE PRIVÉ. L'AVION A DEUX TROUS DANS LA CARLINGUE. BOMBE SUSPECTÉE. PAS DE FEU. DÉPRESSURISATION COMPLÈTE. MORTS ET BLESSÉS. TOUS INCOHÉRENTS SAUF DEUX HÔTESSES, DEUX PASSAGERS ET MOI-MÊME. FOUILLONS CABINE POUR AUTRES. BESOIN INSTRUCTIONS POUR PILOTER AVION. PILOTE AUTOMATIQUE EN MARCHE. ALTITUDE 11 000 PIEDS. VITESSE 340 NŒUDS. COMPAS MAGNÉTIQUE AU 325. CARBURANT APPROX. MOITIÉ. POSITION INCONNUE.

Les dispatchers restèrent figés, les yeux braqués sur l'écran, lisant le message une deuxième, puis une troisième fois. Chacun de ces hommes avait immédiatement formulé des réponses à cette urgence, mais quand les mots *Deux pilotes inconscients, un mort* étaient apparus, toutes les procédures conventionnelles avaient cessé d'être valides. Inconsciemment, tout le monde démissionnait.

Le vol 52.

Miller regardait le message d'un œil vide. « Une bombe. Des trous dans la cabine. Dépressurisation complète. Doux Jésus ! » Miller savait que s'il avait appelé le vol 52 à l'heure prévue pour son rapport de consommation de carburant, il se serait rendu compte bien plus tôt que quelque chose allait de travers. Il se demanda si cela ferait une différence dans la suite des événements. Il regarda à nouveau le message.

« Dépressurisation. À cette altitude. Bon Dieu... la plupart doivent être morts ou... »

Evans passa la porte.

— Tout le monde est prévenu. Johnson est en route. Je ne leur ai dit que ce que vous aviez dit. Urgence inconnue. Que ça pourrait ne pas être trop grave.

— Je me trompais, dit calmement Miller.

Il désigna l'écran vidéo.

Evans fixa les mots lumineux.

— Oh, merde ! Mais comment est-ce que ?...

— Très bien, le coupa abruptement Miller. Le problème maintenant, c'est de les faire atterrir. La table est ouverte à toute suggestion. Je vous écoute.

Personne ne parla.

Brewster s'éclaircit la gorge.

— Est-ce qu'on peut évaluer leur position ?

— C'est une bonne idée, dit Miller. Ça nous aiderait. Vous avez leur dernière position ?

Brewster opina.

— Oui, monsieur. Au dernier rapport de consommation de carburant. (Il se dirigea vers un autre ordinateur et en fit sortir quelques données.) C'est vieux d'une heure et demie, mais je peux évaluer une distance parcourue et un cap à partir de ça, basé sur ces nouvelles informations. Il fit un geste vers l'écran vidéo. Ce ne sera pas leur position exacte, mais ce sera mieux que ce que nous avons maintenant.

— Faites-le, dit Miller.

Brewster hocha la tête et entra les dernières données du message d'urgence du vol 52.

— Une chose est certaine, dit-il quand il eut fini, ils sont dans la mauvaise direction.

Il se retourna et quitta la pièce.

— C'est vrai, fit remarquer Evans.

— Oui, acquiesça Miller froidement. Il pouvait presque visualiser le besoin d'une décision qui commençait à le harceler.

— Vous devriez peut-être leur dire de faire demi-tour, dit Evans.

Miller avait les yeux rivés sur l'écran. Là, il n'y avait pas de solution dans aucun manuel. Et même avec toutes ses années d'expérience, il n'avait jamais eu à gérer quoi que ce soit dans ce genre. Tout ce à quoi il parvenait à penser, c'était aux conséquences pour lui aussi bien que pour le Straton, son équipage et ses passagers.

— Ce n'est qu'un pilote amateur. Il pourrait perdre le contrôle pendant le virage. (Il pianota sur la console.) On n'a pas besoin de prendre une décision maintenant. On peut le laisser voler en pilotage automatique jusqu'à ce qu'on ait leur position. Peut-être que les pilotes vont reprendre conscience. Je me demande lequel est mort, ajouta-t-il

Evans fit claquer sa main sur la console.

— Bon sang, Jack, on n'a pas réellement idée de ce qui leur reste comme carburant et ils se dirigent dans le mauvais sens. Ils vont droit vers l'océan Arctique. La Sibérie peut-être. Peu importe ce qui arrive, il faut qu'on les fasse tourner avant qu'ils atteignent le point de non-retour.

Miller secoua la tête.

— Le pilote a dit qu'il restait la moitié du plein. C'est assez pour atteindre cet aéroport ou un terrain au Canada ou en Alaska. On n'a pas assez d'informations pour l'instant pour prendre une décision rationnelle.

— On peut ne jamais avoir assez d'informations pour le faire. Écoute, Jack... (Evans s'arrêta brusquement de parler. Harceler le vieux Jack Miller avait toujours été un pur sport. Evans adorait envoyer des vannes faciles au type qui dirigeait. Mais il se rendait soudain compte combien terrible était sa responsabilité et il réalisait, aussi, que Jack Miller, en tant que responsable des dispatchers, avait dû vivre avec la certitude qu'un jour on l'appellerait pour aider à décider du sort d'un avion en détresse.) Fais ce que tu veux, Jack, dit-il doucement, c'est toi le patron.

Miller acquiesça.

— J'ai besoin de plus de données.

Il savait que ses supérieurs seraient bientôt là. Ils pourraient dire : « Jack, pourquoi diable est-ce que tu ne leur as pas fait faire demi-tour ? »

Jésus... Il ne voulait pas avoir l'air de faire traîner les choses. Ce serait la fin pour lui. Mais il ne voulait pas non plus avoir l'air trop impulsif. Il avait besoin de plus de faits. Est-ce que le pilote était un bon pilote ?

Jusqu'à quel point l'avion était-il endommagé ? Combien de carburant restait-il exactement ? Quelle était leur position exacte ? Il regarda la pendule. Les patrons commenceraient à arriver dans peu de temps.

Brewster se précipita dans la pièce. Tout le monde se retourna vers lui. Il commença, sans préambule.

— La position estimée du Straton est la suivante : latitude 47 degrés 10 minutes nord, longitude 168 degrés 27 minutes ouest. Ils sont à peu près à

2 200 nautiques d'ici. Estimation minimale de durée de vol encore possible : six heures et quinze minutes, basée sur le dernier rapport connu sur le carburant et sur le temps de vol depuis. Dans environ quarante-cinq minutes, ils passeront le point de non-retour en ce qui concerne cet aéroport. Il peut leur rester plus ou moins de temps, cela dépend des vents. Heureusement, ils sont déjà à la meilleure consommation de carburant pour une basse altitude. Ils auraient une consommation moindre à plus haute altitude, mais je pense qu'avec ces trous dans le fuselage, ils ne peuvent pas monter. J'espère seulement qu'aucun réservoir n'est endommagé. Sinon..., dit Brewster en secouant le papier qu'il tenait, tout ceci est bon pour la poubelle.

Miller regarda l'écran vidéo. Le dernier message du vol 52 était encore écrit en lettres blanches sur l'écran vert sombre. Quand il les regardait, les mots avaient l'air de pulser comme pour signifier l'urgence. Il se tourna vers la console et tapa un court message.

POUVEZ-VOUS IDENTIFIER ET UTILISER LE BOUTON DU CAP POUR LE PILOTAGE AUTOMATIQUE ?

Quelques secondes plus tard, la sonnette retentit.

OUI.

Il y eut un murmure d'excitation dans la pièce. Miller tapa à nouveau.

POUVEZ-VOUS REPRENDRE LES COMMANDES SI VOUS PERDEZ LE CONTRÔLE OU SI LE PILOTE AUTOMATIQUE NE FONCTIONNE PLUS ?

La sonnette vibra presque instantanément.

J'EN DOUTE.

Miller pivota sur son fauteuil et fit face aux autres dispatchers.

— Eh bien ?

— Je ferais confiance au pilote automatique pour effectuer les virages, dit Brewster.

Un dispatcher près de la porte dit :

— Les gouvernes du Straton peuvent être endommagées.

Miller tapa un message à toute vitesse.

Y A-T-IL DES SIGNES DE DOMMAGES AUX COMMANDES DE VOL ?

Il y eut une longue minute avant que la sonnette retentisse.

TROU À GAUCHE DANS LA CABINE JUSTE AVANT LE BORD DE L'AILE. SECOND TROU EN FACE. TROU DROIT PLUS LARGE. PAS D'INDICATIONS VISUELLES DE DOMMAGES AUX COMMANDES DE VOL.

Un dispatcher s'éclaircit la gorge.

— À un moment, il va falloir qu'il tourne. On ne peut pas lui expliquer plus tard comment tourner le bouton du pilote automatique. Si le pilote automatique lui échappe, on n'aura pas le temps de lui donner de leçon de pilotage, même si le chef pilote était assis ici.

Quelques dispatchers opinèrent.

Evans parla d'un ton moins strident.

— Je pense que le mieux serait qu'il se dirige par

ici quand les patrons vont arriver. Tout le reste devra être décidé à partir d'ici. S'il ne peut pas exécuter cette manœuvre avec le pilote automatique, eh bien alors...

Sa voix s'arrêta en traînant et il fit un geste de la main qui ressemblait un peu trop à un avion qui part en vrille.

Miller regarda chaque homme présent dans les yeux, puis se tourna vers le data-link. Il tapa.

AU VOL 52 : SUGGÉRONS QUE VOUS FASSIEZ DEMI-TOUR. À MOINS QUE VOUS NE PENSIEZ QUE C'EST TROP DANGEREUX. RECOMMANDONS CAP AU 120. FOURNIRONS CAP PLUS PRÉCIS APRÈS VIRAGE. LAISSEZ LE PILOTE AUTOMATIQUE BRANCHÉ ET FAITES-LUI EXÉCUTER LE VIRAGE EN VOUS SERVANT DU BOUTON DE CONTRÔLE DE VIRAGE. ÊTES-VOUS CAPABLE DE LE FAIRE ? FAITES PART DE VOS INTENTIONS.

En attendant la réponse, tous les dispatchers se mirent à débattre, lançant alternatives et théories sur ce qui était effectivement arrivé au Straton. Une carte du Pacifique fut apportée et on y marqua la dernière position connue du vol 52. Puis Brewster marqua leur position estimée. Quelques dispatchers quittèrent la pièce en traînant les pieds pour s'occuper d'autres vols et répondre aux téléphones qui sonnaient follement dans la grande salle. Des gens d'autres départements passaient et on leur demandait vivement de sortir. Il semblait que le vol 52 mettait beaucoup de temps à répondre, mais chacun savait par quoi passait le pilote en essayant de prendre une décision. Miller pianotait nerveusement sur le bord du clavier.

La sonnette retentit, annonçant le nouveau message, et tout le monde se tourna vers l'écran vidéo.

ICI VOL 52. AVONS DÉJÀ TESTÉ LE BOUTON DE CONTRÔLE DE VIRAGE DU PILOTE AUTOMATIQUE ET LE RETOUR A L'AIR DE FONCTIONNER. VAIS L'UTILISER POUR ACCOMPLIR VIRAGE AU 120. VAIS ENTAMER VIRAGE SOUS PEU.

Il y eut une courte pause dans l'impression du message puis il continua.

POUR INFORMATION, MON NOM EST BERRY. AVEC MOI SE TROUVENT LES HÔTESSES CRANDALL ET YOSHIRO. LES PASSAGERS H. STEIN ET L. FARLEY.

Miller regarda les trois dernières lignes sur son imprimante. Il supposa que c'était un besoin humain naturel de s'identifier, de dire : Voici mon nom et si quelque chose m'arrive, je voulais que vous sachiez à qui vous parliez, qui nous étions... Miller tapa un court message.

BONNE CHANCE.

7

Le commandant James Sloan était assis sur le bord de son fauteuil pivotant dans la petite pièce E-334 enterrée dans les entrailles du super-porte-avions USS *Nimitz*. Ses yeux étaient focalisés sur la pendule du compte à rebours qui effectuait sa soustraction programmée. « Deux minutes. »

L'amiral à la retraite Randolf Hennings était debout, silencieux, à l'autre bout de la pièce, toute son attention braquée sur la vue qu'il avait par le hublot, tournant ostensiblement le dos au commandant. Il voulait quelques moments de paix avant que le final ne commence. Il regardait la douce houle de l'océan. Mais aujourd'hui son esprit était trop troublé pour en être apaisé.

— Une minute, annonça Sloan. (Il se pencha en avant et relut l'ordre écrit avec soin posé sur le bureau de la console. Il avait, pensait-il, écrit un petit chef-d'œuvre d'argumentation persuasive. Les stimuli, les mots clés exacts produiraient la réponse conditionnée.) Vous voulez l'entendre avant que je la transmette ?

Hennings pivota sur ses talons.

— Non, envoyez-la, Commandant. Qu'on en finisse avec ça.

Sloan ne répondit pas, mais jeta un regard aigu à Hennings. Il essayait de lire l'état d'esprit du vieil homme.

Henning fit quelques pas vers Sloan.

— Votre pilote peut ne pas vouloir le faire.

Il ne parvenait pas à décider de ce qu'il préférait que Matos fasse.

— On le saura bien assez tôt, dit Sloan en regardant à nouveau son message. Telle que la situation se présentait à l'heure actuelle, il était coupable de négligence criminelle et de manquement à ses devoirs. Mais s'il transmettait cet ordre, que Matos ne s'y soumettait pas et faisait un rapport complet, alors ils pourraient l'inculper pour tentative d'homicide.

Hennings se rapprocha et regarda l'ordre écrit.

— Il peut ne pas croire que cet ordre soit légal. Il peut faire un rapport sur... nous.

— Amiral, répliqua Sloan, dans la nouvelle Navy, nous dissimulons tous les problèmes de race et de genre, les problèmes de manque de moralité, les problèmes de discipline, de comportement hétérosexuel et homosexuel. En fait nous sommes devenus maîtres ès dissimulations, les parangons du politiquement correct. Il nous a fallu mentir à propos de la mort de cette femme pilote pour que cela ait l'air d'une défaillance mécanique plutôt que d'une défaillance cardiaque, ce que c'était en réalité. Nous sommes à fleur d'eau dans un océan de merde égoïste. Les gens de Washington veulent que nous mentions sur des choses où eux désirent mentir. Alors ce n'est pas si terrible de mentir à propos de choses où nous, nous désirons mentir. (Sloan ajouta :) Matos, comme tout le personnel de cette malheureuse Marine, comprend tout ceci. Le seul rapport qu'il fera c'est celui que j'écrirai pour qu'il le signe. Je vous le garantis.

Mais Sloan n'était pas si sûr de Matos. Tout en

regardant Hennings, néanmoins, il était raisonnablement certain que ses mots avaient atteint leur cible. Sloan savait exactement quels boutons pousser chez le vieil homme.

Hennings demeurait silencieux.

Les pensées de Sloan revinrent à Matos. Matos pouvait devenir un problème, mais Sloan n'avait pas l'intention de lui laisser assez de temps pour réfléchir. Matos allait entendre l'ordre et obéir immédiatement. Le commandement entrerait dans le cerveau de Matos par son casque d'écoute comme la voix de Dieu lui-même. James Sloan pensait qu'on pouvait mesurer un bon chef à son allure divine. Ce que la plupart des hommes voulaient, c'était qu'on leur dise quoi faire. Une petite sonnerie tinta et Sloan regarda le compte à rebours. Il marquait 00. 00. Il prit le micro.

Hennings voulait décrocher.

— Je me demande si enterrer cette erreur dans l'océan en marquera vraiment la fin. Les morts ont une manière bien à eux de revenir.

— N'essayez pas de me faire peur, Amiral. Mais si cela vous fait du bien de me faire porter le blâme, allez-y. Je m'en fous. Je veux juste que ce boulot soit fait.

Le visage d'Hennings rougit de colère. Savoir que Sloan était dans le collimateur l'empêchait de répondre. Sloan était, sans conteste, un homme dénué de morale. Mais ce qui taraudait Hennings, c'était de penser qu'il n'était pas si différent lui-même... guère meilleur. Ce n'était pas tout à fait comme couler le *Mercer*, et Hennings le savait. Oui, il était facile de blâmer James Sloan. Mais il avait raison. Hennings ne faisait rien pour l'arrêter. Il le regarda.

— Finissons-en.

— Bien, Amiral, dit Sloan en allumant le transmetteur radio.

Il vérifia tout l'appareillage et le brouilleur vocal. Sans lui, il n'aurait jamais envoyé un message comme ça. Pour toutes les autres oreilles électroniques indiscrètes du monde, la voix du commandant Sloan ne serait que du charabia grésillant, mais pour le lieutenant Matos, le message passerait haut et clair.

— Navy trois-quatre-sept, est-ce que vous recevez la Maison ?

Sloan fixa le haut-parleur de la console et attendit.

Hennings se rapprocha et, lui aussi, fixa les yeux sur le haut-parleur.

— Affirmatif, la Maison. Navy trois-quatre-sept, bien reçu. Allez-y.

Sloan prit une grande inspiration.

— Lieutenant Matos, ici le commandant Sloan.

Il fit une pause.

— Roger, commandant.

— Nous avons consulté nos supérieurs au plus haut niveau et ils nous ont conseillé une ligne d'action qui va exiger de votre part une adresse et un courage extraordinaires. La situation telle qu'elle se présente a été rendue plus complexe par plusieurs facteurs extérieurs qui dépassent notre contrôle. Je vous brieferai sur les détails quand vous regagnerez le bord. Ce que nous avons appris de plus important, c'est que l'accident n'est en rien de notre faute. Le Straton était loin en dehors de son couloir et n'avait pas fait de rapport sur sa position. Vous me recevez ?

— Très bien. Continuez.

— Nous avons été informés qu'il est physiologiquement impossible à qui que ce soit de survivre à une décompression à l'altitude où a eu lieu l'accident. Le problème que nous devons affronter maintenant est celui d'un avion abandonné. Il est devenu une menace pour la navigation maritime et aérienne qui doit être éliminée. Seul un pilote avec votre habileté personnelle peut accomplir cette tâche.

— Dieu, murmura Hennings à l'arrière-plan.

Sloan parla très vite dans le micro.

— Attendez. Une minute.

Il pivota sur son siège et fixa Hennings, mais il lui était reconnaissant pour cette pause. Quelques secondes d'arrêt feraient du bien à Matos.

Hennings se pencha, très près de Sloan.

— Vous devriez essayer d'être honnête avec lui, dit Hennings à voix basse. Dites-lui que vous voulez qu'il détruise cette satanée preuve. Dites-lui que vous voulez qu'il le descende et qu'il reste là jusqu'à ce qu'il soit sûr qu'il a coulé. Dites-lui aussi qu'il est possible qu'il y ait encore quelqu'un de vivant à bord, assez en forme pour transmettre un message. Vous lui devez au moins ça, Commandant.

Sloan fixa Hennings avec un regard froid et répondit entre ses dents.

— Ne soyez pas idiot. Je lui rends le boulot plus facile, pas plus dur. La dernière chose qu'il veut entendre, c'est la vérité. La vérité, poursuivit Sloan avec sarcasme, c'est que toute cette saloperie est de la faute de Matos. (Il se tourna vers le micro.) Très bien, Lieutenant, nous venons de recevoir l'autorisation finale. (Il souleva le texte écrit et remarqua que ses mains tremblaient, ce qui était inhabituel pour lui.) Vous devez tirer le missile qui vous reste de manière à rendre inopérant le pilote automatique du Straton. Puisque ces missiles d'essai n'ont pas été équipés de têtes explosives, ceci ne peut être accompli que par un tir direct dans le cockpit de l'avion à la dérive. La précision de votre tir est bien au-delà du profil pour lequel vous avez été entraîné. Cette mission est bien au-delà de votre devoir normal. Nous, et tout le monde ici, sommes dépendants de vous et nous prions pour que vous réussissiez. (Il marqua une pause). Prenez votre temps, mais essayez d'accomplir cette mission dans les minutes qui viennent. Bonne chance, Peter. Confirmez réception, s'il vous plaît.

Le silence régnait dans la petite pièce. Sloan fit le geste de croiser ses doigts, exagérément.

Hennings pensait qu'il n'avait jamais rien vu de plus obscène de toute sa vie. Il se détourna, puis battit en retraite jusqu'au hublot pour attendre. Peut-être que le lieutenant Matos, qui qu'il soit, avait plus de courage moral qu'eux deux.

La radio grésilla. Hennings tourna la tête vers le haut-parleur.

— Roger, la Maison. Procède au profil de la nouvelle mission. Out.

Sloan s'installa dans son fauteuil. Par habitude, il enclencha le compte à rebours, le réglant sur cinq minutes.

Hennings sentit une larme perler au coin de son œil ; il l'essuya avant que Sloan puisse la voir.

Peter Matos fixait le ciel à travers le pare-brise de son F-18, le regard vide. Sa réponse avait été automatique. Maintenant il commençait à comprendre pleinement ce qu'il était censé faire. Il regarda l'horloge de sa console, puis approcha la main du bouton de sa radio. Qu'allait-il demander au commandant Sloan ? Qu'est-ce qui avait été laissé dans l'obscurité ? Rien qui le concerne lui. Il écarta la main de son transmetteur et la laissa pendre sur le côté, sans la moindre énergie.

Il regarda en dehors du cockpit. Le Straton 797 maintenait son cap et son altitude avec une précision infaillible. Un vol bien trop précis pour être guidé par une main humaine. Il observa avec attention pendant une minute entière. Il était satisfait que le Straton soit effectivement conduit par son ordinateur.

Il se rencogna dans son siège. Les ordres précédents du commandant Sloan n'avaient pas beaucoup de sens. Matos avait été certain que Sloan avait une idée derrière la tête. Et maintenant, il savait, tout au fond de lui, ce que c'était. Même si l'ordre effectif était désormais transmis, il était encore difficile à croire.

Matos considéra ses différentes options. Il n'y en avait pas, en réalité, qu'il puisse exécuter sans une grande quantité de désagréments. Les faits étaient là. Le Straton avait été dérouté, tout le monde à bord était mort désormais, l'appareil présentait un danger potentiel et les super-huiles voulaient le descendre. Simple. Suis les ordres. Ils s'occuperont de tout. Ils s'occuperont de Peter Matos quand tu auras achevé ta mission.

Il regarda ses jauges de carburant. Moins de la moitié du plein. Il regarda son compas. À chaque minute qui passait, il s'éloignait de plus en plus du *Nimitz*. Chaque minute de délibération ajouterait maintenant une autre minute pour revenir. Il regarda à nouveau sa pendule. Trois minutes s'étaient déjà écoulées. Il désespérait de terminer cet horrible boulot dans les minutes qui suivaient. Il désirait plus que tout au monde être de retour sur sa couchette à bord du *Nimitz*. C'était sa maison. Il voulait rentrer chez lui.

Il commença à manœuvrer son chasseur pour le mettre dans une meilleure position de tir, et toutes ses pensées semblèrent s'effacer.

Sa tête était maintenant remplie des problèmes de logistique de ce tir de missile particulièrement difficile. Les implications techniques étaient complexes. Le Straton à la dérive était une cible large et stable, mais c'est sa taille qui présentait précisément un problème. Combien de fausses têtes faudrait-il pour le descendre ? La première devait être la bonne. Une demi-douzaine de têtes supplémentaires pouvaient ne pas y parvenir. Or il ne lui en restait qu'une. Cela lui rappelait un taureau dans l'arène, frappé de piques et couvert de banderilles. Une seule épée...

Le missile Phoenix allait toucher le Straton, ça, pas de problème. Il pouvait le faire automatiquement. Mais il fallait qu'il touche un point particulier. Il fallait un coup au cerveau.

La solution, maintenant qu'il avait une chance d'étudier le problème, fut soudain évidente. Il fallait qu'il vole près du cockpit et qu'il tire son missile à bout portant. Sans tête explosive il pouvait faire ça avec un certain degré de sécurité. Puis il faudrait qu'il s'écarte vivement et qu'il file. Le Phoenix frapperait le cockpit avant que son système de guidage élaboré puisse altérer sa trajectoire et le diriger vers le milieu de la cible. Matos réussit à esquisser un sourire. Il avait battu les concepteurs de cette arme. Le pilote était encore décisionnaire, après tout.

Matos savait qu'il lui fallait trouver un compromis pour sélectionner le meilleur angle de tir. Il fit glisser son chasseur sur le côté droit du Straton. La petite ombre de son appareil se projetait sur le fuselage étincelant de l'énorme avion de ligne. Il regarda en bas. Normalement, une pleine vue de côté de la cible aurait été meilleure, mais il voyait qu'un tir de missile avec cet angle serait bien trop risqué. Il était possible qu'il rate tout simplement l'avion à cause des vitesses relatives à cette courte distance et de son besoin d'ouvrir le feu manuellement.

Il remit son avion au-dessus du Straton et à cent mètres derrière sa queue. Le tir devrait être lancé à 12 heures, juste au zénith de l'appareil, en plein dans le dôme que constituaient le salon et le cockpit. L'angle devrait être tel que le missile entre par le toit du salon, traverse le cockpit et sorte par le nez de l'appareil. Cela arracherait tout ce qui restait dans la cabine de pilotage. Il tendit la main vers le viseur manuel au-dessus de l'écran antireflets et le mit en place. Il regarda à travers. Les fins tracés du collimateur semblaient bondir et serpenter quand les positions relatives des deux avions changeaient.

Matos mit ses mains expérimentées au travail sur les commandes de vol ; il eut vite stabilisé les traits du viseur sur la cible, à portée idéale. La bosse du cockpit et du salon emplissait l'écran. La cible de visée balayait le dôme gonflé du Straton.

Matos se pencha sans ôter les yeux de sa cible et débloqua la sécurité du Phoenix. Il bougea latéralement sa main et plaça ses doigts sur le bouton de tir. Il prit une profonde inspiration et commença à pousser le manche du F-18 vers l'avant. Le chasseur s'approcha. La cible du viseur était complètement centrée sur le dôme du Straton et ne bougeait plus. L'énorme queue de l'avion était pile devant lui. Il allait tirer juste au moment où il passerait au-dessus de la queue. Il jugea qu'il y avait presque deux cents pieds de la queue jusqu'au dôme de l'avant ; cette distance lui convenait. Tirer plus près l'exposerait au danger d'éventuels débris. Et si l'avion touché roulait subitement de côté, l'aile pouvait remonter et frapper son chasseur.

Il regarda dans le viseur. Dix mètres de la queue. Il n'avait jamais volé aussi près d'un appareil aussi gros. Six mètres. L'énorme Straton était étalé sous lui comme le pont d'un porte-avions. Trois mètres cinquante. Il pouvait compter les rivets de la queue. Son cœur commençait à battre lourdement dans sa poitrine.

Le nez du F-18 passa au-dessus de la queue du Straton. La cible dans le viseur couvrait le centre du dôme argenté. La brillance du fuselage argenté fit cligner les yeux de Matos. Il soupira profondément et pressa le doigt sur le bouton de tir.

John Berry était impatient d'accomplir la manœuvre, et pourtant il ne faisait rien. Il balayait les instruments du regard, feignant de réfléchir à quelque chose d'important.

— John ?

— Quoi ?

Sharon Crandall avait l'air anxieux.

— Il y a quelque chose qui ne va pas ?

— Non. Je vérifie, c'est tout. (Il s'arrêta, mesurant la nouvelle intimité qui le liait à cette hôtesse.) Essaie d'appeler Barbara encore une fois. Je veux qu'elle sache qu'on tourne. Quand on va commencer à pencher, elle pourrait prendre peur. Et dis-lui de rester éloignée des trous.

— Okay.

Sharon Crandall régla l'interphone pour atteindre le poste au milieu de l'appareil et appuya sur le bouton plusieurs fois de suite.

— Elle ne répond pas, dit-elle d'une voix tremblante.

— Essaie un autre poste.

Crandall sélectionna le poste de queue et pressa le bouton. Presque immédiatement, une voix étouffée lui revint, quasiment noyée par le bruit du vent s'engouffrant dans la carlingue et de bizarres voix hébétées à l'arrière-plan.

— Barbara, tu m'entends ? C'est toi ?

— Oui. Je suis à l'arrière, répondit Yoshiro d'une voix claire.

— Tu vas bien ?

— Oui.

Crandall se tourna vers Berry.

— Je l'ai. Dieu merci. Elle est à l'arrière. Elle va bien.

Berry hocha la tête.

— Reviens, Barbara, dit Crandall.

— Donnez-moi encore cinq minutes. Il faut que je vérifie un lavabo encore. Je ne vois pas le steward —

Jeff Price. Je vais peut-être descendre en cuisine en bas.

Crandall regarda Berry.

Berry était prêt à entamer le virage.

— Okay. Dis-lui qu'on va virer. Qu'elle reste où elle est jusqu'à ce que le virage soit achevé.

Crandall acquiesça et transmit.

— Attends dans le poste arrière. John va faire tourner l'avion. On a eu un contact avec les dispatchers par data-link. Tout va bien. On rentre. Reste où tu es jusqu'à ce que le virage soit terminé. Fais attention à toi. À tout de suite. Okay ?

Il y avait un ton plus léger dans la voix de Barbara Yoshiro.

— Oui. Bien. Très bien.

Berry prit le téléphone.

— Barbara, ici John Berry. Comment vont les passagers ?

Il y eut un silence, puis la voix revint.

— Je... je ne sais pas. Ils ont l'air... mieux.

Berry secoua la tête. Ils n'étaient pas mieux. Ils ne le seraient jamais. Mieux voulait dire plus animés. Mieux voulait dire pire. Plus dangereux.

— Faites très très attention. À plus tard.

— Okay.

Il y eut un déclic. Elle avait raccroché.

Berry échangea un regard avec Crandall, puis regarda par-dessus son épaule vers le salon. Stein avait pris la nouvelle de la connexion par data-link avec calme, presque sans intérêt. Il avait d'autres choses en tête.

— Harold, Linda, cria Berry à leur intention. Accrochez-vous à quelque chose. On va tourner. On revient vers la Californie. On sera chez nous dans quelques heures.

Stein leva le nez de son poste de guet en haut de l'escalier et lui fit un salut distrait de la main.

Berry se retourna et s'installa bien droit dans son siège. Il tendit le bras et mit la main sur le bouton de contrôle de cap du pilote automatique. Il eut vaguement conscience d'une ombre passant du côté droit de l'avion. Il jeta un coup d'œil à Sharon Crandall, mais elle n'avait pas l'air d'avoir remarqué quoi que ce soit. Il se leva à moitié et regarda par la fenêtre de côté. Il tordit le cou comme pour regarder la queue de l'appareil. Rien. Un nuage probablement. Mais il ne voyait aucun nuage.

— Il y a quelque chose qui ne va pas ?

— Non, rien. (Il se rassit et remit la main sur le petit bouton de contrôle.) Okay. On rentre chez nous.

Lentement, quelques degrés à la fois, il commença à tourner le bouton. Le gros avion supersonique pencha sur la droite.

Pendant un bref instant, Matos pensa que son avion était responsable du mouvement apparent entre eux. Le largage d'un missile pouvait faire ça. Mais il se rendit compte qu'il n'avait pas pressé le bouton assez fort pour établir le contact. La lumière indiquant le tir du missile n'était pas allumée.

L'énorme Straton se déplaçait rapidement dans le viseur de Matos. Il enleva la main du bouton de tir et leva les yeux de son viseur. Le Straton avait amorcé une courbe large, s'éloignant du chasseur.

Turbulence, ce fut la première chose à laquelle Matos pensa. Non. Impossible. Il n'y a pas de turbulence. Son propre appareil volait avec souplesse. Et pourtant le 797 se penchait.

Instinctivement, Matos se pencha avec lui et aligna à nouveau son viseur. Le Straton bougeait selon une trajectoire stable. Avec grâce. Délibérément. Intentionnellement.

Matos se redressa dans son siège. Sa main s'accrocha au bouton de son transmetteur radio.

— La Maison ! La Maison ! Ici Navy trois-quatre-sept. Le Straton tourne. Il s'incline. (Il suivit l'avion de ligne qui entamait un lent et large cercle.) Il se dirige vers le nord. Il tourne toujours. S'approche d'une trajectoire nord-est. L'inclinaison est approximativement de 30 degrés et régulière. Vitesse et altitude inchangées.

Matos garda son transmetteur radio bloqué sur ON pour ne pas pouvoir recevoir et il continua à rendre compte des progrès de l'avion de ligne.

Aussi doucement qu'elle avait commencé, l'inclinaison diminua. Matos regarda le gros avion se remettre bien à l'horizontale. Il plaça son chasseur à vingt-cinq mètres de la queue du 797.

Au taux de virage du Straton et à la symétrie du départ et de l'arrivée, Matos pouvait voir que les données était encore mesurées électroniquement. Seul un pilote automatique contrôlé par ordinateur pouvait effectuer ce type de mouvement d'un contrôle aussi précis. Il transmit :

— La Maison, le Straton est toujours en pilotage automatique.

Mais il savait également, sans le moindre doute, qu'il fallait une main humaine pour faire agir ainsi le pilotage automatique.

Sa propre main était saisie d'une crampe et il se rendit compte qu'il avait appuyé extrêmement fort sur le bouton qui empêchait les gens du *Nimitz* de lui répondre. Mais il savait qu'il ne pouvait pas priver Sloan de canal très longtemps. Il parla, pour justifier son doigt sur le bouton et pour se donner le temps de réfléchir.

— C'est un virage délibéré. Il y a quelqu'un qui pilote l'avion — quelqu'un qui manipule le pilote automatique. Je pourrais voler le long du cockpit pour vérifier.

Il relâcha le bouton.

— Non ! hurla Sloan. C'est un ordre. Restez en formation derrière. Ne faites rien pour attirer l'attention tant que vous n'avez pas reçu l'ordre de le faire. Et n'appuyez pas sur le bouton de votre radio sauf pour transmettre. N'essayez plus jamais de me couper de vous. C'est compris ?

Matos hocha la tête, presque humblement.

— Roger. Désolé, j'étais juste... excité... et j'ai dû serrer le manche... Over.

— Roger. Est-ce que vous suivez toujours ses émissions radio ?

Matos regarda la console sur le côté. Son équipement de détection radio était toujours allumé, mais silencieux.

— Affirmatif. Aucune activité radio dans le Straton sur les fréquences normales.

— Okay, Peter. Restez derrière lui jusqu'à nouvel ordre. Accusez message.

— Roger. Bien reçu. Je reste derrière.

— Roger, out.

Matos passa sa langue sur ses lèvres desséchées et regarda son compas. Avec réticence, il reprit le bouton pour transmettre. Quand un commandant finissait une transmission par un « out », c'était l'équivalent de *Ne m'appelez plus, je vous rappellerai. Fin de la conversation.* Mais Matos avait des choses à dire.

— La Maison...

Il y eut une courte pause.

— Qu'est-ce qu'il y a, Navy ?

— La Maison, celui qui pilote cet avion sait ce qu'il fait. Le Straton vole sans le moindre à-coup. Son cap est maintenant au 120. Ils se dirigent vers la Californie.

Le silence dans le casque d'écoute de Matos parut durer très longtemps.

— Roger. Rien de plus ?

Matos ne parvenait pas à déchiffrer le ton neutre de la voix de Sloan. Il se demandait ce qui passait dans le crâne du commandant maintenant. Pourquoi avaient-ils pensé que tous les gens à bord du Straton étaient morts ? Matos ne pouvait pas s'empêcher de poser la question évidente.

— La Maison... Pourquoi dois-je rester hors de vue du cockpit ?

Il se rencogna dans son siège et attendit dans un silence interminable.

Après une minute entière, son casque grésilla.

— Parce que, Lieutenant, je vous en ai donné l'ordre. (La voix n'était plus neutre. Sloan enchaînait les mots :) Nous sommes tous dans la merde. Si vous ne voulez pas passer le reste de votre putain de vie dans la prison navale de Portsmouth, vous allez rester hors de vue de ce cockpit. Lieutenant, essayez de réfléchir au pourquoi de cet ordre et rappelez-moi seulement quand vous aurez trouvé la réponse. Okay ?

Matos hocha la tête et regarda ses mains serrées sur le manche.

— Roger.

— La Maison, out.

Matos poussa le collimateur hors de son champ de vision et remit le couvercle de sécurité sur le bouton de tir. Il s'enfonça dans son siège rembourré et regarda le Straton jusqu'à ce que sa vue se trouble. Il ferma alors les yeux, puis fit le vide dans son esprit. Il effaça toutes les informations qui s'étaient accumulées et recommença au début, au moment où il avait tout d'abord vu deux cibles sur son écran radar. Maintenant, il savait ce qu'on allait sans doute lui demander de faire. *Dis-le, Peter,* pensa-t-il. *Un meurtre.*

8

Le Straton se remit à l'horizontale et la légère sensation d'accélération diminua. Le cockpit reprit une altitude rectiligne et en palier.

John Berry sourit et Sharon Crandall lui retourna son sourire.

— On a réussi, John ! C'était super. Très très bien.

Berry ne put empêcher un petit rire.

— Okay, okay, on rentre. Super. Les commandes répondent. On peut tourner.

Il sentait un large sourire plâtré sur son visage et il savait qu'il devait avoir l'air parfaitement idiot. Il anticipa l'atterrissage qu'il allait devoir tenter et le sourire disparut sans trop d'effort. Voler, se dit-il, c'était comme marcher sur une ligne à haute tension. Un pas à côté, et c'était fini. Pas de « on la refait ».

— Très bien, dit-il, envoyons un message.

Il se pencha et commença à taper.

ICI VOL 52 : VIRAGE ACHEVÉ. CAP AU 120. VOS SUGGESTIONS POUR LA SUITE.

Il appuya sur le bouton pour transmettre.

La sonnette du message en retour retentit presque aussitôt.

AU VOL 52 : TRÈS BEAU TRAVAIL. STAND BY. RELAXEZ-VOUS. TOUT LE MONDE ICI TRAVAILLE SUR VOTRE VOYAGE DE RETOUR.

Berry hocha la tête. *Le retour...* Quel mot évocateur ! Son sens changeait de minute en minute.

— Relaxez-vous, dit-il. Okay. Je suis relax, et toi ?

Sharon Crandall fit oui de la tête. Elle regardait Berry du coin de l'œil. *Très beau travail.* Très cool. Compétent. La plupart des gens auraient paniqué complètement depuis bien longtemps. Elle l'avait déjà vu — des types genre macho qui gémissaient dans leurs fauteuils pendant un orage. Elle avait vu une équipe de footballeurs américains au grand complet au bord de l'hystérie quand leur avion traversait une zone de grosses turbulences. Elle observait John Berry. Voilà un type qui n'était qu'une sorte de représentant de commerce pilotant de temps en temps l'avion de sa compagnie, et il s'était admirablement comporté. Plus qu'elle-même ou que Barbara, en fait. Elle se dit qu'elle aimait beaucoup John Berry.

— Tu veux boire quelque chose ? Un verre d'eau ? Quelque chose de plus fort ?

— Non, merci.

Elle acquiesça. Ici, en l'air, toutes sortes de types de forces la poussaient indubitablement vers lui, mais même à terre, songea-t-elle, elle aurait aimé rencontrer et mieux connaître cet homme.

— Je vais appeler Barbara, dit-elle.

— Oui. Elle devrait être en train de revenir. Essaie une des stations au milieu.

— Okay.

Elle envoya la main vers le bouton de la station centrale de la cabine et appuya.

Il n'y eut pas de réponse.

Elle essaya tous les offices, y compris la réserve sous le pont.

Berry regarda par-dessus son épaule et cria :

— Harold, appelez Barbara.

Stein appela. Il regarda Berry et secoua la tête.

Berry s'empara du micro de bord, puis hésita :

— Non, ça va les exciter. (Il pianota impatiemment sur le manche.) Elle est probablement entre deux galleys. Ou dans le monte-charge. On va attendre.

Il regarda Sharon Crandall avant de diriger son regard vers le pare-brise. Si elle était un peu plus vieille... Mais pourquoi pensait-il à ça maintenant ? Étrange de voir comment les gens faisaient des plans à long terme dans des situations terminales. Son père avait organisé son jardin printanier l'hiver où il mourait du cancer.

— Sharon, qu'est-ce que tu vas faire après tout ça ? Je veux dire : tu voleras encore ?

Elle le regarda et lui fit un grand sourire.

— Après ça, John, je prendrai une semaine de congé. Peut-être même deux. (Elle éclata de rire, puis son expression se fit sérieuse.) Ensuite, je me présenterai pour travailler comme d'habitude. Quand on a une mauvaise expérience en vol, il *faut* revoler tout de suite. Sinon, le reste de ton existence devient une suite d'esquives. De plus, qu'est-ce que je pourrais faire d'autre à mon âge ? Qui va me payer un aussi bon salaire ? (Elle regarda la ligne d'horizon.) Et toi ? Est-ce que tu vas arrêter de piloter ton petit je ne sais plus quoi pour ta compagnie ?

— Le Skymaster ? Non. Bien sûr que non.

— Bien. (Elle hésita, puis se pencha vers lui et posa la main sur son bras.) Comment tu te sens de devoir poser cet avion ?

Berry la regarda droit dans les yeux. Son expression et le langage de son corps étaient on ne peut plus clairs et avaient peu à voir avec sa question. Et pourtant il n'y avait rien d'effronté là-dedans. C'était juste une offre honnête. D'ici quelques heures, ils pouvaient être en vie sur terre. Plus vraisemblablement, ils pouvaient être morts. Et pourtant son offre ne semblait pas à côté de la plaque.

— Tu m'aideras. On peut faire atterrir cet avion.

Il se sentait un peu bizarre, un peu gêné de ce contact et de leur soudaine intimité.

Sharon Crandall se renfonça dans son siège et regarda par la fenêtre de côté. Elle pensa brièvement à son dernier fiancé en date. Nick, du planning des équipages. Vide, ennui, sexe et télévision. En dernière analyse, ils n'avaient rien partagé, vraiment, et son départ n'avait pas laissé plus de solitude qu'elle n'en ressentait quand il était encore là. Il était parti comme il était venu, comme un après-midi grisâtre qui passe à une nuit obscure. Mais elle était encore seule.

— Pourquoi tu n'envoies pas un message de chacun d'entre nous à quelqu'un à terre ? dit-elle.

Elle se demanda soudain à qui elle pourrait envoyer son propre message. À sa mère, probablement.

Berry considéra cette idée.

— Non, dit-il finalement, ce serait un peu trop... mélodramatique. Tu ne crois pas ? Un peu trop final. On a encore du temps. J'en enverrai un de chacun plus tard. À qui est-ce que tu veux... ?

Elle ignora sa question.

— Ta femme doit être dans tous ses états.

Berry envisagea plusieurs réponses. *Mon assurance vie est payée. Cela devrait émousser toute frénésie.* Ou bien *Jennifer n'a jamais été dans tous ses états depuis qu'elle a perdu sa carte d'achat différé de chez Bloomingdale.* Il se contenta de dire :

— Je suis sûr que la compagnie tient tout le monde informé.

— Certainement. (Elle changea brusquement de sujet de conversation.) Tu as l'avion bien en main, dit-elle avec quelque autorité. Les instruments fonctionnent. Et on a encore la moitié du carburant.

Elle désigna les jauges d'un mouvement du menton.

— Oui, répondit Berry, se souvenant qu'il le lui avait fait remarquer seulement dix minutes auparavant. C'est vrai. On devrait avoir assez de pétrole.

Mais il savait que des vents de face ou le mauvais temps pouvaient modifier ça. En ce qui concernait les commandes de vol, la seule chose qu'il savait avec certitude, c'était qu'il pouvait tourner à droite et se remettre d'aplomb. Il n'avait aucune information sur un éventuel virage à gauche, ni pour monter ou descendre.

— Je me souviens, ajouta Crandall, du commandant Stuart m'expliquant que tant que les commandes fonctionnaient et que les moteurs avaient assez de carburant, la situation n'était pas désespérée.

— C'est vrai, dit Berry.

La mention du nom de Stuart le fit regarder par-dessus son épaule. Tout au bout du salon, les deux pilotes étaient allongés, immobiles sur l'épais tapis bleu, près du piano. Berry se retourna et examina les paramètres de vol du Straton et le pilote automatique. Tout allait bien. Il se leva.

— Je vais dans le salon voir ce qui se passe.

— Okay.

— Surveille les instruments. Si quoi que ce soit va de travers, crie.

— Tu parles.

— Si le data-link sonne...

— Je t'appelle.

— Okay. Et surveille le pilote automatique de près. (Il se pencha par-dessus son siège et lui posa la main droite tout naturellement sur l'épaule. Il désigna de sa main gauche :) Tu vois cette lumière ?

— Oui.

— C'est le signal de déconnexion du pilote automatique. S'il devient orange, appelle-moi vite.

— Roger.

Elle se tourna vers lui et lui sourit.

Berry se redressa.

— Okay. Je reviens tout de suite.

Il se tourna et s'avança dans le salon.

L'hôtesse assignée au salon, Terri O'Neil, marchait de long en large. Berry n'aimait pas ça. La jolie femme de la banquette en fer à cheval avait détaché sa ceinture et regardait par un hublot. Les trois hommes et la femme qui restaient assis sur la banquette faisaient des mouvements spasmodiques et insensés avec leurs bras. L'un des hommes avait détaché sa ceinture et essayait de se relever sans arrêt, mais sans y parvenir.

Berry pouvait voir, comme Barbara Yoshiro l'avait dit, qu'ils allaient tous mieux — physiquement. Mentalement, ils étaient plus curieux. Ils commençaient à penser, mais à penser à des choses qui n'étaient pas bonnes. Des choses obscures. Des choses dangereuses.

Le Straton, se disait Berry, est un environnement protégé, comme un œuf. Ponctionnez la coquille d'un œuf fertilisé avec une aiguille et l'embryon ne survivra pas. Et si jamais il survit, il sera modifié d'une manière terrible. Il forma une image mentale du Straton reposant, serein, sur le ciment de l'aéroport, deux petits trous dans les flancs pour seules indications que quelque chose clochait. On apportait les escaliers. La foule criait de joie. Les portes s'ouvraient. Le premier passager apparaissait... il secoua la tête et regarda devant lui.

Dans son errance, Terri O'Neil avançait vers la porte du cockpit. Berry s'approcha d'elle. Il la prit par l'épaule et lui fit faire demi-tour. Terri repoussa sa main sèchement et lui parla comme si elle le remettait à sa place parce qu'il l'avait touchée. Mais de sa bouche ne sortait que du charabia. Cela rappelait à Berry sa fille quand elle avait quatorze mois. Il attendit jusqu'à ce que l'hôtesse s'éloigne, puis traversa le salon jusqu'à Harold Stein qui était penché sur la rampe de l'escalier. Stein semblait ne pas avoir remarqué sa présence et continuait à fixer la cage d'escalier.

— Comment ça se passe? demanda Berry.

Stein désigna le bas de l'escalier.

Berry se pencha. Un groupe d'hommes et de femmes le regardaient d'en bas, bouches bavantes et visages couverts de ces maculations désormais familières de sang et de vomi. Quelques personnes pointèrent le doigt vers lui. Quelqu'un appela, une femme rit. Berry pouvait entendre ce qu'il prenait pour des pleurs d'enfants. Un homme se fraya un chemin jusqu'au bas de l'escalier et s'adressa directement à Berry, essayant de se faire comprendre, de toutes ses forces. Il n'y parvint pas et, de frustration, se mit à gueuler. La femme rit à nouveau.

Berry recula, se tourna et regarda Linda Farley. Elle quitta le banc du piano et fit quelques pas vers lui.

— Reste là, Linda, lui intima-t-il.

Stein expliqua à Berry :

— Je lui ai dit de rester éloignée des escaliers. Même si — il désigna le salon dans son ensemble — tout ceci ne vaut guère mieux.

— Qu'est-ce qu'il y a, Linda? demanda Berry.

Elle hésita.

— J'ai faim, Mr. Berry. Est-ce que je pourrais avoir quelque chose à manger, bientôt?

— Eh bien, qu'est-ce que tu dirais d'un Coca? lui demanda Berry avec un sourire.

— J'ai regardé, dit-elle en lui montrant le bar. Il n'y a plus rien.

— Eh bien, je ne crois pas qu'il y ait à manger non plus ici. Tu peux attendre un peu?

Elle avait l'air déçue.

— Je crois.
— Comment vont les deux pilotes ?
— Pareil.
— Prends bien soin d'eux.

Linda Farley était en train de recevoir toutes les adversités de la vie en une seule grosse dose. La faim, la soif, la fatigue, la peur, la mort.

— Encore un moment, ma chérie. On sera bientôt à la maison.

Il se tourna. Il lui vint à l'esprit qu'il avait, lui aussi, faim et soif. Et si lui et Linda Farley avaient faim et soif, la même chose devait arriver à beaucoup de gens en bas. Il se demanda si cela pouvait stimuler leur agressivité.

— Descendez ! cria Stein. Descendez !

Berry se rapprocha vivement de l'escalier. Un type était à mi-chemin.

Stein prit une pièce de monnaie dans sa poche et la lança, atteignant le type en plein visage.

— Descendez ! descendez !

L'homme battit en retraite d'une marche.

Stein se tourna vers Berry.

— Vous n'auriez rien que je pourrais lancer ?

Berry fouilla ses poches et donna quelques pièces à Stein.

— Je n'aime pas beaucoup ça, Harold.

— Moi non plus, répondit Stein.

Berry examina le salon.

— Et ceux-là, comment ils se comportent ?

— C'est déconcertant. Ils me rendent nerveux. Ils sont trop près.

Berry regarda Terri O'Neil s'avancer à nouveau vers le cockpit. Il aurait aimé pouvoir fermer et verrouiller la porte endommagée. L'hôtesse se tenait à quelques pas de la porte et regardait dans la cabine de pilotage, les yeux fixés sur Sharon Crandall qui ne semblait pas s'être aperçue de sa présence. Berry regarda Stein.

— Je pense que, par précaution, on devrait aider ces gens à descendre.

— Oui, dit Stein, mais j'aimerais amener ma famille ici.

Berry se retourna et lui fit face.

— Ce n'est pas possible, Harold. Je ne crois pas que ce serait très juste.

Berry aurait aimé que Stein accepte juste les choses telles qu'elles étaient, mais il doutait que Stein y parvienne.

— Juste ? Qui se soucie que ce soit juste ? C'est de ma famille dont je parle. Qui vous a désigné comme chef ici ?

— Mr. Stein, il serait très risqué d'amener votre famille ici.

— Pourquoi ?

— Eh bien... n'importe quoi pourrait arriver. Cela pourrait déclencher une procession dans l'escalier. On ne peut plus avoir qui que ce soit dans le salon désormais. Ils pourraient entrer dans le cockpit. Se cogner dans quelque chose... Ils dérangeraient...

— Je surveillerai ma famille, l'interrompit Stein d'une voix ferme. Ma femme et mes deux petites filles... Debbie et Susan... elles ne se mettraient pas dans le chemin...

Il abaissa la tête et se couvrit le visage de ses mains.

Berry attendit, puis posa la main sur l'épaule de Stein.

— Je suis désolé. Mais il n'y a rien que vous puissiez faire pour elles pour l'instant.

— Ou jamais ? fit Stein en relevant la tête.

Berry évita son regard.

— Je ne suis pas médecin. Je ne connais rien sur cet état.

— Vraiment ? (Soudain, Stein descendit une marche.) Il y a quelque chose que je peux faire pour eux pour l'instant. Je peux les éloigner des autres. Loin de... (Il regarda en bas.) Je ne veux pas qu'elles restent en bas. Vous ne voyez pas ce qui se passe en bas ? Vous ne voyez donc rien ?

Berry saisit fermement le bras de Stein. Il acquiesça avec réticence.

— D'accord, Harold, d'accord. Quand Barbara reviendra, on pourra aider ces gens à descendre dans la cabine. Et puis vous pourrez faire monter votre famille. Okay ?

Stein laissa Berry le ramener en haut des marches. Finalement, il opina.

— Okay. Je vais attendre.

Linda Farley appela.

— Mr. Berry !

Berry se dirigea très vite vers le piano où la très jeune fille était à genoux à côté de Stuart et McVary.

— Qu'est-ce qu'il y a ?

— Ce monsieur-là a ouvert les yeux, dit-elle en désignant Stuart.

Berry se pencha et regarda dans les yeux grands ouverts du commandant. Au bout de quelques secondes, Berry referma les paupières de Lyle Stuart, puis tira la couverture pour couvrir le visage du commandant.

— Il est mort ?

— Oui, il est mort, dit Berry en regardant Linda.

Elle hocha la tête.

— Est-ce que tout le monde va mourir ?

— Non.

— Est-ce que ma mère va mourir aussi ?

— Non. Elle va s'en sortir.

— Est-ce qu'elle peut monter ici comme la famille de Mr. Stein ?

Berry était à peu près certain que la mère de Linda

Farley était morte sous les débris ou avait été aspirée hors de l'appareil. Mais même si elle était vivante... Le cerveau de Berry analysait toutes les réponses possibles à toute vitesse — des mensonges, en réalité — mais aucune d'elles n'était même à peine adéquate.

— Non. Elle ne peut pas monter ici.

— Pourquoi ?

Il se releva rapidement et s'éloigna du pilote mort. Il dit à Linda :

— Fais-moi confiance, okay ? Fais-moi juste confiance et fais ce que je dis.

Linda Farley s'adossa au pied du piano et ramena ses genoux vers son menton. Elle cacha son visage dans ses mains et commença à sangloter.

— Je veux ma mère.

Berry se pencha et lui caressa les cheveux.

— Oui, je sais, je sais.

Il se redressa. Il n'était pas très bon pour ça. Il se souvenait d'autres deuils dans sa propre famille. Il n'avait jamais su trouver les mots justes, jamais été capable d'apporter le moindre réconfort. Il se détourna et revint vers le poste de pilotage. Il prit Terri O'Neil par les épaules, fermement, et l'écarta de la porte.

L'éclat de ses triomphes techniques se mourait rapidement face aux froides réalités des tragédies personnelles autour de lui.

Berry entra dans le cockpit.

Sharon Crandall parlait dans l'interphone.

— Ne quitte pas, Barbara, John est de retour. (Elle regarda Berry.) Barbara va bien. Comment ça se passe, derrière ?

Berry se posa lourdement sur son siège.

— Okay. (Il marqua une pause.) Pas vraiment... (Il s'éclaircit la gorge et dit :) Le commandant est mort.

Sharon Crandall ferma les yeux et baissa la tête.

Elle dit doucement : « Oh, bon sang ! » Elle ressentait une tristesse profonde, un sens aigu de la perte face à la mort du commandant Stuart. Les signes se faisaient à nouveau menaçants.

— Sharon ?

Elle leva les yeux.

— Ça va. Tiens. Barbara veut te parler de câbles électriques.

Berry prit le téléphone.

— Barbara ? Qu'est-ce qu'il y a ? Où êtes-vous ?

— Au milieu de l'appareil. (Sa voix semblait distante et le sifflement de l'air et des réacteurs était plus fort.) Il y a un paquet de fils qui pendent du plafond près du plus gros trou. Quelques-uns des passagers se sont frottés dessus en passant et rien ne s'est produit. Il ne semble pas qu'il y ait d'électricité dedans.

Berry réfléchit un moment. Tout semblait fonctionner dans le Straton, hormis les radios. Des câbles endommagés pouvaient expliquer cela. Il espérait que ces câbles n'avaient rien à voir avec les commandes de vol.

— Ce sont peut-être des antennes.

Il paraissait logique que, sur un supersonique, les antennes soient montées dans un endroit reculé comme la queue. Il soupçonnait que le data-link utilisait un signal différent et une antenne à assiette plate, qui devait se situer non loin de l'instrument. C'était pour ça que le link fonctionnait et pas les radios.

— Vous voulez que j'essaie de les rebrancher ?

Berry sourit. À cette époque de technicité, tout le monde était un peu technicien. Pourtant, c'était une suggestion plutôt culottée.

— Non. Il vous faudrait des pinces et ça prendrait trop longtemps, de toute façon.

Si ces câbles étaient impliqués dans les commandes d'une manière ou d'une autre, il faudrait sans doute qu'il finisse par descendre pour essayer de les rebrancher lui-même.

— Ils sont sans importance. (Quelque chose d'autre l'ennuyait et Barbara Yoshiro était au bon endroit pour l'éclairer.) Écoutez, Barbara, est-ce que vous avez vu des signes d'explosion ? Est-ce qu'il y a des sièges brûlés ? Du métal noirci ? Vous voyez ce que je veux dire...

Il y eut une pause.

— Non. Pas vraiment, non. (Il y eut un autre silence.) C'est bizarre. Il n'y a absolument rien qui ressemble à une explosion — en dehors de la pagaille et des trous.

Berry opina. C'était bien l'impression qu'il avait eue. Si les trous avaient été dans le plafond et dans le sol de la carlingue, il aurait suspecté qu'ils étaient passés dans une pluie de météores. Il savait que c'était un phénomène extrêmement rare, même à 62 000 pieds. Est-ce qu'un météore pouvait tomber horizontalement ? Berry n'en avait pas la moindre idée, mais cela lui paraissait impossible. Est-ce qu'il devait le signaler sur le data-link ? Est-ce que cela avait de l'importance ?

— Barbara, comment vont les passagers ?

— La moitié d'entre eux sont encore à peu près calmes. Mais il y en a d'autres qui commencent à errer partout. Le virage les a ranimés, je pense. Il y a eu quelques bagarres.

Berry trouva sa voix calme et froide, comme celle d'un bon reporter.

— Faites attention à vous. Revenez lentement. Pas de mouvements brusques.

— Je sais.

— Il y a des gens rassemblés au pied de l'escalier, la prévint-il.

— Je ne peux pas voir les escaliers d'ici, mais je

vois une partie de la foule des deux côtés de la cuisine avant et des lavabos.

— Quand vous serez arrivée à l'interphone de cette station, appelez-moi. Ou appelez Stein en criant. L'un de nous vous aidera à remonter ici.

— Okay.

— Faites attention à vous. Je vous repasse Sharon.

Barbara Yoshiro n'avait plus envie de parler. En regardant hors du compartiment central de l'appareil, elle vit que les passagers commençaient à lui prêter de plus en plus d'attention. Le compartiment était un cul-de-sac et son seul avantage face à ces gens résidait dans sa mobilité.

— Barbara ?

— Oui, je reviens maintenant.

— C'est vraiment mauvais ? Tu veux que je vienne ? demanda Sharon Crandall.

— Non. (Yoshiro essaya de mettre un peu de légèreté dans le ton de sa voix.) J'ai été hôtesse assez longtemps pour savoir comment éviter les mains baladeuses. (La plaisanterie tomba à plat et elle ajouta vite :) Ils ne font pas vraiment attention à moi. À dans cinq minutes.

Elle replaça le combiné dans son logement et s'avança dans l'allée. Elle gardait le dos collé à la paroi des lavabos et elle inspecta l'espace qui la séparait de l'avant de l'avion, puis la queue. Les fines séparations intérieures du Straton, faites de tissu, avaient été emportées par la dépressurisation. Sa longueur totale — elle se souvenait qu'il faisait plus de soixante mètres — était ainsi révélée, en dehors des trois espaces-toilettes. Ces emplacements se dressaient, cabines de plastique bleu en rangs, du sol au plafond — l'un près de la queue, le deuxième au centre, là où elle se tenait, et le troisième, celui des premières, lui masquant la vue de l'escalier menant au salon et au cockpit.

Des masques à oxygène se balançaient, des sièges étaient arrachés, des cloisons délogées, et des panneaux du plafond pendaient un peu partout. À vingt mètres d'elle, à mi-chemin entre l'office où elle se trouvait et celui des premières, il y avait les deux trous de bombe. Si c'en était une.

Barbara Yoshiro étudiait les chemins pour traverser l'avion. Elle vit qu'elle avait deux possibilités. L'allée sur la gauche — celle qu'elle avait empruntée plus tôt — était désormais pleine de passagers entassés. L'allée de droite n'était que peu occupée, mais elle contenait plus de débris. Pis, elle passait très près du plus grand trou du fuselage. Même de là où elle se tenait, elle pouvait voir le Pacifique et le bord d'attaque de l'aile par l'ouverture béante. Peut-être, se dit-elle, allait-elle prendre l'allée de droite, puis traverser avant d'arriver à l'ouverture et au tas de débris entre les deux trous. Pendant qu'elle examinait la scène terrible qui s'étalait devant ses yeux, elle ne remarqua pas qu'un jeune homme dans la rangée juste à côté d'elle l'observait avec attention.

Elle prit une profonde inspiration et tenta quelques pas dans l'allée. La puanteur était asphyxiante malgré la brise fraîche, presque froide, et elle avait la nausée. Elle regardait devant elle en marchant, ses yeux balayant toutes les directions. Une centaine d'hommes et de femmes étaient encore assis dans leurs sièges, bloquant les espaces entre les rangées. Une autre centaine était debout, en groupes ou isolément, bloquant les allées principales. Certains marchaient sans but, se bousculant, tombant dans les allées ou sur les sièges, avant de se relever et de reprendre leur marche absurde. Tout le monde bredouillait ou gémissait. Si seulement ils s'étaient tenus tranquilles, elle serait parvenue à les ignorer.

Yoshiro remarqua que certains des passagers avaient été blessés lors de l'accident. Elle comprit à cet instant qu'elle ne les avait pas regardés, jusqu'à présent, comme des individus blessés, mais comme une grande chose amorphe à la couleur grisâtre et aux nombreux yeux noirs. Maintenant elle voyait. Elle voyait une femme dont l'oreille pendait grotesquement, un homme qui avait perdu deux doigts. Une petite fille tripotait une terrible blessure sur sa cuisse. Elle pleurait. La douleur, se dit Yoshiro, était une chose qu'ils pouvaient encore ressentir. Mais pourquoi pouvaient-ils la ressentir et ne rien ressentir d'autre ? Pourquoi est-ce que le sens de la douleur n'avait pas également disparu chez eux, leur épargnant cette ultime agonie ?

Elle vit un corps allongé dans l'allée devant elle. C'était Jeff Price, le steward. Où étaient les autres hôtesses ? Elle regarda lentement et avec attention autour d'elle, cherchant en vain les uniformes bleu et blanc familiers.

Quelqu'un arriva derrière elle et la saisit par l'épaule. Elle se figea puis se déplaça légèrement de côté. Son cœur battait rapidement et sa bouche était sèche et pâteuse.

Yoshiro fit un effort pour se reprendre et commença à s'enfoncer dans une rangée de sièges. Elle approchait de l'espace assez vaste où les rais de soleil illuminaient l'horrible tas de chairs et de débris mélangés. Des passagers rampaient et trébuchaient dans ces ruines tordues. Avec une fascination proche de l'horreur elle regarda une femme se frayer un passage vers le trou béant, écarter les fils électriques pendants et les débris, puis s'avancer dans l'espace. À travers les hublots, elle vit la femme s'envoler, emportée par le vent.

Yoshiro était trop secouée pour émettre un son. Est-ce que cette femme s'était suicidée ? Elle en doutait. Aucun des passagers ne semblait encore assez lucide pour agir volontairement. Comme pour confirmer ses pensées, un vieil homme commença à ramper vers le même trou dans le fuselage. Lorsqu'il s'en approcha, l'aspiration le tira vers l'extérieur. Il fut happé dehors. Yoshiro vit son corps rebondir sur l'aile avant de s'abîmer dans le vide. Elle se retourna vivement vers l'allée qui la mènerait à la sécurité de l'étage, enjambant avec précaution les formes contorsionnées sur le sol. À moins de quinze mètres d'elle s'élevaient les cabines de plastique bleu derrière lesquelles se trouvait l'escalier en spirale.

Des gens ne cessaient de la frôler et de la heurter. Le bruit qui sortait de leur bouche n'était plus humain. Un frisson involontaire la parcourut des pieds à la tête. Elle se força à regarder les visages autour d'elle pour essayer de déterminer s'ils communiquaient entre eux, s'ils se télégraphiaient des mouvements, pour pouvoir agir en conséquence. Mais la plupart n'exprimaient rien. Pas d'émotion, pas d'humanité, et en dernière analyse, pas d'âme. L'étincelle divine avait disparu aussi sûrement que s'ils s'étaient tous vendus au diable. Elle aurait pu lire plus facilement les expressions faciales d'un singe. Quelques-uns pourtant montraient des signes d'intelligence résiduelle. Un jeune homme en blazer bleu semblait l'avoir suivie, selon un trajet parallèle, dans l'allée de droite. Il se tenait de l'autre côté de la zone de débris entassés, près de l'ouverture la plus grande, et il la fixait. Elle le vit regarder vers le trou béant, puis s'en éloigner et se diriger vers elle, écartant les gens sur son passage. Il s'arrêta brusquement, la dévisageant.

Paniquée, Barbara Yoshiro se mit à courir. Elle trébucha sur les corps écrasés et les sièges, et tomba. Le sol entre les deux trous était très endommagé et béait légèrement. Son bras s'enfonça dans une ouverture, vers le compartiment à bagages en dessous. Elle l'en arracha très vite, se tordant le poignet. Du sang jaillit de sa blessure. Le jeune homme en blazer bleu tendait les mains vers elle.

George Yates était normalement un jeune homme de bonne composition et d'excellentes manières. Il était en parfaite condition physique, pratiquait le jogging et la plongée sous-marine, était un adepte du yoga et de la méditation. Pour diverses raisons physiologiques, les résultats de la dépressurisation avaient laissé intactes une grande proportion de ses fonctions motrices. Néanmoins l'air raréfié avait effacé ses vingt-quatre ans de culture et de civilisation, cette part de la psyché de George Yates qu'on aurait pu appeler son surmoi. Le ça, le centre du plaisir du cerveau de George Yates, ses impulsions motrices, son énergie instinctive, cet aspect en lui le plus proche des formes de vie les plus basses, avaient pris les commandes.

C'étaient les mouvements de la jeune femme qui avaient tout d'abord attiré son attention. Quand il s'était focalisé sur ces mouvements, ils avaient commencé à signaler leurs composants perceptibles : une femelle. En petits flashes qui étaient à peine plus que d'infimes fragments de souvenirs, George Yates reconnaissait quelque chose qu'il désirait dans sa forme. Sa dernière vision quand il était assis dans son siège avant que le monde parte en morceaux avait été un long rêve éveillé à tendance sexuelle. Ce fantasme incluait la femme en blanc et bleu qui arpentait les allées. Il se souvenait vaguement de cette femme aux longs cheveux bruns, et qu'elle l'avait émoustillé. Il était excité maintenant. Il tendit la main vers elle.

Barbara Yoshiro échappa à son emprise. Elle se mit à courir à travers la zone de débris entassés vers la cabine des premières. L'office avant et les lavabos surgirent devant elle. Elle se flanqua dans la cloison bleue, puis s'y adossa et commença à se frayer un passage vers le coin qui lui masquait l'escalier en spirale.

Des blessés s'avançaient vers elle, les mains tendues. Elle frappa une femme au visage d'un coup de poing et l'envoya balader dans le groupe derrière elle. Elle se rendit immédiatement compte qu'elle n'aurait pas dû faire ça. De partout dans l'avion, des passagers commençaient à migrer vers ce point nodal où avait eu lieu l'incident. Quelques-uns venaient par curiosité, d'autres étaient emportés par la marée des corps en mouvement, certains avançaient pour affronter le danger qu'ils percevaient — Barbara Yoshiro.

Elle réussit à atteindre le coin des lavabos et jeta un coup d'œil de l'autre côté. À moins de huit mètres, elle pouvait apercevoir l'escalier en spirale. Mais sa moitié inférieure était pleine de gens, et l'espace qui la séparait de la base de l'escalier n'était qu'une masse compacte de corps. L'espace vide autour d'elle se restreignait considérablement. Des mains se tendaient vers elle, et elle les giflait. Un jeune garçon saisit son corsage et le tira. Le fin coton se déchira et exposa son épaule. Quelqu'un lui tira les cheveux. Le jeune homme qui semblait apparemment normal était coincé dans la foule qui l'encerclait, et il tentait de se frayer un chemin vers elle. Elle prit une grande inspiration et cria.

— Au secours ! À l'aide, quelqu'un !

Sa voix était masquée par le vent, le rugissement des quatre réacteurs et les cris excités autour d'elle. Une centaine d'hommes et de femmes se chamaillaient pour que leurs voix dominent dans cette jungle qu'était devenu le Straton. Elle cria à nouveau, mais elle savait qu'on ne pouvait plus distinguer ses cris de ceux des gens qui l'entouraient.

Elle se glissa contre l'angle de la cloison et chercha à ouvrir la porte des lavabos. Sa main trouva la poignée. La porte s'ouvrit derrière elle. Elle tourna la tête et regarda l'étroite ouverture, ne sachant pas que c'étaient les mêmes toilettes qui avaient sauvé la vie de John Berry. Deux hommes et une femme étaient entassés dedans, épaules contre épaules, et ils la fixaient. Elle claqua la porte.

— Mon Dieu...

Pendant une seconde, elle se souvint de sa terreur et de son dégoût un soir quand elle avait ouvert le placard de sa cuisine pour le trouver grouillant de cafards.

Restant dos au mur, elle s'approcha un peu plus de l'escalier. La foule compressée n'était que vaguement intéressée par elle et elle découvrit que si elle passait d'une attitude agressive à une apparente passivité, elle pouvait se glisser le long d'eux. Le jeune homme en blazer bleu, pourtant, se frayait visiblement un passage à sa poursuite.

Barbara atteignit le coin le plus éloigné du compartiment, non loin de l'escalier. Les gens étaient tellement tassés qu'elle pouvait à peine les écarter. Elle appela à nouveau, mais le brouhaha était si amplifié qu'elle ne parvenait même pas à entendre sa propre voix. Elle vit que les passagers avaient monté quelques marches. Un homme franchit les dernières marches et disparut dans le salon. Une seconde plus tard, il déboula en marche arrière, provoquant une avalanche de corps dans l'escalier en spirale. Mr. Stein, se dit-elle, se débrouillait bien. Mais il ne pouvait pas l'entendre, et même s'il l'avait pu, il n'aurait pas pu l'aider.

Yoshiro envisagea plusieurs possibilités. Faire le mort en était une, mais elle était trop compressée, et puis, de toute manière, elle n'avait pas le cran de le faire. Elle voyait que la foule avait cessé de s'intéresser directement à elle, mais ses actes de violence la rendaient trop dangereuse pour essayer de se fondre dedans. De plus, le jeune homme en blazer bleu s'intéressait à elle. Il ne cessait de la fixer. Elle compris que sa seule chance était d'entrer dans le compartiment et de descendre par l'ascenseur dans l'espace de service en dessous. Là, elle serait en sécurité, et pourrait appeler le cockpit par l'interphone. Avec ce but bien tracé, elle parvint à se calmer et commença à jouer des coudes dans la foule. En se déplaçant, elle constata qu'elle avait la tête qui tournait et qu'elle se fatiguait très vite. Elle regarda son bras. Le sang coulait toujours de son poignet droit. Elle le serra de la main gauche tout en avançant. Elle gardait le dos collé à la cloison et longea le compartiment juste en face de l'escalier pour atteindre l'autre coin. Elle effectua son virage et, centimètre par centimètre, revint sur ses pas, vers l'arrière de l'appareil. Elle perdit de vue le type en blazer.

Son dos glissait aisément sur la cloison de plastique et sa main sentit l'espace ouvert qui était l'entrée du compartiment.

L'ascenseur. Va jusqu'à l'ascenseur. Du sang continuait à sourdre entre ses doigts serrés, et ses jambes tremblaient d'épuisement. Des visages et des corps s'aplatissaient contre elle, des haleines fétides emplissaient ses narines. Son estomac se souleva et elle eut un haut-le-cœur empreint d'un horrible goût de bile.

Son épaule se glissa dans l'ouverture du compartiment et elle avança avec plus de force, jusqu'à ce qu'il ne reste plus que son bras gauche aplati contre la cloison.

La foule autour d'elle semblait s'écarter, et dans l'ouverture elle aperçut soudain l'homme en blazer. Il lui souriait, la fixant droit dans les yeux. Il avait l'air tellement normal que pendant un moment elle envisagea de l'appeler pour qu'il vienne à son aide. Mais elle se rendit compte qu'il ne pouvait pas être normal.

De désespoir, elle en devenait irrationnelle. Il avança vers elle.

Elle se laissa glisser dans le compartiment et se tint à l'encadrement de la porte, à deux mains. Elle balança son pied et frappa l'homme dans l'entrejambe. Il hurla et ce cri guttural lui confirma sans le moindre doute qu'il ne faisait pas partie des gens normaux.

Elle avança la main et saisit la porte en accordéon pour la refermer. Elle se plia et céda presque immédiatement, mais cela lui donna le temps de se tourner vers l'ascenseur.

Barbara Yoshiro fit cesser le tremblement de sa main et ferma la porte extérieure. Frénétiquement, elle poussa les boutons de contrôle de l'ascenseur. Finalement, la porte intérieure électrique commença à se refermer lentement.

Soudain les portes extérieures s'écartèrent. Barbara se retrouva nez à nez avec George Yates. Il eut le temps de se glisser dans l'ascenseur. Les portes électriques se refermèrent derrière lui. L'ascenseur commença à descendre.

Barbara se mordit la main pour ne pas crier. Des larmes coulaient sur son visage et un gémissement pathétique s'étouffait dans sa gorge. L'homme en face d'elle la dévisageait durement. Elle le sentait qui s'appuyait contre elle, elle sentait son corps entrer en contact avec le sien, elle respirait son haleine. Ses mains parcouraient son corps, couraient sur ses hanches, sur ses seins.

Elle recula d'un pas. L'homme s'appuya plus fort contre elle.

L'ascenseur s'arrêta et les portes s'ouvrirent en glissant, révélant un petit espace de service, faiblement éclairé.

George Yates appuya sur ses épaules jusqu'à ce que ses genoux cèdent. Il la dominait complètement.

Il saisit ses longs cheveux noirs et tira sa tête vers ses cuisses.

Elle essaya de se dégager et de se relever.

— Non, je vous en prie. Non. (Elle saignait beaucoup et se sentait très faible.) Laissez-moi, s'il vous plaît. (Elle pleurait, sanglotait.) Laissez-moi, s'il vous plaît, ne me faites pas de mal.

Tout tournait, et cet enclos sombre devint plus sombre encore. Elle se sentit tirée vers l'avant par les cheveux. Elle se retrouva allongée sur le sol, essaya de feindre la mort ou l'inconscience, ou n'importe quoi qui ferait faiblir son intérêt pour elle.

Mais George Yates était très excité. À partir du moment où il l'avait repérée dans la foule, à la seconde où ses instincts lui avaient dit qu'elle était différente, sa seule pensée avait été de la capturer et de faire qu'elle lui cède. Il n'était capable de formuler aucun de ces mots ni de ces abstractions, mais ses instincts demeuraient. Il la retourna sur le dos et s'agenouilla, essayant de lui écarter les jambes.

Barbara releva un genou et l'atteignit dans l'entrejambe.

George Yates hurla et se redressa. C'était la deuxième fois qu'elle lui causait une douleur, la seconde fois qu'elle le rejetait, et il était à moitié stupéfait. Mais l'autre moitié comprenait désormais. Elle n'était plus simplement l'objet de son attirance — elle était devenue une menace, elle était devenue un ennemi.

Barbara se releva sur une main et chercha à décrocher le téléphone mural. Sa main fit tomber le combiné de son support et il dégringola, suspendu par son fil torsadé. Elle le saisit quand il passa devant son visage. Elle sentit alors une douleur aiguë dans son œil, puis une autre sur sa pommette. Elle retomba. Le combiné de plastique dansait au-dessus d'elle. Dans le brouillard de sa semi-conscience, Yoshiro se rendit compte que le jeune homme l'avait frappée. Il l'avait frappée fort, de son poing fermé. Il l'avait frappée assez fort pour lui causer une très grande douleur.

Les plafonniers furent obscurcis par l'énorme forme sombre qui se penchait sur elle. Il n'y avait aucun bruit autour d'elle, aucune lumière pour pénétrer dans sa conscience, et cela produisait une sensation d'irréalité. Elle ne pouvait tout simplement pas croire que ceci était en train de lui arriver à elle ; cela semblait trop lointain, trop éloigné du monde dont elle avait fait partie, à peine quelques heures auparavant.

Pendant les quelques secondes qui suivirent, tout ce que Barbara parvint à sentir, ce fut le sol froid sous son dos et ses jambes nues, et le ronronnement régulier des moteurs qui pulsait à travers la carlingue. Puis elle ouvrit plus grand les yeux et se focalisa sur ce qui allait arriver.

Après avoir frappé son ennemie de ses poings à deux reprises, George Yates avait encore tout juste assez de pensée et de réactions naturelles intactes pour savoir qu'il avait besoin d'une arme afin de se protéger du danger qu'il percevait. Sur le sol, à sa gauche, se trouvait une barre de métal servant à verrouiller les tiroirs du placard à alcools. Yates saisit la barre de fer et, d'un seul geste en arc, il l'abattit de toutes ses forces sur le haut du corps de son ennemi.

La barre glissa sur l'épaule gauche de Barbara Yoshiro et la frappa à la base du crâne avec un craquement aigu. Elle perdit immédiatement conscience. En passant sur son corps, la barre de fer avait ouvert une autre blessure, plus large — en haut de son épaule gauche et sur son cou.

George Yates regarda la mare de sang qui grandissait et entourait maintenant le corps immobile de l'être allongé sur le sol. Dès qu'il vit les nouveaux ruisseaux de sang et sa blessure, il sut ce que cela signifiait. L'état de sa condition était trop clair pour qu'il se méprenne : elle n'était plus un ennemi — son ennemi avait été défait, à plate couture.

Désormais satisfait, l'intérêt de Yates s'estompa et il tourna son attention vers autre chose. Il regarda autour de lui dans le compartiment. Comme un animal prudent qu'on vient de réveiller en sursaut, il arpenta ce petit espace avec précaution, mais il ne parvenait pas à trouver d'issue. Il ne prêtait plus aucune attention à la masse grandissante de sang sur le sol, ni au corps d'où jaillissait ce sang. Et, tandis que la dernière goutte de son fluide vital s'écoulait sur le plancher métallique du compartiment, Barbara Yoshiro mourut.

9

Edward Johnson marchait à grands pas dans le long corridor menant à la porte bleue étiquetée « Salle du dispatching ». Il s'arrêta brusquement, se planta un cigare neuf entre les lèvres et essaya plusieurs expressions faciales en se regardant dans le reflet d'une porte vitrée. Il en choisit une qu'il avait baptisée « dédain mêlé d'impatience ». Il se contempla pendant une seconde. Bonne ligne de mâchoires, cheveux grisonnants sur les tempes, yeux gris d'acier. Un haut cadre. Vice-président en charge des opérations, pour être exact. Il restait assez de son passé de bagagiste en lui pour qu'on le trouve saumâtre et intimidant, et pourtant il avait cultivé un vernis destiné à le faire accepter par les gens qui étaient nés dans le monde des cols blancs. Satisfait de l'effet qu'il produirait sur les dispatchers, il poursuivit son chemin.

La porte d'acier sans fenêtre au bout du couloir surgit devant lui. Combien de fois avait-il fait ce trajet ? Et dans quel but ? Depuis vingt-sept ans qu'il travaillait pour la compagnie aérienne, son expérience lui avait montré que chacun de ces appels avait été une fausse alerte. Une véritable urgence avait eu lieu trois ans auparavant, et même alors, cela avait été une perte de temps. Tous les gens à bord de l'avion nourrissaient les poissons depuis longtemps quand il avait eu le message.

Alors qu'est-ce que c'était encore cette fois ? se demanda-t-il. Quelqu'un du programme du Straton avait probablement égaré la gamelle de son déjeuner, ou un des dispatchers ne trouvait plus ses crayons. Il s'arrêta devant la porte et saisit la poignée.

Il reparcourut les infos dont il disposait déjà. Pas grand-chose. Juste un bref coup de fil qui avait interrompu un important déjeuner d'entreprise dans la salle à manger des cadres. Un jeune dispatcher nommé Evans ou Evers. *Une urgence, Mr. Johnson. Le vol 52. Mais ce n'est probablement pas trop grave.* Alors pourquoi diable l'avait-on appelé ? C'était ce qu'il avait l'intention de leur demander. Les jeunes dispatchers étaient censés s'occuper de toutes les choses « probablement pas trop graves ».

Edward Johnson savait que le vol 52 était le Straton 797. L'emblème de la flotte Trans-United. La Reine des cieux supersoniques. Mais pour lui, ce n'était que 412 tonnes de merde. À 127 millions de dollars l'avion, tout problème avec l'un de leurs huit 797 était une plaie au cul. L'avion lui-même était assez fiable et il rapportait une petite fortune en bénéfices. Mais en tant que chef des opérations, les considérations financières ne le concernaient pas. Ce bon Dieu d'avion était trop précieux et trop visible pour l'assemblée des directeurs, et pour les médias. Cela le rendait, lui, trop visible, trop vulnérable. Pour arranger encore les choses, il était l'un de ceux qui avaient voté l'achat des 797 et celui qui avait récemment poussé à l'énorme programme de réduction des coûts destiné à supprimer nombre de vérifications et d'entretiens inutiles.

Johnson poussa la porte et s'avança dans le bureau du dispatching.

— Qui est en charge ? demanda-t-il.

Il regarda autour de lui. Le bureau était à moitié vide. Un silence bizarre planait dans la pièce, seulement brisé par une incessante sonnerie de téléphone. Il ôta le cigare du coin de sa bouche. Avant la politique non fumeur de l'entreprise, il pouvait en tirer des effets à coups de fumée, au lieu de garder ce satané truc éteint. *Bande de salopards geignards.*

— Où diable êtes-vous tous passés ? gronda-t-il.

Ses techniques d'intimidation fonctionnaient bien aujourd'hui, mais il n'était pas assez insensible pour ne pas lire les augures d'un gros problème, ne pas sentir l'odeur de la peur dans cette salle.

— Où êtes-vous tous passés ? répéta-t-il, quelques décibels en dessous.

Jerry Brewster, qui se tenait à quelques mètres de Johnson, se surprit lui-même lorsqu'il répondit :

— Dans la salle des communications, monsieur. Miller est le responsable en charge.

Johnson se déplaça rapidement vers la pièce vitrée. Il recolla son cigare entre ses lèvres, poussa la porte et entra dans la salle des communications encombrée.

— Miller ? Vous êtes là ?

— Par ici, répondit Jack Miller.

Sa voix était le seul son audible dans la pièce soudain tombée dans le plus profond silence.

Plusieurs des dispatchers reculèrent pour permettre à Johnson d'avancer. Quelques-uns filèrent à l'anglaise. Dennis Evans s'écarta discrètement de Miller et se posta près de la porte, prêt à aller dans un sens ou dans l'autre. Jerry Brewster entra dans la salle avec réticence derrière le vice-président.

Johnson s'approcha du data-link. Il baissa les yeux sur Miller.

— C'est quoi le problème ?

Miller avait répété avec soin ce qu'il allait dire. Mais maintenant que Johnson était planté devant lui, tout ce qu'il put faire fut de désigner l'écran vidéo.

Johnson regarda l'écran sur le mur du fond.

AU VOL 52 : TRÈS BEAU TRAVAIL. STAND BY. RELAX. TOUT LE MONDE ICI TRAVAILLE À VOUS RAMENER À LA MAISON.

Johnson regarda Miller.

— Que signifie très beau travail, Miller ? *Relax ?* Est-ce que c'est le genre de message qu'on envoie à nos pilotes, bordel ?

Miller releva le nez vers l'écran. Il était immergé dans ce problème depuis ce qui lui semblait un temps si long qu'il ne parvenait pas à imaginer que quelqu'un puisse ne pas être au courant.

— Le Straton n'est plus piloté par un de nos pilotes.

— *Quoi ?* mais qu'est-ce que vous racontez, bordel ?

Jack Miller se pencha et ramassa rapidement la pile d'imprimés sortis de la machine.

— Tenez. Voilà toute l'histoire. Tout ce que nous savons. Tout... (Il marqua une pause.) Tout ce que nous avons fait. J'ai bien peur que ce ne soit pire que nous ne l'imaginions au début.

Johnson prit l'accordéon de feuilles et commença à lire. Il sortit son cigare éteint de sa bouche et le posa sur la table. Il finit de lire mais garda les yeux rivés sur les feuilles qu'il tenait.

Le déjeuner d'Edward Johnson — des œufs pochés au saumon — tournait dans son estomac. Moins d'une demi-heure auparavant, il était en train de discuter de sa possible présidence de la Trans-United Airlines. Et maintenant, ça. Les désastres faisaient ou brisaient les hommes très rapidement. Un homme devait sentir immédiatement la présence des oubliettes et des opportunités ouvertes par ces phénomènes et agir dessus. Si cet accident avait été rendu possible par l'une des restrictions budgétaires qu'il avait préconisées personnellement... Johnson leva le nez des feuilles, sans expression discernable sur le visage. Il regarda Miller pendant plusieurs secondes.

— Vous leur avez dit de faire demi-tour.

C'était une affirmation neutre et plate, sans la moindre inflexion pouvant refléter l'approbation ou la désapprobation.

Miller soutint son regard.

— Oui. Ils ont tourné.

Il fallut une seconde à Johnson pour décrypter cette réponse, et une autre seconde pour décider si Miller faisait de l'insubordination ou pas. Johnson esquissa un de ses rares sourires.

— Oui. Tourné. Bon boulot.

Miller opina. Il trouvait étrange que le chef des opérations n'ait pas plus de commentaires à faire sur ce qui était arrivé au vol 52. Mais à la réflexion, il ne s'attendait pas à des phrases superflues de la part d'Edward Johnson.

Johnson balaya la pièce du regard. Tout le monde, d'une manière perverse mais prévisible, se réjouissait en quelque sorte du drame dans lequel ils se retrouvaient. C'étaient des situations dont on forgeait les légendes des voies aériennes. Chaque phrase qu'il énoncerait, chaque expression de son visage serait le sujet d'histoires sans nombre, racontées et re-racontées. Seuls Jack Miller et son jeune assistant, Jerry Brewster, semblaient ne pas se réjouir de la situation.

— Monsieur ?

C'était Jerry Brewster. Il fit un pas hésitant vers Johnson.

— Quoi ?

Johnson pouvait voir que le jeune assistant était nerveux.

— J'ai peur d'avoir... contribué au problème. (Brewster s'exprimait rapidement, faisant sa confession aussi vite que possible.) Quand j'ai vu le premier SOS, je crains de n'avoir pas répondu immédiatement. Je pensais que c'était un canular.

— Un canular? (Johnson leva un sourcil.) Quel genre de canular est-ce qu'un SOS pourrait bien être?

— Non, je voulais dire une plaisanterie. Je pensais que c'était une mauvaise blague. (Brewster tripotait anxieusement le bloc-notes qu'il tenait. Cela allait être plus difficile qu'il ne l'avait imaginé.) Mais je n'ai pas attendu très longtemps. Je suis revenu dès que...

— Tout délai est trop long, le coupa Johnson. Nous en reparlerons ultérieurement, dit-il avec colère, congédiant le jeune homme d'un mouvement de la main.

Johnson se tourna alors vers les autres hommes présents dans la pièce.

— Quant au reste d'entre vous, j'aimerais vous rappeler qu'il n'y a pas place pour la moindre plaisanterie dans ce business. Rien ne doit jamais être traité à la légère, jamais.

Brewster se détourna, embarrassé, et quitta la pièce.

Johnson se tint immobile et silencieux pendant un moment. Il était content. Il avait au moins un type à pendre si les choses tournaient mal et qu'il devait en arriver là. Il lui en fallait quelques autres. Il se tourna vers Miller.

— Jack, qui avez-vous appelé? Qui est au courant?

— J'ai demandé à Evans de s'en occuper.

— J'ai suivi les instructions du manuel, dit rapidement Evans. Le manuel d'urgence.

— La presse ne sait rien, donc.

— Non, monsieur.

Evans se lécha les lèvres. Il avait l'occasion de marquer quelques points et il n'avait pas l'intention de la laisser passer en faisant ou prononçant une idiotie. Pourtant, il avait fait quelque chose de très osé. Il prit une grande inspiration et mit un ton de confidence dans sa voix :

— J'ai suivi la procédure — jusqu'à un certain point.

Johnson fit un pas vers lui.

— Et qu'est-ce que ça signifie, bon sang ?

— Je veux dire que je n'ai pas appelé qui que ce soit sur la liste, sauf vous et Mr. Metz de notre assurance responsabilité civile — Beneficial.

Il jeta un bref regard vers Miller.

Miller lui lança un regard ennuyé.

Evans poursuivit.

— Je n'ai pas appelé l'assureur de l'avion lui-même, parce que nous n'avons aucune idée des dégâts. Je n'ai pas appelé non plus les représentants de chez Straton.

Il regarda Johnson.

Le visage de Johnson restait dénué d'expression.

— Est-ce que vous avez également omis d'appeler le président de la compagnie ou notre service de presse ?

— C'est exact, acquiesça Evans. Je n'ai appelé que Mr. Metz et vous-même.

— Pourquoi ?

— Il ne me semblait pas qu'il y avait la moindre urgence de le faire. Je préférais attendre que vous arriviez, monsieur. Je savais que vous étiez dans la salle à manger des cadres. Je pensais vous laisser décider qui appeler. Ce n'est pas comme si un avion s'était écrasé. C'est un événement dans la durée, non ? Et donc, au début, cela ne semblait pas trop grave. Voilà comment j'ai raisonné, monsieur.

— Vraiment ? (Johnson se pencha et reprit son cigare. Il le remit entre ses lèvres. Il laissa voler quelques secondes.) Bien. Bien raisonné, Evans.

Evans rayonnait.

Johnson se redressa et s'adressa à tout le monde.

— Maintenant, écoutez-moi, tous autant que vous

êtes. Personne ne fait quoi que ce soit sans en référer auprès de moi. Quoi que ce soit. Est-ce clair ?

Tout le monde dans la pièce hocha la tête.

Johnson continua.

— En dehors de Miller, je veux que tout le monde retourne à son travail normal. Evans, vous prenez complètement en charge le bureau du Pacifique. Ils sont tous à vous, sauf le vol 52. Je prends le vol 52 en charge personnellement. Si qui que ce soit vous pose la moindre question sur le vol 52, vous me l'envoyez.

Miller avait l'impression d'être soudain relégué dans des espèces de limbes. Il était redevenu un assistant dispatcher. Il aurait aimé pouvoir regagner son siège devant son bureau ou filer n'importe où loin de Johnson.

Johnson agitait son cigare.

— Personne — je répète, personne — ne doit dire quoi que ce soit à qui que ce soit. Pas d'appels à la maison, ni à vos femmes ni à personne d'autre. De plus, la rotation en cours est prolongée indéfiniment. En d'autres termes, personne ne rentre chez soi. Des primes de nuit et des heures supplémentaires doubles vous seront versées. L'équipe qui devait arriver doit se rendre dans la salle de réception des employés et y rester jusqu'à nouvel ordre. Je veux que le moins de gens possible soient au courant de ce qui se passe. Nous avons un avion de 410 tonnes qui fonce vers la Californie avec un pilote du dimanche dans le siège de gauche et trois cents passagers blessés ou morts à bord. Je n'ai pas besoin de vous dire pourquoi je veux qu'on la ferme. C'est compris ?

Tout le monde murmura son assentiment.

— Très bien, assurez-vous que tous ceux qui sont là derrière la vitre comprennent bien eux aussi. Et maintenant, retournez au travail.

Les dispatchers quittèrent un à un la pièce surchauffée et sans air.

Evans traîna une seconde.

— Mr. Johnson, s'il y a quelque chose d'autre que je peux faire...

— Vous en avez assez fait, Evans. Bonne initiative.

Evans sourit.

— Merci, monsieur.

— Et la prochaine fois que vous ne suivez pas la procédure, vous avez salement intérêt à ce que ça me convienne, Evans, sinon je vous fous dehors à coups de pied au cul. Compris ?

— Oui, monsieur, répondit Evans, dont le sourire s'effaça.

Il sortit.

Johnson se tourna vers Miller.

— Eh bien, nous y voilà, Jack.

Miller hocha la tête. Lui et Johnson, ça remontait à des années. Maintenant, sans les spectateurs, Johnson allait commencer à penser et à arrêter de faire son show. Comme pour confirmer ceci, John jeta son cigare neuf dans la poubelle. Miller était certain que l'homme détestait les cigares, mais les marques déposées, comme le logo Trans-United ou le cigare d'Edward Johnson, prenaient du temps à se développer et on ne les abandonnait pas aisément.

Johnson baissa les yeux vers les feuilles imprimées.

— C'est un sacré bordel.

— Ça oui.

— Une bombe. Pourquoi diable est-ce que les gens veulent faire sauter un avion ? Merde. (Il fit quelques pas.) Dis-moi, Jack, tu crois qu'ils ont une chance ?

Miller fixa l'écran vidéo, puis Johnson.

— Au début, je ne leur en donnais pas une. Maintenant... peut-être. Ce pilote — Berry — prenant les commandes, trouvant le link, prenant un virage, il faut du cran pour faire tout ça. De l'adresse aussi. Il a ce qu'il faut. Relis les messages. C'est un type calme. Ça se sent dans les messages.

Johnson s'approcha de la carte du Pacifique qui avait été suspendue dans la pièce un peu plus tôt. Il examina les marques dessus.

— C'est leur position estimée ?

— C'est ce qu'on a essayé de deviner, oui. On n'avait pas beaucoup d'infos. (Miller se leva de son siège devant la console du data-link et s'approcha lui aussi de la carte. Il désigna un autre point sur la carte.) Là, c'est la dernière position vérifiée du Straton. Ici, c'est une extrapolation à laquelle Jerry Brewster a travaillé. Maintenant, on essaie d'en faire une autre basée sur leur demi-tour et leur cap actuel. Brewster aura...

La petite sonnerie du data-link l'interrompit. Les deux hommes regardèrent le moniteur vidéo.

ICI VOL 52. LES CINQ SURVIVANTS ÉTAIENT COINCÉS DANS DES ENDROITS À PRESSION POSITIVE DURANT LA DÉPRESSURISATION. LA PLUPART DES PASSAGERS ENCORE EN VIE, MAIS ON SOUPÇONNE QUE LE MANQUE D'AIR PRESSURISÉ A PROVOQUÉ DES LÉSIONS CÉRÉBRALES.

Miller regardait chaque lettre qui apparaissait, et il sut, avant que le dernier mot n'apparaisse, ce qui allait suivre « lésions ».

CERTAINS PASSAGERS DEVENUS INCONTRÔLABLES ESSAIENT DE GRIMPER L'ESCALIER POUR ATTEINDRE SALON / COCKPIT. STEIN LES RETIENT. BERRY.

Miller leva le nez.

— Dieu tout-puissant.

Johnson fit violemment claquer sa main sur le haut d'un placard.

— Bordel de merde ! Quelle poisse de merde ! (Il se tourna vers Miller.) Est-ce possible ? Est-ce que ça a pu réellement arriver ?

Les connaissances techniques de Johnson étaient très sommaires et il n'avait jamais vraiment éprouvé le besoin de prétendre le contraire.

Jack Miller comprit soudain ce qui s'était produit. Une bombe avait ouvert deux trous — deux gros trous — dans le fuselage du Straton. Si les trous avaient été plus petits, la pression aurait pu tenir plus longtemps. Si cela avait eu lieu dans un autre appareil, son altitude normale plus basse aurait permis à tout le monde de respirer avec les masques à oxygène. Mais à 62 000 pieds, où les seuls vols commerciaux étaient le Concorde et les Straton, une dépressurisation, si elle était soudaine et complète, pouvait théoriquement provoquer des lésions cérébrales. Miller aurait pensé que cela serait fatal, mais Berry disait que la plupart des passagers avaient survécu. *Survécu. Seigneur Dieu !* Comment est-ce que cela était arrivé ? Il se leva et sentit ses jambes fléchir un peu.

— Oui, dit-il faiblement. C'est possible.

Johnson regarda à travers le cadre vitré qui ouvrait sur le bureau du dispatching. Dispatchers et assistants essayaient de lire le nouveau message qui venait de s'inscrire sur l'écran vidéo. Johnson fit un geste vers Miller.

— Éteins l'écran vidéo. À partir de maintenant, on ne se servira que du petit écran témoin.

Miller pressa un bouton pour éteindre la retransmission sur le grand écran.

Johnson marcha jusqu'à la porte et la verrouilla. Il se rendit ensuite au-dessus du data-link, posa un pied sur une chaise et se pencha.

— Tape un message, Jack.

Miller se mit à taper sous la dictée.

AU VOL 52 : LOCALISEZ LE SYSTÈME DE NAVIGATION SATELLITE. IL EST SUR LA CONSOLE RADIO ET ÉTIQUETÉ COMME TEL. LISEZ VOTRE POSITION. CONFIRMEZ RÉCEPTION.

Quelques secondes passèrent avant que la sonnette ne retentisse.

ICI VOL 52 : AI DÉJÀ LOCALISÉ LE SYSTÈME DE NAVIG. SATELL. DOIT AVOIR BESOIN ETRE REPROGRAMMÉ POUR LECTURE. N'INDIQUE RIEN POUR L'INSTANT. BESOIN INSTRUCTIONS POUR REPROGRAMMER.

Johnson s'approcha à nouveau de la carte du Pacifique et l'examina. Il avait une vague idée de comment définir une position et aucune idée de comment programmer un système de navigation satellite. Les yeux toujours fixés sur cette carte, il s'adressa à Miller.

— Dis-lui qu'on lui expliquera plus tard.

Miller tapa le message.

Johnson se retourna.

— Il ne peut pas poser le Straton, n'est-ce pas ?

— Je n'en sais rien.

Miller en avait déjà par-dessus la tête. Malgré des années dans le bureau du dispatching, il ne pouvait pas expliquer à un type comment programmer un système de navigation par satellite. En fait, il avait vaguement le souvenir d'avoir lu qu'on ne pouvait ni les modifier ni les reprogrammer en route. Miller n'avait qu'une vision livresque et un savoir limité sur la cabine de pilotage d'un 797, aucune conception de ce que c'était que de piloter un tel engin, et il savait que Johnson s'y connaissait encore moins que lui.

— Pourquoi est-ce qu'on n'appelle pas Fitzgerald ?

Johnson pensa un moment au chef pilote. Kevin Fitzgerald était l'un des autres candidats au fauteuil de président. Ce serait bien d'avoir un pilote avec eux ici, mais pas Fitzgerald. Or, demander à un autre pilote serait une insulte impardonnable dont les intentions seraient manifestes pour le bureau des directeurs. Alors pourquoi offrir à Fitzgerald l'occasion de jouer les héros ? La réponse était de l'exclure du jeu le plus longtemps possible. Il était de notoriété publique que si l'un d'eux était élu président, l'autre allait passer le reste de sa carrière dans l'oubli. Johnson savait qu'il pouvait très bien finir sa carrière à superviser les plaintes pour bagages égarés au lieu de siéger dans le fauteuil présidentiel. Il regarda Miller.

— Pas encore. Si ce Straton réussit à revenir à disons 300 kilomètres des côtes, alors on appellera Fitzgerald. (Il réfléchit une seconde.) Si on ne peut pas le trouver, on appellera le chef instructeur. Je pense d'ailleurs qu'il ferait un meilleur boulot.

Miller savait que ce serait une bonne chose de commencer d'ores et déjà à donner des leçons de pilotage à Berry. N'importe quel pilote chevronné aurait pu le faire. Mais Miller savait aussi que Johnson ne prenait jamais la moindre décision basée seulement sur la rationalité. Les décisions d'Edward Johnson étaient toujours fondées sur des motifs ultérieurs.

— Tu penses que c'est le moment de balancer un court message à la presse ?

— Non.

— Est-ce qu'on demande aux relations publiques d'appeler discrètement les familles des passagers ?

On peut commencer à leur réserver des places pour San Francisco et...

— Plus tard.

— Pourquoi ?

Johnson le fixa, presque nez à nez avec lui.

— Parce que nous n'allons pas encourager le cirque médiatique à s'installer ici. Il ne s'agit pas d'un téléfilm à trois ronds. Toute cette merde sur le droit de savoir n'est que ça — de la merde. Aucun satané journaliste ni aucun parent hystérique ne peut apporter quelque contribution que ce soit à ce problème. Il est largement temps qu'on commence à exercer le droit à la vie privée et au secret dans ce pays. Il s'agit des affaires de Trans-United et de personne d'autre, sauf, malheureusement, l'Agence fédérale de l'aviation. On va les prévenir dans quelques minutes. Quant à l'annonce publique, il sera peut-être effectivement nécessaire d'en faire une. Une seule. La dernière.

— Ed, la seule chose qui m'inquiète pour le moment, c'est de ramener cet appareil ici, dit Miller. Je me contrefous de toute la merde qui peut se mettre à voler un peu plus tard.

Johnson fronça les sourcils.

— Tu devrais. (Mais il tapota Miller dans le dos. Johnson s'était forcé à changer de régime.) Tu as raison. Il faut qu'on ramène le 52 à la maison avant de penser à quoi que ce soit d'autre.

Miller se détourna et s'approcha de la carte du Pacifique. Un petit point rouge de crayon gras sur champ bleu clair représentait plus de trois cents personnes sérieusement malades et blessées qui revenaient vers chez elles. Et la pensée que leur destin était entre les mains d'Edward Johnson n'était pas rassurante. Miller espérait que John Berry était un homme exceptionnellement compétent et empreint d'un énorme sens du discernement.

Wayne Metz était confortablement assis dans sa BMW 750 argentée et roulait sur la voie de droite de l'autoroute Inter-État 280. Il régla le son de son lecteur de CD dernier modèle jusqu'à ce que les accords de *One O'Clock Jump* de Benny Goodman sonnent parfaitement. C'était l'un des morceaux favoris de sa collection de vieux jazz. Il se regarda dans le rétroviseur. Sa partie de tennis de la veille avait renforcé son bronzage.

Il passa Balboa Park et regarda l'horloge de son tableau de bord. Il arriverait au Gold Club de San Francisco assez tôt pour réviser ses notes avant de faire son parcours avec Quentin Lyle. Il regarda le ciel. Un merveilleux après-midi de juin. Parfait pour le business. Avant d'atteindre le neuvième trou, les usines Lyle seraient le tout nouveau client de la Beneficial Insurance Company, sa compagnie d'assurances. Il fredonna sur la musique. Sa rêverie fut interrompue par la sonnerie insistante du téléphone cellulaire qui reposait sur le siège du passager. Il éteignit le lecteur de CD et prit le téléphone.

— Oui ?

La voix lui parvenait avec un très léger écho.

— Mr. Metz, c'est Judy. Trans-United Airlines vient juste d'appeler.

Il fronça les sourcils.

— Continuez...

— Un Mr. Evans. Voici le message : Le vol 52, un Straton, a envoyé un message à Trans-United disant que l'appareil était endommagé. Mais Mr. Evans a précisé qu'ils transmettaient toujours et que donc cela ne devait pas être trop sérieux.

— C'est tout le message ?

— Oui, monsieur.

— Pas trop sérieux ?

— C'est ce qu'il a dit.

— Ne quittez pas.

Il posa le téléphone sur ses cuisses et envisagea plusieurs possibilités. Mais aucune n'était viable, vraiment. Trans-United était un client bien trop important pour qu'il prétende que son bureau ne pouvait pas le joindre. Pourtant Beneficial n'assurait pas ce qu'ils appelaient « la coque » — l'appareil lui-même. Ils n'assuraient que la responsabilité civile. Si personne n'était blessé, il était tranquille. Il reprit le téléphone.

— Très bien je vais les appeler d'ici. Il va peut-être falloir que j'y aille. Appelez Mr. Lyle au club. Dites-lui que je serai sans doute en retard. Une urgence. Que j'espère arriver à temps pour le trou numéro neuf. Peut-être avant. Faites-lui sentir que c'est une vraie catastrophe, mais sans mentionner Trans-United. Vous avez tout ça ? Je vous rappelle plus tard.

— Bien, monsieur.

Metz raccrocha et prit la sortie vers San Jose Avenue. Avec un peu de chance, sa présence à l'aéroport ne serait même pas nécessaire. Il ralentit, reprit le téléphone et appuya sur un numéro préprogrammé. Le téléphone cellulaire le mit immédiatement en communication avec la ligne directe du président de Beneficial, Wilford Parke. Quelques secondes plus tard, la secrétaire de Parke le lui passa.

— Wayne ? C'est vous ?

Metz écarta le téléphone de son oreille. Comme beaucoup d'hommes âgés, Parke parlait beaucoup trop fort dans son téléphone.

— Oui, monsieur. (Il regarda la pendule du tableau de bord de sa BMW. C'était presque l'heure de la fermeture des bureaux à New York.) Désolé de vous déranger si tard, mais...

— Tout va bien, Wayne. Vous avez un problème là-bas ?

Metz sourit. *Là-bas*. Pour la plupart des New-Yorkais, tout ce qui se trouvait à l'ouest d'Hudson s'appelait *là-bas*. Pour Wilford Parke, tout ce qui se trouvait à l'ouest de la Cinquième Avenue était dans un autre système solaire.

— C'est possible, monsieur. Je voulais vous mettre au courant. (Les pensées de Metz étaient déjà deux phrases en avant.) Un appel de Trans-United Airlines. Un problème avec l'un de leurs appareils. Pas de détails encore, mais ils ont dit que cela ne semblait pas trop sérieux et que cela pouvait n'impliquer que l'avion lui-même. Il pourrait peut-être quand même y avoir une plainte en responsabilité civile. J'ai pensé vous prévenir avant que vous ne quittiez les bureaux.

Et avant que vous ne l'appreniez d'une autre source, pensa-t-il.

— Bien pensé, Wayne.

— Merci, monsieur, et je pensais y aller et me rendre compte personnellement.

— Très bien, Wayne. Très bien. Tenez-moi au courant. Je suis content de voir que vous vous en souciez personnellement. D'où est-ce que vous m'appelez ?

— De ma voiture. Je suis déjà en route vers l'aéroport.

— Très bien. Rappelez-moi quand vous aurez plus de détails.

— Bien, monsieur.

— Au revoir, Wayne.

Metz accéléra la cadence.

— Monsieur, où puis-je vous joindre plus tard ?

— Plus tard ? Ah oui. Club Atrium. J'y dîne. Sur la Cinquante-Septième Est.

Metz se fichait de savoir où se trouvait son club.

— Je peux vous biper là-bas ? Est-ce que le numéro est listé ?

— Oui. Bien sûr. Vous connaissez l'endroit. On y était en février dernier. On a bu une bouteille de château haut-brion 59. Vous pouvez me joindre là-bas jusque vers 10 heures. À plus tard.

Metz jeta le téléphone sur le siège du passager. Wilford Parke était désormais quelque part entre une vive intelligence et la sénilité. D'un côté comme de l'autre, il aimait bien ce vieil homme. Parler avec lui était toujours un plaisir. C'était un véritable gentleman de la vieille école. Un homme qui croyait en sa compagnie et qui partageait les privilèges de la direction avec ceux en qui il avait confiance — comme Wayne Metz. Wayne s'était toujours débrouillé pour étaler son enfance à Long Island et ses années de collège à Princeton, où Parke avait également fait ses études. Mais la raison principale qui lui faisait aimer Parke, c'était que le vieil homme pensait que Wayne Metz ne commettait jamais d'erreurs. Et il l'avait pensé même lorsque d'embarrassantes pertes de mémoire avaient commencé à s'installer. Wayne Metz espérait que Wilford Parke pourrait continuer à travailler assez longtemps pour assurer sa prochaine promotion.

Il se faufila dans un paquet de voitures, puis accéléra encore sur une portion de route vide. Il savait qu'il avait eu de la chance d'avoir ce message à temps, sur l'autoroute, pas loin de l'aéroport ; depuis son bureau *downtown,* il lui aurait fallu au moins une heure pour s'y rendre. C'était le genre de chance typique qui l'avait propulsé en haut du bureau de la côte Ouest. Pourtant, il allait sans doute falloir qu'il rate les premiers trous avec Quentin Lyle. Cela pouvait être de mauvais augure. Il croyait à demi aux augures et même s'il trouvait l'astrologie idiote, beaucoup de ses amis lisaient leurs horoscopes chaque matin. *Attendez-vous à une rentrée d'argent. Donnez l'exemple à vos proches en coupant court. Faites ce que vous croyez être correct. N'ayez pas peur de vos élans.*

Mais son succès n'était pas seulement dû à la chance, pensa Metz. Plutôt à son talent. Des années auparavant, Wilford Parke avait entrevu chez le jeune Metz ce dont il n'était pas lui-même conscient. Dans la hiérarchie de l'entreprise, où une bataille importante pouvait être annoncée par un geste aussi inoffensif que le refus poli d'un verre, Wayne Metz allait florissant. Il était passé maître en signaux obliques et muets. Il avait un talent incroyable pour projeter, dans les sens les plus subtils imaginables, ce qu'il aimait ou n'aimait pas. Il était, pour citer son propre analyste, peut-être un peu trop jeune pour être autant béni des dieux.

Le téléphone cellulaire de Metz sonna à nouveau. Il s'en empara.

— Metz.

— Ed Johnson, Wayne.

Metz se ramollit dans son siège. Si le chef des opérations l'appelait, il devait y avoir un vrai problème.

— J'allais t'appeler, Ed. Où on en est ?

— C'est mauvais, dit John d'une voix plate. C'est le Straton 797.

— Oh, merde !

Johnson et lui avaient, autour de quelques verres, plaisanté un jour sur les risques qu'ils avaient pris mutuellement dans le programme Straton. C'était une idée de Metz que Beneficial soit le seul responsable civil pour la flotte de transporteurs supersoniques géants de Trans-United. Il avait offert des primes plus basses si on éliminait l'habituel, mais lourd, pool d'assureurs. Johnson, pour sa part, avait été l'un de ceux qui avaient voté pour cette idée. Il avait également avoué très candidement à Metz, après un troisième Martini, que sa carrière était intimement liée au succès du Straton pour tout un tas de raisons.

— Où s'est-il écrasé ? demanda Metz. Combien y a-t-il de tués ?

— Il était en route pour le Japon. La bonne nouvelle, c'est qu'il vole encore, et qu'il n'y a pas eu trop de morts... oui. Mais la mauvaise nouvelle est pire que le pire de tes cauchemars, dit-il. Une bombe a ouvert deux trous dans la carlingue et l'air pressurisé s'est échappé. Les passagers ont souffert des effets de la décompression. Là-haut, comme tu le sais peut-être, c'est comme dans l'espace.

Metz l'ignorait. Personne chez Trans-United ne lui avait parlé de cette possibilité et il n'avait jamais envisagé de faire faire des recherches sur les dangers d'un vol supersonique à haute altitude. Tout était censé être approuvé par le gouvernement, et il avait donc présumé qu'il n'y avait pas de risque extraordinaire.

— Dans quel état sont les passagers ? demanda-t-il.

Il y eut un silence, puis Johnson se lança.

— Nous ne sommes pas absolument certains, tu comprends, mais le consensus ici — et là-haut — semble être qu'ils aient subi des lésions cérébrales irréversibles.

— Dieu tout-puissant ! (La BMW faillit quitter la route.) Tu en es sûr ?

— J'ai dit que nous n'en étions pas sûrs, Wayne. Mais je parierais dessus.

Metz se rendit compte qu'il n'avait pas tout bien assimilé.

— Les survivants... comment sont-ils... ?

— Nous communiquons avec eux par le data-link. C'est comme un écran d'ordinateur. Les radios sont mortes. Il n'y a que cinq survivants qui ne soient pas atteints. Ils étaient tous aux gogues.

— Où ça ?

— Aux chiottes, Wayne. Tu ferais mieux de rappliquer ici en vitesse et d'apporter le chéquier de ta compagnie.

Metz émergea du brouillard.

— Écoute, Ed, on est tous deux très exposés dans cette affaire. Combien de passagers ?

— Presque le plein. Environ trois cents.

— Est-ce qu'il va se poser?

— Il peut ne jamais y parvenir.

— Quoi ?

— L'avion est aux mains d'un des passagers. Notre...

— Mais de quoi tu parles, bordel ?

Metz savait qu'il n'aurait pas dû être aussi explicite sur un téléphone cellulaire, mais il avait besoin d'en savoir plus pour comprendre ce qui se passait.

— Nos trois pilotes sont morts ou inconscients. Il ne nous reste que deux hôtesses. Le passager aux commandes — un type nommé Berry — est un pilote amateur. Il a le Straton bien en main. En fait, il lui a fait faire demi-tour et il est en train de revenir vers nous, mais sa position exacte est inconnue. De toute manière, je doute qu'il puisse se poser sans s'écraser sur la piste.

Wayne Metz en avait le souffle coupé, littéralement. Il gardait le téléphone pressé contre son oreille et les yeux rivés sur la route, mais son esprit était à des milliers de kilomètres de là — au milieu du Pacifique. Il essayait d'imaginer la scène. Le Straton géant perdu quelque part au-dessus de l'immense océan, deux trous dans sa carlingue et tout le monde à bord soit morts soit le cerveau bousillé sauf quelques personnes, dont un passager qui avait pris le manche. *Non, non, non, non...*

— Metz ? Wayne ? Tu es toujours là ?

— Quoi ? Oui, oui. Je suis là. Laisse-moi réfléchir. Ne quitte pas.

Pendant qu'il essayait de réaliser ce qui se passait, il avait laissé la BMW ralentir sans s'en apercevoir. Il roulait à 70 dans la file de gauche.

Derrière lui, un type dans une vieille Ford bleue klaxonna, puis déboîta et le doubla à droite, regardant la grosse BMW d'un air incrédule. Wayne jeta un vague coup d'œil au bonhomme, mais sa tête était ailleurs. Une pensée venait de se former. Elle n'était pas complètement dessinée, mais on commençait à en distinguer la silhouette, comme une montagne émergeant du brouillard. La vieille Ford bleue lui restait à l'esprit également, sans qu'il sache bien pourquoi. Il s'éclaircit la gorge.

— Écoute, Ed, je suis presque chez vous. Qui est au courant de ça ? C'est déjà à la radio ?

— Non. Très peu de gens le savent. L'un de nos dispatchers m'a rendu une fière chandelle en n'appelant personne avant de m'en avoir parlé. Donc, j'ai encore une marge de manœuvre.

— Bien. N'appelle personne d'autre. Si on ne peut pas contrôler la situation, on peut au moins contrôler l'information... et cela peut s'avérer tout aussi important.

— C'est bien ce que je pense aussi. Mais tu ferais bien de te dépêcher.

— Oui. J'arrive.

Metz raccrocha. Il fixa le pare-brise et se mit à accélérer. Il se remit à 120, reprit le téléphone et appela New York. Parke était encore au bureau.

— Mr. Parke, commença-t-il sans préambule, j'ai de mauvaises nouvelles. Il y a eu un terrible accident avec le Straton 797 de Trans-United.

— Est-ce que nous ne sommes pas les seuls assureurs ? demanda tout de suite Parke.

Metz grimaça.

— Si, monsieur. Pour la responsabilité civile. Nous ne couvrons pas l'appareil lui-même.

Être le seul assureur était tout à fait inhabituel dans ce genre de police, mais Metz n'avait jamais aimé les pools d'assurances. Il avait passé des mois à convaincre Beneficial que la compagnie aérienne, et surtout le programme Straton, étaient extrêmement sûrs. Beneficial n'avait pas à partager les énormes primes avec qui que ce soit. Mais maintenant, ils n'avaient personne avec qui partager les pertes.

— Eh bien, Wayne, c'est bien malheureux. J'avais toujours pensé que nous prenions un trop grand risque, mais je ne vais pas vous remuer le couteau dans la plaie. Les membres du conseil d'administration l'avaient approuvé. La proposition — votre proposition — avait du mérite et avait été très bien reçue. Naturellement, il faudra réviser notre ligne politique après une perte de cette importance. Il vous faudra faire une présentation au conseil d'administration. Je vous rappellerai plus tard pour ça.

Metz commençait à sentir la sueur autour de son col, et il brancha l'air conditionné.

— Oui, monsieur.

— En attendant, est-ce que tout le monde a été tué ? Est-ce que vous avez un chiffre des pertes ? Une estimation sur notre responsabilité totale ?

Metz hésita, puis parla d'une voix ferme et contrôlée.

— Un cadre de la Trans-United m'a dit que l'avion était presque plein. Cela veut dire environ trois cents personnes et un équipage.

Il y eut une longue pause, tandis que l'impact de la tragédie faisait son chemin.

— Je vois. Tous morts, dites-vous ?

Metz ne l'avait pas dit. Il temporisa.

— En fait, l'accident vient juste de se produire, au-dessus du Pacifique. On est loin d'avoir tous les détails encore et rien n'a été annoncé à la presse. Tout ceci reste confidentiel. (Il ajouta :) Trans-United ne voulait pas en parler au téléphone.

— Je comprends. Je vais garder tout ceci pardevers moi également.

— Oui, monsieur. Ce serait bien.

— Eh bien, sale temps pour les braves, nous y compris. Écoutez, Wayne, ne vous ennuyez pas à travailler sur une estimation du maximum de remboursement. Les choses vont être plutôt dingues à Trans-United. Je m'en occuperai de ce côté. Je suppose qu'il n'y aura pas d'autres dommages en propriété puisque l'avion était au-dessus du Pacifique ?

— C'est exact, mentit Metz. Il ne devrait pas y avoir d'autres plaintes.

Il ne parvenait pas à avouer à Wilford Parke que le Straton était, à cet instant, en route pour San Francisco, portant le plus gros contingent de dédommagements de toute l'histoire des assurances.

— Appelez-moi quand vous en saurez plus, dit Parke, je serai à mon club. Je dîne avec quelques membres du conseil d'administration. Nous aurons un téléphone à table. Si vous avez besoin d'aide, je peux vous envoyer très vite des gens du bureau de Chicago.

— Tout devrait bien se passer, monsieur. J'ai une bonne équipe ici.

— Très bien. Encore une chose, Wayne...

— Oui, monsieur ?

— Je sais que c'est votre première perte d'une certaine importance. Payer trois cents primes de décès n'est pas rien. Je suis seulement heureux que cela ne se soit pas produit sur une zone habitée.

— Oui, monsieur.

Mais cela peut encore arriver.

— Oui, et je suis également très content que nous n'assurions pas la carlingue. Combien coûtent ces machins — cent millions ?

— Quelque chose comme ça.

Sur son bureau, il avait le brouillon d'un mémo proposant précisément cette couverture pour Trans-United. Quand il retournerait au bureau, ce mémo partirait dans le broyeur avant qu'il n'ait accroché sa veste.

— Ce que j'essaie de vous dire, Wayne, c'est qu'aucun cadre dans ce business n'a jamais échappé à ce qu'on identifie un jour son nom à celui d'une grosse perte. Je sais que c'est très embarrassant, mais le montant que nous pouvons espérer pour les dédommagements de tous ces morts est gérable. Vous avez eu un coup de malchance. Ne vous laissez pas abattre. Dans ce business, on ne pleure pas les pots cassés. On assure le lait renversé et on paie la casse avec les primes. Le conseil d'administration peut râler un peu, mais vous vous en remettrez. Nous avons de la chance, dit Parke d'une voix amicale, qu'il n'y ait pas plus que ça à payer.

Metz secoua la tête. *Il y a trois cents personnes avec le cerveau bousillé dans cet avion et ils rentrent chez eux. Ils vont s'adresser à Beneficial. Et nous serons tenus de payer les soins de chacun d'entre eux pour le restant de leurs jours.*

10

Harold Stein se tenait ramassé sur lui-même, prêt à frapper à nouveau, mais l'assaut semblait avoir perdu de sa force. Les assaillants se dispersaient ; comme des enfants, songea Stein, après avoir joué à Fort Apache, ou comme des animaux sauvages ou des primitifs dont la férocité disparaît aussi vite qu'elle est apparue.

Il prit une profonde inspiration et essuya la sueur de son visage. Ses bras et ses jambes le faisaient souffrir. Il regarda en bas vers la cabine. Les passagers étaient apparemment occupés à autre chose. Ils ne se rassemblaient plus autour de l'escalier et leur vacarme avait diminué. Mais ils pouvaient très bien recommencer si quoi que ce soit les provoquait.

Il avait du mal à croire qu'il avait réellement été attaqué. Mais il avait encore plus de mal à croire qu'il avait été lui-même si agressif, qu'il avait tapé et donné des coups de pied, frappant ces hommes, ces femmes, ces enfants — des gens avec qui il avait parlé.

Stein se demandait pourquoi Barbara Yoshiro n'était pas revenue. Elle avait peut-être été blessée, ou peut-être cherchait-elle encore quelqu'un parmi ces morts-vivants. Il regarda vers le cockpit. John

Berry parlait avec Sharon Crandall, mais il ne pouvait pas entendre leur conversation. Ils étaient assis, leurs silhouettes se découpant contre le soleil brillant du Pacifique, cherchant, supposait-il, le moyen de les ramener chez eux.

— Ils se calment, lança Stein.

Berry se tourna.

— Bien joué, Harold. Si vous avez besoin d'aide, appelez.

— D'accord.

Stein contempla le salon. Berry avait suffisamment à faire à empêcher ces gens d'entrer dans le cockpit et à essayer de piloter l'avion. Stein se força à ne pas regarder ses mains qui tremblaient. Il respira plusieurs fois, de manière mesurée, pour se calmer, mais cela devenait une tâche de plus en plus ardue. Plus il pensait à leur situation, plus il paniquait. Stein savait qu'il lui restait très peu de résistance émotionnelle ou physique.

Son esprit vagabonda jusque de l'autre côté de l'océan, vers l'autre extrémité du continent, pour atteindre sa maison de Bronxville. Dans son cinéma intérieur, il pouvait voir ses briques rouges, ses volets blancs et ses vertes pelouses. Il pouvait voir les buissons d'azalées rouges, en fleur la dernière fois qu'il les avait regardés. Chaque printemps, des gens s'écartaient de leur chemin habituel pour passer devant leur maison et admirer les fleurs de Miriam. Qui s'en occuperait désormais ?

Il désirait ardemment le confort du haut divan face à la cheminée où il s'asseyait avec son épouse presque tous les soirs. Il revoyait le large escalier qui menait à l'étage et aux chambres. La leur sur la gauche. Sur la droite celle de Susan, au papier peint de vichy rose, son aquarium archi-plein de poissons tropicaux. Au-delà, la chambre de Debbie, toute bleu marine et blanche, remplie de jouets miniatures et de la maison de poupées qu'il lui avait fabriquée pour son dernier anniversaire.

Il se mit à pleurer.

Il fallait qu'il agisse. Il fallait qu'il fasse quelque chose pour elles. S'il ne pouvait pas ramener leurs esprits, il pouvait, au moins, réconforter leur corps, les empêcher d'être molestées par les autres.

Sans bien réaliser ce qu'il faisait, il se retrouva dans l'escalier en spirale. Il repensa brièvement aux admonestations de Berry, lui disant d'attendre. Il pensa à son devoir de rester là et de garder les portes de l'enfer. L'enfer. Au diable Berry. Tous au diable. Il ne pouvait plus attendre. Ni Berry, ni Barbara Yoshiro, ni personne.

Il regarda vers le cockpit. Berry et Crandall étaient occupés. Il regarda vers le piano. Linda Farley était assise sur le sol, à moitié endormie. Il regarda en bas. L'escalier était vide. Cette chance pouvait ne jamais se représenter. Il descendit rapidement vers le ventre du Straton.

À la base des escaliers, il regarda prudemment autour de lui. Il y avait des gens allongés partout. Certains étaient affalés contre les cloisons des toilettes et des galleys. Ils semblaient être en phase de repos, comme des créatures sauvages après un moment de furie. Il soupçonnait que cela ne durerait pas longtemps.

Stein fit le tour des toilettes et avança vers la zone endommagée, couverte de débris.

Dans les détritus baignés de soleil, un chien au poil doré dormait avec un os à moitié rongé entre ses pattes. Cela semblait terriblement incongru, plus incongru même que le soleil jouant sur le sol tordu. Puis il se souvint du chien d'aveugle. *Mais qui irait donner un os tout frais à un chien à bord d'un...* Puis la conscience lui vint. « Oh, mon Dieu ! »

Il s'éloigna vite du chien et vit, à quelques pas de

lui, Barbara Yoshiro. Elle était assise sur le sol avec la tête enfouie entre les genoux, ses longs cheveux noirs masquant son visage. Il se déplaça le plus vite possible vers elle. Elle allait pouvoir l'aider à faire remonter sa famille dans le salon. Il se pencha et secoua son épaule. Il lui parla doucement :

— Barbara. Barbara, vous allez bien ?

L'hôtesse releva la tête.

Stein comprit. Le visage qui le fixait était horriblement tordu et couvert de sang séché. « Barbara... » Mais ce n'était pas Barbara Yoshiro. C'était une autre hôtesse qu'il reconnut vaguement. Au soleil, il pouvait voir des taches pourpres sur ses joues et sur son front là où des vaisseaux sanguins avaient éclaté. Ses yeux le fixaient, injectés de sang et enfiévrés. Il recula et se cogna dans quelqu'un derrière lui.

— Oh, non ! S'il vous plaît ! Non !

Il trébucha, réussit à sortir du tas de débris en poussant les gens de tous côtés.

Paniqué, il regarda tout autour de lui, cherchant Barbara Yoshiro. Il appela vers le fond obscurci de la cabine.

— Barbara ! Barbara Yoshiro !

Quelqu'un répondit en criant :

— Burbura ! Burbura Yshorio !

Stein se cacha le visage de ses mains et s'appuya contre un fauteuil. *Dieu du Ciel...*

Lentement, il écarta ses mains et regarda à nouveau. Ses yeux se déplacèrent avec réticence dans la rangée centrale, à dix mètres de là où il se tenait. Seules Debbie et Susan étaient encore assises dans leurs sièges. Miriam avait disparu.

Debbie essayait de se lever, mais à chaque fois qu'elle se redressait, les ceintures de sécurité la plaquaient sur son fauteuil.

Susan était à moitié affalée sur le siège où lui avait

été assis, ses mains serrées, doigts noués, tendues devant elle.

Harold Stein s'approcha de sa fille, tout doucement, avec hésitation. Il se pencha au-dessus d'elle et la regarda.

— Debbie. Debbie, c'est papa. Debbie !

La fille leva sur lui des yeux dénués du moindre intérêt, puis reprit ses mouvements, patiemment, essayant de se relever, essayant encore et encore. D'étranges sons de voyelles liquides sortaient de ses lèvres.

Susan respirait, mais elle demeurait immobile.

Harold Stein sut à cet instant qu'il n'y avait plus d'espoir ni de salut pour sa famille ni pour personne dans cet avion. Et il sut ce qui lui restait à faire.

Il se tourna et parcourut l'allée, poussant les gens hébétés sur son passage.

Il trouva Miriam errant sans but vers le compartiment du fond.

— Miriam ! Miriam !

Elle ne répondit pas.

Il en avait terminé avec les appels à la raison, il en avait fini de prétendre que chacun était encore ce qu'il avait été jadis, quelques heures auparavant. Cet être errant qui se tenait devant lui n'était pas sa femme.

Il la prit par le bras et la conduisit vers les quatre sièges qui avaient été les leurs.

Stein déboucla les ceintures de ses filles. Il souleva Susan et la mit en travers de son épaule, puis tira Debbie pour la lever et la conduire dans l'allée, tout en maintenant sa femme de sa main libre. Il les fit toutes deux manœuvrer vers la zone dévastée.

Les deux trous qui avaient causé cette immense désolation étaient à peine à trois mètres. Le vent hululait par ces blessures ouvertes et le bruit lui emplissait les oreilles et l'empêchait de penser clairement. Il hésita, puis se dirigea vers le trou le plus large.

Suant et hors d'haleine, il posa le poids mort qu'était sa fille, puis força Debbie et Miriam à s'asseoir. Plusieurs câbles fouettaient l'air au-dessus de leurs têtes et de temps en temps l'un d'eux venait cingler Miriam ou les filles, les faisant hurler. Un fil électrique claqua sur le visage de Stein, lui ouvrant une large plaie sur le front.

Il se pencha sur Susan et malgré sa décision de ne plus leur parler, il chuchota à son oreille :

— Sue, ma chérie, papa est là avec toi. Tout va aller bien maintenant.

Il se tourna et regarda Debbie. Elle leva les yeux vers lui, et pendant un instant il crut voir une étincelle de vie dans ses yeux morts, mais elle disparut. Debbie était leur aînée, et la naissance après tant d'années d'attente avait été l'événement le plus joyeux de leur vie. Il se pencha et l'embrassa sur le front.

Il n'y avait plus aucun doute dans son esprit. Le sort des autres lui avait été épargné dans le but spécifique de lui permettre d'accomplir ses devoirs envers sa famille. Il se sentait désolé pour ceux qui allaient devoir continuer à souffrir. Il se sentait navré pour Berry et Sharon Crandall, Linda Farley et Barbara Yoshiro. Ils allaient devoir souffrir plus que les autres et continueraient à souffrir jusqu'à ce que l'avion s'écrase, ou pis, se pose. Il les prenait sincèrement en pitié, tous autant qu'ils étaient, mais ne ressentait plus la moindre responsabilité envers eux. Les portes de l'enfer n'étaient plus gardées et c'était aussi bien. Cela pourrait hâter la fin pour tout le monde. Lui, Harold Stein, avait été gratifié d'une opportunité inattendue de s'échapper de l'enfer pour escorter sa famille vers un lieu d'éternel repos, et il n'allait pas renoncer à cette responsabilité.

Il entoura de ses bras les tailles de ses filles et sans

plus réfléchir, il les souleva vers le trou. Il les regarda lui échapper, l'une après l'autre, et s'envoler dans le courant d'air, tournoyant dans le ciel bleu azur. Chacune de ses filles disparut de sa vue derrière la queue de l'appareil, il les entrevit brièvement, emportées par le vent du Pacifique vers la mer en bas. Puis il ne les vit plus.

Sans marquer la moindre pause, Stein se tourna et souleva sa femme pour la remettre debout. Il la fit avancer vers le trou. Elle semblait marcher volontairement. Peut-être comprenait-elle. Il en doutait, mais peut-être que leur amour — cette communication silencieuse qui s'était développée avec les années — était plus fort que... Stein se força à cesser de penser. Il regarda le trou, mais il pouvait à peine le voir entre ses larmes. Il se tourna vers le visage de Miriam. Deux lignes de sang séché coulaient des coins de ses paupières jusque sur ses pommettes. Il attira son visage contre sa poitrine.

— Miriam, Miriam. Je sais que tu ne comprends pas, mais...

Sa voix s'arrêta dans une série de sanglots spasmodiques.

Il se rapprocha du trou. Il pouvait sentir la force du courant d'air qui s'écrasait contre son corps.

— Miriam, je t'aime. Je vous ai toutes tellement aimées.

Il allait dire : « Mon Dieu pardonnez-moi », mais il était certain que c'était Dieu qui le guidait dans ce qu'il allait faire.

Les bras serrés autour de son épouse, Harold Stein se laissa glisser hors de l'appareil et échappa au cauchemar du vol 52.

Dans le siège de son chasseur F-18, le lieutenant Peter Matos donnait des signes d'impatience. À cent mètres devant lui, le Straton de la Trans-United poursuivait son vol. Matos se força à regarder la montre de bord. Ses chiffres luminescents lui bondirent au visage. Il fut très surpris de voir qu'une heure s'était écoulée depuis que le Straton avait effectué son virage, direction la côte californienne. Matos avait l'impression qu'il ne s'était passé que quelques minutes. Incrédule, il secoua la tête. Pendant tout ce temps, la seule chose dont il se souvenait, c'était d'avoir reçu quelques transmissions du commandant Sloan et effectué quelques calculs avec son équipement de navigation. Mais en dehors de ces brefs devoirs, il n'avait pas vu défiler les minutes.

Peter, sors-toi de là. Fais quelque chose. Immédiatement. Matos se sentait comme en transe, hypnotisé par l'énorme Pacifique, l'immense océan immobile. Il aspira à fond dans son masque à oxygène pour s'éclaircir les idées. *Vérifie les instruments de vol.* Matos savait qu'il lui fallait revenir à sa routine de pilote. C'était le meilleur moyen de ramener son esprit sur le droit chemin. Les jauges et les cadrans étaient familiers et amicaux. En commençant par le panneau à gauche, il vit que la pression d'huile était normale, que la température des moteurs était normale, que le carburant...

Matos s'arrêta. Son bref moment de rêverie se termina subitement. *Jésus-Christ!* La situation du carburant de son F-18 n'était pas encore critique, mais Matos voyait qu'elle allait bientôt le devenir. Même s'il avait entamé cette mission avec le maximum de kérosène que l'avion pouvait emporter, il allait devoir faire quelque chose, et vite.

Matos se mordit la lèvre inférieure tandis que son cerveau bataillait avec les alternatives. Mais il savait ce qu'il devait faire en premier. Il lut les coordonnées qu'il avait demandées en tapant à toute vitesse sur son ordinateur. « Merde », dit-il à haute voix. Il lui restait très peu de carburant. L'espèce de luxe consistant à attendre que le Straton descende tout seul arrivait à son terme.

Qu'allait-il se passer ? Matos était paralysé devant les choix à faire. Devait-il défier le commandant Sloan ? Il n'avait jamais défié un ordre auparavant, et l'idée le paralysait. S'attaquer à James Sloan — et donc à l'US Navy, en fait — était beaucoup trop radical pour lui. C'était au-delà de la portée de ses pensées, exactement comme le *Nimitz* allait bientôt être au-delà de la portée de son carburant.

Matos regarda le Straton. Il volait régulièrement et sans bouger d'un iota. Trop rectiligne. Il savait fort bien qu'il avait exagéré son rapport sur les dommages subis par l'avion. *Des fissures se développent le long de la paroi de la cabine. Le bord d'attaque de l'aile semble endommagé. Il ne peut pas voler beaucoup plus longtemps. Il va tomber très bientôt.* Rien de tout ceci n'était absolument faux, mais ce n'était pas vrai non plus. Il y avait bien quelques fissures et quelques signes de contrainte, mais...

— Navy trois-quatre-sept, vous me recevez ?

La transmission soudaine de Sloan fit sursauter Matos.

— Affirmatif, répondit-il, saisissant nerveusement le manche du F-18. Allez-y.

À la voix du commandant, il pouvait dire qu'il commençait à s'impatienter sur leur plan non avoué. Une impression de menace fatale submergea Matos. Il se rendait compte qu'il avait repoussé l'instant inévitable le plus longtemps qu'il le pouvait.

— Quelle est la situation ? demanda Sloan d'une voix sévère.

— Pas de changement.

— Rien ? (Sloan semblait honnêtement surpris.) Et les fissures ? Et le bord d'attaque ?

— Un peu plus de détérioration, peut-être. Pas beaucoup.

Matos souhaitait n'avoir jamais commencé à mentir. Cela n'avait fait qu'empirer les choses. Il laissa ses yeux errer vers les systèmes de commande de tir du missile sur la console de côté. Il était désolé d'avoir attendu. Il aurait dû abattre le Straton immédiatement, avant d'avoir le temps d'y penser.

— Matos, vos rapports sur les dégâts sont de la merde en barre. Vous faites seulement traîner le boulot et vous le rendez plus dur pour tout le monde. Ne croyez pas que je vais l'oublier.

— Non. Le Straton va de plus en plus mal, s'enfonça Matos. Sa vitesse est toujours constante à 340 nœuds, mais son altitude a légèrement baissé.

Quelque chose attira l'œil de Matos. Cela tombait rapidement vers la mer. Était-ce un morceau du fuselage ? Est-ce que l'avion commençait à se désagréger ? Matos regarda sur le côté de son cockpit et en le faisant, son doigt glissa sur le bouton de la radio.

— Matos, hurla Sloan quand il put récupérer le canal radio, je me fous des vitesses et des altitudes. Est-ce que ce foutu zinc va descendre ? C'est tout ce que je veux savoir. Répondez à ma question, putain !

— La Maison — des gens tombent du Straton !

Matos n'avait pas entendu un mot du dernier message de Sloan.

— Quoi ? Répétez ça !

— Oui. Ils tombent. Ils sautent.

Matos fit pencher son appareil, plus près de l'avion de ligne. Il voyait clairement maintenant. Il voyait un autre corps qui sortait en titubant par le trou côté droit. *Oh, Mon Dieu !...*

— En voilà encore un ! Il doit y avoir le feu à bord !

C'était la seule raison à laquelle Matos pouvait penser pour que quelqu'un saute vers une mort certaine. Il regarda le second corps tournoyer, jusqu'à ce qu'il soit trop loin pour qu'il puisse distinguer ses bras et ses jambes écartés. Il s'éloigna encore et encore jusqu'à n'être plus qu'un point minuscule silhouetté sur l'océan. Puis il le vit toucher les vagues et disparaître instantanément dans l'eau.

— Est-ce que vous voyez de la fumée ?

De la fumée ? Matos releva la tête et scruta le Straton. Mais tout était exactement comme avant. Trop calme. Trop stable. Matos passa sa langue sur ses lèvres desséchées, puis appuya sur le bouton de sa radio.

— Pas de fumée visible. Pas encore.

Sa nouvelle bulle d'espoir n'avait pas encore éclaté, mais elle perdait déjà de l'air. Pas de fumée, pas de feu, rien. Qu'est-ce qui pouvait bien se passer là-dedans ? Pendant un bref instant il se rendit compte du genre de personne qu'il était devenu. Il écarta cette pensée. Il pourrait vivre avec le souvenir de cet accident — même s'il était de sa faute — tant qu'il ne faisait rien de plus au Straton. *S'il vous plaît, mon Dieu, faites-le descendre. Par lui-même...*

— Matos, je ne veux plus entendre la moindre connerie, dit Sloan, très en colère, mais il changea vite de ton. Est-ce qu'il y a des turbulences ? Est-ce que vous voyez une raison pour qu'ils sautent ?

— Non, mais... attendez... attendez... (Matos garda le doigt appuyé fermement sur le bouton du micro.) Il y a d'autres gens qui sautent. Ils sont deux. Ensemble. Il doit se passer quelque chose. C'est impossible autrement. Un feu ou de la fumée. Quelque chose. Il n'y a pas de doute. On devrait attendre. Il va tomber. Je sais qu'il va tomber.

Sloan mit très longtemps à répondre. Quand finalement il le fit, sa voix avait repris un ton officiel et plat.

— Roger, trois-quatre-sept. Compris. Nous attendrons.

En tombant avec sa femme dans ses bras, Harold Stein tourna la tête vers le haut et regarda le Straton au-dessus de lui. Dans cette fraction de seconde il vit et identifia un avion de chasse suspendu derrière et au-dessus de l'énorme appareil. L'image d'une longue fusée argentée pendue sous son fuselage s'imprima dans son esprit. En un ultime flash de compréhension, il sut ce qui était arrivé au vol 52.

Wayne Metz entra dans l'aéroport à 100 à l'heure. Il fila directement jusqu'au hangar Trans-United et gara la BMW dans un espace réservé au VIP. Il resta assis à contempler le hangar jaune et bleu pendant une minute complète.

Il en était arrivé à un plan qui pouvait grandement réduire l'énorme responsabilité civile des assurances Beneficial. Un plan qui pouvait également réduire de beaucoup sa propre responsabilité.

Le plan n'avait pas été bien dur à formuler. Il était évident. Le problème maintenant, c'était de convaincre Edward Johnson que leurs intérêts coïncidaient et que leurs intérêts mutuels seraient entièrement servis par le plan de Wayne Metz. Il pensait qu'il connaissait assez bien Johnson pour oser lui faire des approches.

Metz fouilla dans sa boîte à gants et trouva sa carte de visiteur VIP de Trans-United. Il sortit de sa voiture et traversa le tarmac surchauffé pour atteindre le hangar. Il repéra l'entrée du personnel et accéléra le pas. Un groupe d'employés de la compagnie aérienne se tenait près de la porte, discutant le coup, et Metz se glissa derrière eux. Il tendit sa carte Trans-United « Officiel Visiteur-Contractant » au garde, puis poussa la petite porte d'entrée et escalada une volée de marches deux par deux. Il longea rapidement un très long couloir et ouvrit une porte bleue où on lisait « Bureau du dispatching ».

Metz s'approcha d'un assistant.

— Je suis venu voir Edward Johnson.

L'assistant lui désigna la salle des communications vitrée.

— Là-bas, mais je pense qu'il ne reçoit personne.

— Moi, il me recevra.

Metz traversa le bureau et s'approcha de l'un des épais panneaux vitrés. Dans la petite salle, il pouvait voir Edward Johnson qui contemplait une grosse machine. Un autre homme se tenait à côté de lui. En un instant, Metz vit qu'ils étaient tous deux extrêmement tendus et il devina que la tension n'était pas seulement due à la situation, mais qu'elle provenait également d'une friction entre les deux hommes. Metz savait que son plan ne marcherait que s'il était seul avec Johnson. Il regarda encore pendant quelques secondes. L'autre homme était visiblement un subordonné. Johnson pourrait se débarrasser de lui. Metz cogna du doigt contre la vitre.

Johnson leva la tête, puis se dirigea vers la porte et la déverrouilla.

— Salut, Ed.

Les deux hommes se serrèrent la main pour la forme.

Johnson remarqua que plusieurs des employés levaient le nez de leur travail. Il les fusilla du regard et les têtes se baissèrent dans tout le bureau. Il claqua la porte et la verrouilla.

— Bordel de scène centrale. Tout dans ce satané programme Straton était trop visible. (Il désigna Miller.) C'est Jack Miller. C'est le dispatcher qui a le plus d'ancienneté. Le 52 était son vol.

Metz hocha vaguement la tête vers Miller, puis se tourna vers Johnson.

— Était ? Est-ce qu'il a...

— Non. Erreur de conjugaison. Il vole toujours. Mais c'est mon vol, maintenant. Jack m'aide.

Pourtant Johnson savait, tout au fond de lui, qu'il avait fait une croix sur le Straton. L'imparfait convenait très bien au Straton, mais il fallait qu'il fasse plus attention quand il parlait de l'avion. Il fallait sonner optimiste.

— En fait, on n'a pas communiqué avec eux depuis que je t'ai parlé. Mais le vol est stable et il n'y a aucune raison d'appeler sans arrêt. S'il nous veut, il nous appellera.

— On dirait bien qu'il peut y arriver, alors? demanda Metz.

Johnson secoua la tête.

— Je n'ai pas dit ça. Il faut qu'on le guide pour l'approche et l'atterrissage. (Il décida d'être direct avec Metz.) Selon moi, c'est presque la mort certaine. (Il désigna Miller.) Jack est un peu plus optimiste. Il pense que ce Berry peut faire un atterrissage parfait en trois points et aller se ranger devant la bonne porte.

Miller toussa un peu.

— Je pense qu'il a une chance, Mr. Metz. Il a l'air compétent. Ça se voit dans ses messages.

Son regard alla de Johnson à la pile de messages imprimés du data-link posés sur la console.

Johnson hocha la tête.

Miller ramassa les messages.

— Tous les data-links sont là, si vous voulez les lire.

Johnson les enleva des mains de Miller et les tendit à Metz.

— Vas-y, Wayne. Lis-les. C'est bon pour ton ulcère. Ce foutu Straton. Je savais que cette saloperie d'avion nous aurait.

Metz prit les feuilles et commença à lire. Inconsciemment, il secouait la tête. Les mots impersonnels, écrits avec ces vieux caractères d'ordinateur, rendaient en quelque sorte les nouvelles pires qu'elles n'étaient. Les rendaient encore plus dignes de foi, en tout cas. *Manque de pression d'air causant des lésions cérébrales.*

Miller jeta un coup d'œil vers Metz, puis vers Johnson. Il connaissait à peine Metz, mais, instinctivement, il n'aimait pas cet homme. Vêtu avec trop de recherche. Cheveux impeccables comme une star de cinéma. Miller ne faisait pas confiance à ce genre de bonhomme, même s'il savait que ce n'était pas juste de le juger sur les apparences. Le fait que Johnson ait demandé à Metz de venir était significatif de la manière dont la compagnie était dirigée de nos jours. Dix ou vingt ans auparavant, cette pièce aurait été pleine de types en bras de chemise, fumant et vidant café sur café — des pilotes, des instructeurs, des patrons, des dispatchers, les gens de chez Straton Aircraft, tous ceux qui se souciaient de la Trans-United et qui pouvaient donner un coup de main. Aujourd'hui, quand un appareil avait des ennuis, ils appelaient le type des assurances et les avocats de la compagnie avant qui que ce soit d'autre. Personne n'osait fumer une cigarette, ni dire quoi que ce soit de politiquement incorrect. Il était temps, songea Miller, de se retirer des affaires.

Metz rendit les messages à Miller et se tourna vers Johnson.

— Tu es certain que ces messages reflètent correctement la situation ?

Johnson tapota des doigts sur la pile de messages.

— S'il dit que des gens sont morts, ils sont morts. J'imagine qu'il sait également à quoi deux trous ressemblent.

— Je parle de cette histoire de lésions cérébrales. Pourquoi penser que c'est irréversible ?

— Mon expert (il désigna Miller du menton) me dit qu'en fait Berry a sous les yeux des lésions cérébrales. Est-ce irréversible ? Probablement. C'est dû à la mort des cellules. Cela est irréversible. Mais qui peut dire exactement dans quel état sont ces pauvres diables ? Berry est un pilote amateur, pas un neurochirurgien. Du peu qu'on en sait, Berry pourrait être le fils de pute qui a mis la bombe, même si cela paraît improbable.

Metz hocha la tête.

— Ça m'a l'air vraiment mauvais.

— Quelle perspicacité, ironisa Johnson, merci de venir partager ça avec nous. Je suis content de t'avoir dit de venir.

Metz décida de la jouer cool.

— Pourquoi est-ce que tu m'as demandé de venir, d'ailleurs ?

Johnson le regarda un bon moment. Finalement, il répondit :

— Evans t'a appelé parce que tu es dans la liste du manuel d'urgence.

Metz balaya du regard la pièce vide d'un air plein de sous-entendus.

Johnson sourit en lui-même. Metz était un fin renard. Il jouait les anguilles.

— Très bien, je voulais quelques assurances de ta part, monsieur Assurance. D'abord, sommes-nous complètement couverts pour ce genre de chose ?

— À ce qu'il semble, vous devriez. L'assureur de l'appareil couvrira les dégâts de l'avion, bien sûr. Mais tout le reste est de notre responsabilité potentielle.

Johnson n'aimait pas « semble », ni « potentielle ».

— Incluant toute plainte déposée si le Straton s'écrase sur San Francisco ? demanda-t-il. Pour tout ce qu'il touchera ? Pour tout le monde à terre ?

— C'est basiquement correct.

Johnson fit quelques pas. Il n'avait pas encore reçu la mauvaise nouvelle qu'il attendait de Metz parce qu'il n'avait pas posé les bonnes questions. Il fixa Wayne Metz.

— Est-ce que ta compagnie peut se permettre ça ?

Metz eut un haussement d'épaules à peine perceptible.

Johnson cessa de faire les cent pas. Un frisson lui parcourut la colonne vertébrale.

— Qu'est-ce que c'est censé vouloir dire, bon sang ?

— Ça veut dire que personne ne peut répondre tant que les dégâts ne sont pas faits. Cela signifie également qu'il est de la responsabilité de l'assuré de faire tout ce qui est en son pouvoir pour minimiser la perte. Cela signifie également que Trans-United Airlines ferait mieux de pouvoir prouver que l'accident n'est pas le résultat direct d'une négligence de sa part. Il...

— Hé, attends une minute. D'abord, vous feriez mieux d'avoir l'argent. Deuxièmement, nous essayons de minimiser les pertes. C'est même pour ça qu'on est ici. Troisièmement, il n'y a pas eu de négligence...

Mais, alors même qu'il le disait, Johnson se demanda si quelques-unes des coupes drastiques faites dans le budget de la maintenance n'auraient pas pu contribuer à l'accident — ou ne pourraient donner cette impression, une fois manipulées par un avocat quelconque.

— Quelqu'un avec une bombe s'est glissé entre les mailles de votre service de sécurité. Peut-être Berry. Tu l'as presque dit toi-même.

Johnson fit un pas vers Metz, puis se tourna vers Miller.

— Appelle notre service juridique, Jack. Puis escorte Mr. Metz jusqu'à la sortie.

Metz se rendit compte qu'il avait poussé un peu loin.

— Attends. Il y a quelques trucs dont je voudrais

te parler d'abord. (Il hocha la tête vers Miller.) En privé.

Avant que Johnson ne puisse répondre, on frappa à la porte. Les trois hommes se retournèrent.

Dennis Evans était de l'autre côté de la vitre, serrant nerveusement un morceau de papier.

Edward Johnson s'avança jusqu'à la porte et la déverrouilla.

— Qu'est-ce qu'il y a, Evans ?

— J'ai reçu un appel à propos du Straton, dit Evans en agitant le papier qu'il tenait. Du Contrôle aérien. Ils ne peuvent pas entrer en contact avec le vol 52. Ils veulent savoir si nous pouvons l'avoir sur une fréquence de la compagnie. Le type qui a appelé, Malone, pensait que le vol devait avoir des problèmes de radio.

— Qu'est-ce que vous lui avez dit ?

— Rien, monsieur. Je lui ai dit qu'on le rappelait. (Il tendit à Johnson le morceau de papier.) Voilà son nom et son numéro.

Johnson prit le papier et le fourra dans sa poche.

— Okay, Evans, bon boulot.

Il referma la porte avant qu'Evans puisse répliquer. Puis il se tourna vers un téléphone.

Metz se plaça entre Johnson et le téléphone.

— Attends, Ed. Est-ce qu'on ne peut pas avoir cette conversation d'abord ?

Johnson n'avait pas l'habitude qu'on essaie de l'intimider. Il décida que Wayne Metz était soit très impertinent, soit très désespéré. Dans l'un ou l'autre cas, il avait une idée derrière la tête.

— Il faut que je les appelle. On aurait dû le faire dès le début, seulement cet accident se passe complètement à l'envers. Normalement, il devrait déjà y avoir une opération de recherche et de sauvetage se dirigeant vers eux. On va probablement se retrouver dans un chaudron de merde à cause de tous ces retards.

Jack Miller fit le tour des deux hommes et prit le téléphone.

— Je vais m'occuper de ça. Donne-moi le numéro, Ed, je l'appelle.

Johnson secoua impatiemment la tête.

— Ne sois pas idiot. Je vais faire pendre Evans pour ça. C'est lui le trou du cul qui était censé faire tous les appels.

— Je suis le responsable en service.

— Jack, laisse-moi faire. (Johnson se tourna et s'adressa à Metz.) Tout d'abord, il y avait la possibilité que les messages sur data-link soient un canular. Ensuite, comme je l'ai dit, cet accident se passe complètement à l'envers. Le Contrôle aérien est toujours le premier à savoir, et, en général, ce sont eux qui préviennent la compagnie impliquée dans une catastrophe. Il est plus qu'inhabituel qu'un message de détresse arrive par le data-link d'une compagnie. Ce cas n'est même pas défini dans le manuel d'urgence de la compagnie. Et n'oublie pas que tu m'as demandé de ne pas appeler qui que...

Metz secoua impatiemment la tête.

— Cette histoire de Contrôle aérien ne me concerne pas. Je voudrais juste décider de ce qu'on annonce avant que tu ne passes le moindre coup de fil. On devrait garder les opérations et les conversations de responsabilité séparées. Sinon, cela pourrait compromettre notre position au tribunal. J'ai besoin d'une minute avec toi. Une minute.

Johnson regarda Miller.

— Jack...

Miller secoua la tête.

— Hé, attendez une minute. Le vol 52 est mon vol, Ed. J'ai le droit de savoir ce qui se passe.

Johnson posa une main sur l'épaule de Miller.

— Ce n'est que du blabla, Jack. Tu n'as pas intérêt à l'écouter, parce que si tu le fais, on pourrait te demander d'en parler un de ces jours. Donne-nous juste une minute.

Miller regarda les deux hommes. Trans-United était encore comme une grande famille — mais était devenu comme une famille qui a quelque chose à cacher. Miller se rendit compte que cela ne servait à rien d'essayer de contrer Edward Johnson — pas à ce stade, du moins.

— Très bien...

Il se dirigea vers la porte et quitta la pièce.

Johnson reverrouilla la porte, puis se tourna vers Metz.

— Okay. Tu l'as, ta minute.

Metz prit une profonde inspiration et s'assit dans un fauteuil.

— Okay. Du point de vue de la responsabilité, il faut marcher sur des œufs. Nous ne pouvons pas régler les problèmes du Straton. Légalement, nous ferions mieux de ne rien faire plutôt que d'intervenir à contretemps.

— En d'autres termes, ne pas donner d'instructions pour qu'il se pose ?

— Je suis désolé, mais c'est comme ça. Les tribunaux et les jurys ont établi des précédents. Plus personne n'est à l'abri. Quoi que tu fasses maintenant, cela sera jugé plus tard au tribunal et cela sera jugé d'après le résultat de tes actes, pas sur tes bonnes intentions. En d'autres termes, si tu l'aides à descendre et qu'il s'écrase, c'est pire pour toi que si tu n'avais pas essayé. Ta seule obligation, en fait, c'est de monter une opération de secours.

Johnson regarda Metz. Il disait une chose mais voulait signifier autre chose.

— Pour moi, c'est de la merde. Mais si c'est vrai, alors on a fait exactement ce qu'il fallait en restant assis sur notre cul sans donner à Berry de cours par correspondance pour conduire un jet supersonique. Et je vais te dire autre chose : expliquer par radio à un pilote comment se poser, c'est pas de la tarte ; lui expliquer son approche et toute la manœuvre d'atterrissage par data-link, c'est une plaisanterie. Quand je vais faire venir le chef pilote ici et que je vais lui expliquer ce qu'on veut qu'il fasse, il va chier dans son froc. Bien sûr, avec la chance que j'ai, Fitzgerald va y arriver et va devenir un héros national. Lui et Berry vont se taper tous les talk-shows du pays. Super.

Metz se redressa sur son fauteuil.

— Alors il existe une chance que le Straton puisse se poser ?

Johnson haussa les épaules.

— Il y a toujours une chance. Des choses plus bizarres sont déjà arrivées dans les airs. Toutes sortes de merdes sur Dieu dans le siège du copilote, des histoires de bombardiers qui se posent avec un équipage entièrement mort, des lumières mystérieuses qui montrent le chemin de l'aéroport au milieu d'une tempête. Et n'oublie pas que Berry peut s'avérer un excellent pilote. Qui sait ?

Metz opina. Le coup de fil du Contrôle aérien était quelque chose qu'il n'avait pas inclus dans ses plans et il se demandait quelles autres surprises il restait en magasin. Il lui fallait plus de faits.

— Pourquoi est-ce que le Contrôle aérien ne sait pas où est le Straton ? Est-ce qu'ils ne sont pas censés le surveiller par radar ?

— Il n'y a pas de couverture radar si loin au-dessus de l'océan. Chaque appareil détermine sa propre position, puis la passe par radio au Contrôle. À leur tour, ils travaillent comme un central. Ils coordonnent les vols pour qu'aucun d'eux n'essaie de voler sur la même route en même temps. Avec le

Straton 797, c'est très simple. Il vole si haut qu'il n'y a personne d'autre sauf un Concorde occasionnel ou un appareil militaire. C'est probablement pour ça que le Contrôle aérien ne s'en fait pas trop de ne plus avoir de contact radio avec le 52. Il n'y a pas trop de conflits possibles là-haut.

Metz se pencha sur sa chaise.

— Donc le Contrôle aérien pense toujours que le Straton suit sa route normale et se dirige vers... où tu disais... le Japon ?

— Exact.

Johnson entendait un immanquable ton d'avidité dans la voix de Metz. Visiblement, l'homme avait une idée derrière la tête et sa première affirmation consistant à ne pas donner d'instructions pour l'atterrissage était un indice. Toute cette merde sur les tribunaux et les jurys n'était qu'un ballon d'essai. Peut-être que Metz tenait quelque chose qui allait diminuer leur responsabilité civile dans cette affaire.

Metz regardait le plancher. Il existe un moment psychologique exact pour la mise à mort, et il n'était pas encore arrivé — mais il approchait. Il releva la tête.

— Donc, il n'est pas inhabituel de perdre le contact radio ?

Johnson opina.

— Pas tant que ça, non. Les radios ont des problèmes. Je me suis laissé dire que toutes sortes de choses affectent les radios à 62 000 pieds. Les taches solaires. Les variables de la stratosphère. Mais toutes ces choses sont temporaires. Si le contact n'est pas rétabli bientôt, tout le monde va savoir qu'il y a un problème.

Metz hocha à nouveau la tête.

— Donc si le Contrôle aérien peut déterminer plus tard le moment exact où a eu lieu l'accident, Trans-United a du souci à se faire ?

Johnson ne répondit pas.

Metz laissa cette proposition s'imprimer pendant quelques secondes, puis changea de sujet.

— À quelle distance est-ce que le Contrôle aérien commencera à avoir le Straton sur son radar ?

— Ça dépend de l'altitude. Ils volent bas pour l'instant. Ils ne seront pas sur l'écran radar avant d'être à 80 kilomètres des côtes.

— Si près ?

— Oui. Mais qu'est-ce que ça a à voir avec notre assurance, Wayne ? Tu es exactement comme mon satané assureur automobile. Il veut tout savoir sur l'accident pendant que moi je veux savoir quand est-ce qu'il va me payer.

Metz s'efforça de sourire.

— Tout est lié.

— Vraiment ? (Johnson pouvait sentir que Metz était au bord de lui faire une proposition, et il essaya d'avoir l'air moins intimidant et plus réceptif. Il s'installa sur un tabouret haut et sourit.) Où tu veux en venir, Wayne ? Le temps passe.

— Je peux te parler librement ?

— Bien sûr. Épargne-moi toute la merde et va droit au but. Si ça sonne bon pour Ed Johnson et Trans-United, on fera affaire. Mais si ça sonne bon seulement pour Wayne Metz et compagnie, je te fous dehors à coups de pied au cul. Dépêche-toi. Il faut que je rappelle le Contrôle aérien.

Metz se leva. Il regarda Ed Johnson pendant un bon moment, puis se mit à parler doucement.

— Ed... il faut que le Straton tombe. Et il faut qu'il tombe dans l'eau, pas sur terre. Pas de survivants dans l'appareil. Pas d'autres dégâts sur terre.

Johnson se leva aussi. La proposition de Metz n'était pas une surprise absolue.

— Tu délires complètement.

Metz soupira doucement. Johnson ne l'avait pas

jeté dehors immédiatement et rien que ça, c'était déjà encourageant. Il était assez malin pour ne plus rien dire d'autre.

Johnson se tourna et regarda la carte du Pacifique. Il la contempla, puis regarda ses pieds et se mit à faire les cent pas. Il se figea et fixa Metz.

— Okay. Je mords. Qu'est-ce qu'on gagne s'il tombe à la flotte ?

Metz savait qu'il était en position pour marquer. Il laissa le silence s'éterniser, puis il dit :

— On gagne tout. On sauve nos compagnies respectives, nos boulots, et on assure notre prospérité future dans cette course de rats qu'est la vie.

— Tout ça ? Ça m'a l'air génial, dis donc. Et tout ce qu'on a à faire, c'est commettre un meurtre de masse.

— Ce n'est pas une plaisanterie, Ed.

— Non, ça c'est sûr. Un meurtre n'est pas une plaisanterie. (Il s'arrêta.) Et comment est-ce que tu proposes qu'on fasse couler le Straton ? Nous n'avons pas de missiles ni de chasseurs dans notre flotte à l'heure actuelle.

— On y viendra plus tard — si tu es intéressé.

Metz regarda la porte comme s'il offrait de quitter les lieux.

Johnson fit mine de ne pas voir cette offre.

— Je suis intéressé. Intéressé à t'écouter en tout cas.

Metz hocha la tête.

— Bon. Écoute ça. La responsabilité civile de Beneficial est gérable si ces gens meurent. La prime ne sera pas agréable à payer, mais c'est dans nos possibilités. On paiera tout et on n'impliquera pas Trans-United. (Il marqua un temps d'arrêt.) Mais... s'ils reviennent et que ce pilote dit vrai sur leur situation, notre responsabilité est énorme. Plus qu'énorme.

Phénoménale. Ce sera la banqueroute pour les assurances Beneficial et...

— Avant qu'ils ne paient tous les dédommagements ?

— C'est exact. Nous serons totalement responsables pour chacun de ces trois cents pauvres salopards *pour le reste de leur vie.* Et nous serons également tenus de payer chacun de leurs parents et chaque organisation qui dépendait d'eux. Potentiellement, cette responsabilité civile pourrait s'étendre pendant les soixante-quinze ans à venir.

— Et Trans-United pourrait devoir payer ce que vous ne pourriez pas acquitter ?

— C'est exact. Le montant que nous ne pourrions pas payer, plus le montant que nous n'avons pas à payer à cause des limites de responsabilité dans votre police. Vos limites de responsabilité sont très hautes, mais je sais que vous les dépasserez si cet avion se pose.

— Peut-être que ça ne dépassera pas.

— Je parle de milliards, Ed. De *milliards.* Et laisse-moi préciser, sans t'énerver, que Beneficial se retournera sans aucun doute contre Trans-United. En d'autres termes, nous essaierons de vous coller la moitié des factures depuis le premier dollar en allant au tribunal et en portant plainte pour négligence de votre part. Et ça ne sera pas trop dur à faire. La bombe était dans le Straton parce que votre personnel a permis qu'elle y soit. Il y a eu des précédents, tu sais ; Trans-United sera coupable de contribution par négligence. Mauvaise sécurité. Mauvaise supervision. Gardes inadéquats. Regarde ce que Lockerbie a fait à la Pan Am — c'est ça qui les a achevés. De plus, vous avez peut-être fait quelque chose dans votre programme d'engineering ou de maintenance qui, rétrospectivement, semblera très mauvais. Tu sais, le scénario Valujet. Alors Beneficial s'associera avec la

FAA (l'Administration fédérale de l'aviation) et vous fera passer pour de vrais salopards.

— Je ne marche pas, dit Johnson, mais dans son cœur il savait que tout ceci était vrai.

Même si la cause première de l'accident était une bombe placée à bord et rien d'autre, les avocats et les bureaucrates du gouvernement pouvaient toujours mettre le blâme sur son programme d'économie sur la maintenance. Des Arabes quelconques avaient fait sauter un 747 de la Pan Am et cela avait contribué à la disparition de cette compagnie. Valujet avait mis le mauvais fret dans le compartiment cargo de ce maudit DC-9 parti de Miami et la FAA avait coulé la compagnie aérienne quelques semaines plus tard pour « mauvaise maintenance ». Metz avait absolument raison.

Metz haussa les épaules.

— Tu n'es pas un jury. Et cela n'a aucun sens de discuter avec moi. Nous sommes dans l'ère des assurances et de la faute automatique. Cause et effet. La logique moderne dit que quand quelque chose va de travers, alors ce *doit* être la faute de quelqu'un. Éviter tout risque, voilà le mot clé de notre époque. Essaie de convaincre un juge et un jury que le Straton a multiplié les coups de malchance et vois combien sympathiques ils vont être avec la Trans-United. Essaie de te représenter trois cents plaignants bavant dans une salle de tribunal. On va vous entraîner directement dans les égouts avec nous. La FAA vous clouera au sol — au moins pour un mois ou deux. Cela les fera passer pour plus efficaces aux yeux de la presse.

— Malheureusement, tu as raison.

— C'est un business implacable. Beaucoup plus dur quand tu n'as pas un pool d'assureurs derrière toi.

— On s'est foutu dedans, hein ? dit Johnson.

— Ça, c'est sûr, accorda Metz.

Johnson se posa lourdement sur une chaise.

— Espèce de salaud. Bon, d'accord. Essaie juste de prouver la négligence, alors.

Metz se déplaça vers la porte. Il mit la main sur la poignée puis se tourna vers Johnson.

— Ed, je suis désolé d'avoir suggéré une telle chose. Le mieux qu'on puisse espérer maintenant, c'est que le Straton atterrisse avec un minimum de pertes de vies humaines à terre. Fais-nous une faveur et suggère au Contrôle aérien qu'ils essaient de le poser sur l'eau, près d'un navire de secours. San Francisco est une belle ville. Je n'aimerais pas voir un Straton 797 s'écraser dessus.

Johnson agita une main comme pour congédier cette idée.

— Épargne-moi cette merde.

Metz hocha la tête.

— D'accord. Mais je ne t'épargnerai pas la vérité. (Il s'arrêta et parut perdu dans ses pensées.) Quand je pense à la possibilité de quelques milliers de personnes au sol... balayées par quelques centaines de tonnes d'acier et de fuel... Doux Jésus ! Ce serait un holocauste. Penses-y. Pense... Des dégâts matériels de plusieurs centaines de millions... bon, au moins, on n'assure pas l'appareil lui-même. On sauve quelques centaines de millions de dollars, là.

— Cent vingt-cinq millions, dit Johnson.

— Exact. Bon, il existe une chance que le Straton puisse se poser sur l'aéroport. Mais il peut aussi bien s'écraser dans un terminal rempli de voyageurs ou finir écrabouillé sur d'autres avions roulant sur la piste. Ce qui me fait penser à quelque chose, d'ailleurs. Est-ce que vous n'êtes pas censés prévenir l'aéroport d'un atterrissage forcé possible ? Et la ville de San Francisco... La protection civile et tout ? (Il marqua une pause.) Et souviens-toi, même si on ne vous colle pas la négligence sur le dos, vous devrez toujours couvrir tout ce qui excède vos limites de franchise, et tout ce que nous ne pourrons pas couvrir pour cause de banqueroute. (Il laissa encore une seconde passer, puis continua :) Beneficial sera peut-être capable de se restructurer. Mais Trans-United plongera pour de bon. C'est, potentiellement, la plus grande mauvaise nouvelle de la décennie. Personne ne se soucie de savoir le nom de la compagnie d'assurances impliquée. Mais le logo Trans-United deviendra aussi célèbre que la swastika. Vous ferez la couverture du *Times,* bon Dieu ! Et pas pendant une semaine ou deux, comme pour la plupart des accidents. Non, monsieur, si cet avion s'écrase sur Frisco, ou s'il se pose tout simplement, les avocats de la partie civile feront défiler ces pauvres salauds dans tous les tribunaux... dans tous les médias. *Trois cents* êtres humains dont les cerveaux ont été changés en purée. Tu passeras personnellement les dix années à venir dans des tribunaux. Et il n'y aura pas beaucoup de gens qui feront la queue devant vos guichets pendant ce temps-là. Si on ne vous fait pas plonger, la FAA le fera et la presse le fera. C'est déjà arrivé dans le passé et pour des accidents moins cauchemardesques.

Johnson faisait la grimace, mais il ne dit rien. Metz avait raison. Mille fois raison.

— Combien de gens vous faites vivre, ici ? demanda Metz. (Il prit une grande inspiration.) Dieu ! j'aimerais presque que ce zinc dégringole tout seul. Je veux dire : la mort, c'est la mort. Point final. Quelques semaines d'éclaboussures médiatiques. Et puis personne ne se souvient du nom de la compagnie. Bon sang, je ne me souviens même pas de la compagnie impliquée dans la dernière grande catastrophe aérienne. Toutes les compagnies se ressemblent pour le passager moyen. Comme les noms des compagnies d'assurances. Tu vois, si le zinc tombe à la flotte, alors tous les faits disparaissent avec lui. Rien à photographier. Personne à interviewer. C'est le genre de chose qui ennuie très vite les médias. Le Bureau de la sécurité des transports ne peut pas fouiller dans les débris, tout passer au crible et reconstituer les événements. Tout se trouve dans les profondeurs du Pacifique et avec la position inconnue du Straton, la boîte noire disparaît aussi. John Berry et l'équipage ont disparu. Personne ne sait bien ce qui s'est passé. Il faudrait des années d'acharnement légal pour déterminer qui était responsable et jusqu'à quel point. La compagnie aérienne elle-même pourrait passer pour une victime sympathique, dans l'éventualité d'une bombe à bord.

— Exact, dit Johnson. Les bombes ne faisaient pas partie de sa juridiction, même si le département de la sécurité de la compagnie pouvait être blâmé. Et sans la moindre preuve matérielle, aucun avocat ne pourrait prouver que les coupes budgétaires dans la maintenance avaient diminué la possibilité de survie de l'appareil d'une quelconque manière.

Metz parlait plus vite maintenant.

— On peut mouiller les gens de chez Straton aussi. On pourrait traîner nos bottes dans les tribunaux pendant des siècles et en repartir avec nos honorables carrières intactes avant que tout ne soit débrouillé. Mais si John Berry se pose sur l'aéroport de San Francisco... eh bien, il n'y a plus la moindre possibilité de manœuvre légale quand la preuve de la négligence du transport aérien est garée sur la piste et que les asiles psychiatriques locaux sont remplis à ras bord de preuves vivantes et bavantes de l'aboutissement du vol 52 de la Trans-United.

Metz n'avait pas encore mentionné l'idée que ces gens seraient mieux une fois morts. C'était un argument délicat, donc il le gardait en réserve.

— Okay, Ed. Voilà, toutes les cartes sont posées sur la table. Réfléchis. Et bonne chance. Bonne chance à nous tous.

Il déverrouilla la porte et l'ouvrit.

— Ferme cette foutue porte. Rentre.

Metz referma la porte. Il regarda Edward Johnson et lui demanda :

— La question qui se pose est la suivante : peux-tu donner à Berry des instructions de vol qui vont amener cet appareil au fond de l'océan ?

Johnson hocha la tête. Il y avait déjà quelque peu réfléchi.

— Je crois. Ce pauvre con ne saura jamais ce qui lui est arrivé.

11

John Berry tourna la tête et regarda par-dessus son épaule vers le salon. Il allait appeler Stein, mais Stein n'était plus là. Terri O'Neil était debout à la porte, regardant à l'intérieur comme un spectre qui serait revenu chez lui et qui n'oserait pas franchir le seuil sans qu'on l'y invite. Berry regarda derrière elle. Ses yeux scrutaient le salon.

— Mais bon Dieu...

Sharon Crandall regarda Berry.

— Qu'est-ce qu'il y a ? (Elle tourna la tête et suivit son regard.) Oh, Seigneur Jésus !...

Berry bondit hors de son siège et se plaça dans l'encadrement de la porte. Harold Stein était parti. Mais il y avait pire. Six passagers de la cabine inférieure s'étaient frayé un chemin jusqu'au salon. Berry en vit un autre déboucher en haut de l'escalier. Il se retourna vers Sharon.

— Reste ici et empêche-les d'entrer dans le cockpit.

Crandall se leva et se mit en travers de la porte. Terri s'avança jusqu'à la toucher. Crandall prit les mains de son amie dans les siennes et les tint, mais elle ne la laissa pas passer.

Berry pénétra dans le salon, prenant Terri par le bras et la tirant derrière lui.

Il vit Linda Farley allongée près du piano. Il s'avança au milieu du salon, ignorant les gens qui déambulaient en rond autour de lui.

— Linda !

Elle ne répondit pas.

Berry sentit une peur inattendue s'emparer de lui. Il lâcha le bras de l'hôtesse et traversa le salon en courant. Il s'agenouilla près de la très jeune fille, la prit par l'épaule et la secoua.

— Linda !

Linda Farley ouvrit lentement les yeux.

Le premier officier Daniel McVary, allongé à quelques pas de là, ouvrit également les yeux. Mais ses paupières se soulevèrent très vite, dans un flash, écarquillées comme celles d'une créature de la nuit quand le soleil descend. Il souleva la tête.

Berry aida la jeune fille à s'asseoir. Il voyait ses lèvres sèches et craquelées, et des traces de larmes marquaient son visage.

— On est presque à la maison, ma chérie.

Linda Farley tourna la tête, par habitude, vers l'homme qu'on l'avait chargée de surveiller. Elle cria.

— Il est réveillé !

Berry regarda dans les yeux injectés de sang du copilote.

Daniel McVary se redressa, se cognant la tête au bord du piano. Il laissa échapper un grognement et roula sur le côté, puis rampa vers Berry, la langue pendante comme un chien.

Berry tira la jeune fille vers lui et l'aida à se remettre sur pieds.

McVary continuait à ramper vers eux.

Berry poussa Linda derrière lui, puis, lentement, avec précaution, il se pencha et aida le copilote à se relever. Il le fixa droit dans les yeux. C'était l'homme en qui Berry, quelques heures auparavant, avait placé tous ses espoirs. Mais c'était avant qu'il ait pleinement compris l'étendue de ce qui était arrivé aux hommes, femmes et enfants du vol 52. Avant qu'il soit entré en contact avec San Francisco, avant qu'il ait un peu repris confiance en lui-même. Il voyait maintenant que cet homme debout devant lui, ses yeux injectés dont les paupières clignaient sans arrêt, le visage tordu, ne pourrait pas plus l'aider que le reste des passagers. Avec réticence, et une certaine dose de culpabilité, il fit pivoter l'homme et le poussa gentiment. McVary trébucha un peu, fit quelques pas, puis entra en collision avec le piano, sur lequel il s'étala.

Berry se retourna. Terri O'Neil essayait toujours d'entrer dans le cockpit. Sharon bloquait l'encadrement de la porte avec les bras tendus devant elle, repoussant son amie, trop gentiment songea Berry. Un homme qui était monté de la cabine se dirigeait également vers le cockpit. Berry balaya le salon du regard. Les autres passagers déambulaient sans but, se heurtant aux sièges et les uns les autres. Berry se demandait quelle force, quel résidu d'intelligence humaine les possédait et les propulsait d'une manière si persistante. Que cherchaient-ils ? À quoi pensaient-ils ?

Berry prit le bras de Linda et la tira vers l'escalier. Il s'agenouilla et appela en bas.

— Stein ! Harold ! Vous m'entendez ?

Il n'y eut pas la moindre réponse de Stein, rien que le hurlement du vent et les grognements animaux des passagers.

— Stein ! Barbara ! Barbara Yoshiro ! Vous m'entendez ?

Un groupe de passagers montait les escaliers. Berry attendit une seconde jusqu'à ce que la première, une jeune femme aux longs cheveux blonds, arrive à sa portée. Il mit la main sur son visage et poussa. Elle recula, perdit l'équilibre et tomba sur l'homme derrière elle.

Berry se releva rapidement et essuya sa main en sueur sur son pantalon. « Mon Dieu », murmura-t-il. Linda Farley hurla.

Berry se retourna juste à temps pour voir le copilote lui plonger dessus. Les bras étendus de McVary le frappèrent au visage et Berry tomba en arrière, dévalant presque l'escalier. Il récupéra rapidement, saisit le bras de McVary et le poussa vers l'escalier. Il reprit la jeune fille par la main et fonça jusqu'au cockpit, poussant les gens sur leur passage. À la porte, il écarta Terri O'Neil et deux hommes près d'elle. Il poussa Linda dans le poste de pilotage au-delà de Sharon.

— Recule.

Il tira la porte par son loquet brisé et la referma aussi bien que ses charnières étirées le permettaient.

— Bordel ! On ne peut pas la fermer !

Il se retourna vers Crandall.

Sharon avait pris Linda dans ses bras. L'adolescente sanglotait doucement, se blottissant contre l'hôtesse. Crandall lui caressait les cheveux.

Plusieurs secondes passèrent avant que qui que ce soit parle, puis Crandall dit :

— Qu'est-ce qui a bien pu arriver à Stein... et à Barbara ?

Berry ignora sa question. Il regarda la porte. Elle était entrouverte sur six centimètres. Quelqu'un s'appuyait dessus et elle se referma un peu plus. Il était content que cette porte à moitié fermée constitue un obstacle suffisant pour l'instant. Il regagna le siège du pilote et se tourna vers l'adolescente.

— Linda, tu surveilles la porte. Sharon, prends le siège du copilote.

Crandall s'assit et se tourna vers lui.

— John, et Barbara... ? et Harold Stein ? Est-ce qu'on ne peut pas... ?

Berry secoua la tête avec impatience.

— Oublie-les. (Ses mains tremblaient encore.) Stein... Stein est descendu rejoindre sa famille, et je ne crois pas qu'il reviendra... jamais. Barbara... eh bien, elle a dû tomber sur un truc trop dur à gérer.

Crandall hocha la tête.

Daniel McVary se focalisait sur la porte du cockpit. Plusieurs demi-pensées couraient dans sa tête. La toute première concernait l'eau. Il voulait de l'eau, et il se souvenait qu'il avait bu de l'eau dans cet endroit derrière la porte. Il était assis dans un fauteuil entouré de grandes fenêtres et il buvait dans des gobelets. Il commençait à se souvenir de beaucoup plus de choses. Il se souvenait que ce siège était sa place. Sa pensée flashait sur des images, claires et vivaces, mais leur sens exact lui échappait. Le cerveau de Daniel McVary fonctionnait encore à beaucoup de niveaux, mais il y avait d'énormes zones mortes, des endroits obscurs où rien ne vivait, où aucune synapse ne se connectait, où aucun souvenir ne demeurait. Pourtant son cerveau trouvait des circuits ouverts autour de ces zones mortes et des pensées commençaient à se former, des désirs et des besoins étaient identifiés, des actes envisagés. Le premier officier McVary se focalisa sur l'image qu'il avait entrevue derrière la porte avant qu'elle ne se ferme. Quelqu'un se tenait près de son siège. Une femme. Il voulait retrouver son fauteuil. L'homme qui l'avait poussé était également là-dedans. Son bras lui faisait encore mal. Il s'avança vers la porte.

Linda Farley cria :

— Mr. Berry !

Berry se retourna vivement et bondit hors de son

siège, mais c'était trop tard. Le copilote avait agrandi l'ouverture et s'avançait dans le cockpit. Berry plongea vers lui, mais McVary s'écarta et s'effondra contre la paroi du poste de pilotage.

Berry s'immobilisa, retenant son souffle. Il regarda le copilote adossé à un panneau couvert de coupe-circuits et de boutons. Il avait peur de faire à nouveau mouvement vers lui, sachant que si ces boutons étaient tournés par inadvertance, il ne serait sans doute jamais capable de les remettre en place correctement.

Très lentement, Berry commença à avancer vers McVary et il tendit la main vers le copilote au moment où celui-ci s'accrochait à la console et au panneau pour se remettre sur pieds.

McVary recouvra son équilibre et se tourna. Il venait à la rencontre de Berry. Berry procéda avec plus de précaution, conscient que cet homme possédait encore une bonne dose d'agilité et même quelque astuce. Ils s'avançaient l'un vers l'autre, puis se tournèrent autour très lentement dans l'étroitesse du cockpit.

À la porte, un groupe de passagers passa la tête.

Linda Farley recula et grimpa sur le siège du pilote. Sharon Crandall sortit du siège du copilote et essaya de se mettre dans une position susceptible d'aider.

Il vint à l'esprit de Berry que quelqu'un possédant encore assez de capacité mentale comme McVary devait pouvoir être ramené à la raison. Il lui parla doucement.

— McVary. McVary. Vous me comprenez ? Est-ce que vous pouvez parler ?

McVary semblait écouter les mots, mais il continuait à tourner. Il ouvrit la bouche. « Je... Je... Je... »

Berry hocha la tête.

— Oui. S'il vous plaît, sortez. Allez. Allez dans le salon. Le salon. Le salon...

McVary releva la tête et regarda vers le salon, puis bondit d'un seul coup vers son siège de copilote.

Sharon Crandall hurla et essaya de s'écarter de son chemin. McVary l'empoigna et la jeta de côté.

Berry saisit McVary par-derrière et les deux hommes tombèrent sur le plancher. Berry se cogna dans le rail du siège et une douleur noire et aiguë résonna dans son crâne.

Il était conscient d'être à terre et que McVary ne l'était plus. Il savait que le copilote ne pouvait pas être stoppé, ni par Sharon, ni par Linda, mais il ne parvenait pas à se relever. Il sentait du sang couler sur son front et sur son visage. Il vit les jambes de McVary juste devant ses yeux. Il regarda en l'air. McVary luttait avec Sharon. Tout devint flou, puis il entendit un bruit, un bruit qui emplit le cockpit et fit comme un jet de vapeur jaillissant d'un tuyau. McVary hurla.

Berry se rendit compte que Sharon l'aidait à s'asseoir. Il regarda autour de lui. McVary avait disparu. La porte était à nouveau fermée.

— Que s'est-il passé ?

Sharon Crandall épongeait le sang de sa blessure avec un mouchoir. Du menton, elle désigna Linda Farley.

Berry regarda l'adolescente. Elle était debout, tremblante, avec un extincteur rouge vif à la main, une auréole encore visible autour de l'embouchure.

Crandall caressa la joue de Berry.

— Tu peux te lever ?

— Oui. Bien sûr. (Il se releva lentement et regarda Linda Farley.) Bien pensé. Bravo.

Linda lâcha l'extincteur et courut se jeter dans les bras de Berry, enfouissant la tête au creux de son épaule.

Berry lui tapota la tête.

— Tout va bien. Tu ne lui as pas fait mal. Tu lui as juste un peu fait peur.

Il la serra sous son bras, et de l'autre main, attira Sharon. Ils restèrent enlacés un moment tous les trois, recouvrant peu à peu leur calme.

Berry entendit gratter à la porte et il s'en approcha. Il pouvait voir des visages à travers le petit hublot sans tain. Il prit une profonde respiration, puis poussa la porte d'un grand coup d'épaule, envoyant valser deux types et une femme. Il regarda à nouveau dans le salon. Une procession de gens montait de l'escalier, escaladant les marches l'un après l'autre, remplissant le salon d'une paroi à l'autre, se pressant vers le cockpit. Berry se sentit partir. Son emprise sur la réalité commençait à faiblir. Une pensée irrationnelle traversa son esprit, la pensée qu'il était déjà mort et que cet endroit n'était pas le Straton mais une sorte de vol perpétuel qui ne s'achèverait jamais, n'atterrirait jamais...

Il ferma la porte du mieux qu'il put et se tourna vers l'intérieur du cockpit. Il sentait la sueur couler sur son visage et respirait avec difficulté.

Sharon Crandall le regarda, puis contempla à nouveau la porte. Berry songea qu'il y avait de la peur — non, de la terreur — dans ses yeux. Il contrôla sa voix et s'adressa à elle.

— On... on a perdu un avantage majeur... avec eux dans le salon... mais... Tant qu'on arrive à les maintenir hors d'ici... hors du cockpit...

Son monde rétrécissait, réduit à ces quelques mètres carrés — cette petite pièce qui contenait leur seul lien avec le monde qu'ils avaient quitté... qui contenait les instruments de leur survie et la seule intelligence mécanique et humaine subsistant à bord.

Sharon Crandall serra Linda Farley et hocha la tête, mais elle ne voyait pas comment ils allaient pouvoir empêcher les passagers du vol 52 d'envahir le cockpit.

Edward Johnson s'approcha d'une longue étagère et prit un lourd livre relié d'une spirale. Wayne Metz l'observait avec attention. L'homme marchait comme sur une corde raide, et un rien pouvait lui faire perdre l'équilibre.

Johnson se posa sur un tabouret et mit le livre sur un comptoir. Il décrocha le téléphone.

Metz s'adressa à lui doucement, choisissant ses mots avec soin.

— Y a-t-il quelque chose que je puisse faire pour t'aider ?

Johnson ne répondit pas. Il posa la feuille de papier qu'Evans lui avait donnée à côté du téléphone et composa un numéro. En même temps, il ouvrit le gros livre devant lui.

Metz devenait anxieux.

— Qui appelles-tu ? Qu'est-ce qu'il y a dans ce livre ?

Johnson le regarda au moment où le téléphone sonnait à l'autre bout du fil.

— J'appelle le Contrôle aérien.

— Pourquoi ?

— Parce que, Wayne, à partir de maintenant, il faut que je mène cette affaire exactement comme elle est censée être menée.

— Qu'est-ce qu'il y a dans ce livre ?

Johnson parla dans le téléphone.

— Mr. Malone, s'il vous plaît. (Il regarda Metz.) Il y a une cafetière dans ce petit placard, là. Fais du café. (Il s'adressa de nouveau à son téléphone.) Mr. Malone ? Ici Ed Johnson. Vice-président des opérations chez Trans-United.

— Oui, monsieur. Qu'est-ce que c'est cette histoire avec le vol 52 ?

— J'ai bien peur que ça ne sente pas très bon. Ils ne transmettent plus.

— Vous avez une idée de ce qui se passe ?

— Avant que je vous raconte, prenez les coordonnées de leur dernière position estimée. S'il vous plaît, entamez la procédure d'une opération de recherche et de sauvetage.

— Bien. Allez-y.

Johnson lut les coordonnées.

— Ils ont tourné avant qu'on ne perde le contact, ils sont donc maintenant au 120, à une vitesse d'environ 340 nœuds. Vous pouvez extrapoler de là.

— Oui, monsieur. Restez en ligne, je lance l'opération.

Johnson feuilletait le livre posé devant lui.

Malone reprit la ligne.

— L'opération de sauvetage va démarrer sous peu. Y a-t-il une chance pour qu'ils volent encore ?

— Il y a toujours une chance. Incidemment, quand est-ce que vous avez eu de leurs nouvelles pour la dernière fois, Mr. Malone ?

Il y eut une courte pause.

— À 11 heures ce matin, ils ont transmis leur position.

Johnson hocha la tête.

— Pourquoi vous ne nous avez pas appelés ?

— Eh bien... nous étions en train d'essayer de les contacter. En fait, nous n'avons pas essayé avant qu'ils n'aient raté leur mise à jour obligatoire. Elle aurait dû avoir lieu à 12 h 18, alors ça ne fait pas si longtemps. Et tous les 797 ont de petits problèmes de radio à cause de l'altitude et...

— Je comprends. On a été un peu légers aussi, ici, j'en ai peur. Mon dispatcher n'avait pas eu la mise à jour régulière d'heure en heure et il n'a pas insisté tout de suite. (Il faudrait qu'il pense à remplir la mise à jour de 12 heures.) Et puis, quand il a essayé la radio, il lui est arrivé la même chose qu'à vous, apparemment. Mais bien sûr, ça ne l'a pas inquiété.

— C'est compréhensible, Mr. Johnson. Mais qu'est-ce qui est arrivé à l'avion, exactement ? Comment est-ce que vous avez réussi à entrer en contact avec eux ?

— Eh bien, on ne sait pas exactement ce qui s'est passé. Peu de temps avant que je ne vous appelle, on a reçu un message sur le data-link de la compagnie. C'était un message de détresse. Il disait seulement SOS.

— SOS ?

— Oui. Pas la moindre identification. On a d'abord pensé, bien sûr, que c'était un canular.

— Oui, bien sûr.

— Et puis, un moment plus tard, un dispatcher a trouvé un autre message sur le data-link. Il n'y a aucun moyen de savoir depuis combien de temps le message était là.

— Et que disait ce message ?

Johnson tira le message à lui et lut :

— « Urgence. Mayday. Appareil endommagé. Radios HS. Milieu Pacifique. Besoin aide. Me recevez-vous ? »

— Et c'est tout ?

— Mon dispatcher a répondu immédiatement, puis m'a appelé. Est-ce que vous notez tout ça ?

— Oui, monsieur.

— Bien. Ils ne vous ont pas appelés immédiatement, je le crains, parce qu'il y avait une espèce de confusion due à la façon dont le message a été reçu et à cause de la manière dont c'est stipulé dans le manuel d'urgence de la compagnie.

— Stipulé ?

— Oui. Cela dit — attendez, je vais vous le lire. (Johnson plaça le manuel sur le gros livre devant lui.) Je lis : « Quand le Contrôle aérien vous signale une urgence aérienne, contactez les numéros suivants... » Donc mon dispatcher a appelé les numéros de la liste, mais n'a jamais pensé à vous appeler vous, puisque votre numéro n'était pas sur la liste de ce manuel approuvé par la FAA. Il a également pu imaginer que quelqu'un d'autre vous avait déjà appelé. Vous savez comment c'est, quand on voit un incendie, on pense toujours que quelqu'un d'autre a déjà appelé les pompiers... Bref, c'était une satanée bêtise et il sera proprement réprimandé. En tout cas, rien n'est perdu, juste du temps avant le déclenchement de la procédure de sauvetage.

— Oui, je vois. (La voix de Malone avait l'air de s'excuser.) Est-ce que vous savez quelle était la nature de l'urgence ?

— Je soupçonne que les dommages infligés à l'avion étaient trop grands pour qu'il puisse poursuivre son vol.

— Quel genre de dommages est-ce là ?

Johnson mit un ton de colère et de tristesse dans sa voix.

— Une bombe, ou un défaut dans la structure... deux trous dans la carlingue. La dépressurisation a tué ou handicapé l'équipage et les passagers.

— Dieu du ciel... alors... qui ?

— Un pilote privé se trouvait dans une zone où la pressurisation a été maintenue. Dans des toilettes, probablement. Il a effectué les transmissions et a fait tourner l'avion en suivant notre suggestion. Je soupçonne également qu'il a dû toucher quelque chose dans le cockpit qui a mené au... qui a amené à l'écrasement possible... J'espère que c'est seulement à cause d'une panne du data-link que nous ne le recevons plus...

Johnson trouva dans le livre quelque chose dont il avait besoin.

— Oui. Espérons. Vous avez des copies... ?

— Oui. Je vous envoie des copies des messages immédiatement. Ils montrent tout ce que nous savons et tout ce que nous avons fait.

— Dès que possible, s'il vous plaît.

— Il n'y aura plus de délai de notre fait. Je prends personnellement en charge l'opération de ce côté-ci.

— Très bien. Je suis encore un peu inquiet de...

— Il y a eu, bien sûr, un délai inadmissible avant que les procédures ne se déclenchent ici, et nous en assumons toute la responsabilité.

— Mais, Mr. Johnson, c'était un faisceau de circonstances pour le moins inhabituel, et ce n'est rien de le dire. (Il y eut une pause.) À quelle heure dites-vous que vous avez reçu le premier data-link ?

Johnson prit une grande inspiration. Il s'était figuré qu'il devait avoir été transmis vers 12 h 15. Il regarda sa montre. Il était maintenant 13 h 30.

— Vers 1 heure, dit-il.

— Ça fait un moment, dites donc.

— Pas quand vous faites face à des circonstances si inhabituelles. Mais vous avez raison, bien sûr. Gardez quand même en mémoire que le Straton volait encore il y a quelques minutes seulement et qu'il se peut qu'il vole encore vers nous, devrais-je ajouter.

— Oui. Eh bien, on a tous été un peu... lents sur ce coup.

— Tenez-moi au courant de l'opération de recherche et de sauvetage d'heure en heure.

— Bien entendu.

— En attendant, je vous envoie les messages. Je vous les fais faxer au numéro de chez vous.

— Bien.

— Et on va continuer à émettre sur notre data-link toutes les trois minutes au cas où...

— Oui. Très bien. Je suis désolé.

— Nous aussi.

— Merci. (Il raccrocha et se tourna vers Metz.) Eh

bien, ça s'est plutôt bien passé. Quelques petits problèmes avec l'Agence fédérale de l'aviation valent mieux, je crois, que de perdre mon boulot et de mettre la compagnie en faillite.

— Je crois, oui. Est-ce que les gens du Contrôle aérien vont venir ici ?

— Pas eux. Des inspecteurs des appareils de la FAA, oui. Mais tant qu'ils pensent qu'on n'est plus en contact avec le Straton, ils ne vont pas se précipiter ici.

— Et l'opération de sauvetage que tu viens de lancer ?

— Ils vont probablement appeler la Navy, l'Air Force et les navires marchands dans la zone. Ça va prendre des heures. D'ici là, nous aurons... (Johnson s'arrêta, puis fixa Metz dans les yeux.) D'ici là, nous en aurons fini avec ça.

Metz opina.

— Et les gens de la Trans-United ? Est-ce qu'ils ne vont pas vouloir venir ici ?

— Je vais m'occuper de ça dans une minute.

— Bien. C'est quoi ce livre, là ?

— Passe-moi une tasse de café.

Wayne Metz n'avait pas servi une tasse de café à qui que ce soit depuis dix ans. Mais il se tourna vers la cafetière.

Johnson descendit de son tabouret et s'approcha du data-link. Il prit les feuilles d'imprimante dans la corbeille de réception et les relut rapidement. Pas d'heures. Pas d'indication d'espace entre les messages. Rien qu'on pourrait considérer comme un piètre jugement de la part de Trans-United. Les derniers messages depuis celui de Miller « ... on travaille à vous ramener à la maison » semblaient un peu compromettants et il les déchira. Avec son stylo, il écrivit sur le message qui portait le SOS : *Découvert par dispatcher dans le data-link à approximativement 13 heures.* Il se rendit à la porte et l'ouvrit.

À l'apparition de Johnson, la pièce se fit silencieuse. Il balaya la salle des yeux et fixa chaque homme à son tour. D'une voix neutre, il dit :

— Messieurs, j'ai peur que nous n'ayons perdu tout contact avec le vol 52.

Il y eut un bruissement de soupirs et d'exclamations.

— J'ai appelé le Contrôle aérien et ils ont lancé une opération de sauvetage. Bien entendu, le problème pourrait ne venir que du data-link, mais... (Il s'avança de quelques pas dans la pièce.) Je vais rester en salle des communications et continuer à transmettre.

Johnson sentait Metz derrière lui. Il regarda par-dessus son épaule et le vit, une tasse de café à la main. C'était bien que les dispatchers voient ça. Il n'y avait plus le moindre doute. Edward Johnson menait les choses et menait les gens. Il se tourna, prit la tasse des mains de Metz et lui parla à voix basse.

— Retourne en salle des communications et ferme cette putain de porte. Si la sonnette retentit et qu'ils l'entendent, on est foutus. Il se retourna et s'adressa aux dispatchers. Venez ici, s'il vous plaît.

Les deux douzaines de dispatchers se rassemblèrent autour de lui.

Johnson commença, d'un ton officiel mais amical.

— Messieurs, il ne subsiste aucun doute chez moi que Jack Miller (il le désigna d'un mouvement du menton), Dennis Evans et Jerry Brewster (il regarda les deux hommes) ont fait tout ce qu'ils pouvaient le plus vite possible. Pourtant, il y a eu un laps de temps entre le premier message et maintenant d'environ une demi-heure. (Il s'arrêta et étudia les visages des hommes autour de lui. Certains regardaient la pendule murale, d'autres leur montre. Quelques-uns avaient l'air surpris, d'autres hochaient la tête.) Le premier message est arrivé vers une heure, je crois, à ce qu'on m'a dit. Il y aura des problèmes avec le Contrôle aérien et même avec nos propres gens à cause de ce retard, mais je vous soutiendrai avec fermeté, alors ne vous inquiétez pas trop pour ça.

Il fit le tour de la pièce des yeux.

Il y avait plus de gens qui hochaient la tête.

Johnson regarda Evans.

— Vous appelez tout le monde sur la liste, y compris notre service de presse. Qu'ils me contactent pour le texte de l'annonce. Au président de la compagnie et à tous les autres vous dites la chose suivante : le vol 52 a subi une dépressurisation en vol. Les radios sont mortes. Un pilote privé est aux commandes et communique par data-link. Dernière communication à... (Il regarda sa montre)... 1 h 25. Le Contrôle aérien a lancé une procédure de recherche et de sauvetage. Je suggère une réunion d'urgence dans la salle de conférences. Compris ?

Evans notait rapidement.

— Oui, monsieur.

Il se rendit immédiatement à son bureau.

Johnson scrutait les visages autour de lui.

— Chacun d'entre vous appelle les vols dont il s'occupe pour leur ordonner de ne pas se servir du data-link. Brewster ?

— Ici, monsieur.

— Okay. Brewster, vous allez prendre ces feuilles et faire une seule copie. Vous faxez la copie au Contrôle aérien au numéro qui figure dans le manuel d'urgence.

— Bien, monsieur.

— Ensuite, vous envoyez notre copie à la salle de conférences dans le building de la compagnie. Vous me rendez l'original. Et vite.

Brewster prit les messages et fila hors de la salle de dispatching.

— C'est tout, messieurs. Merci à tous pour votre aide. Il s'arrêta. Si certains d'entre vous sont religieux, qu'ils demandent au bonhomme là-haut de veiller sur le Straton et sur ceux qui sont à son bord. Merci. Miller, venez ici.

Les dispatchers reprirent place devant leurs bureaux en silence. Jack Miller s'approcha de Johnson.

Ce dernier posa une main sur son épaule.

— Jack, remplis les mises à jour manquantes du 52 et note où ils étaient à midi. Laisse celle de 13 heures vide, bien entendu.

Miller regarda le grand type à côté de lui.

— Ed... on ne s'en sortira pas comme ça.

— Bien sûr que si. Je le fais pour toi et pour la compagnie autant que pour moi. Il y a eu une série d'erreurs et de gaffes ici et on n'a rien à perdre en essayant de se couvrir. Si on ne le fait pas, toi, moi, Brewster, Evans et dix boucs émissaires pris au hasard allons être virés, puis il y aura une enquête de la FAA et on sera certainement accusés de quelque chose. Ta charmante femme pourra nous faire cuire des gâteaux secs et nous les porter à San Quentin le dimanche. Dis-lui qu'elle amène les enfants, aussi.

Miller hocha la tête. Il commença à s'éloigner, mais Johnson le retint par l'épaule.

— Est-ce que les hommes sont avec nous ? demanda Johnson.

Miller hocha à nouveau la tête.

— Ce n'est pas la première fois que nous devons nous couvrir.

Johnson sourit.

— J'ai toujours su que vous mentiez pour vous protéger les uns les autres, bande de salopards. Maintenant, il faut mentir pour *moi*. Pour vous-mêmes aussi, bien sûr. Va remplir ces mises à jour.

Miller s'éloigna.

Johnson rentra rapidement dans la salle des communications. Il regarda Metz, qui examinait le gros livre à spirale.

— Tu sais, Wayne, plus j'y pense, plus je suis convaincu que le Straton *devrait* tomber.

Metz le regarda, étonné.

— Je pensais qu'on était déjà d'accord.

— En principe. Tout ce que je viens de faire, ce sont des procédures standard. Je n'ai rien fait de mal, sauf retarder les choses.

— Tu as dit à tout le monde que l'avion était tombé.

— Vraiment ? J'ai dit que nous avions perdu tout contact avec eux. Tu ne vois pas de nouveau message sur le data-link, n'est-ce pas ? (Il se tourna et désigna la salle de dispatching.) En réalité, ma responsabilité dans ce foirage est plutôt minime. Ce sont ces crétins qui ont tout fait merder. Le Contrôle aérien n'a pas été bien brillant non plus.

— Ils nous ont fourni une chance de tout rattraper.

Johnson hocha la tête.

— Oui. Le seul homme qui puisse vraiment témoigner de notre incapacité à gérer tout ça, c'est Berry.

— Et il revient vers nous.

— Je sais. Dieu, qu'est-ce que j'aimerais qu'il s'écrase ! dit Johnson.

— C'est probablement ce qui va lui arriver. En plein sur San Francisco. Il faut que tu le perdes dans l'océan.

— Je sais.

Metz s'assit devant le data-link.

— Écoute, Ed, je sais que c'est difficile pour toi — cela va contre tous tes instincts. Mais crois-moi, il n'y a pas d'autre moyen. Fais ce que tu as à faire. Si ça peut te rendre la tâche plus facile, je vais taper le message pour Berry.

Johnson rit.

— Espèce de crétin. Quelle différence ça fait, *qui* tape le message ? Il n'y a pas de différence dans la culpabilité, seulement une différence de cran. Sors de ce fauteuil.

Metz abandonna vivement le fauteuil devant le data-link. Johnson s'y installa. Il jeta un coup d'œil vers la salle de dispatching derrière les vitres. Quelques têtes se levèrent ou se détournèrent.

— Pour eux, je suis en train d'essayer de contacter le vol 52.

— Qu'est-ce que tu vas lui dire ?

— Je ne connais que peu de chose au fonctionnement du cockpit. J'ai voyagé assez souvent dans le siège de l'observateur et j'ai dû écouter assez de pilotes me donner des leçons de pilotage forcées pour savoir ce qui est dangereux et ce qui peut faire dégringoler un avion. Et le livre que je regardais, c'est le manuel de pilotage du Straton.

Metz fit une moue appréciatrice.

— Une idée ?

— Plusieurs. J'essaie de choisir la meilleure. Mais elles sont toutes très dures à réaliser. (Il regarda sa montre.) La réunion dans la salle de conférences va durer un bon moment. Ils vont maugréer devant les messages imprimés, gémir et se morfondre pendant quinze bonnes minutes, peut-être trente. Et puis ils m'appelleront ici.

— Alors tu ferais bien de te grouiller. Bon Dieu, ça va être juste, Ed. Tu ne t'es pas laissé beaucoup de marge.

Aucun des deux hommes ne se rendait compte qu'on frappait depuis un bon moment à la porte vitrée.

Finalement, Johnson leva le nez.

Jack Miller attendait dehors.

— Bon sang, fit Johnson, si on laisse Miller entrer et que le vol 52 commence à transmettre, tout sera foutu.

Johnson savait que s'il éteignait la machine, Miller le remarquerait et demanderait pourquoi ils n'essayaient plus de rétablir le contact. Il se dirigea vers la porte rapidement et l'ouvrit.

Miller fit un pas à l'intérieur.

Johnson s'avança et le fit reculer dehors à quelques mètres de la porte, mais il ne pouvait pas la fermer sans paraître suspect.

— Qu'est-ce qu'il y a, Jack?

Les yeux de Miller dépassèrent Johnson pour errer vers la petite pièce vitrée. Il observait Metz, et sans regarder Johnson, il lui tendit une liasse de papiers.

— Voilà les messages du data-link. Faxés au Contrôle aérien et copiés pour la salle de conférences. Le commandant Fitzgerald, le chef pilote, est en route au cas où on entre à nouveau en contact. Mr. Abbot, le représentant de Straton Industries, est également en route. Y a-t-il quelqu'un d'autre que tu veuilles ici ?

— Je ne veux personne ici, Jack. Qu'un dispatcher les intercepte dans le parking et leur dise de rouler jusqu'au bâtiment administratif pour rejoindre la réunion dans la salle de conférences. Okay ?

Miller ignora l'ordre comme s'il ne l'avait pas entendu.

— Je ne comprends pas ce qui a pu se passer là-haut, dit-il. Cet avion était stable et ce pilote...

— Il y avait deux putains de trous dedans. Tu ne volerais pas trop bien avec deux gros trous, Jack. (Il poussa Miller de l'index et le fit reculer d'un pas.) Rentre chez toi et va te reposer.

— Je reste ici.

Johnson hésita, puis dit :

— Très bien. Prends le bureau du Pacifique d'Evans.

— Je veux dire ici — dans la salle des communications.

Johnson savait ce qu'il entendait par là.

— Ce n'est pas nécessaire.

— Est-ce que cela signifie que je suis relevé de mes fonctions ?

Johnson, pour une raison qu'il n'aurait su expliquer, sentait que le data-link n'allait pas tarder à sonner. Il commençait à transpirer.

— Jack... (Il fallait qu'il se montre plein de tact, qu'il fasse très attention.) Jack, ne t'en veux pas. Tu as peut-être fait quelques erreurs, mais tu as eu quelques bonnes idées aussi. C'est comme dans l'armée. Tu es quelque part entre une médaille et la cour martiale. Maintenant, n'oublie pas nos conversations. Joue la partie comme je le demande et on pourra tous sauver nos culs. Okay ?

Miller acquiesça.

— Est-ce que tu essaies toujours de contacter...

— Oui. Toutes les trois minutes. Et tu vas me mettre en retard.

Johnson devenait de plus en plus anxieux. Il ne cessait de lancer des regards vers la porte à l'autre bout de la salle. Bientôt quelqu'un qu'il ne pourrait pas retenir hors de la salle des communications allait pénétrer dans le bureau du dispatching. Dans un sens, il l'aurait presque accueilli avec soulagement.

Metz l'appela.

— Il faut qu'on finisse notre discussion et que j'aille faire mon rapport à ma compagnie.

Johnson tourna la tête.

— Très bien. (Il se retourna vers Miller.) Fais-moi une faveur. Va dans le salon des employés — non, dans celui des cadres — et pendant que les choses sont encore fraîches dans ta tête, fais-moi un rapport complet sur tout ce qui s'est passé avant que j'arrive. Assure-toi que les horaires et les actions collent avec nos estimations, bien sûr. Quand tu auras fini, viens me donner ton rapport. À moi et à moi seul.

Miller hocha la tête.

— Est-ce que tu as rempli les mises à jour du Straton ?

Miller hocha à nouveau la tête.

— Bien. Quand tu reviendras, tu pourras reprendre ta place ici dans la salle des communications. À plus tard.

Il recula, puis ferma et verrouilla la porte juste au moment où le data-link sonnait. « Bon Dieu ! »

Le data-link commençait à imprimer.

Metz s'essuya le front avec un mouchoir.

— C'était moins une.

Johnson était visiblement secoué.

— Wayne, reste en dehors de tout ça. Je comprends ce qui doit être fait, et je n'ai pas besoin de ton aide. En fait, tu peux partir.

— Je n'irai nulle part tant que cet avion volera.

Johnson s'approcha du data-link et se coula dans le fauteuil. Il jeta un coup d'œil vers le bureau du dispatching, puis tira vivement le message imprimé et le posa sur ses cuisses.

Metz se pencha et ils lurent en même temps.

ICI VOL 52 : IMPÉRATIF QU'UN PILOTE QUALIFIÉ COMMENCE À ME DONNER INSTRUCTIONS SUR COMMANDES DE VOL — NAVIGATION — APPROCHE — ATTERRISSAGE. BERRY.

Johnson sourit presque.

— Il est malin. (Il se tourna vers Metz.) Wayne,

est-ce que tu ressens quelque chose pour ce pauvre salaud ? Est-ce que tu n'admires pas son cran ?

Metz avait l'air offensé.

— Bien sûr que je peux l'admirer. Je ne suis pas complètement inhumain. Mais... tu ne m'as pas raconté un jour que tu avais fait le Vietnam ? Est-ce que tu n'as jamais vu un commandant sacrifier quelques braves pour sauver une unité complète ?

— Assez souvent pour me demander si ces quelques braves ne valaient pas mieux qu'une unité entière. Assez souvent aussi pour me demander si ce n'était pas son propre cul que le commandant essayait de sauver. (Johnson regarda à travers les panneaux vitrés, puis à nouveau le clavier.) Je vais donner des instructions à Berry pour qu'il modifie son cap et qu'il se dirige vers Hawaii.

— Pourquoi ?

— Parce qu'il ne trouvera jamais Hawaii. Il va tomber en panne de carburant dans six heures environ. Il tombera à la mer en cherchant Hawaii.

— Tu ne peux pas faire quelque chose de plus radical ?

— Trop retors. On va essayer ça.

Metz soupçonnait Johnson de faire une différence importante — mais dénuée de sens pour lui — entre donner des informations qui feraient s'écraser le Straton et des informations qui reportaient sa mort à plusieurs heures d'ici.

— Mais il va continuer à transmettre. On ne peut pas rester dans cette foutue pièce à garder cette machine pendant six heures.

— Non, on ne peut pas. Dès qu'il aura pris son nouveau cap et qu'il sera bien lancé dans cette direction, je court-circuiterai le data-link avec un tournevis par la petite trappe d'accès sur l'arrière. Et puis on appellera un technicien et on s'en ira. Le link ne sera pas réparé avant des heures.

— Tu en es certain ?

— Il faudra déjà une bonne heure pour qu'un technicien vienne jusqu'ici. Des heures, sans doute des jours, pour avoir les pièces. Ces machines sont d'une technologie très spéciale. On ne s'en sert jamais pour les communications vitales — alors il faut un moment pour les réparer.

— Et si Berry, quand il perdra le contact, change de cap et revient vers nous ?

Johnson secoua la tête.

— Il ne le fera pas. On va lui dire que la mission de secours l'interceptera quelque part en chemin et que les militaires et les aéroports civils d'Hawaii l'attendent. Il ne voudra pas rater cette chance.

Metz hocha la tête.

— Il ne peut pas changer de canal sur son data-link ?

— Ils m'ont dit que les différents canaux sont seulement pour les stations relais. Il y a un ordinateur quelque part qui envoie automatiquement tous les messages Trans-United à cet appareil-ci.

Johnson désignait la machine posée sur la console devant lui.

— Je vois, fit Metz, même s'il ne voyait pas, pas exactement en tout cas.

C'était, comme ils disaient à l'école de commerce, de la PPM, de la pure putain de magie — et les détails du comment et du pourquoi ne l'intéressaient pas le moins du monde. Metz leva les yeux vers la carte du Pacifique. C'était une vaste étendue de bleu, quelques taches vertes représentaient les îles hawaiiennes. Tout en contemplant la carte, il s'adressa à Johnson.

— Et s'il trouve Hawaii ?

— Avec le cap que je vais lui donner, il ne risque pas de s'en approcher. Il sera perdu, tout seul, sans radio, dans un avion endommagé, sans la moindre idée de comment le piloter, sans réserves de carburant et sans personne à sa recherche. S'il survit à ça, Mr. Metz, il mérite vraiment de vivre.

Johnson commença à taper le nouveau cap.

John Berry regardait par la petite glace sans tain de la porte du cockpit.

Les passagers du vol 52 montaient l'escalier du Straton comme des poissons ou des oiseaux suivant une migration perverse et incompréhensible. Ou bien, songea Berry, comme l'eau et l'air qui bougent selon les lois de la physique pour remplir un vide soudain. Ils s'entassaient dans le salon et erraient sans but sur l'épais tapis bleu, autour des sièges confortables — des hommes, des femmes et des enfants —, prêts à se glisser dans le prochain endroit vide qu'ils pourraient emplir. Berry se sentit réconforté par cette analogie. Elle déniait toute possibilité qu'ils aient agi selon un plan, qu'ils aient *cherché* le cockpit.

Berry fit un rapide décompte des passagers dans le salon. Environ cinquante maintenant. S'ils se déplaçaient tous d'un coup vers la porte du cockpit, si l'un d'entre eux la tirait au lieu de pousser dessus, alors lui, Sharon et Linda ne pourraient pas les empêcher de submerger la cabine de pilotage.

Il songea à nouveau à la commande maîtresse du pilote automatique. Tout était préférable au cauchemar du cockpit envahi par une douzaine d'entre eux.

Il remarqua McVary, assis dans un fauteuil qui faisait face à la porte de la cabine de pilotage, la fixant avec un regard dur. Berry prit le bout du loquet cassé. Il pouvait à peine le tenir tant il était petit. Il tira la porte de quelques centimètres supplémentaires, mais ses ressorts la rouvrirent à nouveau.

Berry se retourna et examina le cockpit, cherchant quelque chose qui bloquerait la porte, mais il ne trouvait rien. Il y avait certainement un moyen de le faire, il en était persuadé, mais ses pensées, qui étaient restées si calmes pendant si longtemps, commençaient à s'affoler ; la fatigue prenait son tribut, l'empêchant de raisonner.

— Bon Dieu, Sharon, il faut qu'on trouve un moyen de bloquer cette porte !

Elle pivota sur son siège et regarda la porte. Des formes et des ombres passaient par l'ouverture entre la porte et le chambranle.

— Pourquoi est-ce que je ne vais pas dans le salon m'adosser à la porte ? Je prendrai l'extincteur. Ils ne seront pas capables de...

— Non ! Oublie ça. On a eu assez de héros et de martyrs comme ça. Si on part... (Il regarda Linda Farley, assise sagement dans l'un des sièges supplémentaires du cockpit)... on partira tous ensemble. Plus de sacrifices. On ne se sépare plus. On ne va pas risquer de perdre l'un d'entre nous.

Crandall hocha la tête, puis se retourna et regarda par le pare-brise.

Pendant longtemps, le silence s'installa dans le cockpit, seulement troublé par les murmures mornes des appareils électroniques et le son doux et chuintant de quelqu'un qui se frottait contre la porte.

La sonnette retentit.

Berry s'approcha du siège de Crandall et ils regardèrent tous deux l'écran vidéo.

AU VOL 52 : NOUS AVONS DÉTERMINÉ VOTRE POSITION EXACTE. AÉROPORT LE PLUS PROCHE : HAWAII. FAITES VIRER L'APPAREIL AU CAP 240 DEGRÉS POUR VECTEUR HAWAII. ÉQUIPES DE SECOURS NAVALES ET AÉRIENNES VOUS INTERCEPTERONT SUR CETTE NOUVELLE TRAJECTOIRE. AÉROPORTS DE HAWAII VOUS ATTENDENT AVEC ÉQUIPEMENT D'URGENCE. CONFIRMEZ. QG SAN FRANCISCO.

Sharon Crandall serra le bras de Berry.

— Ils savent où on est. (Elle se tourna vers lui et lui sourit.) Nous serons à Hawaii dans moins de... (Elle l'interrogea du regard. Quelque chose n'allait pas.) John ?...

Berry secouait la tête.

— Je ne sais pas, dit-il tranquillement, je ne sais pas.

— Qu'est-ce qu'il y a qui ne va pas ?

— Je n'en suis pas sûr. (Il relut le message sur l'écran.) Je ne me sens pas confortable avec ce truc-là.

— Confortable ? (Elle le fixa pendant quelques secondes. Elle essaya d'ôter la pointe de ressentiment dans sa voix en parlant.) Comment diable est-ce qu'on pourrait se sentir confortable avec tout ce qui se passe dans cet avion ? Qu'est-ce que tu racontes ?

Berry sentit une colère soudaine monter en lui.

— Confortable, dit-il froidement, c'est une expression de pilote. Cela veut dire que je n'ai pas confiance dans ce plan.

— Et pourquoi ça ?

— Parce que, dit-il lentement, mais en appuyant bien ses mots, les îles hawaiiennes font une cible sacrément petite, alors que le continent américain est plutôt grand. (Il s'adossa au fauteuil du pilote.) Écoute, on a un cap pour l'instant. On va vers l'Amérique du Nord, la Californie probablement. On ne peut pas rater cette côte. Si on fait ce qu'ils demandent, on va mettre tous nos œufs dans un panier percé. Tout ce qu'on va y gagner, c'est un temps de vol plus court d'une heure ou deux à peine. Mais si on rate Hawaii — et il suffit d'une minuscule erreur de navigation — alors... (Il sourit tristement)... on finira comme nombre de précurseurs de l'aviation...

Sharon Crandall regarda le petit écran vert, puis à nouveau Berry. Sa vie, se rendait-elle compte, était complètement entre les mains de cet homme. Si John Berry ne voulait pas changer de cap, elle ne pouvait pas l'obliger à le faire. Pourtant, elle n'allait pas le laisser prendre cette décision sans de très bonnes raisons. Elle se détourna de lui et fixa l'horizon lointain.

— Comment est-ce que les vols réguliers trouvent Hawaii ?

— Avec ça, dit Berry en désignant la console radio et les cadrans éteints du système de navigation satellite. Soit ils ne fonctionnent pas, soit je ne sais pas les faire marcher. Et San Francisco n'a pas répondu à ma requête pour les instructions de vol.

— Redemande-leur.

Berry se glissa dans le siège du pilote et tapa.

BESOIN D'INSTRUCTIONS POUR UTILISER SYSTÈMES NAVIG. SAT. AVANT DE CHANGER DE CAP. SYSTÈMES SANS DOUTE ENDOMMAGÉS. POUR MÉMOIRE, SOMMES SEULEMENT TROIS DANS LE COCKPIT DÉSORMAIS — LA JEUNE LINDA FARLEY — L'HÔTESSE SHARON CRANDALL — ET MOI-MÊME. LES AUTRES PRÉSUMÉS PERDUS. BERRY.

Berry savait que cette liste des habitants du cockpit — stipulant qui était encore en vie et sain d'esprit — n'était absolument pas nécessaire. Un rajout inutile au message. Mais après son commentaire à Sharon sur l'exigence absolue de ne plus se séparer, envoyer cette courte liste de noms lui semblait indispensable, un constat fait pour le reste du monde. Berry appuya sur le bouton pour transmettre, et ils attendirent dans le cockpit silencieux.

Soudain la porte s'ouvrit à la volée. Linda Farley hurla.

Berry se lança hors de son siège en se retournant. Des visages, certains souriants, d'autres renfrognés, regardaient vers lui. Daniel McVary s'avança dans le cockpit. Berry songea qu'il avait l'air furieux.

Berry saisit l'extincteur sur le plancher et aspergea les visages les plus proches de lui. Les gens hurlèrent et essayèrent de reculer, mais la pression des autres derrière eux était trop forte et la foule continua sa progression, s'écrasant dans l'encadrement de la porte, un ou deux à la fois.

Berry était vaguement conscient de cris féminins derrière lui et des mains et des visages qui s'approchaient. Sans s'en rendre compte, il avait levé le lourd extincteur au-dessus de sa tête et il le balança en plein dans la figure du type le plus proche de lui.

Berry renouvela son geste encore et encore, distribuant des coups tout autour de lui. Les cris emplissaient le cockpit et le salon, noyaient même le bruit des réacteurs du Straton. Le son le plus présent de tous était une voix qu'il finit par identifier comme la sienne. Celle d'un animal à l'agonie.

Berry balança l'extincteur encore une fois, mais il n'y avait plus rien autour de lui. Il se laissa tomber sur un genou, ramassa un corps et le poussa dehors, puis tira les autres formes immobiles ou gémissantes dans le salon. Il les étala dans un espace libre ouvert au milieu de la foule en demi-cercle qui le dévisageait curieusement, en proie à la peur, mais sans haine ni colère. McVary, il le remarqua, était dans cette foule.

Berry saisit le bord de la porte et la tira vers lui en reculant dans le cockpit. Il se tourna et regarda autour de lui, essayant de retrouver une vision moins floue. Sharon Crandall se tenait debout devant lui. Elle avait ôté ses chaussures et elle enlevait ses collants. Elle l'écarta sans un mot et attacha les pieds de ses collants au petit loquet cassé, puis tira dessus. Berry prit le haut des collants et les étira. Il regarda autour de lui, cherchant où les accrocher.

Des mains et des doigts passaient dans l'espace entre la porte et le chambranle, essayant d'ouvrir. Berry tira plus fort sur les collants, coinçant les doigts dans la porte. Il trouva une barre transversale sur la paroi de gauche. Il entoura la barre avec les collants et les tendit pour en faire comme une longue corde entre la porte et la barre. Il les noua rapidement, puis s'adossa lourdement au siège du pilote, tremblant de tout son corps. Un rire involontaire monta de sa gorge.

Sharon tomba dans ses bras et ils s'étreignirent, son corps tremblant contre le sien, essayant tous deux de s'empêcher de rire nerveusement et de pleurer.

Linda Farley s'approcha, hésitante, puis courut se blottir contre eux, encerclant leurs tailles de ses bras.

Berry regarda la porte. Il restait moins de deux centimètres d'ouverture et aucun doigt n'essayait de s'y faufiler. Il vit du sang éclaboussé sur la peinture bleu-vert. Il serra Sharon contre lui.

— Oh Dieu, Sharon, bien vu... Mon Dieu nous...

Crandall secoua la tête très vite et essuya ses larmes.

— Je suis idiote de ne pas y avoir pensé avant.

— Moi aussi, dit Berry.

Il songea que c'était le signe que ses ressources initiales s'amenuisaient. Il se demanda s'il n'avait pas mal jugé les intentions de San Francisco.

Alors que le choc s'éloignait, il sentit son estomac se soulever, et son corps se remit à trembler. Il tituba jusqu'au siège du pilote et s'y laissa tomber, essayant de reprendre le contrôle de lui-même.

Linda s'installa dans le troisième siège de pilote, penchée sur la petite console de côté, le visage enfoui entre ses bras. Sharon se mit derrière la très jeune fille et lui caressa les cheveux.

Une minute entière plus tard, Berry regarda le data-link et aperçut le message qui attendait d'être lu.

AU VOL 52 : EXÉCUTEZ VIRAGE SELON INSTRUCTIONS. SYSTÈMES NAVIG. SAT. PAS INDISPENSABLES POUR TROUVER HAWAII — MAIS COMMENCERONS INSTRUCTIONS DE PILOTAGE EN ROUTE VERS HAWAII. COMPRIS QU'IL NE RESTE QUE 3 PERSONNES DANS LE COCKPIT. CONFIRMEZ RÉCEPTION. QG SAN FRANCISCO.

Il semblait à Berry que le ton des derniers messages avait changé, comme si quelqu'un de nouveau les envoyait. Mais, naturellement, il savait que c'était lui, celui qui les recevait, qui les lisait avec un état d'esprit différent.

Sharon passa par-dessus le collant étiré en travers du cockpit et se pencha vers Berry. Elle regarda le message. Elle avait décidé que si elle devait lui faire confiance, ce serait complètement, sans la moindre réserve, et sans hésitation.

— Qu'est-ce que tu vas faire ?

Berry continuait à fixer le dernier message. Il semblait complètement erroné. Si seulement il pouvait leur parler par radio, entendre leurs voix au lieu de lire des mots étalés sur un écran cathodique. Il se souvint de sa panique quand il n'avait aucun moyen de communiquer et se dit qu'il devrait être reconnaissant d'avoir au moins ce moyen-là.

Il réfléchit une minute, puis secoua la tête.

— Ils disent qu'ils savent où on est, mais s'ils se trompent ? Alors le nouveau cap est faux. À cette distance d'Hawaii, quelques degrés peuvent nous mettre à des centaines de kilomètres du but. Et si ce satané data-link se met à mal fonctionner avant qu'on n'atteigne Hawaii ? Ils ne seront pas capables de nous envoyer la moindre correction de cap. Et si le système de navigation satellite ne fonctionne pas, ou si je n'arrive pas à le faire marcher ? (Il pensa à quelque chose qu'il avait lu une fois. *Le composant le moins fiable d'un avion moderne, c'est son pilote.* Dans ce cas, c'était lui, John Berry. Il regarda les cadrans devant lui.) On tomberait en panne sèche au milieu du Pacifique. Il faudrait que j'essaie de me poser sur l'océan. Ça deviendrait une course entre les navires de secours et... les requins.

Sharon mit ses mains sur ses épaules, puis se pencha et chuchota dans son oreille.

— John, Linda est...

— Désolé.

Elle tourna son visage vers lui et l'embrassa sur la joue, puis se redressa très vite. Elle regarda le collant et le suivit des yeux jusqu'à la poignée de la porte. Il était tendu, sécurisant. Aucune main ne se glissait dans le petit interstice qui demeurait. Soudain, elle se sentit pleine d'optimisme. Elle se tourna vers Linda.

— Très bien, dit-elle, essayant de mettre un ton léger dans sa voix. Linda, Hawaii ou la Californie ?

L'adolescente releva la tête de la console.

— Je veux rentrer à la maison.

Sharon sourit.

— Alors, c'est la Californie, John. Dis-leur qu'on rentre à la maison.

Berry sentit des larmes lui piquer les yeux et les essuya bien vite. Il se pencha sur la console et tapa un message, très succinct.

12

Edward Johnson regardait le message qui venait de tomber.

SAN FRANCISCO : NOUS NE VOULONS PAS TOURNER. HAWAII EST UNE TROP PETITE CIBLE. MAINTIENDRONS CAP ACTUEL AU 120. INDIQUEZ-NOUS LA DISTANCE ET LE TEMPS EXACTS QUI NOUS SÉPARENT DE SAN FRANCISCO DÈS QUE VOS ORDINATEURS LES AURONT DÉFINIS. BERRY.

— Merde. Johnson sortit un cigare et en arracha l'extrémité avec les dents. Espèce de salopard de petit futé.

Il regarda son cigare un instant, puis le jeta par terre.

Metz scrutait Johnson. Il n'avait pas aimé cette idée d'envoyer le Straton vers Hawaii et il était à moitié soulagé que ça n'ait pas marché.

— Il faut que tu fasses quelque chose, Ed. Il faut lui donner des instructions qui vont le faire dégringoler pour qu'on puisse se tirer d'ici avant que...

— La ferme, Metz. Je sais ce que j'ai à faire.

Une question le taraudait, au fond de sa tête : Berry ne commençait-il pas à voir dans son jeu ?

— Je ne peux pas le pousser trop. Il a trop de jugeote.

— Qu'est-ce que tu vas répondre ?

— Quel choix ai-je ? Je vais lui donner les informations qu'il réclame.

— Bon Dieu, maintenant voilà qu'on l'aide.

— Il faut que je me débrouille pour qu'il nous foute la paix pendant un moment.

Johnson s'approcha de la carte du Pacifique. Il prit une règle sur un comptoir et prit quelques mesures grossières.

— Ils ne seront pas mieux lotis avec ce nouveau cap. Peut-être même un peu moins bien. Mais je ne peux pas lui en fournir un trop absurde. Berry est...

— Je sais. Futé.

— J'allais dire qu'il soupçonne peut-être quelque chose.

Metz s'approcha du data-link et tapota la machine de la main.

— Ne te laisse pas effrayer par ce type. C'est un pilote du dimanche assis dans le plus gros et le plus compliqué des avions jamais construits — qui, de surcroît, a deux grands trous dans le fuselage, et est plein à ras bord de morts-vivants. Bon Dieu, même John Wayne ne s'en sortirait pas. (Il interrompit puis reprit doucement :) Tout ce dont Berry a besoin, c'est d'une petite erreur de direction et il finira par tomber.

Johnson l'ignora et s'installa devant le clavier du data-link. Il tapa.

AU VOL 52 : NOUS SOMMES ICI POUR VOUS AIDER, MAIS NOUS ACCEPTONS VOTRE DÉCISION. VEUILLEZ SUIVRE NOS INSTRUCTIONS TECHNIQUES À LA LETTRE. EN RÉPONSE À VOTRE DEMANDE, LE CAP PRÉ-

CIS POUR SAN FRANCISCO EST 131 DEGRÉS. DISTANCE 2 000 NAUTIQUES. DURÉE DE VOL ESTIMÉE À CINQ HEURES ET DIX MINUTES À LA VITESSE ACTUELLE. M'ARRANGE POUR INTERCEPTION MILITAIRE. PROBABLEMENT D'ICI DEUX HEURES. QG SAN FRANCISCO.

Metz jeta un coup d'œil à la pendule murale. 2 heures 2 minutes.

Johnson suivit son regard.

— C'est exact. Ils ne seront pas à portée des radars du Contrôle aérien avant 6 heures. On a du temps devant nous avant qu'ils n'apparaissent.

— Et les militaires ?

Johnson se permit un sourire.

— Si tu ne les appelles pas, je promets de ne pas le faire non plus.

— Je veux dire : est-ce que le Contrôle aérien ne les a pas déjà appelés ?

— Bien sûr. La moitié de l'Air Force et de la Navy sont en route. Mais ils n'ont pas leur bonne trajectoire et le ciel est plutôt vaste par là-bas. (Johnson se dirigea vers la photo couleur des prévisions météo et la contempla.) Pour compliquer un peu les recherches, une zone de mauvais temps s'approche de ce coin-là.

Metz avait l'air plus qu'impatient.

— À la manière dont tourne notre chance, ils vont probablement les retrouver d'ici dix minutes.

— *Notre* chance ? Celle de Mr. Berry ne tourne pas vraiment bien non plus. Je parie que c'est un vol qu'il aimerait avoir raté. Je préfère notre chance que la sienne. De toute manière, même si un bateau ou un avion les repère, ils ne pourront pas faire grand-chose pour eux. Nous sommes les seuls à pouvoir les aider, parce que nous sommes les seuls à être en contact avec eux, et personne ne le sait, sauf nous deux.

— Eh bien, qu'est-ce qu'on va faire d'eux ? Qu'est-ce qu'on va faire pour faire dégringoler ce pilote ?

Le téléphone sonna. Johnson se leva, s'approcha du comptoir et décrocha.

— Johnson. (Il se tut.) Oui, monsieur. Nous essayons toujours d'entrer en contact. Non, monsieur, je crois que je suis plus utile ici. (Il écouta un moment son correspondant, puis reprit.) Si vous avez la moindre question, vous pourrez me joindre ici. Merci, monsieur.

Il reposa le combiné et regarda Metz.

— C'était notre illustre patron. Tout le monde est dans la salle de conférences de la direction. Et avec un peu de chance, ils vont y rester, pas loin du bar et avec l'air conditionné. Ils n'aiment pas cette salle-ci.

— Je n'en suis pas vraiment dingue non plus, dit Metz en regardant le téléphone. J'ai un patron aussi, et il se demande probablement ce qui se passe. Si je savais, je l'appellerais.

— Tu ferais mieux de le faire avant qu'il ne commence à entendre des choses aux infos, ou avant que notre président ne l'appelle. Les présidents sont comme ça. Ils appellent des gens et ils demandent ce qui se passe. En tout cas, si les présidents de compagnies d'assurances sont comme ceux des compagnies aériennes, il doit vraiment vouloir savoir ce qui se passe.

Metz contemplait le téléphone.

— J'attendrai. (Il se tourna vers Johnson.) Alors, quelles instructions vas-tu donner à Berry ?

Johnson ouvrit le manuel de pilotage. Il jeta un coup d'œil à Metz.

— Il y a une expression consacrée : la première fois que tu donnes un mauvais conseil, c'est excusable, la deuxième, c'est suspect, la troisième, c'est de la trahison. Je suppose que j'ai encore droit à un essai.

Il s'absorba dans la lecture du manuel.

— Ne le surestime pas. Si on doit le couler, il faut prendre quelques risques.

Johnson feuilletait le manuel tout en parlant.

— Quand je lui ai proposé ce vecteur, je retenais mon souffle. Tu sais pourquoi? Parce qu'il n'y a absolument aucun moyen qu'on ait déterminé sa position exacte, et je ne savais pas s'il le savait. De plus, vecteur est l'abréviation de vecteur radar, et il n'y a pas de radar dehors. C'est un peu comme si tu me disais que le chemin le plus court pour aller à Sausalito, c'était de faire le tour de la baie sans emprunter le Golden Gate Bridge. J'ai parié que Berry ne savait rien de la navigation au-dessus des océans. J'ai également parié que Mrs. Crandall n'avait jamais passé beaucoup de temps à traîner dans le cockpit à écouter nos pilotes l'ennuyer en lui donnant des leçons de pilotage. Alors, ne me parle plus de prises de risques.

Metz essuya la transpiration sur son visage avec un mouchoir.

— Dieu, je ne savais pas que ce serait si compliqué.

— L'ignorance, Mr. Metz, est une bénédiction. Et si tu es assez ignorant pour croire que nous pouvons crier « la partie est finie », rentrer chez nous et oublier ce qu'on a essayé de faire, alors j'ai des nouvelles pour toi. Dès que j'ai envoyé ce message de merde, on a été mouillés. Parce que, s'il revient, on pourra toujours mentir sur la fausse rupture de communication, mais on ne pourra pas mentir sur ce vecteur bidon.

Metz s'enfonça dans son fauteuil.

— S'ils reviennent... s'ils atterrissent... on pourra

dire qu'ils ont mal compris. Qu'ils souffraient du manque d'oxygène...

Johnson s'arrêta à une page et se mit à lire, puis leva le nez.

— Exact. S'ils reviennent et qu'ils survivent à l'atterrissage, on pourra dire ça. On pourra peut-être faire croire à tout le monde qu'un pilote privé qui était assez fortiche pour poser un jet supersonique est assez stupide pour ne pas se souvenir correctement des messages que nous lui avions envoyés. De plus, il y a encore trois personnes normales dans ce cockpit avec des cerveaux qui fonctionnent. Mais le facteur le plus important pourra bien être les messages imprimés. Wayne, tu vois ces feuilles qui sortent du data-link ? demanda Johnson.

— Oui. (Metz les avait oubliées, et oublié aussi ce que leur existence impliquait.) Il faut nous en débarrasser.

— Élémentaire, mon cher Watson. Mais avant de le faire, devine où se trouvent les exemplaires correspondants ? Vas-y. Tu n'as droit qu'à une réponse.

— Oh merde !

— Exact. Les data-links fonctionnent parfois de travers, mais ils n'ont jamais de lésions au cerveau, et ils ne bafouillent pas d'une manière qui nous arrange quand il s'agit de messages de meurtre. Ce que nous avons envoyé à cet avion est largement suffisant pour nous faire condamner pour tentative de meurtre. Si l'imprimante du cockpit est allumée — et en général elle l'est, pour mémoire —, alors ils auront toutes les preuves matérielles dont ils ont besoin.

Metz se pencha en avant.

— Bon Dieu ! Pourquoi tu ne m'as pas dit tout ça ?

— Pourquoi ? Parce que tu n'as pas vraiment les couilles pour l'entendre. Tu pensais que je trouverais une solution technique au problème pour coller le Straton dans l'océan. Si tu avais su tout ce que ce problème impliquait, tu aurais couru jusqu'à chez ton analyste, ou foncé suivre une thérapie de groupe comme tous les jeunes super-loups de ces putains de compagnies d'assurances.

Metz se leva lentement.

— C'est plus que juste, nos carrières, maintenant. Si...

— Exact. C'est nos vies contre les leurs. S'ils se posent, on prend au moins vingt ans. Cela pourrait légèrement affecter nos promotions.

Johnson regarda à nouveau le livre, puis le data-link. Il se tourna vers Metz.

— Au lieu de rester là comme ça avec un doigt dans le cul, va discrètement enlever les feuilles imprimées des derniers messages du data-link.

Metz s'approcha de la machine. Ses mains tremblaient et la sueur lui coulait sur le visage. Il regarda vers la salle du dispatching. De temps en temps, un type levait le nez vers lui.

Johnson se leva et s'approcha de la porte.

— Vas-y, Wayne. Un seul geste rapide, de l'imprimante jusqu'à ta poche. (Johnson mit la main sur la poignée de la porte pour attirer l'attention de tous les hommes de la salle du dispatching.) Vas-y.

Metz déchira les feuilles et les fourra dans sa poche.

Johnson fit comme s'il avait changé d'avis et s'éloigna de la porte. Il s'assit devant le comptoir.

— Très bien. En cas de capture imminente, mange-les.

Metz s'approcha de lui.

— Je n'aime pas du tout ton sens de l'humour.

Johnson haussa les épaules :

— Moi, je ne suis pas certain d'aimer ton manque de sens de l'humour. Premier signe de maladie mentale — manque d'humour. Incapacité de voir le côté drôle des choses. L'humour te maintient alerte et ouvert à toute possibilité.

Metz sentait qu'il perdait le contrôle de la situation. Il avait déclenché des forces qui étaient maintenant au-delà de son contrôle. Tout dans cette pièce, Johnson y compris, semblait si étranger. Il pouvait manipuler des gens et il pouvait également manipuler, à travers eux, leur technologie, leurs usines, leurs machines. Mais il ne pouvait pas manipuler les machines elles-mêmes. À vrai dire, le facteur humain n'était pas aussi imprévisible que les facteurs techniques — les ordinateurs et les moteurs qui tournaient alors qu'ils auraient dû s'arrêter, s'arrêtaient alors qu'ils auraient dû fonctionner.

— J'ai comme l'impression que le Straton finira par atterrir, sauf si on le fait vraiment dégringoler.

Johnson sourit.

— Je crois que tu approches enfin de la vérité. Il n'y a rien qui déconne radicalement, ni dans cet avion, ni chez ce pilote. Si ses nerfs tiennent, il réussira à le poser sur un terrain quelconque, quelque part, et d'une manière qui lui permettra de survivre, lui ou les autres dans le cockpit, et dans les autres j'inclus la boîte noire.

— On ne peut pas laisser arriver ça.

— Non, on ne peut pas. (Johnson tapota le manuel du pilote avec son index.) Dans ce bouquin il y a quelque chose qui va l'achever — et vite. Et je crois que j'ai trouvé.

Le soleil du début d'après-midi se reflétait, étincelant, sur la mer tranquille qui entourait l'USS *Chester W. Nimitz*. Le porte-avions naviguait sans presque bouger. Une brise modérée, générée par les 18 nœuds du navire, balayait son immense pont vide de la proue à la poupe. Dans les ponts inférieurs, les activités de l'après-midi étaient pure routine.

Le commandant James Sloan et l'amiral à la retraite Randolf Hennings étaient assis, silencieux, dans la pièce E-334 au niveau 0-2 du kiosque. Ni l'un ni l'autre n'avait proféré le moindre mot depuis plusieurs minutes ; chacun était perdu dans ses propres pensées. Pour Sloan, le problème était clair et la solution évidente. Pour Hennings, la situation était beaucoup plus complexe. Le visage de Sloan était figé, rigide, indéchiffrable. Le visage d'Hennings trahissait son combat intérieur.

Finalement, Sloan prit la parole.

— La situation reste inchangée. Notre seule erreur était d'attendre que le Straton descende par lui-même. Mais il n'y a aucune raison de poursuivre cette discussion. Essayons d'envisager tout ça comme un problème de guerre tactique.

Hennings était fatigué et il avait très mal à la tête.

— Arrêtez de me bassiner avec vos comparaisons guerrières, Commandant, cela ne fonctionne plus désormais.

Après le rapport de Matos indiquant que le Straton avait changé de cap, Hennings pensait que Sloan allait admettre qu'ils ne pouvaient pas procéder à la destruction de l'avion. Hennings était presque soulagé à l'idée de confesser ce qu'ils avaient fait au capitaine Diehl. Mais Sloan, comme Hennings aurait dû le savoir, n'allait pas abandonner aussi facilement. Pour Sloan, il y avait peu de différence entre abattre un avion qu'ils avaient tout d'abord cru plein de cadavres, et abattre un avion qui montrait des signes de vie.

— Et cessez de me dire que rien n'a changé. Tout a changé, lança l'amiral.

— Oui, et en pire. Laissez-moi souligner encore une fois, Amiral, que je ne veux pas finir en prison. J'ai toute ma vie devant moi. Vous aurez peut-être droit à un traitement pour VIP à Portsmouth — un petit cottage pour vous tout seul, enfin, le genre de choses qu'ils doivent réserver aux amiraux —, mais moi... Ce qui me rappelle que vous serez le premier amiral à passer en cour martiale au cours de ce siècle, pas vrai ? Ou alors, avec votre statut de retraité, peut-être allez-vous devoir supporter l'indignité d'un tribunal civil.

Hennings essayait de se souvenir — de comprendre la séquence de petites compromissions qui l'avaient amené si bas, assez bas pour devoir entendre ça d'un homme comme Sloan. Soit il devenait sénile, soit il y avait une faille dans sa fibre morale dont il n'avait jamais été conscient. Le commandant James Sloan ne pouvait pas être aussi fin.

— Vous pensez beaucoup à vous-même, n'est-ce pas ? dit-il. Mais si vous étiez aussi brillant que vous pensez l'être, nous ne serions pas dans cette merde.

— Je ne crains pas de lever la tête, si je peux y gagner quelque chose. Ce qui m'agace, c'est que vous vous mettiez en travers de mon chemin. Tout ceci serait résolu depuis longtemps si vous n'aviez pas tergiversé, et si nous n'avions pas écouté la merde de Matos sur les fissures et les pseudo-dégâts de ce foutu zinc.

Hennings hocha la tête. C'était assez vrai. Durant l'heure qui venait de s'écouler, Sloan lui avait expliqué pourquoi Peter Matos devait détruire le Straton. Durant cette dernière heure, Hennings avait conseillé d'attendre que Matos annonce que le Straton était tombé tout seul. Les rapports de Matos avaient confirmé que le Straton était endommagé, mais volait toujours, droit et stable, en dehors d'un inexplicable changement de cap de 120 à 131 degrés. Matos avait également signalé que des gens sautaient ou tombaient de l'appareil. Rien de tout cela n'était compréhensible.

— Pourquoi ont-ils changé de cap ? Pourquoi est-ce que des gens tombent d'un avion stable ? Visiblement, il n'y avait pas d'incendie à bord. Ils ne peuvent pas juste sauter, tout de même. Cela n'a aucun sens. Mais que se passe-t-il dans cet avion ?

Sloan n'était pas bien certain non plus de ce qui se passait à bord du Straton. Le premier cap semblait mettre l'avion sur une trajectoire le ramenant à sa base à San Francisco. Le nouveau cap semblait les amener vers une trajectoire parallèle à la côte. Il regarda Hennings.

— Le pilote doit être perdu. Ses appareils de navigation sont probablement endommagés. Quant aux passagers... (Il réfléchit un moment à ces événements bizarres.) Je vous ai dit qu'ils souffraient probablement de lésions cérébrales. (Il commençait à imaginer pour la première fois ce que ce devait être pour les gens à bord du Straton.) Les pilotes ont peut-être également des lésions cérébrales. C'est pour ça qu'ils changent de cap. (Il regarda Hennings droit dans les yeux.) Ils pourraient s'écraser dans une zone habitée. Pensez à ça.

Hennings en avait assez de penser et d'argumenter. Son seul argument avait été fondé sur sa propre compréhension des issues morales et éthiques impliquées par cette situation. Contre cet argument mince et apparemment sans poids, Sloan avait jeté une douzaine de raisons « valables » de détruire le Straton et ses occupants.

— On perd du temps, dit Sloan, l'air de rien, comme s'il était en retard pour un match de tennis au club des officiers. Matos n'a presque plus de carburant.

Hennings se rapprocha du commandant.

— Et si je dis non ?

Sloan haussa les épaules.

— Alors, je vais voir le capitaine Diehl et je lui raconte ma version de l'histoire.

— Vous ne bluffez pas très bien.

Sloan sourit.

— Eh bien, je pense que ce n'est plus très important que vous soyez d'accord ou pas. Vous avez déjà commis une demi-douzaine de délits dignes de la cour martiale. Contentez-vous de cesser de me mettre des bâtons dans les roues, j'appelle Matos, et on en finit. Visiblement, le Straton ne tombera pas tout seul.

Sloan prit le micro et regarda Hennings du coin de l'œil. Il commença à pousser le bouton pour transmettre, puis hésita. Il vaudrait tout de même mieux que l'amiral soit de son côté. Alors qu'il soupesait son prochain mouvement, le téléphone sonna. Il posa le micro et décrocha le récepteur.

— Commandant Sloan, dit-il impatiemment, puis il écouta pendant quelques secondes. Oui. Envoyez le message. Exactement comme vous l'avez reçu.

— Qui est-ce ? demanda Hennings, avec de l'appréhension dans la voix.

Sloan l'ignora.

— Okay. Je comprends. Alors leur requête concerne spécifiquement une recherche de vaste amplitude, et seulement dans les limites que vous venez de décrire ?

Hennings était certain que cela concernait le Straton, mais il n'arrivait pas à deviner de quelle manière.

Sloan secouait la tête.

— Je suis coincé ici — avec ce test spécial. Non, ce n'est toujours pas fini, mais cela ne vous concerne pas. Que le lieutenant Rowles fasse la répartition. Au moins huit appareils à chaque tour. Lancés à une heure d'intervalle. Commencez les recherches par la moitié nord et descendez ensuite vers le sud. (Sloan regarda la pendule de sa console.) Dites à Rowles que le premier groupe soit prêt dans quinze minutes. (Il raccrocha et se tourna vers Hennings.) Un message est arrivé du Contrôle aérien pour entamer une mission de recherche et de sauvetage.

— Le Straton ?

— Le vol 52 de la Trans-United. Un Straton 797 supersonique de San Francisco à Tokyo. À moins que les Straton de la Trans-United soient dans un très mauvais jour, ce doit être le nôtre.

— Mais je pensais qu'on entendrait toutes les transmissions de cet avion ?

Il fit un geste englobant tout l'appareillage de détection et de radio.

Sloan hésita. Il fallait qu'il choisisse avec soin ce qu'il allait dire ou non à Hennings.

— Ils ont transmis par data-link un message tapé qui s'affiche sur un écran d'ordinateur. Je présume que seul le bureau des opérations de la Trans-United peut les recevoir. Bref, le pilote était apparemment mourant. Lésions cérébrales. Il a effectué ce changement de direction, puis le changement de cap, et puis ils ont perdu le contact. Ils supposent qu'il est mort ou inconscient, et que le Straton est tombé et...

— Alors, ils ne savent pas qu'il est encore...

— Non. Ils ne le savent pas. La bonne nouvelle, c'est que l'un des messages data-link du Straton mentionnait une bombe. Tout le monde pense qu'il y avait une bombe à bord. Vous voyez maintenant, Amiral ? Un avion sans pilote rempli de morts et de mourants, et avec assez de carburant pour atteindre la Californie. Même si ce n'était pas de notre faute, je dirais qu'il est de notre devoir d'abattre cet appareil.

— Quand est-ce que votre équipe de recherche sera dans la zone ?

— Bientôt.

On avait demandé à Sloan de fouiller la zone qui était à des centaines de kilomètres de là où se trouvait réellement le Straton. À l'instant où ses avions atteindraient cette zone, le Straton en serait encore plus éloigné.

— Très bientôt, mentit-il. (Il regarda Hennings.) Vous ne pourrez pas éviter toute responsabilité si je donne l'ordre d'abattre cet appareil. Le silence est un consentement. Vous n'êtes pas meilleur que moi. Mais si vous préférez demeurer silencieux et me laisser faire le sale boulot...

Soudain, Hennings comprit l'insistance de Sloan pour avoir son accord afin de commettre un acte qu'il avait le pouvoir d'accomplir par lui-même. Sloan cherchait une victoire personnelle sur Hennings, et sur tout ce qu'Hennings représentait. Toutes ces notions d'honneur, de vertu et d'intégrité. Quelque part, Sloan se sentirait bien mieux de pouvoir aplatir le visage d'Hennings dans la boue.

— Vous n'aviez aucun scrupule, dit Sloan, à servir un chef des armées qui était un insoumis, un menteur reconnu ; et qui n'avait que du mépris pour les militaires. Ou, si vous aviez ces scrupules, vous les avez bien cachés, Amiral. Nous l'avons tous fait. Ne me parlez pas de faire les bonnes choses, de m'en tenir à des principes. Personne n'a digéré le Vietnam et aucun d'entre nous n'a élevé la voix contre l'insoumis de la Maison-Blanche. Nous sommes tous des putes et nous sommes tous compromis. La seule chose à laquelle je crois, c'est la carrière de James Sloan.

Hennings ne répondit pas, ne protesta pas.

Les deux hommes se turent pendant un bon moment.

Hennings contemplait cette pièce connue sous le nom de E-334. Stérile, métal gris couvert de labyrinthes de circuits électriques, l'odeur de l'électronique suspendue dans l'air conditionné. Le monde était plein de pièces E-334 maintenant, sur mer, en l'air, sous terre. Des petits compartiments clos sans la moindre humanité. Un jour, on déciderait de la destinée et du sort des humains dans une pièce comme celle-ci. Hennings était heureux de savoir qu'il ne serait plus là pour le voir. Il regarda Sloan. Cet homme représentait le futur. Il savait comment vivre dans ce monde.

— Oui, bien sûr. Ordonnez à Matos d'abattre le Straton.

Sloan hésita une seconde, puis s'installa vivement devant la console radio.

— Assurez-vous qu'il comprend ce qu'il doit faire et pourquoi il doit le faire, Commandant.

Sloan se retourna vers Hennings.

— Oui, très bien. Je sais ce que j'ai à faire. Nous l'avions déjà amené à ce point il y a peu de temps.

Mais il savait que Matos pouvait très bien osciller entre deux conduites.

— Navy trois-quatre-sept, ici la Maison. Vous me recevez ? (Sloan regarda à nouveau vers Hennings.) Vous vouliez que je sois honnête avec lui, je vais l'être.

La radio grésilla et la voix de Matos, fatiguée et peut-être également effrayée, passa à travers le brouilleur et remplit la pièce.

— Roger, la Maison. Allez-y.

Sloan perçut la nervosité dans la voix du jeune pilote. C'était un bon début.

— Peter, ici le commandant Sloan. Je vous ai posé une question tout à l'heure et maintenant, je veux la réponse. Pourquoi vous a-t-on ordonné de rester hors de vue du cockpit ?

Il y eut un long silence, puis la radio revint à la vie avec la voix du lieutenant Matos.

— Je devais rester hors de vue du cockpit parce qu'il pourrait y avoir un pilote dedans. S'il était capable de faire fonctionner ses radios, et s'il me voyait, il pourrait comprendre ce qui est arrivé à son appareil et le signaler par radio. Ou le dire à quelqu'un une fois posé au sol.

— Oui. Mais nous avons de nouvelles informations issues du Contrôle aérien. Ils pensent qu'il y avait une bombe à bord. Allons, Peter, quoi d'autre ?

— L'accident était de notre... de ma faute. J'ai une chance d'enterrer l'affaire en abattant le Straton.

— Pour le bien de la Navy, pour le bien de la sécurité nationale et pour votre propre bien.

— Oui.

— Le test que nous menions était en violation d'un traité international. Il est illégal. Vous comprenez ?

— Oui.

— Les gens à bord sont morts ou souffrent de lésions cérébrales inguérissables. Ils se dirigent vers la Californie — comme un missile de croisière, avec assez de puissance destructrice pour anéantir une petite ville ou une vingtaine de pâtés de maisons.

— Je comprends.

— Chaque navire et chaque avion sur zone se dirige désormais vers vous, y compris une escadrille de ce porte-avions. Si qui que ce soit vous voit, nous sommes tous finis. D'ici dix minutes tout au plus, vous allez tirer le missile Phoenix dans le Straton, exactement comme vous deviez le faire auparavant.

— Roger. (Il y eut une pause.) Mon carburant baisse.

— Raison de plus pour le faire rapidement. Quand vous aurez achevé votre mission, continuez à voler vers la côte et je vais vous envoyer un ravitailleur en vol. Est-ce bien compris ?

— Oui.

Sloan décida qu'il était l'heure de lever toutes les barrières. Il prit un ton très officiel.

— J'ai ici avec moi l'ex-amiral Randolf Hennings,

qui approuve ma décision. Il vous débriefera personnellement quand vous vous poserez. Compris ?

— Oui.

Sloan jeta un œil vers Hennings dont le visage était devenu blanc. Sloan dit à Matos :

— Assez discuté, Peter. Tirez votre missile dans le cockpit du Straton. C'est compris ?

— Oui.

— Mettez-vous en position, calez votre visée et tirez. Pas d'erreur de tir. Dix minutes maximum. Rappelez-moi quand vous aurez accompli votre mission.

— Roger.

— Roger. Terminé.

Sloan mit son compte à rebours en marche, réglé sur dix minutes, puis fit pivoter son fauteuil et fit face à Hennings. L'amiral était très pâle et s'appuyait contre la cloison.

— Vous vous sentez mal ?

— Ce n'est rien.

Sloan hocha la tête.

— J'espère que vous ne pensez pas que c'est plus facile pour moi que pour vous.

Hennings essuya la sueur froide dans son cou.

— Je pense que si.

Sloan le fixa. Le vieil homme avait l'air d'être au bord de l'attaque cardiaque.

Hennings se redressa.

— Je crois que je vais aller sur le pont prendre l'air.

Sloan ne voulait pas perdre Hennings des yeux. Il y avait une aura étrange dans cette pièce, comme un sort qui pouvait être brisé par le soleil et par d'autres voix, d'autres visages.

— J'aimerais mieux que vous restiez. Pendant dix minutes au moins.

Hennings acquiesça.

— Oui. Bien sûr. J'attendrai que ça soit fini.

Il écarta les rideaux noirs, ouvrit le hublot et aspira une grande goulée d'air frais. Puis, pour la première fois depuis plus de quarante ans, il eut le mal de mer.

Sloan surveillait le vieil homme du coin de l'œil. Hennings était un chaînon très faible dans une chaîne de trois maillons. Matos était plus fort, mais il pouvait également se briser. Maintenant que le problème du Straton était quasiment écarté, Sloan réfléchissait davantage à Hennings et Matos. Il avait déjà presque complètement décidé de la manière dont il allait s'occuper du lieutenant Matos.

Sloan s'approcha du bout de la console où une demi-douzaine d'interphones étaient posés, codés par couleur pour indiquer leur fonction. Il prit le vert et, avant que qui que ce soit ne réponde, il appuya discrètement sur l'interrupteur pour le couper.

— Opérations ? Ici le commandant Sloan. Nous avons un problème. Navy trois-quatre-sept, F-18, lieutenant Matos. Il est dans une situation critique. Presque en panne de carburant. Je veux qu'un transporteur décolle de la plus proche base côtière pour le ravitailler en vol. (Sloan donna les coordonnées présentes de Matos dans l'interphone coupé.) Merci. (Il raccrocha et prit l'interphone bleu. Il fit exactement la même chose, le coupant avant que qui que ce soit ne réponde.) Rowles ? Sloan. Alertez l'escadrille de recherche du Straton. Dites-leur qu'ils vont peut-être devoir se séparer en deux pour rechercher le trois-quatre-sept. Oui. Il n'a presque plus de carburant, mais j'ai un ravitailleur en route et il devrait l'atteindre à temps. C'était juste pour vous alerter. Bien.

Il raccrocha et posa un carnet de notes sur les interrupteurs pour que l'amiral ne soupçonne rien. Puis il se tourna vers le vieil homme.

Randolf Hennings était un problème autrement

plus difficile à résoudre. Tant qu'Hennings vivrait, respirerait et parlerait, avec toute sa culpabilité rentrée et ses remords, James Sloan n'aurait plus jamais une bonne nuit de sommeil, ne saurait jamais si une convocation dans le bureau du capitaine ne signifiait pas qu'on l'arrêtait. James Sloan ne pouvait pas se permettre ça. Pas le moins du monde.

Du fauteuil du commandant de bord du Straton, la vue était spectaculaire. Berry était assis, hypnotisé par l'énorme masse de nuages noirs qui semblaient bouillir à l'horizon. Il les avait d'abord aperçus, comme un vague brouillard au loin, des rais de soleil passant à travers et tombant dans l'océan selon un angle aigu. Plus il s'en approchait, plus menaçants ils paraissaient — et plus il savait qu'ils avaient un grave problème.

Il se pencha et scruta l'horizon. Une ligne de tempêtes s'étendait aussi loin qu'il pouvait voir dans les deux directions, comme un immense mur solide entre les cieux et la terre. Elles tombaient jusqu'à la mer comme un rideau, cachant la ligne d'horizon et s'élevant comme des tours si hautes qu'il savait qu'il ne pourrait pas grimper au-dessus d'elles.

Sharon lui toucha le bras et s'exprima doucement, la voix pleine d'inquiétude.

— Je n'en ai pas vu de si mauvaises depuis très longtemps.

Berry n'en avait même jamais vu. La seule chose qu'ils avaient eue de leur côté, c'était le beau temps et le jour, et il avait commencé à prendre ça pour acquis, ne croyant pas que quoi que ce soit puisse aller plus mal pour le vol 52.

— Tu es déjà passée à travers quelque chose comme ça ?

— Quelquefois, oui. Et toi ?

— Non. Jamais dans un vol commercial.

— Dans ton Skymaster ?

— Non plus.

Dans son Skymaster, il aurait tout simplement fait demi-tour et trouvé un aéroport. Ici, il n'y avait pas d'aéroport vers lequel se retourner.

Crandall regarda l'écran du radar météo sur le panneau central des instruments.

— Est-ce que tu vois une percée dans les nuages ?

Berry regarda l'écran. Une fine barre verte balayait l'écran toutes les six secondes, laissant un schéma de taches de couleur dans son sillage.

— Je ne sais pas vraiment comment m'en servir ni comment le lire. (Il regarda la ligne d'orages, puis à nouveau le radar. Ce qu'il voyait sur l'écran était censé représenter ce qu'il voyait à travers le pare-brise, mais il n'y voyait aucune corrélation.) J'ai lu des articles sur les radars météo, mais je ne m'en suis jamais servi.

Sharon avait les yeux fixés sur l'écran radar.

— Est-ce que ce sont les commandes du radar ?

Berry regarda la console.

— Oui. Inclinaison de l'antenne. Avance. Brillance. Sélecteur de mode... Ici, il y en a un qui s'appelle taux d'effacement. Jamais entendu parler de ça.

Crandall regarda à nouveau vers le mur noir au loin. Il se rapprochait maintenant, et elle pouvait distinguer sa violence intérieure, les bouillonnements de fumée gris-noir.

— Est-ce qu'on peut en faire le tour sans le radar ?

Berry fit non de la tête.

— Ces zones s'étendent parfois sur des centaines de kilomètres. Je ne crois pas que nous ayons assez de carburant pour essayer de la contourner.

— Hawaii ?

— Elle ne voulait pas remettre ça sur le tapis, mais cela semblait trop important pour être passé sous silence.

— Non. En plus des raisons que je t'ai déjà données, on n'a plus assez de carburant pour ça non plus. On a juste assez pour voler droit sur la Californie.

Crandall regarda les jauges. Elles indiquaient moins d'un tiers du plein.

Berry jouait avec les boutons du radar. S'il pouvait comprendre l'image sur l'écran, il serait peut-être capable de relever un point faible dans le mur de nuages devant eux.

Crandall se rappelait les autres tempêtes qu'elle avait traversées sur d'autres appareils. Le Straton 797 volait au-dessus, et ça, au moins, c'était un des avantages du vol stratosphérique.

— On ne peut pas grimper ?

Berry regarda le mur solide de nuages.

— Non, pas avec cet avion. Il ne tiendrait pas sa pression d'air.

Il regarda le masque à oxygène qui pendait à côté de son siège. Un masque à oxygène serait suffisant s'il ne dépassait pas les 9 000 et quelques mètres. Était-ce assez haut pour échapper à ces orages ? Il ne pouvait pas en être certain, mais il ne le pensait pas. De plus, les réservoirs d'oxygène étaient probablement vides et il ne savait pas s'il existait un réservoir de secours.

Crandall suivait ses pensées.

— Il y a peut-être un réservoir d'oxygène qui n'a pas servi et sur lequel on pourrait se brancher ?

— C'est possible. Mais tu crois qu'on devrait exposer ces gens à une deuxième période de privation d'oxygène ? Est-ce qu'on ne doit pas mettre une limite quelque part ?

— Non. Il s'agit de nos vies.

— Ils ne sont pas morts et nous ne savons pas s'ils vont aller mieux, et même s'ils ne vont pas mieux... En plus, pour gagner de l'altitude pour passer au-dessus de ces orages, il faut que je monte en cercles

— en spirale. Je préférerais ne pas devoir tester maintenant mes aptitudes au pilotage. En tout cas, la manœuvre brûlerait une énorme quantité de carburant.

— Ce que tu dis implique que nous sommes condamnés à foncer dans la tempête.

— Je n'en suis pas sûr. Les autres options paraissent meilleures à court terme, mais je pense à la côte californienne.

— Moi aussi. (Elle hésita, puis dit :) Est-ce que les trous dans la cabine vont... est-ce que l'avion pourrait... ?

— Je ne crois pas qu'il se brise en deux, non. (Mais il ignorait si la structure était affaiblie, si des longerons n'étaient pas abîmés. Des avions absolument intacts s'étaient brisés dans des orages.) C'est les ailes qui encaissent le plus. Elles n'ont pas l'air endommagées.

Crandall hocha la tête. Il y avait quelque chose de rassurant dans la voix de John Berry, dans ses manières. La plupart des pilotes avaient cette capacité à faire passer les mauvaises nouvelles pour de la simple routine. Pourtant, elle sentait que quelque chose d'autre le troublait.

— Si tu penses que le Straton peut le supporter, alors je peux le supporter.

Berry décida qu'il fallait qu'il s'ouvre à elle en toute confiance. C'était sa vie à elle aussi, et elle avait le droit de savoir ce qui pouvait se produire.

— Écoute, Sharon, le principal problème, ce n'est pas l'avion. Si la turbulence devient trop forte — et il n'y a pas de raison de penser qu'elle ne le fera pas quand on voit la tête de ces nuages —, le pilote automatique pourrait se désengager. Alors, il faudrait que je pilote cette chose moi-même. Bon Dieu, trois pilotes expérimentés dans un appareil intact seraient déjà débordés dans une telle tempête. Il faudrait que je pense aux gaz, à l'orientation... je n'ai jamais conduit cet avion par beau temps. Il pourrait m'échapper... se mettre en vrille...

Soudain, Berry voulut faire demi-tour, courir pour échapper au mur noir qui se refermait sur lui, même s'il devait, pour ça, poser l'avion dans la mer. Tout serait préférable au cauchemar d'un avion secoué, ballotté, pris dans le centre d'une tempête de force et de taille inconnues. Il se tourna vers Sharon.

— Tu veux qu'on fasse demi-tour? On peut lui échapper, mais il nous faudra probablement amerrir avant d'atteindre la moindre terre.

Crandall considéra les options : fuir la tempête sachant que chaque minute de vol les éloignait de la côte. Puis amerrir. Et s'ils survivaient à ça, il y aurait l'agonie de la mer, des autres passagers flottant autour d'eux... Elle soupesa cela face à la tempête. Dans la tempête, c'était vivre ou mourir — rien entre les deux. Elle regarda les nuages. Quelque part au-delà de ce voile noir, le soleil brillait et au-dessus de la prochaine ligne d'horizon, c'était la côte américaine. C'était là qu'ils voulaient aller, et c'était là qu'ils iraient. Un grand calme descendit en elle et elle sut que d'une manière ou d'une autre la fin de leur longue épreuve était proche.

— Nous devrions maintenir notre cap actuel.

Berry acquiesça. Il ressentait également le besoin de foncer dans la tempête tête baissée. Il songea à sa femme et à ses enfants pour la première fois depuis plus d'une heure. Puis il songea à son employeur et à son boulot. La pire chose qu'il puisse lui arriver, se dit-il, ce serait qu'il survive, pour ne retrouver que la vie telle qu'elle avait été. Il croyait que d'une certaine manière l'épreuve de la tempête allait le laver, le rebaptiser même.

— On devrait appeler San Francisco, dit Sharon,

et leur dire ce qui arrive. Ils pourraient peut-être nous donner quelques conseils.

Berry acquiesça. Il se rendit compte qu'il avait évité le data-link, inconsciemment. Au lieu d'être une ligne de survie, le link était devenu une sorte d'intrusion dans son petit monde. Il tapa.

À SAN FRANCISCO : NOUS APPROCHONS UNE ZONE D'ORAGES. JE SUIS INCAPABLE D'UTILISER OU DE LIRE LE RADAR MÉTÉO. NOUS AVONS DÉTERMINÉ QUE LA MEILLEURE PROCÉDURE EST DE MAINTENIR NOTRE CAP ACTUEL. Y A-T-IL QUELQUE CHOSE QUE NOUS DEVONS FAIRE POUR PRÉPARER L'AVION ?

Il allait appuyer sur le bouton pour transmettre, puis il décida d'ajouter quelque chose.

Y A-T-IL DE VOTRE CÔTÉ QUELQUE CHOSE QUI INDIQUE QUE NOUS PUISSIONS CONTOURNER LA TEMPÊTE SANS GASPILLER TROP DE CARBURANT ? BERRY.

Il appuya sur le bouton pour transmettre, puis regarda à travers le pare-brise. De fines nuées d'une espèce de brume grisâtre passaient autour du Straton ; le cockpit s'assombrit.

— Je dirais qu'il nous reste environ 45 nautiques avant d'atteindre les orages. Neuf ou dix minutes de vol.

Crandall remarqua que son calme s'était changé en nervosité comme à chaque fois qu'elle entrait dans une turbulence. Il semblait que l'attente fût le pire moment — jusqu'à ce que vous soyez dedans. Alors, quand vous pensiez que le pire était passé, le pire était encore à venir. Mais sortir enfin d'une tempête pour retrouver le soleil ou le clair de lune était l'un de ces moments de vol rares et enivrants. Elle se tourna vers Berry.

— Y a-t-il quelque chose que tu aurais fait dans ton petit avion que nous n'avons pas encore préparé ?

— Oui. (Il s'efforça de sourire.) Demi-tour et foncé jusqu'au plus proche aéroport.

L'appareil encaissa une légère secousse et il se tourna vers Linda. Elle était réveillée, assise dans l'un des sièges vides avec les genoux ramenés sous le menton. Il se tourna vers Sharon.

— Attache-la dans le siège de l'obervateur.

Crandall se leva et s'approcha de l'adolescente.

— Lève-toi et viens t'asseoir ici, tu seras plus confortable.

Elle la prit par le bras et la conduisit au siège de l'observateur, juste derrière celui du commandant de bord.

— C'est ça. Ici. Je vais t'attacher, exactement comme quand tu es montée à bord.

— Merci. On va passer dans une tempête ?

— Ça va aller. Écoute bien. Il va faire très sombre. Tu vas entendre la pluie contre le pare-brise. Ça peut faire plus de bruit que tu ne crois. Et ça va secouer. Mais Mr. Berry va nous faire passer à travers sans problème. Tu n'as pas peur des éclairs, dis-moi ?

— Non. Seulement quand j'étais petite.

— Bien. Il n'y a pas à avoir peur des éclairs.

Crandall tapota la joue de Linda puis s'installa dans le siège du copilote et boucla sa ceinture.

Tous trois étaient assis tranquillement dans le cockpit qui s'obscurcissait, tandis que le Straton traversait de fines couches plates de nuages qui précédaient le mur d'orages. De minces volutes de gris clair filaient devant le pare-brise. Soudain, le Straton fut secoué, et du salon leur parvinrent un gémissement et un grognement que Berry reconnut instinctivement comme quelque chose de très primal, une ancienne terreur innée qui venait de l'âme même de l'espèce. « Pauvres vieux. » Ils allaient se blesser quand ça secouerait beaucoup. Et il ne pouvait rien faire pour eux.

La sonnette du link retentit.

AU VOL 52 : AUCUNE INDICATION DE CE CÔTÉ QUE LA TEMPÊTE SOIT ÉVITABLE À CAUSE DE L'ESTIMATION DE VOTRE CARBURANT ET CONSIDÉRANT L'ABSENCE DE PRESSURISATION DE L'APPAREIL. MAINTENEZ LE CAP ACTUEL ET L'ALTITUDE PRÉSENTE. IL EST TRÈS IMPORTANT QUE VOUS MODIFIIEZ LE CENTRE DE GRAVITÉ POUR LES TURBULENCES EN RÉPARTISSANT LE FUEL ENTRE LES RÉSERVOIRS. STAND BY POUR INSTRUCTIONS DÉTAILLÉES. CONFIRMEZ QUAND VOUS ÊTES PRÊTS.

QG SAN FRANCISCO.

Berry tapa :

COMMENÇONS À RESSENTIR QUELQUES TURBULENCES. DOIS-JE FAIRE DES CERCLES POUR ÉVITER LES TURBULENCES AVANT QUE LA PROCÉDURE NE SOIT ACHEVÉE ?

La réponse ne se fit pas attendre.

NÉGATIF. MAINTENEZ LE CAP. LA PROCÉDURE NE VOUS PRENDRA QUE DEUX OU TROIS MINUTES. TOUS LES CONTRÔLES SONT PLACÉS SUR LE PANNEAU FRONTAL.

— Okay. (Berry regarda le large panneau d'instruments au-dessus de sa tête.) Sharon, lis-moi les instructions au fur et à mesure qu'elles s'impriment.

— Ça commence, John. Tu es prêt ?

— Prêt.

— Au centre du... panneau frontal... quatre boutons... étiquetés... position de valve carburant basse pression... confirmez...

— Je les vois.

— Bien. Crandall tapa un rapide « confirmé ». Okay... En voilà d'autres... tournez les boutons... sur *off*..

Berry la regarda.

— Tous ? Il regarda l'écran du data-link lui-même, mais avec cet angle, c'était difficile de le lire.

— C'est ce qu'ils disent.

Berry regarda à nouveau les boutons. Quelque chose clochait. Son instinct lui disait de faire très attention. De procéder avec précaution. Il se souvenait d'une ligne dans un magazine d'aviation. *Manipulez les boutons importants un à la fois*. Il mit la main sur le bouton numéro un. Hésitant, il le tira vers lui pour le dégager de son cran, puis le poussa et le mit en position *off*. Il compta quelques secondes.

— C'est fait ?

Berry regarda le cockpit, puis examina les instruments devant lui. Rien d'anormal ne semblait se produire.

— Tu l'as fait ?

— Attends une minute. Je n'ai éteint que le premier.

Crandall le regarda.

— Il y a quelque chose qui ne va pas ?

— Non. Je procède juste prudemment.

Crandall se tourna vers la console.

— Ils veulent une confirmation.

— Dis-leur de me speeder un peu moins, bon Dieu !

Berry s'occupa du deuxième bouton, puis du troisième et enfin du dernier. Il était très calme, immobile, mais il ne sentait rien sous ses fesses qui indique le moindre transfert de fuel, ni aucune modification du centre de gravité. Peut-être que le pilote automatique le compensait. Probablement.

— C'est fini. C'est tout ?

Crandall tapa la confirmation, puis lut le message au fur et à mesure qu'il apparaissait.

— Dernière étape... un bouton couvert... étiqueté... valve arrêt urgence... engagez le bouton... et le transfert de carburant se fera... automatiquement... cela prendra... deux ou trois minutes de plus.

Berry trouva le bouton. Non seulement il était maintenu par une protection spéciale, mais en plus celle-ci était fixée par un fil de sécurité. Visiblement, ce bouton n'était pas utilisé très souvent.

— Tu en es certaine ?

— Je vais le lire à nouveau... un bouton couvert étiqueté valve arrêt urgence. Engagez le bouton... (Elle marqua une pause.) John, dépêche-toi s'il te plaît. On est presque dans la tempête.

Quelque part au fin fond de l'esprit de Berry, un avertissement clignota pendant un millième de seconde, comme un message subliminal sur un écran vidéo. Il ne pouvait pas le voir, même s'il le sentit passer pendant un très bref instant, mais il ne crut pas ce qu'il pensait entendre. Car le croire aurait été admettre quelque chose dont il ne pourrait absolument pas se charger. Sans plus réfléchir, John Berry cassa le fil de sécurité avec son pouce et souleva la protection.

Il appuya sur le bouton d'urgence et l'engagea.

En une fraction de seconde, un signal électrique arriva à chaque valve de carburant des quatre réacteurs du Straton. Avant même que John Berry n'ait enlevé sa main du bouton, les valves avaient commencé à couper l'arrivée de carburant des quatre moteurs de l'avion.

13

Le lieutenant Peter Matos n'avait jamais tiré sous l'emprise de la colère, et maintenant, il allait devoir tirer sous l'emprise de la tristesse. Son premier appareil descendu serait un transport civil américain désarmé.

Matos approcha son F-18 à vingt-cinq mètres derrière la queue du Straton et à cinquante mètres audessus. Il mit son collimateur en place et regarda à travers.

Des déchirures de nuages passaient le long de son cockpit et au-dessus de l'étendue énorme du Straton argenté, provoquant une alternance stroboscopique d'ombre et de brillance dans le viseur. Matos se frotta les yeux. Ce n'étaient pas les conditions optimales pour un tir à bout portant.

Il regarda l'horizon. Les énormes et horribles nuages noirs de la tempête roulaient vers lui comme une énorme vague balayant une plage. Devant le front de la tempête se trouvaient plusieurs fines couches de nuages, et il allait les traverser d'ici une minute. Ici et maintenant, sous le lourd voile de gris, il allait frapper. « Okay, okay, allons-y », se dit-il à voix haute et il poussa sur le manche, puis appuya sur le bouton de sa radio.

— Navy trois-quatre-sept, je commence l'attaque.

— Roger.

D'un coup de pouce, Matos dégagea le couvercle protecteur puis posa son pouce sur le bouton de mise à feu du missile.

La cible s'avéra plus dure à aligner cette fois. La turbulence croissante faisait bouger et sauter les deux appareils et le point de mire du viseur dansait en cercles autour du dôme central de l'avion de ligne.

Ils étaient sous la couverture de nuages maintenant, et la lumière était beaucoup moins violente. Il regardait dans son viseur. Plusieurs fois il faillit presser le bouton, mais juste à cet instant, le Straton glissait hors de sa mire. Il leva les yeux. Il n'était plus qu'à quelques minutes du front de la tempête. Si le Straton s'engageait dans les nuages noirs, ses chances de rester en formation avec lui équivaudraient à zéro.

— La Maison ! J'ai des turbulences. Je ne peux pas rester aligné !

La voix de Sloan claqua à ses oreilles comme un fouet.

— Descendez ce foutu zinc !

Pendant un instant irrationnel, Matos pensa éperonner carrément le haut de l'avion. Il en arriva quasiment au point de ne plus avoir à donner qu'une légère impulsion au manche. Le mouvement approcha son chasseur de l'avion jusqu'à le toucher presque. Soudain, il tira sur le manche et recula. Ce qui l'avait retenu n'était pas la peur de la mort, mais quelque chose qu'il avait vu, du coin de l'œil, avec ce sens de la vision périphérique extrêmement développé chez les pilotes de chasse.

En se replaçant dans le sillage et en remontant au-dessus du Straton, il regarda en dessous, vers l'aile gauche du gros avion. Le flux de gaz d'échappement chauds du réacteur numéro un du Straton s'était arrêté. Puis le numéro deux. Matos regarda très vite vers la droite et vit qu'il arrivait la même chose aux deux autres réacteurs. Il écrasa le pouce sur le bouton de sa radio.

— La Maison ! La Maison ! Le Straton a éteint ses moteurs ! Je répète, le Straton est en panne !

La réponse de Sloan fut rapide et sa voix était aussi excitée que celle de Matos.

— Vous êtes sûr ? Où êtes-vous ? Pouvez-vous le voir clairement ?

Matos se composa une attitude.

— Oui, oui. Je suis juste derrière sa queue. Plus d'échappement. Plus de trace de combustion. (Il regarda le Straton qui amorçait une lente descente vers la mer, en totale perte de puissance.) Il semble que le pilote automatique marche encore. Sa vitesse reste à trois-quarante. Taux de descente croissant. Il descend. Il descend.

— Restez près de lui, Matos. Restez avec lui. Je veux que vous le voyiez toucher l'eau.

Même le brouilleur ne parvenait pas à masquer la joie de la vengeance dans la voix de Sloan, songeait Matos.

— Roger, la Maison.

Matos avait déjà commencé sa descente pour suivre l'avion de ligne mourant. Il pouvait voir qu'il avait conservé son cap au 131, et que sa glissade allait les emporter tous deux droit dans les orages. Matos donna une grande claque sur son auvent anti-reflets. « Merde ! »

— Rapport de situation, dit Sloan laconiquement.

— Roger. Taux de descente 2 300 pieds à la minute. Vitesse réduite à deux-quatre-vingt-dix. Les ailes sont à plat et stables. Il semblerait que le pilote automatique soit encore engagé. (Il rompit la transmission, puis appuya à nouveau sur le bouton.) La Maison, il y a des orages juste devant. Il se pourrait que je les perde très bientôt.

— Matos, espèce de fils de pute, votre mission est

de garder ce putain d'appareil en vue jusqu'à ce qu'il s'écrase. Si ça doit vous amener jusqu'en enfer, j'en ai absolument rien à foutre !

— Roger.

Matos effaça James Sloan de ses pensées et se concentra sur la poursuite du Straton en perdition. La première giclée d'énormes gouttes de pluie s'écrasa sur la verrière de son cockpit. En quelques secondes sa visibilité tomba à moins de 500 mètres, puis 400 puis 150 mètres. Matos restait aussi près du Straton qu'il l'osait, mais les turbulences croissantes rendaient tout vol en formation de plus en plus suicidaire. Il n'y avait plus de raison de foutre sa vie en l'air — plus maintenant.

— Rapport de situation.

— Le Straton est à 5 200 pieds. Vitesse et taux de descente constants. Aucun des réacteurs ne fonctionne. Ils vont toucher l'océan d'ici deux minutes.

Il releva le nez et vit l'énorme silhouette argentée du Straton prise dans la forte pluie et les nuages sombres, puis l'avion de ligne disparut de sa vue.

— Roger. Deux minutes. Compris. Avez-vous toujours un contact visuel avec la cible ?

— Stand by.

Matos scruta la masse grise devant lui. Maintenant que le Straton n'était plus visible, il avait peur d'entrer en collision avec lui. Presque involontairement, ses mains tirèrent le manche vers lui. Il envisagea de le traquer avec son radar, mais le calibrage prendrait trop longtemps et cela ne fonctionnerait pas bien à cette courte portée. *Bon Dieu !* Il commençait à avoir peur. À cette distance, il savait qu'il ne verrait l'avion que lorsqu'il serait trop tard pour échapper à la collision. Il tira un peu plus sur le manche.

— Matos ! Est-ce que vous avez un contact visuel ?

— Visibilité proche de zéro. Forte pluie. Turbulences.

Les yeux de Matos scrutaient tous les endroits où le Straton aurait pu être, mais il ne voyait rien. Des rideaux de flotte tombaient sur la verrière de son cockpit et un éclair craqua juste derrière lui, entourant son avion d'une luminescence sinistre. *Putain de merde!* La seule manière de retrouver le Straton, c'était de le percuter. Ses mains tremblaient quand il mit les gaz et tira le manche très fort.

Le chasseur commençait à monter pour sortir de la tempête. Il appuya sur le bouton de la radio.

— J'ai à nouveau le Straton en vue, mentit-il. Droit devant vingt mètres. Conditions similaires.

— Roger. Quelle est votre altitude ?

— Descendant à 2 500 pieds. Approximativement une minute avant l'impact.

Tout en parlant, Matos jeta un œil à son altimètre. 10 000 pieds et grimpant. Il fit virer son chasseur vers le nord-ouest pour sortir de l'orage le plus vite possible. Même dans un appareil aussi puissant que le F-18, les turbulences étaient sérieuses. Il sentait son estomac se soulever. Pendant un bref instant, Matos eut pitié de ceux qui étaient peut-être encore vivants dans le Straton.

— Rapport ?

— Descendant. 400 pieds maintenant. Très fortes turbulences. Nuages moins épais. Je peux voir l'océan. Aucune chance de sauvetage d'urgence dans une mer aussi forte.

Le F-18 jaillit en plein soleil à 20 000 pieds. Matos continua à monter, pleins gaz, comme si l'altitude pouvait l'éloigner de ce cauchemar. Sous lui, rien n'était visible, sauf une masse solide de nuages chargés de pluie et d'orage.

— Trop forte pour des survivants ?

— Roger.

Matos regarda en bas, mais il ne pouvait voir que les orages auxquels il venait juste d'échapper. Il se tourna vers le ciel bleu au-dessus. Tandis que le F-18 continuait à grimper, il songea à James Sloan. Matos avait entendu une nuance de triomphe dans la voix de son supérieur. Il se demanda, et ce n'était pas la première fois, si le commandant était sain d'esprit. Il lui vint à l'idée que même la toute première erreur de navigation qui avait entamé cette tragédie pouvait ne pas avoir été de sa faute à lui. Il remercia Dieu de ne pas avoir tiré son second missile dans le Straton. Au pire, il était coupable de non-assistance à personne en danger. Il pouvait vivre avec ça. Mais il n'était pas coupable de meurtre.

— Je répète — trop forte pour des survivants ?

— C'est exact, la Maison. La mer est trop grosse pour que qui que ce soit y survive, transmit Matos, surenchérissant dans son mensonge. (Mais il était également soulagé. Si soulagé que des larmes lui vinrent aux yeux et qu'il prit une profonde respiration pour contrôler sa voix.) Le Straton pique du nez, ajouta-t-il en gardant les yeux fixés sur l'horizon étincelant.

— Roger.

Matos stabilisa son chasseur à 36 000 pieds. La tempête était loin derrière, très au-dessous de lui, et le chaud soleil de l'après-midi baignait son visage. Il baissa les yeux sur la masse nuageuse qu'il surplombait. Les nuages en forme d'enclume semblaient signaler, comme toujours, que cette immense étendue était une zone de tempête orageuse. C'était un peu comme si Dieu les avait faits comme ça, songea Matos, au commencement, pour qu'un jour l'homme puisse reconnaître qu'il approchait de la forge et du terrible fourneau des cieux.

— Nous sommes à 400 pieds, mentit Matos.

L'idée d'aller voir le capitaine Diehl lui traversa l'esprit. Il fallait qu'il se confesse, pas tant pour le salut de son âme que pour que le commandant Sloan soit mis à l'écart, là où il ne pourrait plus jamais nuire.

— Nous sommes à 200 pieds. La pluie est moins forte. Le Straton continue à descendre. Il y est presque. Il y est presque.

Matos ferma les yeux, serrant les paupières. C'était de la folie. Il essaya d'oublier que sa comédie était une projection de ce qui arrivait à l'avion. Il pouvait le voir, très clairement, dans sa tête, touchant la surface des flots...

— Matos ! Matos ! Il est dedans ? Il est dedans ?

Matos prit une profonde inspiration.

— Oui. (Il mit un ton grave dans sa voix et remarqua soudain qu'il ne jouait pas la comédie.) Oui, il est dedans. Il a... éclaté en plusieurs morceaux en touchant les vagues... la mer est trop forte... Le plus gros a déjà coulé... Il ne reste que la queue... une partie de l'aile demeure en surface. Pas de survivants possibles.

— Roger. Refaites un passage pour en être sûr. En cercle.

— Roger.

— Où en est votre carburant ?

La question de Sloan le fit sursauter. Il avait oublié de regarder sa situation de carburant depuis plus d'une heure. Il avait entendu des histoires de pilotes à qui cette négligence arrivait sous le stress du combat. Il n'eut pas besoin de regarder ses jauges pour répondre « Critique ». Il regarda les jauges. Son bond à 35 000 pieds avait été une folie.

— Il ne me reste que quarante-cinq minutes de vol.

— Vous en êtes certain ?

— Peut-être moins. Où est ce ravitailleur ?

— Proche. Parti vers l'ouest depuis Whidbey Island. Leur dernière position était à 400 nautiques de votre position actuelle. Il doit s'être encore rapproché. Est-ce que vous regardez pour voir s'il y a des survivants ?

— Oui. Mais ma situation en carburant devient critique. Il n'y a *pas* de survivants.

— Roger. Okay, okay, commencez à grimper et mettez-vous au cap zéro-soixante-quinze pour interception.

— Roger.

Sans hésitation, Matos fit tourner son avion vers le nouveau cap, à l'est. Il était maintenant pointé droit sur la pire zone d'orage, l'endroit qui s'élevait bien au-dessus de son altitude présente.

— La Maison. Il y a un front de tempête terrible ici. Le nouveau cap m'enfonce encore plus dedans.

Il voulait désespérément trouver ce ravitailleur, mais il n'avait pas du tout envie de replonger dans ce front orageux.

— Navy trois-quatre-sept, ici l'amiral Hennings. Le commandant Sloan est en communication avec le ravitailleur. Voici vos instructions : le ravitailleur est à 33 000 pieds, donc il faut vous mettre à cette altitude pour le rencontrer. La météo devrait être meilleure à cette altitude.

— Bien, monsieur.

Même si Sloan avait déjà mentionné sa présence auparavant, Matos n'avait aucune idée de qui était l'amiral Hennings. Mais la voix était rassurante. Tous les vagues doutes que Matos avait eus sur les intentions du commandant Sloan étaient effacés. Il s'imaginait la salle d'électronique pleine de techniciens et d'officiers, essayant tous de le ramener au porte-avions. Il regarda à travers son pare-brise. Il était maintenant à 35 000 pieds, largement au-dessus de la plupart des nuages. Il lui fallait descendre un peu pour trouver le ravitailleur.

— La montée a consom... — consomme — beaucoup de carburant. Je suis presque à sec, monsieur.

La voix de l'amiral revint, gentille, paternelle.

— Du calme, Peter. Le ravitailleur vole à 500 nœuds. Il sera au point de rendez-vous d'ici vingt-cinq minutes. Quelques minutes pour vous accrocher, remplir les réservoirs, et vous reviendrez ici. Je vous passe le commandant Sloan.

La voix de Sloan emplit les écouteurs de Matos.

— Il est important de rester calme, Peter. Appliquez la procédure de vol économique. Tenez-nous au courant.

Matos s'imagina tombant en panne sèche juste avant d'atteindre l'avion ravitailleur. Il était content que Sloan soit si calme. Ce n'était pas le cul de Sloan qu'il fallait sauver, mais le sien.

— Roger. Pouvez-vous arranger une mission de sauvetage air-mer juste au cas où ?

— Roger pour ça, dit Sloan. Ils sont en avant de vous. Certains de la mission de secours pour le Straton se rapprochent de votre zone, y compris des F-18 du *Nimitz*. Toute l'aide qu'il vous faut, mais n'y pensez pas pour l'instant. Grimpez à 31 000 pieds et appelez-moi quand vous y êtes.

— Roger. Quelle est la fréquence du rendez-vous ?

Il y eut un long silence dans son casque d'écoute. Matos allait rappeler quand la voix de Sloan revint.

— Je suis en train de parler au ravitailleur sur une fréquence dont vous ne disposez pas sur votre équipement. Je viens de leur réclamer qu'ils mettent une de leurs radios sur votre canal. Ils ont un brouilleur réglé sur le vôtre, alors laissez-le allumé. Lancez-leur un appel. Leur indicatif est Cherokee 22.

— Roger. Break. Cherokee 22, ici Navy trois-quatre-sept. Est-ce que vous me recevez ? Over.

Matos attendit dans le cockpit silencieux, puis recommença.

— Cherokee 22, Cherokee 22, ici Navy trois-quatre-sept, est-ce que vous me recevez ? (Il attendit, mais il n'y avait pas de réponse.) La Maison, Cherokee 22 ne répond pas.

— Je ne peux pas les recevoir sur votre canal non plus. Stand by.

Après quelques secondes, la voix de Sloan revint.

— Ils ont apparemment des problèmes de radio sur presque tous leurs canaux. Mais moi je les entends bien sur leur canal administratif qui est relié à mon interphone. On va résoudre leur problème. Je vais relayer les messages entre vous. Mais ils sont orientés sur votre canal avec un système de navigation automatique et, bien entendu, ils vont bientôt vous avoir sur leur radar. En attendant, restez en émission sur ce canal. Leur équipement radio et radar va les guider automatiquement sur vous.

— Roger.

— Et laissez aussi votre brouilleur en marche. Essayez de les rappeler toutes les cinq minutes. Ils seront sur brouilleur. S'ils vous entendent, ils me le diront. Vous pourrez alors entrer en communication normale directement avec eux.

— Roger.

Matos mit son bouton de transmission en position continue. Tant qu'il transmettait un signal, il savait qu'il ne pouvait recevoir aucun message, et de ne pas entendre une seule voix, même celle de Sloan, n'était pas très rassurant. Mais la première priorité était le ravitailleur.

Matos alluma son radar. Il regarda l'écran devenir vert fluorescent. Il ajusta les boutons et chercha l'avion ravitailleur, qui aurait déjà dû être tout au bord de son écran. Non seulement il ne voyait pas l'avion ravitailleur dans les 500 nautiques de rayon que balayait son appareil, mais il ne voyait absolument aucun autre avion. Il parla dans sa radio.

— La Maison. Où sont tous les appareils qui sont censés être par ici, bon sang ? Je ne vois pas le ravitailleur au zéro-soixante-quinze et je ne vois personne d'autre.

Il relâcha le bouton et attendit la réponse.

La voix de Sloan arriva très vite.

— Matos, le ravitailleur vous voit. L'appareil de secours vous voit également. C'est votre radar qui pose problème et depuis le moment où... Je ne peux plus dire quoi que ce soit de confidentiel. Il y a d'autres appareils sur cette fréquence désormais et il faut maintenir la sécurité de ce test. Faites attention à ce que vous dites à partir de maintenant. Poursuivez votre émission en continu et essayer de re-régler votre radar. Vous allez être rejoint par le ravitailleur dans très peu de temps.

— Roger. Il faut que je largue le missile pour ôter du poids et de la traînée.

— Négatif. Ce n'est plus possible. Trop de trafic aérien et naval dans votre zone désormais. Nous ne voulons pas d'un autre... vous comprenez ?

— Roger.

Matos se dit que le risque de toucher un avion ou un bateau était très faible — absurdement faible — mais sans un radar qui fonctionnait il ne pouvait pas en être certain, et avec la chance qu'il avait eue dernièrement, il était capable de toucher l'avion ravitailleur. Mais ce satané missile ajoutait à son problème de carburant.

— Roger, je garde le missile.

Matos verrouilla sa radio et se renfonça dans son siège. Il y avait trop de choses bizarres aujourd'hui, trop de gremlins dans l'électronique. Tout ceci était possible, mais pas probable. Et pourtant, c'était arrivé. C'était ça qui faisait les accidents. Cinquante pour cent d'erreur humaine et cinquante pour cent de matériel en panne. Comment allaient-ils classer cet échec monumental ? Un petit peu des deux et beaucoup de malchance.

Matos essaya de régler son radar pendant quelques minutes, mais les résultats restaient négatifs. Il alternait l'observation des menaçants nuages noirs, guettant des avions, et l'analyse de ses jauges de carburant qui baissaient. Il serait assez ironique, se dit-il, qu'il finisse par avoir le même problème que celui qui avait finalement achevé le Straton. La panne de carburant. C'était de la stupidité pure. Il n'aurait jamais dû se laisser embarquer aussi loin.

31 000 pieds. Peter Matos avait utilisé tous les trucs qu'il connaissait pour économiser le plus de carburant possible. Un jour, il apprendrait à penser en priorité au carburant et à faire passer le reste ensuite. Il se souvenait de son instructeur à Pensacola : *Messieurs, même le meilleur chasseur-bombardier du monde ne peut voler que dans une seule direction quand il est à court de carburant.*

Mais même si le pire arrivait, on le ramasserait en mer. Il essaya de se remettre dans un état d'esprit calme et d'anticiper les problèmes à venir au lieu de réagir au fur et à mesure qu'ils se posaient. Il pensa brièvement à Sloan. Il n'envisageait plus le moins du monde d'aller se confesser auprès du capitaine Diehl. Sloan était peut-être difficile, mais il était toute la Navy. Il anticipait les problèmes et mettait les rouages en marche pour les traiter avant qu'ils ne deviennent insolubles. Il était fourbe et même peut-être malhonnête dans ses méthodes, mais quoi qu'il fasse, il le faisait pour son pays, pour le programme Phoenix, pour la sécurité nationale. Et en fin de compte, peu importait ce qu'il faisait par ailleurs. Le commandant James Sloan prenait soin de ses hommes.

John Berry était assis, paralysé, dans le siège du

commandant. Juste avant que la panne des moteurs du Straton ne s'enregistre sur les instruments, elle s'était enregistrée dans ses sens, et il savait exactement ce qui leur arrivait. Il sentit l'avion faire une légère embardée sur la gauche, puis les forces de la décélération retentir dans tout son corps.

Sharon Crandall cria.

— John ! Qu'est-ce qui se passe ? Qu'est-ce qui se passe ?

Devant elle, le panneau d'instruments n'était plus qu'une masse de lampes clignotantes et d'aiguilles bondissantes. Au centre du panneau, les cadrans des moteurs tournaient follement.

Une sirène d'alarme sonna très fort, sortie de quelque part dans le tableau de bord et le cockpit s'emplit d'un son suraigu, terrifiant.

Linda Farley ouvrit la bouche et son cri long et haut perché noya celui de la sirène.

Dans le salon, les passagers commençaient à perdre leur équilibre précaire et ils tombaient sur le plancher ou s'aplatissaient contre la cloison du cockpit. Des lamentations venues du fond de leurs entrailles, ponctuées de hurlements stridents, pénétrèrent la cabine.

Les oreilles de Berry s'emplissaient de bruit, et ses yeux avaient du mal à accommoder face à toutes les lumières clignotantes devant lui. Pendant quelques secondes, il resta stupéfait. Son estomac se retournait à cause de la subite descente. Il sentait son cœur accélérer et sa bouche s'assécha d'un coup. Seules la complète prise de conscience de ce qu'ils lui avaient fait et la colère qui s'ensuivit le ramenèrent à la réalité. Il écrasa le poing sur l'auvent antireflets devant lui. « Enfoirés ! Espèces de fils de putes ! »

Ses yeux couraient d'un côté à l'autre du tableau de bord central. Presque toutes les aiguilles et les lumières fonctionnaient, mais les messages qu'elles lui envoyaient étaient trop complexes pour qu'il puisse les appréhender. Il pouvait voir que l'appareil avait perdu toute puissance. *Flame out in all four,* telle était l'expression. Panne totale des quatre réacteurs. Cette phrase était gravée quelque part dans ses souvenirs. Il était également capable de voir que leur énergie électrique s'amenuisait, chaque générateur de chaque moteur quittant peu à peu le circuit. Berry prit quelques longues et profondes inspirations et calma le tremblement de ses mains. Il se redressa et repoussa la valve d'urgence dans sa position précédente, puis remit les quatre valves en marche.

Crandall se tourna sur son siège et cria pour dominer les hurlements de Linda et la sirène.

— John ! On descend ! Remets les manettes en place ! Remets-les ! Dépêche-toi, je t'en prie !

Berry la regarda et cria pour répondre.

— C'est fait. Calme-toi. Rassieds-toi. Linda ! Du calme !

Berry regarda le tableau de bord, attendant un signe quelconque, ou une sensation physique indiquant que les moteurs reprenaient de la puissance. Mais rien ne se produisait. Ce qu'il avait fait, quoi que ce fût, en bougeant les manettes ne pouvait pas être défait en les remettant en place.

La voix de Crandall était étouffée de sanglots.

— John... John... fais quelque chose... On va s'écraser...

Berry alternait entre des instants où il s'efforçait de se dissocier de la mort suspendue au-dessus de lui et d'autres où il essayait de trouver un moyen de l'éviter. Il fit un effort terrible pour tenter de comprendre les messages que les lumières et les instruments lui expédiaient en plein visage, mais il n'arrivait pas à penser correctement. *Valve de puissance. Pétrole. Générateur.* Il savait ce qui n'allait pas, mais il n'avait aucune idée de ce qu'il fallait faire pour y remédier. Seule l'image d'un homme, à San Francisco, tapant son arrêt de mort sur le data-link, l'empêchait d'abandonner.

La plupart des lumières du cockpit s'étaient éteintes en même temps que les générateurs mais quelques-unes demeuraient, faiblement alimentées par les batteries de l'avion. Soudain le cockpit devint beaucoup plus sombre et Berry entendit un nouveau bruit qui oblitéra complètement les autres. Il se tourna et regarda le pare-brise. Le Straton franchissait le bord du premier orage, et le rugissement de la pluie et de la grêle martelait les fenêtres et le toit. La grêle était si violente qu'il pensa que le pare-brise allait éclater.

— Tenez bon ! Tenez bon ! hurla-t-il, mais il savait que personne ne pouvait l'entendre.

Le Straton commençait à rebondir sauvagement, puis il glissa dangereusement sur la droite. Le nez de l'appareil montait et descendait en même temps que ses ailes roulaient sur leurs axes et que sa queue battait de droite et de gauche.

Berry pensa que l'avion allait sûrement se briser si ces conditions de vol violentes et instables se prolongeaient. Il vit Sharon Crandall courbée en avant dans son siège, cramponnée aux accoudoirs. Linda Farley n'arrivait pas à se retenir sur le sien et elle était soulevée puis replaquée dessus, seulement maintenue par sa ceinture.

Le pilote automatique faisait les corrections de vol et le Straton commençait à se stabiliser, lorsque les secousses causées par les turbulences lui laissaient quelque répit, tout en continuant sa chute libre.

Berry essayait de reprendre son souffle et d'empêcher son corps de trembler. Il se tourna vers le tableau de bord et scruta l'écran des instruments d'urgence, qui était tout ce qui restait après l'arrêt des générateurs. Il cherchait n'importe quoi dans sa mémoire, une étincelle qui mettrait en mouvement une séquence de pensées lui indiquant quoi faire. *Coupe-circuit.* Berry pensa que le panneau des coupe-circuit sur la droite était peut-être un indice — peut-être l'un d'eux était-il mort. Il ôta sa ceinture de sécurité, se leva et commença à se déplacer. Il savait qu'il n'avait pas beaucoup de temps avant que l'avion ne s'écrase dans l'océan.

Traversant le bruit du mauvais temps, le hurlement de l'alarme et les cris venus du salon, il entendit une voix qui criait un simple mot, encore et encore. Il regarda Sharon, qui s'était retournée sur son siège, faisant force gestes vers lui. Sa bouche ne cessait d'articuler deux simples mots : *pilote automatique.*

Berry se retourna pour regarder le tableau de bord central entre les deux sièges. La lumière orange de désenclenchement brillait en clignotant dans le cockpit assombri. « Mon Dieu... » Avec les générateurs hors circuit, il savait que le pilote automatique ne recevait plus l'énergie nécessaire pour rester en contrôle. Il hurla à Crandall :

— Tiens le manche ! Tiens le manche !

La vitesse acquise en descendant avait empêché l'avion de descendre n'importe comment pendant quelques secondes mais les ailes commençaient à quitter cette trajectoire contrôlée. Le Straton tombait, nez en l'air, et le premier mouvement que fit Berry pour se précipiter dans le siège du commandant l'envoya dinguer dans la direction opposée, en arrière, droit dans la porte du cockpit. La porte céda sous son poids. L'avion roula vers la droite, et il se cogna dans le panneau des coupe-circuit. Il plongea vers le dossier du siège de Crandall, mais l'avion roula vers la gauche et il fut projeté vers Linda Farley. Il tenta de l'éviter, mais son pied se prit dans le collant étiré pour bloquer la porte et il tomba sur l'adolescente, puis roula et finit sa trajectoire contre la paroi de gauche.

Sharon Crandall le regarda une seconde, puis se retourna et fit face aux instruments. Le manche du copilote bougeait tout seul, comme s'il était toujours contrôlé par le pilotage automatique. Mais la lumière d'ambre clignotante lui disait le contraire. Elle se pencha et saisit les commandes.

Berry parvint à se relever et agrippa le dossier du siège du commandant. L'avion était toujours le nez en l'air, selon un angle très cabré, et il s'accrocha, essayant de grimper dans le siège. Il savait que la stabilité normale de l'appareil allait le laisser dressé comme ça pendant encore quelques secondes, mais, à moins qu'il ne parvienne à s'emparer des commandes, le Straton pouvait se mettre soit nez en haut, soit nez en bas, partir en vrille ou en feuille morte, tournant en tous sens jusqu'à la mer.

— Tiens les commandes ! Le manche ! Le manche, Sharon !

Elle essayait de le tenir, mais il avait commencé à vibrer avec une telle force qu'il lui échappait à chaque fois qu'elle parvenait à le prendre.

Berry passa, la tête la première, par-dessus le dossier du siège du pilote. Le premier violent courant ascendant frappa le Straton comme un point géant dans le plexus solaire. L'énorme appareil se souleva comme un jouet, puis piqua tout droit, comme un malade. Berry se vit soulevé de son siège, se cogna presque dans le plafond, puis retomba abruptement sur le plancher entre le siège du pilote et celui de l'observateur. Il était étendu là, étourdi et désorienté, incapable de distinguer le haut du bas et sans savoir ce qu'il devait faire pour se relever. Il vit le visage de Linda au-dessus de lui et il l'entendit hurler son nom.

Sharon Crandall saisit le manche et s'y cramponna en dépit des secousses puis raffermit peu à peu sa prise pour le contrôler. Elle fixa les yeux sur l'instrument le plus volumineux du tableau de bord devant elle, l'un des rares qui soient encore allumés. Il était étiqueté « Horizon artificiel ». C'était l'instrument le plus familier à qui que ce soit ayant passé quelque temps dans un cockpit. Il montrait la position relative de l'appareil par rapport à une ligne d'horizon, et elle pouvait voir que le Straton était loin d'être à plat. Mais dans les nuages elle était trop désorientée pour dire s'il piquait du nez ou de la queue, ou si les ailes étaient penchées à droite ou à gauche. Elle essaya d'analyser sa sensation physique du mouvement de l'avion, mais l'accroissement des G l'écrasait sur son siège et elle avait perdu tout sens de l'avant ou de l'arrière, de la droite ou de la gauche. Tout ce qu'elle savait avec certitude, c'était qu'ils allaient s'écraser. Il lui vint à l'esprit que si Berry n'avait pas été sur le plancher, elle aurait pu croire qu'ils étaient à l'envers.

Elle tenait fermement les commandes, mais ses bras et ses épaules lui faisaient très mal. Elle savait qu'il fallait faire quelque chose avant que l'avion ne s'écrase. Elle regarda l'horizon artificiel, puis essaya de ressentir leur position avec son ventre, une sensation qui était le fruit de ses milliers d'heures de vol. Elle décida que l'avion volait le nez en l'air et que l'aile gauche était en bas, même si l'inverse pouvait très bien être aussi vrai, si elle lisait les instruments à l'envers. Elle poussa le manche en avant de toutes ses forces et fit tourner l'avion à droite.

Pendant un instant, elle se dit qu'elle n'avait pas deviné juste, parce que l'horizon artificiel s'était déplacé encore plus loin dans le mauvais sens. Puis lentement, la ligne se remit d'aplomb, et finit par revenir à l'horizontale. Les vibrations diminuèrent et l'avion reprit une trajectoire à peu près stable, en dehors des constantes secousses imprimées par les vents. Elle serra le manche et le maintint avec toutes les forces qui lui restaient.

Berry parvint à se relever et il remarqua que l'avion était beaucoup plus stable. Il jeta un bref coup d'œil vers Linda. Elle était très pâle et son corps était couvert de vomi. Il grimpa vite dans le siège du pilote et saisit le manche du commandant. Il le tint très serré, ses phalanges virant au blanc. Ce n'était pas le manche qui tremblait, se rendit-il compte, mais ses propres mains. Il prit plusieurs profondes inspirations avant de retrouver sa voix. « Sharon... Sharon... » Il la regardait mais ne trouvait pas quoi que ce soit à dire.

Sharon lâcha le manche et se recula dans son siège, essayant de se préparer à l'impact qui allait venir. Plusieurs pensées et souvenirs clignotaient dans son esprit, mais aucun d'eux ne semblait important. Elle se pencha et toucha le bras de Berry, puis regarda derrière vers Linda.

L'adolescente la fixait, terrorisée.

— Est-ce qu'on va s'écraser?

— Oui. Accroche-toi.

14

Le commandant James Sloan maintenait un dialogue constant entre les interphones coupés, parlant alternativement à l'escadrille de secours fantôme et au ravitailleur fantôme. Ce simulacre commençait à l'agacer, mais il ne voyait pas d'autre solution. Il fallait qu'il garde Hennings dans la pièce E-334 jusqu'à ce que Matos soit tombé, et jusqu'à ce qu'il puisse décider de ce qu'il convenait de faire avec l'amiral.

Dehors, des voix et des pas s'approchaient.

Hennings releva la tête, le malaise lisible dans ses yeux.

Sloan reposa l'interphone vert.

— Ce n'est qu'un changement de quart, Amiral, la pièce E-334 est inviolable, hors d'atteinte de qui que ce soit, excepté ceux qui comme nous ont une priorité officielle. Je ne crois pas que l'amiral de la flotte lui-même pourrait entrer ici sans appeler d'abord.

Hennings se recula dans son fauteuil. C'était le problème depuis le départ. Un test illégal, empêtré dans le secret, avait concentré un pouvoir disproportionné entre les mains de James Sloan.

Sloan regardait le vieil homme courbé dans son fauteuil. Les longues années de servitude navale avaient obscurci son visage d'une manière permanente, mais les toutes dernières heures avaient projeté une pâleur maladive sur ses traits.

Hennings sembla sortir de sa léthargie et il se redressa.

— Pourquoi recevons-nous les transmissions du ravitailleur et de l'escadrille de secours par les interphones ? Mettons quelques radios sur ces fréquences.

Sloan secoua la tête ; il avait déjà prévu une réponse à cette question.

— Ce ne sont pas mes opérations. Elles sont menées à partir d'autres pièces électroniques, par des commandements séparés. Et je ne veux pas deux boîtes à paroles de plus. J'ai déjà assez à penser, je n'ai pas besoin de supporter les bavardages d'un tas de jockeys du ciel entre eux.

Hennings acquiesça et se renfonça dans son fauteuil.

Le téléphone doré du pont se mit à sonner et Sloan le décrocha. C'était un véritable appel, cette fois. Son cœur commença à taper.

— Oui, monsieur.

La voix du capitaine Diehl semblait peu sûre, presque comme s'il s'excusait.

— Commandant, j'aimerais un rapport de situation sur Navy trois-quatre-sept.

Sloan savait que cet appel finirait par arriver. Le capitaine voulait en savoir aussi peu que possible sur le test Phoenix, et c'était la raison pour laquelle Sloan avait gardé le contrôle si longtemps. Mais maintenant Diehl voulait savoir pourquoi l'un de ses appareils était en retard.

— Situation inchangée, monsieur, dit Sloan en regardant Hennings.

Il y eut un silence, puis le capitaine dit :

— Je peux donc supposer que tout va bien pour le trois-quatre-sept ?

— Exact, monsieur. Il vole au régime de croisière économique à cette heure.

— Je vois. Cela faisait partie du test ?

Sloan se tut exprès, comme s'il était réticent à entamer la sécurité.

— Oui, monsieur.

— Très bien. L'amiral est toujours avec vous ?

— Oui, monsieur.

— Bien. Je ne vais pas vous prendre votre temps plus longtemps, Commandant.

— Merci, monsieur.

Sloan raccrocha, prit une profonde inspiration et se tourna vers Hennings.

— Le commandant est inquiet à propos du trois-quatre-sept.

— Moi aussi, répliqua l'amiral.

Sloan regardait le haut-parleur radio. Le transmetteur ouvert de Matos remplissait la pièce de bruits, bruits du cockpit, bruits qui venaient de plusieurs centaines de kilomètres au-dessus de la mer. De temps à autre il pouvait entendre Matos, oubliant que son transmetteur était ouvert ou ne s'en souciant plus. Le pilote marmonnait, parla une ou deux fois à voix haute, jura plusieurs fois. Puis sa voix résonna, haute et claire.

— La Maison, pas de ravitailleur en vue. Pas d'escadrille de secours en vue. Estimation du carburant, quinze minutes. Maintiens le cap au zéro-soixante-quinze, à 31 000 pieds. (Il lut ses coordonnées sur son système de navigation satellite.) La tempête toujours en dessous de moi. Je coupe le transmetteur pour pouvoir vous recevoir.

Le bruit cessa brusquement et Sloan s'empara vivement du micro.

— Roger. Missions de secours civile et militaire se rapprochent de vous. Ravitailleur devrait être en vue.

— Je ne le vois pas.

— Stand by.

Sloan prit le téléphone vert et parla quelques secondes, puis il reprit le micro.

— Matos, il pense qu'il a un contact visuel avec vous, et il a déjà un contact radar. Gardez votre transmetteur ouvert comme signal pour qu'il puisse calculer l'interception. Tenez bon, Peter.

— Roger.

Le vacarme du transmetteur ouvert emplit à nouveau la pièce E-334.

Sloan regarda sa pendule de compte à rebours, qu'il avait réglée, selon l'estimation de Matos, à quarante-cinq minutes de vol. Elle disait quatorze minutes. Quatorze minutes à maintenir cette incroyable jonglerie avec les interphones morts, avec Hennings, avec le téléphone doré qui le reliait à la passerelle de commandement, et surtout avec le lieutenant Peter Matos.

Un homme moins solide que lui serait déjà tombé en morceaux, mais James Sloan avait une volonté d'acier, et il savait qu'un homme seul, avec un sens très fort de sa mission et un sens aigu de la préservation de soi, pouvait contrôler n'importe quelle situation. Les gens voulaient croire, et si vous ne leur fournissiez jamais matière à suspicion, si vous agissiez avec confiance et assurance, ils allaient croire.

Soudain la pièce s'emplit d'une voix qui était à la fois familière et inhabituelle.

— Mayday ! Mayday ! Navy trois-quatre-sept en panne sèche !

Hennings bondit sur ses pieds.

Sloan saisit le micro et regarda la pendule de compte à rebours. Il restait onze minutes. Matos avait fait une erreur de calcul quelconque, ou bien ses jauges de carburant étaient peu précises sur la fin.

Peut-être que le missile freinait plus l'avion qu'il ne l'avait pensé.

— Roger, Peter. Je comprends. Les secours vous ont bien repéré.

La voix de Matos tremblait, mais il batailla pour reprendre le contrôle et répliqua :

— Roger. Je suis à 30 000 pieds maintenant, je vais atteindre le sommet de la tempête dans quelques secondes. (Il lut ses coordonnées, puis dit :) Violentes turbulences, vents rabattants. Appareil instable.

En partie par instinct et en partie parce que Hennings était dans la pièce, Sloan donna à Matos les meilleurs conseils possibles dans de telles circonstances.

— Peter, retenez-vous de vous éjecter le plus longtemps possible. Quand vous vous éjecterez, retenez-vous d'ouvrir votre parachute le plus longtemps possible.

— Roger.

Sloan s'imaginait Matos qui tombait, toujours dans son siège, attendant le plus longtemps possible avant d'ouvrir le parachute, puis l'ouvrant au tout dernier moment, pris dans les courants violents — remontant au lieu de descendre, puis retombant à nouveau, puis s'élevant avec les appels d'air —, un processus qui pouvait s'éterniser. Si cela ne le tuait pas, la mer s'en chargerait.

Hennings se tenait près de Sloan et contemplait le haut-parleur radio ; il se tourna vers les interphones.

— À quelle distance se trouve l'appareil de secours le plus proche ?

Sloan s'empara de l'interphone bleu et tint un crayon en équilibre au-dessus de l'écritoire qui masquait les interrupteurs.

— Opérateur. Branchez-moi avec le commandement de la patrouille de secours. Vite. Mission de secours ? Ici le *Nimitz*. Où se trouve votre escadrille ou votre navire de secours le plus proche de la cible ? Bien. Il est tombé en panne sèche. Notez ses coordonnées. (Sloan les lut.) Il ne va pas tarder à s'éjecter. Vous recevez toujours son émission ? Bien. (Sloan hocha la tête.) Oui, très bien... (Cet absurde monologue dans un téléphone mort devenait fatigant. Il espérait qu'il le jouait encore assez bien.) Parfait, nous...

La voix de Matos retentit dans la pièce.

— La Maison — je suis à 20 000 pieds. Ça secoue vachement. Pluie et grêle. Aucune visibilité.

Hennings prit le micro.

— Navy trois-quatre-sept, nous sommes en communication avec la patrouille SAR. Vous allez être secouru très rapidement. Stand by.

Il regarda Sloan.

Sloan tenait toujours l'interphone.

— Ne quittez pas. Il se tourna vers Hennings. Dites à Matos qu'il sera dans l'eau dans moins de dix minutes. Dites-lui de rester en émission. Après son éjection, la SAR le repérera grâce au signal de son canot.

Hennings relaya le message dans le micro. Il ajouta :

— Ne vous inquiétez pas, lieutenant. Nous sommes avec vous, et nous prions pour vous. Out.

Hennings relâcha le bouton de transmission du micro pour que Matos puisse récupérer la ligne et continuer à émettre. Des larmes lui montaient aux yeux. Il se détourna et fixa l'horizon par le hublot.

La voix de Matos brisa le silence de la pièce.

— Je suis à 10 000 pieds. Je me prépare à m'éjecter. (Sa voix était devenue factuelle, comme s'il faisait un rapport sur le problème de quelqu'un d'autre.) 8 000 pieds.

Hennings remarqua le calme de cette voix. Il savait que c'était important pour un pilote, comme pour un marin, de faire cela bien, de sombrer avec dignité.

— Toujours de très fortes turbulences... (Le bruit de la respiration de Matos résonnait dans le haut-parleur et emplissait la salle d'électronique.) C'est ma dernière transmission. Je quitte l'appareil maintenant.

Le haut-parleur fit entendre un pop très fort quand la verrière éclata, suivi du rugissement aigu de l'air à l'instant où le transmetteur renvoya le vent qui remplissait le cockpit à 900 kilomètres heure. Puis, une fraction de seconde plus tard, ils entendirent la forte explosion de la charge du siège éjectable quand Peter Matos fut projeté hors de son F-18.

Retransmis dans la pièce E-334, le rugissement continu du chasseur abandonné donnait la chair de poule. Pendant un moment, Hennings pensa qu'il pouvait entendre le grondement de la mer en furie, puis un son bizarre, comme une claque étouffée, vibra dans le haut-parleur, suivi par le silence.

Sloan se pencha et éteignit la radio. Il parla doucement dans l'interphone.

— L'appareil a sombré. Le pilote s'est éjecté. Branchez-vous sur le signal de son canot de survie quand il amerrira. Oui. Merci.

Il raccrocha. Sloan avança la main jusqu'à la pendule de compte à rebours et effaça les minutes de carburant que Matos n'avait pas eues. Le cadran marqua 00. 00. Cela semblait approprié. Il s'assit.

— Nous pouvons nous consoler, Amiral, avec le fait que le F-18 est un prix assez léger à payer pour la poursuite du programme Phoenix. Le programme, comme son nom l'indique, renaîtra de ses cendres et reprendra son vol.

— Votre image est parfaitement grotesque, malvenue et inappropriée, Commandant. La seule chose qui m'inquiète pour l'instant, c'est le sort du lieutenant Matos.

— Oui, bien entendu. Moi aussi. Le lieutenant Matos a été entraîné aux techniques de survie en mer.

Son radeau le gardera à flot et sa combinaison le gardera au sec. Sous ces latitudes, l'eau n'est pas si froide.

Sloan roula dans son fauteuil pivotant et ferma les yeux. Il s'imaginait Peter Matos tombant à toute vitesse dans la mer en furie, son parachute déchiré par les vents. Puis une autre image apparut dans sa tête : Peter Matos amerrissant doucement, gonflant son canot, grimpant dedans. Combien de temps pouvait-il survivre en pleine mer ? Personne n'était à sa recherche. Il lui faudrait des jours et des jours pour mourir. Mais il pouvait ne pas mourir. Cette possibilité avait toujours existé. Il vit soudain Matos transféré d'un navire de secours sur le *Nimitz* — montant à bord, sa combinaison de vol bizarrement couverte d'algues comme un spectre sorti du fond de l'océan, traversant l'immense pont d'envol et venant à sa rencontre. *Non.* Même sans la tempête, il n'avait aucune chance si personne n'était à sa recherche dans la bonne zone.

Le son de la voix d'Hennings pénétra les pensées de Sloan. Il rouvrit les yeux et leva le nez vers l'amiral. Hennings parlait dans l'interphone bleu.

— Allô ? Allô ? (Il appuyait sans arrêt sur les boutons.) Allô ? La mission de secours ?

Hennings baissa les yeux vers Sloan, puis vers la rangée de téléphones de couleur. Il se pencha et ôta l'écritoire de la rangée de boutons, vit qu'ils étaient tous éteints, puis regarda à nouveau Sloan.

Sloan demeurait silencieux, soutenant le regard du vieil homme. Finalement, il dit :

— Désolé, Amiral. C'était la seule issue pour nous.

Hennings laissa tomber le téléphone et l'entendit toucher le sol. Sa voix était à peine un murmure.

— Vous... espèce d'enfant de putain. Espèce de

sale meurtrier... comment avez-vous pu, nom de Dieu... ?

Hennings faillit perdre connaissance et il dut faire un effort pour rester debout. Ses yeux essayaient de faire le point sur Sloan, mais ce n'était plus Sloan lui-même qu'il voyait assis devant lui, mais l'essence réelle de Sloan.

— Qui êtes-vous ? Qu'est-ce que vous êtes ?

— Nous, Amiral. Nous.

L'illusion s'effaça et Hennings se reprit.

— Matos était... il avait confiance en vous... c'était l'un de vos hommes...

— Je vois que vous ne vous souciez pas autant des centaines de gens que nous avons éliminés avec le Straton. Les civils ne comptent pas ?

Hennings posa les mains sur la console et se pencha, tout près de Sloan.

— Vous connaissez l'expression : trois peuvent garder un secret si deux sont morts ? (Il fixa Sloan droit dans les yeux.) C'est moi, le prochain ?

— Ne soyez pas absurde.

Hennings se redressa.

— Appelez immédiatement la SAR.

Il se pencha pour remettre les téléphones en marche.

Sloan lui saisit le bras et le tint fermement.

— Ne soyez pas idiot. Nous avons déjà voué à la mort un avion entier plein de civils. Si nous entamons des recherches pour un homme qui peut nous faire pendre, on peut aussi bien le faire pour eux tous. (Il serra plus fort.) Et ce serait un geste inutile. Personne ne peut survivre dans cette mer.

Il lâcha le bras de l'amiral et reprit d'un ton plus calme :

— Amiral, ce n'est pas vraiment la prison qui m'ennuie. C'est l'indignité même du processus. Nous serons traités comme les choses les plus viles qui aient jamais vécu. On crachera sur nos noms dans les clubs d'officiers et les salles d'état-major pendant des générations. Ce n'est pas une très belle fin de carrière. Si vous demeurez silencieux, personne ne saura jamais. On ne gagne rien à se confesser. Rien. Les morts sont morts. La Navy et la nation sont intactes. (Il changea à nouveau le ton de sa voix et parla comme s'il énonçait un rapport officiel.) Le lieutenant Peter Matos a été tué quand la fusée de son missile Phoenix a explosé alors qu'il était encore attaché à son avion. Il recevra les honneurs militaires et sa famille chérira sa mémoire, et ils recevront sa prime d'assurance et tout ce qui est dû à un officier mort en service commandé. Son nom ne sera jamais traîné dans la boue. (Sloan marqua une longue pause.) Amiral ?

Hennings hocha la tête.

Sloan regarda la pendule murale. Quinze heures dix.

— Est-ce que votre vol pour quitter le porte-avions n'est pas programmé pour 16 heures ?

— Oui, répondit Hennings, l'air absent.

— Alors, je vous suggère de prendre la route, Amiral. Il ne vous reste que cinquante minutes et je pense qu'avant vous voulez présenter vos respects au capitaine Diehl.

Hennings fixait Sloan.

— Et aussi, ajouta Sloan en désignant de la main les feuilles de rapport posées sur la console radio, j'espère que votre rapport aux chefs d'état-major précisera bien que cette bévue n'était en rien ma faute.

Sans un mot, Randolf Hennings tourna les talons et sortit de la pièce E-334.

John Berry sentit la pression familière des commandes de pilotage dans ses mains et se rendit compte que c'était la première fois qu'il tentait de piloter lui-même le Straton géant. Le klaxon d'alarme avait perdu de la puissance et les lumières s'assombrissaient car l'énergie électrique quittait peu à peu l'avion de ligne mourant. Le cockpit devint plus calme lorsqu'ils passèrent sous la plus terrible partie de la tempête. Berry percevait les gémissements des blessés qui arrivaient du salon. Il ôta une main des commandes et brancha les essuie-glace. À travers la pluie et les nuages, il pouvait apercevoir des bribes d'océan. Son cœur battait à tout rompre. Il se força à regarder l'altimètre. « 4 000 pieds », dit-il tout haut. Ils tombaient à environ 40 pieds par seconde.

— Moins de deux minutes avant l'impact. Accrochez-vous. Sharon... les gilets de sauvetage...

— Oui. Dans le sac orange contre la cloison du fond.

Berry se retourna et regarda le sac orange qui pendait, puis il vit la petite sortie de secours près de l'arrière droit du cockpit.

— Quand on touchera l'eau, tu prendras les gilets. J'ouvrirai la porte. Linda, tu restes sur ton siège jusqu'à ce qu'on te fasse sortir.

Crandall lui prit le bras.

— John... John, j'ai peur.

— Reste calme. Pour l'amour de Dieu, reste calme.

Berry serrait les commandes fermement. Il savait qu'il aurait dû penser à la manière dont il allait poser l'avion et à ce qu'il fallait faire s'ils survivaient au crash. Mais il n'arrivait pas à cesser de penser aux moteurs éteints. *L'alimentation en carburant avait été coupée. Mais maintenant elle était à nouveau branchée. Que faire d'autre ?...*

Un éclair frappa tout près de la fenêtre de gauche et le cockpit fut illuminé d'une lueur orange, suivie par le craquement sec de l'électricité débridée. Berry se redressa vivement. Soudain, toutes les complexités du tableau de bord supérieur furent balayées. « Bon

Dieu ! » Dans un moment de clarté mentale absolue, il vit sa vieille Buick roulant du haut d'une colline à Dayton, Ohio, moteur coupé, et il vit sa main tournant le contact, et il entendit le bruit du moteur revenant à la vie.

— Sharon ! Les allumeurs ! Les allumeurs ! Écoute. Écoute-moi. Lève-toi. Lève-toi !

Il regarda l'altimètre. 2 000 pieds.

Pendant qu'elle débouclait sa ceinture et qu'elle se glissait hors de son siège, le Straton passa sous les nuages de l'orage et Berry engloba du regard très clairement la surface de l'océan. Le ciel était relativement calme et l'avion volait sans trop de turbulences. Mais même d'aussi haut, il pouvait voir les tours d'écume blanche des énormes vagues. Il savait que s'ils parvenaient à sortir de l'avion, ils ne survivraient pas à cette mer démontée.

Sharon Crandall tenait son bras et le regardait. Berry se rendit compte en un instant qu'elle avait une confiance et une foi totales en lui ; en tant qu'hôtesse, elle devait savoir que plonger sans ceinture équivalait à une mort certaine.

Berry lui parla clairement et fermement.

— Je ne peux pas quitter les instruments des yeux... sur le panneau là-haut, il y a quatre boutons marqués « Allumage moteurs ». Dépêche-toi !

Elle s'agenouilla derrière le piédestal entre les sièges des pilotes et leva le nez. Ses yeux balayaient les instruments et les boutons au-dessus d'elle.

— Où ? Où ça, John ?

Berry tenta de reconstruire le tableau de bord dans sa tête tout en gardant les yeux fixés sur ses propres instruments. Finalement, il leva le nez une fraction de seconde, c'était tout ce qu'il pouvait oser.

— En bas à gauche ! En bas à gauche ! Quatre boutons. Avec des ampoules jaunes au-dessus. Jaunes ! Jaunes ! Allume-les ! vite !

Crandall les repéra et passa la main sur les quatre petites manettes en même temps, les poussant dans la position allumée.

— Ça y est !

Berry regarda l'altimètre. 900 pieds. Le taux de descente avait quelque peu diminué, mais ils avaient perdu de la vitesse. Il ne leur restait plus qu'une demi-minute avant que le Straton ne touche l'eau. Il appela Sharon.

— Rassieds-toi. Remets ta ceinture.

Il regarda le tableau de bord central pour voir si les instruments des moteurs du Straton allaient revenir à la vie. Il essaya de penser à ce qu'il aurait pu faire d'autre pour allumer les réacteurs, mais il ne trouva rien. Il fixa les quatre indicateurs de température. Lentement, les aiguilles commencèrent à monter.

— Allumage ! On a de la puissance !

Mais il savait que le processus d'accélération nécessaire pour acquérir assez de poussée pour remonter allait prendre du temps, peut-être plus qu'il ne leur en restait.

Il jeta un coup d'œil à l'altimètre. 250 pieds. La vitesse de l'appareil n'était plus que de 210 nœuds et la descente était plus lente, mais il sentait qu'il n'était pas loin de décrocher. À peine cette pensée eut-elle pénétré son esprit qu'une alarme se mit à sonner — une voix synthétique répétant le mot *Airspeed, airspeed, airspeed.* La vitesse anémométrique. La vitesse air... Ils n'en avaient pas assez. Berry savait qu'il aurait dû pousser le manche en avant, abaisser le nez, et récupérer de la vitesse pour éviter le décrochage, mais il n'avait pas assez d'altitude pour ça. Avec réticence, il tira légèrement sur le manche et sentit le nez se relever. Le Straton commença à vibrer, les tremblements secouant l'appareil si fort qu'il devint quasiment impossible de lire les instruments. Le Straton était engagé dans une épreuve de force entre la gravité et la puissance d'accélération de ses réacteurs. Tout en regardant son altimètre, il vit que la gravité était en train de gagner. 100 pieds.

Il regarda par la fenêtre de côté. Les 100 pieds indiqués par l'altimètre paraissaient faire beaucoup moins dans la réalité. La mer démontée qui filait en dessous de lui semblait s'élever presque jusqu'aux ailes de l'avion. Il regarda devant, par le pare-brise. D'énormes vagues s'élevaient et se brisaient à une très courte distance en dessous de lui. Si une seule de ces vagues rebondissait assez haut pour toucher le Straton, l'appareil perdrait suffisamment de vitesse pour s'écraser n'importe comment.

Berry balaya ses instruments du regard. La puissance des moteurs augmentait, la vitesse anémométrique revenait, mais l'altitude continuait à tomber. Berry tira le manche, essayant de garder le nez vers le haut. Il marchait sur la corde raide, et un minuscule faux mouvement pourrait les précipiter dans la mer en furie à presque 200 nœuds.

La voix synthétique continuait à répéter *airspeed, airspeed,* et les vibrations annonçant le décrochage ne cessaient pas. Berry manipulait les commandes du mieux qu'il pouvait, essayant d'échanger leurs quelques grammes d'énergie disponible contre quelques centimètres d'altitude supplémentaire.

L'altimètre disait zéro, alors que Berry évaluait la distance de l'eau à moins de 20 pieds. Il devenait évident que le Straton n'allait pas y arriver, étant donné le taux de chute que l'augmentation de puissance ne parvenait pas à contrebalancer. Involontairement, les muscles de ses fesses se contractèrent et il se leva imperceptiblement dans son siège. « Allez, grosse vache — grimpe ! grimpe, putain ! » Il se tourna vers Crandall et hurla pour couvrir le bruit.

— Trouve la postcombustion ! la postcombustion !

Sharon balaya une nouvelle fois le tableau de bord

des yeux, près de l'allumeur. Elle leva le bras et serra le poing, pouce levé, en direction de Berry.

— Allume ! (Il se tut une demi-seconde, puis reprit :) Puis mets-toi en position pour le crash.

Crandall alluma les quatre boutons.

Berry entendit un boum en deux phases quand la postcombustion s'alluma. Il n'avait aucune idée de ce qui allait se produire.

Crandall cria à Linda :

— Baisse la tête. Comme ça !

Puis elle se courba, en position pour le crash, aussi bien qu'elle le pouvait avec le manche du copilote juste devant elle. Avant de baisser la tête, elle tourna la tête pour vérifier si Linda avait fait de même.

Berry eut une légère sensation d'écrasement contre son siège. Le Straton accélérait, le carburant étant directement injecté dans les tuyères et allumé pour donner une poussée supplémentaire aux moteurs. Le tremblement de prédécrochage diminua et Berry tira un peu plus sur le manche. Le nez se redressa et l'océan parut couler sous son pare-brise. L'alarme de décrochage retentit encore une fois, puis se tut. L'altimètre indiquait 100 pieds et grimpait.

— Nous montons ! nous montons ! On grimpe, ça y est !

Sharon Crandall releva la tête. Elle sentait l'accroissement des G contre son corps tandis que l'avion montait. « Mon Dieu ! » Des larmes coulaient sur ses joues.

Berry lâcha le manche, ne le tenant plus que de la main gauche, et il envoya la main droite sur les commandes des gaz. Pour la première fois depuis qu'il s'était assis dans ce siège, il était aux commandes.

Il appela Sharon.

— Postcombustion. Éteinte.

Elle se redressa et éteignit.

Le Straton décéléra quelque peu et Berry avança

les quatre manettes des gaz, sentant l'avion accélérer à nouveau. Il regarda la température des moteurs et la pression qui augmentaient tandis que l'aiguille de l'altimètre ne cessait plus de monter. 500 pieds. 600 pieds. La terreur inconnue à l'idée de conduire ce géant du ciel, comme toutes les terreurs inconnues, avait été exagérée.

Personne ne parlait. Toutes les lumières du cockpit se rallumèrent et les alarmes s'éteignirent une à une. Dehors, la tempête faisait rage au-dessus d'eux, mais à cette basse altitude, elle ne produisait guère plus qu'une forte pluie et des vents qu'il pouvait gérer. John Berry s'éclaircit la gorge.

— On rentre à la maison. Sharon, Linda ? Ça va ?

L'adolescente répondit d'une voix faible :

— Je ne me sens pas bien.

Crandall défit sa ceinture, se leva et s'approcha de la très jeune fille. Elle remarqua que ses propres jambes tremblaient. Elle prit le visage de Linda dans ses mains.

— Ce n'est qu'un peu de mal de l'air, chérie. Ça ira mieux dans une minute. Prends quelques grandes inspirations, comme ça...

Berry reconnut les automatismes verbaux de l'hôtesse de l'air, mais le ton était sincère.

Crandall se pencha et posa un petit baiser sur la joue de Berry, puis se glissa à nouveau dans le siège du copilote sans un mot.

Berry se concentrait sur les instruments. Il laissa le Straton atteindre 900 pieds, puis se remit en palier avant qu'ils n'atteignent le début de la tempête.

Il écoutait les sons venus du salon, mais n'entendait rien qui pénétrât le bruit de la pluie, le murmure de l'électronique et la vibration des réacteurs.

Il éteignit les essuie-glace, se familiarisa avec les commandes de vol pendant quelques minutes, puis se pencha et remit le pilote automatique en marche. La lumière ambre s'éteignit, et il lâcha les commandes et les gaz, avant d'ôter ses pieds des palonniers. Il s'étira les mains et les bras, puis se tourna vers Sharon.

— C'était vraiment moins une, dit-il. Tu es restée très calme.

— Vraiment ? Je ne m'en souviens pas. Je crois bien que j'ai crié. (Elle le regarda avec attention.) John... que s'est-il passé ? Tu n'as pas fait quelque chose... non... j'ai lu le message.

— Ni toi ni moi n'avons rien fait de travers... à part les écouter.

— Quoi ?

La sonnette tinta.

Ils se regardèrent, puis baissèrent les yeux vers l'écran du data-link.

AU VOL 52 : NOUS RECEVEZ-VOUS ? CONFIRMEZ.
QG DE SAN FRANCISCO.

Berry désigna la console.

— Ces empafés. Ces enfants de putain, jura-t-il.

Crandall le regarda, puis regarda à nouveau le message. Elle n'avait pas eu assez de temps pour penser clairement à ce qui s'était produit, et n'était pas encore arrivée à tirer des conclusions, mais ses soupçons à demi formulés se cristallisèrent soudain.

— John... comment ont-ils pu ? Je veux dire : comment... pourquoi ?...

— Bon Dieu, je n'arrive pas à croire que j'aie pu être aussi stupide. Hawaii. Ça aurait dû me faire sursauter. Changer le centre de gravité ! Éteindre les arrivées de carburant ! Espèces d'enculés de menteurs !

Crandall essayait encore de comprendre tout ce qui s'était passé.

— C'était en partie ma faute. C'est moi qui t'ai amené à...

— Non. Je leur ai fait confiance aussi. Mais je n'aurais pas dû. J'aurais dû savoir. Je le savais, bon Dieu.

— Mais pourquoi, au nom du ciel, est-ce qu'ils feraient une chose pareille ?

— Ils ne veulent pas — Berry désigna l'arrière du pouce — qu'*ils* reviennent.

Crandall hocha la tête. Elle avait pensé à ça pendant un moment, mais n'avait jamais poussé cette pensée jusqu'à sa conclusion naturelle.

— Qu'est-ce qu'on va faire ? Qu'est-ce qu'on va leur répondre ?

— Leur répondre ? Je ne vais rien répondre du tout.

— Non, John. Réponds-leur. Dis-leur qu'on sait ce qu'ils ont essayé de faire.

Berry réfléchit, puis secoua la tête.

— Quelqu'un qui essaie de nous tuer contrôle la situation là-bas. Quelqu'un dans cette petite pièce dans un coin de la salle de dispatching. Parler à cet homme — ou à ces hommes — dans cette pièce, c'est comme crier au type qui vient de te pousser à l'eau que tu es en train de te noyer. Je ne vais pas les aider en leur disant qu'on est encore vivants. C'est notre secret, et on va en tirer le maximum.

Crandall acquiesça avec réticence.

— Oui, je suppose. Dieu, qu'est-ce que j'aimerais qu'on puisse le dire à quelqu'un ! Si on ne revient pas... personne ne saura jamais.

Berry pensa aux messages du data-link. Il tenta de les reconstruire dans sa tête.

— Même si on revient, on aura sacrément du mal à ce que qui que ce soit nous croie. Ce sera notre parole contre la leur, et nous sommes ceux qui ont souffert de la dépressurisation, et nous sommes ceux qui ne peuvent ni comprendre, ni suivre les instructions d'un personnel entraîné.

Sharon Crandall commençait à avoir un tableau très clair de la situation.

— Ces enfoirés. Oh ! quelle bande de salauds ! Bon Dieu !

Elle essayait d'imaginer qui, dans la hiérarchie de Trans-United, était capable d'une chose pareille. Quelques noms lui vinrent à l'esprit, mais elle décida que ce pouvait être n'importe qui ayant assez à perdre si le Straton revenait.

Berry songeait à des mobiles.

— Ils ne veulent probablement pas avoir à admettre que leur sécurité était une passoire. Ils dénieront le message où on parlait de bombe — s'ils osent même le sortir, et ils essaieront de mettre ça sur le dos de quelqu'un ou de quelque chose d'autre. Les usines Straton, par exemple. Un défaut de structure de l'avion. Quelle bande d'enfoirés !

— Mon Dieu, vivement qu'on soit revenus et... Mais est-ce qu'on va nous croire ?

— Il faut qu'on se souvienne de ce qu'on a lu, et croire que ce dont nous nous souvenons est correct.

Linda Farley fit soudain entendre sa voix.

— On peut montrer les mots imprimés.

Crandall n'arrivait pas à suivre ce que disait la jeune fille.

— Tu as compris de quoi on parlait ?

— Oui.

Berry gardait les yeux sur les instruments, mais il s'adressa à elle.

— Ces gens, à San Francisco, ils nous ont menti, Linda. Ils ont essayé de... ils nous ont dit de faire des choses pour qu'on s'écrase en mer. Tu comprends ça ?

— Oui.

— Quels mots imprimés ? demanda Crandall.

— Derrière, là. Près de là où je dormais tout à l'heure. C'est dans une petite porte dans le mur, et ça s'imprimait pendant que vous tapiez et...

— John ! Il y a une imprimante à l'arrière du cockpit ! Je l'avais oubliée ! (Sharon, arracha sa ceinture et bondit de son siège. Elle se rendit rapidement à l'arrière du cockpit et se pencha vers un petit espace dans le coin près de la paroi du fuselage.) La voilà !

Elle déchira l'étroite feuille de papier de l'imprimante, puis ramassa une pile de messages pliés dans une petite panière de réception. Elle les tint et les étala.

— John ! Tout est là. Tout.

Berry se rendit compte qu'il souriait. Rien, admit-il, n'était plus doux que la revanche.

— Fais-moi voir.

Elle apporta la pile de papier perforé, d'à peine dix centimètres de large, laissant pendre le bout entre les deux sièges des pilotes. Chaque petite section perforée contenait un message de l'ordinateur.

Berry relut les messages qui pendaient de sa main.

— On dirait qu'ils sont tous là.

Il se retourna et regarda par le pare-brise. Il pouvait voir le reflet de Sharon dans la vitre sombre et humide, debout à côté de lui, le papier se déroulant de sa main tandis qu'elle le lisait. Il l'observa un bon moment ses mouvements, les expressions sur son visage.

Sharon replia les messages.

— Il faut qu'on arrive à rentrer pour confondre ces gens.

Berry acquiesça. S'ils mouraient en s'écrasant et que le cockpit était détruit, où s'ils tombaient à la mer, les messages imprimés ne survivraient probablement pas. Il se tourna vers Crandall.

— Donne-les-moi. Va chercher des gilets de sauvetage pour nous trois.

Crandall ouvrit le sac sur la paroi du fond et en sortit les gilets orange. Elle regarda Berry et Linda en enfiler chacun un, puis elle en passa un elle-même. Elle prit une trousse de première urgence dans le placard de la cloison et soigna une petite coupure sur le front de Linda Farley. Elle s'approcha ensuite de Berry.

— Ne bouge pas. Tu es plein de coupures et d'égratignures.

Berry la regarda tandis qu'elle lui passait de la crème antiseptique sur les bras et sur le visage.

— Où as-tu eu cette trousse ?

— Dans le placard d'urgence.

— Qu'est-ce qu'il y a d'autre dedans ?

— Pas grand-chose. La plupart de l'équipement d'urgence est dans les cabines et dans le salon.

Au mot salon, Crandall regarda vers la porte du cockpit. Jusqu'à cet instant, elle avait quasiment oublié ce qu'il y avait de l'autre côté.

Berry lui tendit les feuilles imprimées.

— Mets-les dans la poche en vinyl du gilet de sauvetage de Linda. Essaie de les envelopper de manière à ce qu'elles soient étanches à l'eau.

Sharon Crandall comprit qu'il essayait de se préparer pour le pire. Elle se rendit au placard derrière le siège de l'observateur, prit deux objets et les rapporta près de Berry.

— Cette lampe-torche est étanche à l'eau. Et ça, ce sont des gants antifeu.

Berry sourit.

— Très bien.

Crandall dévissa le bout de la lampe-torche et ôta les piles, puis elle enfonça les papiers dans le logement des piles. Elle revissa l'extrémité de la torche et passa un gant antifeu à chaque bout. Elle entoura ce paquet avec une bonne longueur de sparadrap et le plaça dans la pochette en vinyl fixée au gilet de sauvetage de Linda, qu'elle referma.

— Linda, tu sais que c'est très important. Si quoi que ce soit nous arrive, montre ça à...

— Un policier, dit la jeune fille.

Crandall sourit.

— Oui. Un policier. Dis-lui que c'est très important.

Elle hocha la tête.

Sharon Crandall se réinstalla dans le siège du copilote.

Berry se pencha et lui prit la main. Il lui dit :

— Personne ne pourra dire que tu n'as pas mérité ton salaire pour ce vol.

Elle serra sa main et sourit.

— Quand tu es monté à bord, je me suis dit : ce type ferait un bon pilote...

— Tu m'as remarqué quand je suis monté à bord ?

— Eh bien... tu portais des chaussettes bleues avec des chaussures marron.

Ils se mirent tous deux à rire, puis Sharon s'enfonça dans son siège et écouta les réacteurs, sentant leur puissance vibrer à travers tout l'avion. Elle se tourna à nouveau vers lui.

— John, est-ce que tu arriveras à le poser ?

Berry regarda à travers le pare-brise. La pluie diminuait et le ciel se faisait moins lourd. En dessous, l'océan paraissait moins agité. Il regarda le radar météo. Il semblait moins parsemé d'images, si tant est qu'il soit capable de le déterminer. Le temps s'éclaircissait devant eux.

— Ça dépend du temps qu'il fait à San Francisco. (Il savait que tout dépendait beaucoup de ses capacités. Il regarda les jauges de carburant.) Ça dépend du carburant aussi. La postcombustion en a beaucoup avalé. Et on en consomme pas mal maintenant à cette altitude. Mais on ne peut pas en utiliser plus pour remonter, sans compter que le temps là-haut risque de tourner à nouveau très mal.

— Tu crois qu'on a assez de carburant pour y arriver ?

— Je ne sais pas. Trop de variables. Mais je suis prêt à parier un dîner qu'on verra au moins la côte avant de tomber en panne sèche.

Berry sourit pour masquer son véritable sentiment. Il savait que c'était un pari stupide.

— Je te parie qu'on arrivera jusqu'à l'aéroport. Je veux aller au Four Seasons à New York.

— D'accord, dit Berry.

Puis son sourire s'estompa.

— Écoute, si nous devons nous poser en mer, je le saurai assez tôt, et on pourra se préparer. Si près de la côte, on devrait se faire secourir assez vite.

Mais il se demandait s'ils amerriraient près d'une ligne maritime. Il pensa à la possibilité des requins, mais il ne savait pas s'il y en avait beaucoup sur la côte Ouest. Il voulait le lui demander, mais décida d'attendre qu'ils soient plus près. Plus il pensait à un amerrissage, plus cela lui semblait être le commencement de leurs problèmes, et pas la fin. Mais quelque chose d'autre le tracassait. Même un parfait atterrissage à San Francisco ne marquerait pas la fin de l'histoire.

— Sharon, il faut qu'on établisse un plan. Quelque chose pour après notre atterrissage à San Francisco.

— Quoi ? (Elle était étonnée. Pour elle, ramener le Straton endommagé jusqu'à l'aéroport était leur seul but.) De quoi parles-tu ?

— Ces gens, dit-il, en désignant le data-link, ont essayé de nous tuer. Ils ne vont pas s'arrêter simplement parce que nous aurons atterri.

— C'est insensé.

Ils restèrent tous deux silencieux pendant un moment. Sharon se demandait si Berry pouvait avoir raison. Peut-être qu'elle minimisait les choses. Elle dit :

— Si on se pose à San Francisco en un seul morceau... eh bien, on devra penser que tous les gens au sol ne sont pas ravis de nous voir revenir.

Berry opina, et abandonna le sujet.

Il regarda autour du cockpit. Il essayait d'anticiper tous leurs besoins, en fonction d'un peu toutes les possibilités.

— Est-ce qu'il y a un canot de survie dans le cockpit ?

— Non. Les canots sont tous derrière. (Elle s'arrêta, puis reprit.) Mais le toboggan gonflable de l'issue de secours se transforme en canot. Il n'est pas aussi grand que les autres, mais il suffira pour trois personnes.

— Très bien. (Il réfléchit un moment.) Je crois que je peux le poser sur une mer calme. Passons en revue les procédures d'amerrissage. Linda, écoute bien ce que Sharon va...

La sonnette tinta.

AU VOL 52 : NOUS RECEVEZ-VOUS ?
CONFIRMEZ.
QG DE SAN FRANCISCO.

Berry secoua la tête.

— Quels enfoirés ! J'aimerais bien leur balancer qu'on est en train de rentrer juste pour voir ce qu'ils diraient à ça.

Crandall fixait le message.

— C'est tellement... obscène. Quel genre de personne peut faire une chose pareille ? Essayer d'assassiner... des gens innocents qui n'ont absolument rien fait ?...

Berry se souvint de sa pensée antérieure, son idée de grimper au-dessus du mauvais temps. S'il avait le carburant, l'oxygène et assez de confiance pour piloter, il l'aurait fait. Cette ascension aurait sans doute tué quelques douzaines de passagers supplémentaires. Berry se demandait s'il valait mieux que les gens du QG de San Francisco, qui qu'ils aient pu être.

— Parfois, c'est une question d'opportunité. En général, ce n'est pas personnel. On devrait peut-être ne pas le prendre personnellement.

— Je le prends personnellement, répliqua-t-elle.

Il y avait à nouveau des bruits venus du salon, des gémissements et des grognements, quelques cris d'agonie des blessés, et le bruit de mains griffant la porte. Berry entendit qu'on tapait sur le clavier du piano. Pendant un moment il crut même que quelqu'un essayait de jouer.

Il savait que tous ces gens allaient se noyer s'ils tombaient en mer, et il admit qu'il ferait très peu — voire rien — pour sauver aucun d'entre eux.

Il prit le bras de Sharon Crandall et tourna son poignet vers lui.

— Il est 14 h 24. Nous avons quelques heures avant d'atteindre la côte.

Il essayait de penser en termes de besoins pour un atterrissage sur un aéroport. Il s'assura que le pilotage automatique était toujours engagé, puis détacha sa ceinture et se glissa hors du siège du pilote.

— Où vas-tu ?

— Pas loin, ça c'est sûr, répondit Berry avec un rire involontaire.

Elle sourit de sa question.

Berry s'agenouilla derrière le siège du pilote et glissa la main dessous.

— Qu'est-ce que tu cherches ? demanda Sharon.

— Des cartes. J'en ai besoin pour les fréquences de radio-navigation.

— Les radios ne fonctionnent pas.

— Les moyens de radio-navigation peut-être. Elles sont séparées des émetteurs et des récepteurs.

Berry continua à fouiller sous le siège, mais sa pêche se révéla vaine.

— Bon Dieu. Elles se sont probablement envolées. On en aurait vraiment eu besoin. Merde.

La possibilité de trouver l'aéroport de San Francisco sans une bonne balise était très mince, même s'ils avaient assez de carburant pour errer le long de la côte, ce qui n'était pas le cas.

— C'est important, ces cartes?

— On va faire sans, dit Berry en regagnant le siège du commandant. On essaiera de chercher sur toutes les fréquences quand on sera plus près. On finira par trouver la bonne.

Mais Berry savait qu'il y avait trop de canaux et qu'il disposait de trop peu de temps.

Crandall déboucla sa ceinture.

— Je vais regarder par là.

— Okay.

Elle se pencha en avant et fit passer sa main sous le siège du copilote.

— Rien... attends... (Elle se pencha aussi à droite que la console le lui permettait.) Je crois que je tiens quelque chose. Oui. (Sharon sortit un tas de papiers froissés.) Voilà.

Berry les prit.

— Des cartes, dit-il. Ce doit être celles du copilote.

Pendant un instant, il songea à McVary dans le salon. C'étaient ses cartes et c'était son cockpit. Mais maintenant, tout était à Berry, même si l'ensemble ne valait plus grand-chose. Il déplia les cartes une à une, avec précaution.

— Ce sont les bonnes? demanda Sharon avec anxiété.

— Oui, dit Berry en souriant. (Il en désigna une.)

Voilà San Francisco. Voilà la fréquence que je voulais.

— Est-ce que les radios vont fonctionner ?

Sharon avait ses doutes.

— Pas encore. (Berry replia la carte de manière à mettre la zone de San Francisco sur le dessus.) Quand on sera à portée, on verra si on peut recevoir un signal.

— Et si on ne peut pas ?

— Alors on ira droit sur la terre qu'on verra. Tu pourrais reconnaître des signes particuliers sur cette carte ?

— Je crois. Je l'ai vue assez souvent.

— Est-ce que tu saurais si on est au nord ou au sud de San Francisco ? Ou si on s'approche d'une autre ville ? D'un aéroport quelconque ?

Elle ne répondit pas tout de suite, puis elle dit :

— Quand on y sera, j'y verrai mieux.

— Très bien. Commence à faire marcher ta mémoire.

— D'accord. (Elle étala ses jambes nues et s'enfonça dans le siège.) Discutons. Ne pensons pas à ce qui va venir plus tard.

— On ferait aussi bien. Je suis déjà à court de choses à faire.

Sharon ferma les yeux.

— Parle-moi de... chez toi.

Berry aurait préféré parler d'autre chose. Il se rencogna dans son siège et essaya de trouver quelque chose à raconter. Tandis qu'il réfléchissait, la lumière de désengagement du pilote automatique clignota à nouveau, et le pilotage automatique s'éteignit. Berry saisit les commandes.

— Oh, bon Dieu !...

— Le pilote automatique ?

— Oui.

Maintenant, il savait qu'il ne pouvait plus faire

confiance à qui que ce soit. Visiblement, le pilotage automatique avait été endommagé par leur violente descente. Il n'avait plus le choix. Il devait piloter le Straton pendant le reste du vol. Tandis que Berry se concentrait pour reprendre le contrôle manuel, il entendit, venu de derrière la porte, un grattement persistant et le son discordant du piano. Très vite, cela lui porta sur les nerfs. Puis il entendit la sonnette du data-link.

— John. Ils envoient un autre message.

Berry regarda l'écran. C'était une répétition exacte du message qu'ils avaient expédié quelques minutes auparavant. Ces enfoirés continuaient, essayant de voir si Berry avait tout de même réussi à empêcher le Straton de s'abîmer dans le Pacifique.

— Qu'ils aillent se faire foutre, dit-il.

Il n'y avait plus le moindre doute : il le prenait vraiment personnellement.

15

Jack Miller s'avançait, seul, dans l'immense couloir vide à l'extérieur du bureau du dispatching. Edward Johnson avait pris son rapport détaillé et lui avait dit de rentrer chez lui, lui refusant toute entrée dans la salle des communications. Jack Miller savait que ses jours chez Trans-United étaient comptés.

Il entendit des pas qui escaladaient l'escalier au bout du couloir. Il s'immobilisa.

La silhouette du chef pilote Kevin Fitzgerald — grand, musclé, bronzé, portant jeans délavés et tee-shirt — apparut soudain en haut de l'escalier. Il s'avança rapidement vers Miller, qui s'écarta et échangea un signe de tête avec lui. Miller s'éclaircit la gorge.

— Commandant Fitzgerald...

Le chef pilote le dépassa et tourna la tête vers lui tout en continuant à avancer rapidement vers la porte tout au bout du long couloir.

— Qu'est-ce qu'il y a, Jack ?

— Tout le monde est dans le bâtiment administratif. Dans la salle de conférences des cadres supérieurs, monsieur.

— Merde. (Il se retourna et repartit dans l'autre direction.) Il ne se passe rien ici ?

— Non, monsieur. Il n'y a plus de contact avec le 52.

Fitzgerald continuait, repartant vers l'escalier.

— C'est le bordel, Jack. Un énorme bordel. Personne ne sait ce qui se passe.

— Oui, monsieur, dit-il à la silhouette qui disparaissait dans l'escalier.

Jack Miller se retrouva seul dans le couloir pendant quelques secondes. Il réfléchit un moment, hésita, puis se mit à courir dans le couloir et dévala l'escalier quatre à quatre.

Dans le parking, il vit Fitzgerald monter dans une voiture de sport étrangère. Il courut vers lui.

Fitzgerald fit rugir son moteur et le regarda.

— Qu'est-ce qu'il y a, Jack ?

Miller se rendit compte qu'il ne pouvait pas parler.

— Je suis pressé. C'est important ? (Fitzgerald levait les yeux vers lui. Il mit un ton plus doux dans sa voix.) Qu'est-ce qu'il y a ?

Il éteignit son moteur.

Miller s'approcha tout près de la fenêtre.

— Commandant, il faut que je vous parle.

Fitzgerald avait mené des hommes assez longtemps et il connaissait assez bien Jack Miller pour savoir qu'il allait entendre quelque chose d'important et de dérangeant.

— Grimpez. On discutera en y allant.

— Non, monsieur. Je crois que vous feriez mieux de rester ici.

Fitzgerald rouvrit sa portière et sortit de la voiture.

— Accouchez.

— Eh bien...

— Oubliez tous les préliminaires, Jack. Balancez-moi tout et vite.

— Je crois... je suis certain qu'il y a quelque chose qui pue ici.

Fitzgerald hocha la tête.

— Continuez.

Jack Miller commença son histoire.

Avec la porte close, la salle des communications de la Trans-United était devenue étouffante. Des vapeurs sorties des machines à tirer imprégnaient l'air stagnant. Edward Johnson était assis manches relevées et cravate desserrée.

Wayne Metz ne cessait d'éponger la sueur sur son visage avec un mouchoir trempé. Il hochait la tête de satisfaction.

— Je crois que ça y est, Ed.

Johnson opina lentement. Il se sentait mal — il n'y avait aucun doute là-dessus — mais il sentait également que le poids du monde — le poids du Straton — avait été ôté de ses épaules. Il était ennuyé que Metz ait du mal à dissimuler sa joie. Cet homme ne connaissait rien au vol, ne comprenait pas les compagnies aériennes ni les gens qui travaillaient pour elles. Il ne comprenait que les assurances et la manière de ne pas les rembourser.

Johnson se pencha et appuya sur le bouton « Repeat » du data-link. Il le maintint appuyé.

Le message s'imprima.

AU VOL 52 : NOUS RECEVEZ-VOUS ?
CONFIRMEZ.
QG SAN FRANCISCO.

Le message ne cessait de courir tant qu'il maintenait le doigt sur le bouton. Un long flot de papier imprimante commença à s'empiler dans le panier récepteur de la machine. Johnson regarda sa montre.

— Ce devrait être suffisant pour qu'il y en ait eu un toutes les trois minutes pendant l'heure qui vient de passer.

Il relâcha le bouton, puis tapa un message final.

AU VOL 52 : SI VOUS NOUS RECEVEZ, TRANSMETTEZ UN MAYDAY OU N'IMPORTE QUELLE COMBINAISON DE LETTRES OU DE CHIFFRES.
QG DE SAN FRANCISCO.

Ils attendirent tous deux en silence.

Metz regarda la pendule. 14 heures 30. Il s'éclaircit la gorge.

— Ça y est.

— Je suppose.

Johnson réfléchit un instant. Il était impossible qu'un pilote du dimanche puisse survivre à une panne de quatre réacteurs. À 11 000 pieds, il ne lui restait plus que cinq minutes avant l'impact. C'était juste assez pour remettre l'ignition des réacteurs s'il savait comment, mais Berry n'avait ni l'adresse ni le savoir nécessaires pour garder le contrôle du Straton. *Cinq minutes.* Il fut momentanément submergé par la pensée de l'énorme Straton tombant de 3 000 mètres droit dans le Pacifique. Son esprit fabriqua une image vivace de la scène dans le cockpit. Berry et les autres tombant vers l'océan. À cet instant, ils avaient probablement su avec certitude que quelqu'un les assassinait — s'ils avaient eu le temps d'y réfléchir.

— Bon Dieu, Wayne, c'est vraiment terminé.

Ses genoux tremblaient et il espéra que Metz ne remarquait rien.

Metz balaya la pièce du regard.

— On n'a rien oublié ?

Johnson le regarda.

— Si c'était le cas, tu n'en saurais rien de toute manière.

— Okay, dit Metz, rien de tout ceci n'est très plaisant. Ne me mets pas tout sur le dos. J'essaie seulement de voir si on n'a pas laissé quelque chose de côté. Un détail peut suffire à nous perdre. On est allés trop loin pour...

— Tu as les sorties imprimantes ?

— Oui.

Il désigna la veste de sport accrochée sur un fauteuil.

— Mets cette veste.

Johnson prit sa propre veste et la jeta sur son épaule. Il s'avança vers la porte. Pendant un moment, il souhaita être revenu près des tapis roulants, balançant des bagages avec les autres employés sous le soleil, parlant gonzesses et football, à nouveau vierge d'années de compromissions, jamais troublé par les pertes occasionnées par lui à la compagnie, et jamais hanté par le spectre du Straton qu'il savait qu'il verrait désormais tous les jours de sa vie.

Johnson se rendit compte que quelqu'un l'observait à travers la porte vitrée. Il leva le nez et vit la silhouette de Kevin Fitzgerald qui remplissait l'encadrement. La poignée tourna.

Instantanément, Metz saisit l'antagonisme entre ces deux hommes, et il put également voir le changement dans le comportement de Johnson. Il eut soudain à nouveau peur.

Johnson se tourna vers Metz tout en marchant à grands pas vers la porte.

— C'est Fitzgerald. Suis exactement tout ce que je dis et fais. N'essaie surtout absolument rien. (Johnson déverrouilla rapidement la porte.) Comment ça va, Kevin ?

Fitzgerald regarda le verrou pendant un bon moment, avant de lever les yeux vers lui.

— Quelles sont les dernières nouvelles ? demanda-t-il, en pénétrant dans la salle des communications.

— On t'a briefé dans la salle de conférences ?

— Non. On m'a bipé à la plage. J'ai appelé et j'ai eu le message. Personne n'a mentionné la salle de conférences et je suis venu ici, naturellement.

— Bien.

Avait-il oublié de poster quelqu'un dans le parking ? Non, il avait dit à Miller de le faire. *Cet enfoiré. Bordel.* Johnson savait qu'il avait de la chance que Fitzgerald ne soit pas arrivé plus tôt.

— Tout ce truc était foiré depuis le départ. Faute du Contrôle aérien, pour la plus grande part, même si nos gars se la sont fourrée bien profond une ou deux fois.

— Plus tard on aura assez de temps pour les exécutions publiques. Qui c'est, ça ?

Johnson tourna la tête.

— Wayne Metz. De la Beneficial Insurance — notre assureur responsabilité civile.

Metz tendit la main.

— Je suis infiniment désolé de tout ça, commandant Fitzgerald.

Fitzgerald lui serra la main pour la forme.

— Ouais, nous aussi.

Il se tourna vers Johnson.

— Toujours pas de message d'eux ?

— Non. Ça fait plus d'une heure maintenant. (Il désigna le data-link.) J'ai répété mon dernier message toutes les trois minutes. Pas de réponse.

Fitzgerald s'approcha de la machine et déchira le papier imprimé. Il étira la longue bande de papier entre ses bras écartés, regarda les messages, puis les laissa tomber sur le data-link. Il se tourna vers Johnson et parut le regarder une seconde de plus que la politesse ne l'autorise.

— J'ai cru comprendre que ce pilote — Berry — avait pris les commandes de l'appareil.

Johnson se demanda d'où il tenait cette information s'il n'avait pas été dans la salle de conférences des cadres.

— À ce qu'il semble, oui. Au début tout du moins.

Fitzgerald poursuivit :

— Les dégâts infligés à l'appareil étaient importants, mais pas critiques.

— Apparemment, ils étaient critiques.

Miller. Il avait parlé avec Miller.

— Il n'a pas envoyé de message indiquant qu'il avait des ennuis ? Pas de Mayday ?

Le cœur de Johnson commença à taper. Pourquoi posait-il des questions comme ça ?

— Les copies imprimées des premiers messages sont sur le comptoir. Je les ai fait dupliquer et envoyer au Contrôle aérien et dans la salle de conférences. Ils pourront peut-être répondre à quelques-unes de tes questions.

Fitzgerald étala les messages sur le long comptoir sous la carte du Pacifique. Il avait déjà regardé les noms des pilotes sur la feuille de service dans la salle de dispatching. Il examina très vite les messages. *Stuart... McVary... Fessler... Lésions cérébrales... Oh, Dieu !...* Les mots de Miller n'avaient pas eu l'impact de ces messages imprimés venus du Straton endommagé. Les yeux de Fitzgerald allaient des messages aux marques sur la carte du Pacifique.

— Pourquoi est-ce qu'on n'a pas immédiatement appelé un pilote ici pour lui donner des instructions ?

— Les choses se sont passées trop vite. Écoute, si tu as des questions, allons les poser dans la salle de conférences. Ce n'est plus l'heure ni l'endroit pour ce genre de conversation.

Fitzgerald l'ignora et regarda Wayne Metz.

— Quelle est votre fonction ici ?

Metz se sentit immédiatement intimidé par cet homme.

— Eh bien... Commandant, du point de vue de la responsabilité civile, je voulais être absolument certain qu'on avait fait tout ce qui est humainement possible pour minimiser votre exposition et la nôtre. (Fitzgerald ne cessait de le fixer, et il savait qu'il était censé continuer à parler.) Et vous pouvez imaginer, Commandant, comment une minuscule négligence pourrait être gonflée hors de proportion par les avocats des victimes. En fait, le manuel d'urgence de votre compagnie recommande que l'assureur soit présent durant...

— Je sais ce que dit le manuel. (Fitzgerald se tourna vers Johnson.) Où est notre avocat ? Où est l'assureur de l'appareil ? Où est Abbott, le représentant de chez Straton ?

— À la conférence, je suppose. Écoute, Kevin, je ne sais pas quelle mouche te pique, mais toutes les questions qui se posent seront mieux débattues dans la salle de conférences.

Johnson ne voulait pas de Kevin Fitzgerald dans cette pièce, même s'il savait que cela n'importait plus.

— Allez, Commandant. Il faut que je verrouille cette pièce.

À peine l'avait-il prononcée qu'il regretta cette remarque.

— Verrouiller ? Pourquoi ?

Johnson ne dit rien pendant quelques secondes, puis lança :

— On est censé la laisser intacte pour les enquêteurs du gouvernement.

Fitzgerald secoua lentement la tête.

— Relis ton manuel, Ed. Cette règle ne s'applique qu'à la scène de l'accident. Je ne crois pas que cette pièce puisse être qualifiée comme lieu de l'accident.

Oh, si ! Johnson commençait à être à cran, et il essaya de le cacher avec une démonstration d'impatience.

— Alors reste ici si tu veux. Il faut que j'aille à la conférence.

Il se dirigea vers la porte.

Metz le suivit.

Fitzgerald resta où il était.

— Attendez.

Johnson se retourna.

— Je sais que tu ne connais rien au pilotage, mais si tu étais un pilote perdu au-dessus de l'océan et que ton seul moyen de communication fonctionnait mal, tu n'aimerais pas que celui qui est à l'autre bout de la ligne sorte de la salle des communications, non ?

Il s'approcha du data-link et tapa :

AU VOL 52 : SI VOUS POUVEZ ENCORE NOUS RECEVOIR, NE PENSEZ PAS QU'ON VOUS A ABANDONNÉS. CE LINK SERA OPÉRATIONNEL SANS INTERRUPTION JUSQU'À CE QU'ON VOUS RETROUVE.
QG DE SAN FRANCISCO.

Fitzgerald regarda Johnson.

— Dis à Miller de venir ici.

Johnson pensait qu'il avait renvoyé Miller chez lui, mais il l'aperçut assis devant son bureau. *L'enfoiré.*

— Miller ! Arrivez ici !

Jack Miller entra précipitamment dans la salle des communications. Il regarda Johnson droit dans les yeux.

Johnson repéra l'expression de défi sur son visage et comprit que Miller était sous la protection de Kevin Fitzgerald. *L'enfant de putain.* Quand tout ceci serait terminé, il s'arrangerait pour que Miller ne dispatche plus jamais rien de plus gros qu'un plateau repas.

— Le commandant voudrait vous parler.

Fitzgerald désigna le siège du data-link.

— Jack, asseyez-vous là, et restez sur le coup. Envoyez un message toutes les deux-trois minutes et attendez. Attendez une réponse, Jack.

— Bien monsieur.

Miller s'assit devant le data-link.

Johnson regarda Miller appuyer sur le bouton *repeat* pour envoyer à nouveau le message de Fitzgerald. Le Straton avait coulé, et personne ne pouvait rien y changer — pas même Kevin Fitzgerald, ni aucun des dirigeants de la compagnie, ni le président du conseil d'administration de la compagnie, ni même le propriétaire. Et il avait fait ça pour eux, autant que pour lui-même — mais ils ne comprendraient jamais ça, et ils ne le sauraient jamais.

Kevin Fitzgerald prit le téléphone et composa le numéro de la salle de conférences.

— Je veux parler au président.

Johnson savait que son malaise commençait à se voir. Il prit un cigare dans sa poche et se le colla entre les dents.

Metz voulait partir, mais il pensait que ce ne serait pas une bonne idée. Il mit la main dans sa poche et sentit le paquet de feuilles du data-link. Il remarqua que Johnson le fixait.

Fitzgerald parla dans le téléphone.

— Oui, monsieur. Fitzgerald. Je viens de l'apprendre. Une vraie saleté. Je suis au bureau du dispatching avec Ed Johnson et Mr. Metz de chez Beneficial. Oui. Nous laissons un dispatcher ici pour continuer à émettre. On sera là dans une dizaine de minutes. Très bien. (Il raccrocha et se tourna vers Johnson.) Conférence de presse à 6 heures. C'est toi la star. Tu vas y arriver ?

— Bien entendu.

— Il y a des parents des passagers qui se rassemblent dans le salon des VIP. Il faut que j'aille leur parler. J'aimerais avoir autant de confiance en moi que toi. (Il regarda Johnson avec attention.) Je ne sais pas exactement ce qui s'est passé ici, mais quand ces journalistes vont commencer à t'assaillir de questions, t'as intérêt à connaître ton texte.

— À qui diable est-ce que tu crois que tu parles ?

Les deux hommes se fusillaient du regard.

Metz se faufila par la porte et se retrouva planté au milieu du bureau du dispatching.

Miller faisait semblant de se concentrer sur le datalink. Il savait que Fitzgerald avançait en terrain miné. Il espérait que ses vagues soupçons avaient au moins assez de substance pour que le chef pilote n'avance pas le cou trop loin.

Finalement, Fitzgerald brisa le silence.

— Johnson, on va trouver ce qui est arrivé au vol 52, ce qui s'est passé ici et qui a été négligent. Et je me fous de combien de temps ça prend ou de qui y perd des plumes.

Johnson sortit son cigare de sa bouche.

— Tu réagis comme si tu pensais que c'est moi qui ai placé cette putain de bombe. N'essaie pas d'utiliser cet accident pour me discréditer. Je sais comment survivre, et je te promets que je me sortirai très bien de tout ça. Sans la moindre tache.

Il tourna les talons et sortit de la pièce, respirant l'air propre du bureau du dispatching. Son crâne tapait et son estomac était noué. Il dépassa Wayne Metz, passa entre les dispatchers qui avaient tous le nez baissé vers leurs bureaux, et il reprit le corridor qu'il avait emprunté quelques heures auparavant.

L'amiral à la retraite Randolf Hennings s'appuya lourdement sur la rampe qui courait le long de la passerelle du pont 0-2 sur la superstructure du *Nimitz*. La passerelle était déserte et elle allait plus que probablement le rester pendant un bon moment. Il regarda les deux étoiles blanches peintes au-dessus de la cage d'escalier désignant la passerelle de l'amiral. Ce passage était interdit à quiconque d'un rang inférieur sans une mission spécifique l'y amenant. C'était encore l'une des très anciennes traditions de la Navy d'avoir un passage dégagé réservé à l'amiral. Hennings avait toujours réalisé combien ce genre de chose pouvait être anachronique. Mais il savait aussi combien il les appréciait. Les codes de l'honneur. Allégeance et serments au devoir. Ils étaient tous sortis du même moule et servaient tous le même but. Mais c'étaient les restes d'un monde disparu, et comme lui, ils auraient eu leur place dans un musée... ou une tombe.

Hennings laissa échapper un long soupir. Il frotta ses doigts sur la rampe recouverte de corde. La simple sensation du chanvre torsadé ramena un flot de souvenirs. Le Pacifique Sud — ou les mers du Sud, comme on les appelait jadis. Eau bleue, ciels ensoleillés, plages bordées de cocotiers, et les jeunes officiers dans leurs uniformes beige tropical. Debout sur les ponts ou assis dans le carré, écoutant les anciens raconter leurs histoires de guerre. Les grandes bataille navales et les débarquements amphibies. Mais ces souvenirs étaient pollués maintenant. Comme un sous-marin crevant la surface de la mer, un mot ne cessait de remonter des profondeurs de son esprit pour se former sur ses lèvres : « Meurtre ».

Hennings descendit lentement le passage gris déserté, puis ouvrit une porte et s'avança sur le pont d'envol qu'illuminait le soleil.

Une brise modérée balayait l'étendue immense du pont quasi désert. À soixante-quinze mètres du kiosque, le transport S-3 l'attendait. Les pilotes procédaient aux dernières vérifications. Une ordonnance avait déjà ramassé la valise de Hennings dans sa cabine, et elle était posée près de la soute à bagages. Il lui semblait que le S-3 l'avait amené là des siècles plus tôt. Hennings se détourna et s'éloigna de l'appareil.

Le soleil du Pacifique tapait droit sur la poupe du navire et l'asphalte du pont d'envol renvoyait des ondes de chaleur. Il repéra un marin qui travaillait près de l'énorme ascenseur arrière et tourna pour l'éviter. Il traversa le pont en diagonale et s'approcha du bastingage de poupe. Il posa les mains sur la rambarde. En dessous, il pouvait voir le sillage d'écume blanche laissé derrière lui par le porte-avions géant à propulsion nucléaire. Monté sur la coque, un énorme drapeau américain pendait sur son mât, claquant au vent, ses vives couleurs découpées sur l'immense serpent d'écume.

Randolf Hennings pensa à sa femme, Mary. Il avait passé la presque totalité de leurs trente-neuf années de mariage loin d'elle. Et avec sa mort survenue si peu de temps après sa retraite, il n'avait jamais vraiment eu le temps de faire avec elle ce qu'il avait si souvent remis à plus tard.

Il songea à ses amis. La plupart d'entre eux étaient morts, certains au combat, d'autres de mort naturelle. Ceux qui restaient survivaient dans des retraites solitaires. En tant que membre de la Navy, il n'avait pas de racines, pas de maison, pas de port d'attache.

Il en était arrivé à comprendre qu'il n'était pas seulement solitaire, mais aussi anachronique. Il avait toujours pensé que les progrès techniques et scientifiques feraient payer leur tribut dramatique dans le futur. Et l'éthique telle que la concevait aujourd'hui un James Sloan amenait souvent plus de malheur et de réactions désespérées que les codes moraux rigides du passé. C'était cette technologie effrénée sans le moindre sens moral et sans comptes à rendre qui avait tué le Straton et tout le monde à son bord. Peter Matos. Hennings avait essayé de rentrer dans ce nouveau schéma, mais n'avait réussi qu'à être le complice d'un crime monstrueux.

Il venait d'entendre les moteurs du S-3 démarrer deux cents mètres derrière lui. Ils n'allaient pas tarder à le chercher. Le capitaine Diehl, quelques hommes et officiers allaient se rassembler rapidement pour saluer son départ, puis retourneraient à des tâches plus importantes.

Randolf Hennings contemplait l'énorme sillage

blanc. Il pensa à ces officiers qu'il avait connus et qui étaient tombés en mer, dont les vies s'étaient achevées dans l'océan. Ils avaient vécu des existences plus courtes que la sienne, mais ils étaient morts avant que qui que ce soit puisse effacer leur exploits héroïques.

Un jour, croyait-il, le jour du Jugement dernier, la terre et la mer rendraient leurs morts et révéleraient également leurs secrets. Ces hommes désigneraient leurs meurtriers, leurs tortionnaires, ceux qui les avaient accusés à tort, ceux dont la négligence ou la stupidité avaient causé leur disparition. Alors, Dieu jugerait chaque homme à son tour et déciderait d'une punition adéquate.

Il entendit un haut-parleur de bord appeler son nom au loin.

Randolf Hennings se glissa sous la chaîne de la rambarde et avança, juste au-dessus de la poupe du porte-avions. Sans s'arrêter, il se lança dans le vide, tomba au-delà du filet de sécurité, passa près du drapeau américain et s'abîma, sans que qui que ce soit ne le remarque, dans le sillage blanc de l'USS *Chester W. Nimitz*.

16

Les épaules de Berry lui faisaient mal à force de piloter le Straton et son corps commençait à réagir aux coups infligés par la violente descente et par la bagarre avec McVary. Son visage et ses bras étaient couverts de bleus et ses articulations étaient engourdies. Sa tête le lançait et ses yeux avaient du mal à accommoder. Il regarda les jauges de carburant. Moins d'un huitième dans les réservoirs.

— Quelle heure est-il ?

Sharon regarda sa montre, à l'heure de San Francisco.

— 6 heures moins 5.

Le voyant du pilotage automatique désengagé brillait d'un ambre régulier, comme il l'avait fait depuis trois heures. Berry ressentait une colère irrationnelle contre cette machine qui ne fonctionnait plus.

— Sharon, prends les commandes.

Elle avança les bras et saisit le manche du copilote.

Berry étira ses bras et ses jambes, et frotta ses yeux qui le piquaient. Le gilet de sauvetage commençait à être vraiment inconfortable, mais à 900 pieds — moins d'une minute de la surface de l'eau — il pensait que tout le monde devait garder le sien.

— Le premier qui voit la terre gagne une bouteille de champagne, comme sur un bateau.

— Et je gagne un dîner à New York si on arrive jusqu'à l'aéroport.

— D'accord. Et Linda... (Il se tourna vers elle)... qu'est-ce que tu veux quand on atterrira ?

Berry fut soudain désolé d'avoir mis ce sujet sur le tapis.

Linda Farley le regarda et haussa les épaules.

— Je veux quelque chose à boire. Et je veux voir si ma mère est... est okay.

Berry se retourna vers l'avant. Il regarda l'océan à travers le pare-brise. La mer se calmait, mais il y avait une forte houle, quelques hautes vagues, dont n'importe laquelle pouvait balayer le Straton si jamais ils tombaient à l'eau. Le ciel était parsemé de cumulus blancs — signe de beau temps, mais cela pouvait changer n'importe quand. Sa prédiction qu'ils verraient la terre vers 18 heures avait été trop optimiste. Sharon et Linda semblaient suspendues à ses lèvres. Il faudrait qu'il fasse plus attention à ce qu'il leur disait.

Il regarda la console radio. Se servant des cartes trouvées sous le siège du copilote, il avait réglé le système sur la fréquence du VOR de Salinas, au sud de San Francisco. Ces émetteurs, qui étaient plus des espèces de compas électroniques que de vraies radios vocales, avaient un rayon d'action limité. Mais Berry pensait qu'ils devaient être assez près pour recevoir un signal de l'un ou l'autre de ces aéroports — à moins qu'il ne se soit beaucoup trop écarté du bon cap pour être jamais à leur portée.

— Est-ce que tu vois cette aiguille bouger un tant soit peu ? demanda-t-il.

Sharon Crandall regarda l'indicateur sur le système de navigation du copilote.

— Non.

Berry songea que les câbles d'antenne de ces radios étaient également abîmés, comme ceux des radios vocales. La communication vocale n'était pas fatalement indispensable pour atterrir, mais à moins d'obtenir un bon signal de radio-navigation, il ne serait pas vraiment capable de s'aligner correctement pour effectuer son approche sur l'aéroport. Crandall jeta un œil sur la radio de la côte Ouest posée sur ses genoux.

— Tu es certain qu'on a bien réglé les radios ?

— Fais-moi voir cette carte encore une fois, dit Berry en la prenant.

Il l'examina, puis regarda à nouveau le système de navigation, mais il savait qu'il n'y avait pas d'erreur dans les réglages. Peut-être étaient-ils trop loin de la côte, ou trop au nord ou trop au sud, ou, pis, peut-être les radios ne fonctionnaient-elles tout simplement plus. Il n'en savait rien, et il se pouvait qu'il ne le sache jamais. Il lui rendit les cartes.

— On doit être encore hors de portée. Continue à surveiller l'aiguille de ton côté. Si elle bouge, même d'un iota, préviens-moi.

— Je le ferai.

Involontairement, les yeux de Sharon se portèrent sur l'écran du data-link. Le message était là, puis il disparut, le temps que quelqu'un à l'autre bout presse le bouton *repeat*. La sonnette retentit à nouveau et le même message s'imprima à nouveau sur l'écran, comme il l'avait fait toutes les trois ou quatre minutes depuis trois heures.

AU VOL 52 : SI VOUS POUVEZ NOUS RECEVOIR, NE PENSEZ PAS QU'ON VOUS A ENCORE ABANDONNÉS. CE LINK SERA ACTIVÉ CONTINUELLEMENT JUSQU'À CE QU'ON VOUS RETROUVE.
QG DE SAN FRANCISCO.

— On devrait peut-être répondre.

Berry ne s'attarda même pas à lire à nouveau le message. À chaque fois que la sonnette tintait, il se tournait vers l'écran. Il commençait à se sentir aussi conditionné que le chien de Pavlov. Sa volonté s'affaiblissait, et il voulait répondre. Mais alors on pourrait peut-être le persuader de faire ce qu'on voudrait...

— John, il est inconcevable qu'ils répètent ce message si...

— Ils veulent seulement être absolument certains qu'on est tombés.

Il pensa à cette rapide succession de quinze ou vingt messages parvenus dans l'heure précédente. Ils avaient fait sonner l'appareil presque une minute à chaque fois.

— Ils veulent plus que probablement montrer qu'ils essaient toujours de faire quelque chose pour nous. Ils vont envoyer des messages jusqu'à ce que quelqu'un du gouvernement ou des hautes sphères de la compagnie détermine que, si nous étions encore en vol, nous n'aurions plus de carburant. C'est probablement une procédure standard. Je ne sais pas exactement ce qui se passe là-bas, mais n'oublie pas le vecteur pour Hawaii, et n'oublie pas les instructions pour couper ce satané carburant.

Crandall hocha la tête. Les mots avaient l'air si sincères, étalés, là, sur l'écran.

— John, peut-être que...

— Laisse tomber.

Berry avait passé une bonne portion des heures qui précédaient à essayer d'imaginer la scène à l'autre bout du data-link. *Les enfoirés.*

— John, tu crois qu'on devrait s'entraîner un peu plus ?

Sharon désigna la manette des volets.

— Non. Tu connais la chanson assez bien.

Tous deux avaient répété l'atterrissage de manière que Sharon manœuvre les volets et le train d'atterrissage à la commande de Berry. Cela le libérerait pour se concentrer sur la piste — ou la surface de l'océan, si on en arrivait là.

— Tu ne voudrais pas être surentraînée, tout de même ? demanda Berry en souriant.

Elle s'efforça de lui renvoyer un sourire.

Le cockpit retomba dans le silence et permit aux bruits du salon de leur parvenir. Berry pouvait entendre des pleurs et des gémissements étouffés, mais c'était plutôt calme. Ils devaient dormir, songea-t-il. Puis le piano recommença à égrener des notes, très fortes cette fois, et Berry reconnut le morceau. Impossible de s'y tromper, c'était un passage du *Concerto numéro 1* de Tchaïkovski, mais terriblement massacré.

— Tiens les commandes.

Il déboucla sa ceinture et se dirigea rapidement vers la porte.

— John, qu'est-ce que tu fais ?

Berry écarta la porte en tirant sur le collant en nylon et la tint ouverte pour passer la tête. Il regarda dans le salon. Les formes tordues des morts et des mourants étaient allongées partout, comme des poupées brisées balancées au hasard dans la chambre d'un enfant perturbé. Beaucoup de passagers remuaient encore, pourtant, bougeant sans but sur le sol couvert de corps. Daniel McVary était debout, faisant face à la porte du cockpit, le visage tuméfié et un œil gonflé, fermé. Il marchait lentement, en boitant, vers Berry.

Au piano se tenait Isaac Shelbourne, ses longs cheveux blancs complètement en bataille et ses mains courant avec dextérité sur le clavier, tel que Berry l'avait si souvent vu faire à la télévision.

— Stop ! Shelbourne ! Arrêtez, pour l'amour du ciel !

— John ! cria Sharon.

Linda appela.

— Mr. Berry... S'il vous plaît, fermez la porte.

Berry rentra la tête et laissa la porte se remettre en place, tirée par l'élasticité du collant en nylon. Il se retourna et regagna lentement son siège. Il regarda ses genoux pendant quelques secondes, puis leva les mains et reprit les commandes.

— Très bien, je les ai.

Sharon Crandall le regarda et avança le bras pour lui toucher l'épaule.

— Tu vas bien ?

— Oui. Ça va.

Un silence bizarre régnait dans le cockpit.

Linda entendit un bruit derrière. Soudain, elle hurla.

Berry et Crandall se retournèrent vivement.

Plusieurs mains étaient passées par l'ouverture de la porte. Elles la tiraient vers elles.

Crandall déboucla sa ceinture.

— Bon Dieu, tu les as réveillés.

Elle quitta son siège.

— Reste ici, j'y vais.

— Non. Je peux m'en occuper. Pilote.

Elle marcha jusqu'à la cloison et prit l'extincteur dans son logement. Elle s'approcha de la porte et examina la longueur de collant en nylon.

— Tu l'as étiré.

Berry ne répondit pas.

Crandall examina le nœud autour du loquet cassé. Il tenait, mais la porte en fibre de verre était craquelée autour du loquet et elle n'arrivait pas à se souvenir si elle était déjà comme ça auparavant. Les rivets paraissaient également très lâches. Elle leva les yeux et scruta les visages et les corps tassés devant l'ouverture, qui faisait à peine dix centimètres de large. Elle pointa l'extincteur directement sur le visage de McVary. Elle appuya sur la gâchette et un nuage de vapeur rugissante fila vers l'ouverture. Des hurlements lui parvinrent de l'autre côté. La plupart des mains disparurent. Elle attendit un moment, puis se tourna et replaça l'extincteur dans son logement avant de se rasseoir.

— La porte est en train de craquer autour du loquet.

Berry hocha la tête.

— Le copilote... Dan McVary a l'air de pousser les autres à...

— Je sais.

Berry se demandait comment une seule obsession pouvait s'emparer d'un cerveau si endommagé. Comment communiquait-il ses ordres aux autres ?

— L'extincteur a l'air presque vide.

— Ne t'en fais pas pour ça.

— Pourquoi pas ?

— Écoute, je suis désolé. Je me suis laissé un peu emporter. Okay ?

Elle hocha la tête et des larmes commencèrent à se former dans ses yeux.

— Je suis désolée aussi. Ce n'était pas de ta faute. Tu as si bien agi jusqu'ici, John. Je ne sais même pas si un de nos pilotes réguliers aurait pu en faire autant.

— Non, ils n'auraient pas pu. Parce qu'ils auraient compris depuis le début que c'était sans espoir.

Il étendit le bras et laissa courir ses doigts sur le côté de son visage.

— J'ai un bon équipage. (Il se tourna pour regarder Linda.) Tu es un bon membre d'équipage, dit-il à la jeune fille.

Linda lui répondit d'un sourire embarrassé.

Sharon Crandall posa une main sur son bras.

— Tu veux que je prenne les commandes ?

— Non, ça va.

— Tu ne veux pas essayer de remettre le pilotage automatique ?

— Non. C'est aussi bien que je pilote moi-même. J'ai besoin de pratique.

— Okay.

Berry aurait aimé disposer du pilote automatique, pas simplement pour le remplacer aux commandes, mais surtout parce qu'il lui aurait sans doute permis de tenter un atterrissage automatique s'ils trouvaient l'aéroport — même s'il ne savait pas bien comment il aurait programmé tout ça, d'ailleurs. Sans le pilote automatique, il allait devoir amener lui-même ce satané géant des airs jusqu'au *touchdown.* Il balaya l'horizon des yeux et regarda l'indicateur radio.

— John ! Elle a bougé !

Berry se pencha pour regarder l'indicateur de radio-navigation du copilote.

Ils fixèrent tous deux l'aiguille très longtemps, mais elle demeura immobile au milieu des graduations. Berry vit que le lecteur de distance à parcourir demeurait vide.

— J'ai cru que je l'avais vue bouger, dit-elle en essayant d'y mettre un ton sympathique. J'en étais certaine.

— C'est rien. (Il se redressa sur son siège.) Continue à la surveiller.

— D'accord.

Berry se réinstalla. Tout demeurait inchangé dans le tableau de bord. Radios HS. Systèmes de radio-navigation morts. Pilotage automatique désengagé. Cap au 131. Vitesse 340 nœuds. Altitude 900 pieds. Le seul changement venait de la jauge de carburant, qui était passée sous la barre un huitième. Même s'ils voyaient la terre maintenant, ça allait être très juste.

Berry scruta l'horizon. Rien. Cette longue portion de vol de trois heures et demie avait fait monter leur espoir, mais maintenant, avec la terre censée être en vue, la tension sortait ses griffes. Il essaya de calmer le malaise grandissant qui l'envahissait.

Sharon désigna l'horizon.

— Qu'est-ce que c'est que ça ?

Berry se souleva légèrement et regarda dehors. Pendant la dernière demi-heure, chaque nappe basse de brume maritime était devenue la Californie, chaque décoloration brumeuse à l'horizon, San Francisco. Leur imagination et leur espoir créaient de la terre ferme à partir de la moindre vapeur, pour s'apercevoir bien vite qu'elle fondait quand ils en approchaient. Il regarda la ligne floue à l'horizon et la vit bouger, puis s'éloigner quand une brise la dispersa.

— Rien. Encore du brouillard.

— C'est peut-être le brouillard de San Francisco.

— Peut-être — le quoi ?

— Le brouillard de San Francisco. (Elle regarda sa montre.) Il est juste 6 heures passées. C'est à peu près le moment où le brouillard se lève chaque été.

Berry la regarda.

— Pourquoi ne me l'as-tu pas rappelé avant ? Bon Dieu ! Qu'est-ce que je suis censé faire si l'aéroport est noyé dans le brouillard ?

— Eh bien... Tu peux atterrir aux instruments, non ?

Berry résista à la tentation de lui rappeler ses maigres qualifications.

— Non. Un atterrissage entièrement aux instruments est hors de question.

Il n'était pas à sa place dans le siège du commandant de bord. Il y avait plus d'instruments dans le cockpit du Straton que dans les dix avions additionnés qu'il avait pilotés au cours de sa vie. Bon Dieu, j'aurais dû prendre au nord ou au sud vers un autre aéroport.

— Puisqu'on ne sait pas où on est, lui rappela Crandall, on est peut-être au nord ou au sud de San Francisco. (Elle tapota la jauge de carburant de l'index.) On aura de la chance si on voit la côte. Je ne m'inquiéterais pas encore du brouillard de San Francisco, en fait...

Berry regarda la jauge. *Un seizième.*

— Oui, tu as raison.

— On pourrait peut-être se poser pas loin d'une plage, dit-elle en lui volant un regard. On peut faire ça ?

— Je suppose. Si on arrive jusque-là et que je vois que la côte est recouverte de brouillard, j'amerrirai. (Berry savait que plonger dans le brouillard serait suicidaire.) J'aimerais mieux essayer l'aéroport, mais il faut qu'on pense aux gens à terre...

— Alors n'essaie pas. Quoi que tu décides, ça me conviendra. Garde ton calme. Tu feras du mieux que tu pourras quand l'heure arrivera.

— Oui.

Ses nerfs commençaient à faiblir et il espérait avoir encore des ressources quand le moment viendrait de poser l'avion. Depuis le premier instant où il était entré dans le cockpit et avait découvert l'équipage inconscient, il savait qu'à moins d'une catastrophe en vol, il lui faudrait poser le Straton, d'une manière ou d'une autre. Ce moment — comme les jauges de carburant le lui indiquaient — était presque arrivé.

— Il n'y a pas toujours du brouillard, dit-elle.

— Quoi ?... Oui, oui.

— Et quand il y en a, le brouillard monte en général très lentement. On sera peut-être capable de le battre. Et parfois, il ne s'étend pas jusqu'à l'aéroport.

— Bien.

Il remarqua que personne ne pariait un dîner là-dessus.

Le Straton poursuivait son vol vers le sud-est, le

soleil couchant projetant l'ombre de l'avion sur la mer calme devant son aile bâbord. Berry scruta l'horizon, cherchant la terre, et d'autres avions ou des navires qui pourraient s'apercevoir que l'avion avait des problèmes. Mais ils étaient seuls.

— John ! Elle a encore bougé !

Il jeta un vif coup d'œil vers le tableau de bord du copilote.

— Elle ne bouge pas.

Elle fixait l'indicateur de signal de radio-navigation, mais l'aiguille était immobile.

— Elle a bougé. Cette fois j'en suis certaine, bon sang, je l'ai vue.

— Okay, okay.

Berry regarda l'aiguille avec attention. Il avait entendu des histoires de pilotes aux abois qui voulaient tellement voir les lumières de l'aéroport ou des indications encourageantes de leurs instruments qu'ils hallucinaient, créant ce qu'ils désiraient voir.

— Je l'ai vue bouger.

— Okay. On regarde.

Ils la regardèrent une minute entière. Berry prit la carte radio et revérifia la fréquence. Le VOR en face de Crandall était bien réglé sur San Francisco, pas de problème. Berry se tourna et regarda son propre indicateur.

— Toujours morte, dit-il dans un murmure, comme si sa voix pouvait effrayer le signal.

Elle ne dit rien.

Tandis qu'ils se tuaient les yeux à la fixer, l'aiguille finit par bouger, faisant un petit bond presque imperceptible.

Sharon Crandall sauta sur son siège.

— Tu l'as vue ?

Le visage de Berry s'éclaira d'un large sourire.

— Je l'ai vue. Tu parles que je l'ai vue.

L'aiguille commença à bouger plus vigoureusement tandis que le système de radio-navigation recevait le signal de plus en plus fort. Le sentier électronique vers San Francisco s'ouvrait soudain pour eux.

Pendant que la petite aiguille bougeait, animée par l'impulsion électrique issue du faisceau directionnel de San Francisco, Berry songeait à tous les aviateurs solitaires et perdus, aux marins, et aux explorateurs. Il savait ce qu'ils avaient dû ressentir quand ils voyaient enfin l'objet de leur recherche.

— On rentre à la maison. On n'a plus longtemps à attendre, maintenant.

— John, on va y arriver. Je le sais.

— Nos chances ont largement augmenté, oui. Tourne ce bouton. Celui-là, jusqu'à ce que l'aiguille soit au centre.

Elle fit ce qu'il lui demandait.

— Okay ?

— Oui. Maintenant, lis-moi le chiffre qui apparaît sur le cadran.

— Un-trois-neuf.

— Okay.

Berry s'installa face aux commandes et commença à faire légèrement virer le Straton vers la droite, jusqu'à ce que le cap passe du 131 au 139, puis il redressa.

Sharon se retourna vers Linda Farley, qui avait gardé son silence habituel.

— On a San Francisco à la radio.

— Je n'entends rien.

Sharon sourit.

— Non. C'est... une radio de navigation. Ça marche un peu comme une boussole. On sait où est l'aéroport, maintenant.

— Et est-ce que eux savent où on est ?

— Pas encore, dit Berry. Mais ils vont bientôt nous voir sur leur radar.

Linda Farley se pencha sur son siège et demanda :

— Est-ce que vous allez poser l'avion, monsieur Berry ?

Berry hocha la tête.

— Oui, je vais le poser. (Il s'interrompit.) Mais nous devrons peut-être nous poser sur l'eau. Tu te souviens de ce que Sharon t'a expliqué pour quand on se pose sur l'eau ?

— Oui.

— Bien.

Berry régla son VOR de Salinas vers San Francisco.

— À partir de maintenant, je le lirai. Regarde si tu vois la terre.

Il ajusta les cadrans et regarda le tambour indicateur de distance, le DME commencer à défiler. Il lut les données et sourit.

— Aéroport de San Francisco droit devant — 75 nautiques.

— 75 nautiques, répéta-t-elle. Combien de temps encore ?

— Une quinzaine de minutes. Quelle heure est-il ?

— 6 h 8.

Berry hocha la tête.

— Eh bien, on sera à terre pas plus tard qu'à 6 heures et demie.

— Mon Dieu, je n'arrive à pas le croire. (Sa voix se troubla.) John... Oh, Dieu ! je ne peux pas le croire. (Elle cacha son visage dans ses mains et son corps se mit à trembler.) On est presque arrivés.

— Oui, répondit Berry, l'air perdu dans ses pensées.

Il avait laissé ses yeux errer jusqu'aux jauges de carburant. Les aiguilles avaient presque atteint le V de vide. Il était devenu bon pour traduire les graduations des jauges en temps de vol. À 6 heures et demie, se dit-il, on sera en panne sèche.

17

La chaleur des projecteurs avait toujours ennuyé Edward Johnson, et aujourd'hui ils semblaient encore plus agaçants que d'habitude. Au deuxième étage du plus important bâtiment du terminal, la longue salle de conférences lambrissée de noyer était pleine à craquer de gens de la presse, d'équipes caméra, d'officiels de la compagnie. Tout le monde adore les désastres, se disait Johnson, sauf les gens physiquement ou financièrement impliqués.

— Satanés vautours, dit-il.

— Baisse d'un ton, lui conseilla Wayne Metz. (Il se tenait aux côtés de Johnson, essayant de prendre un air innocent, comme s'il n'avait aucun lien direct avec Johnson.) Il y a des micros juste devant toi.

Johnson se sentait téméraire. Il y avait un tel brouhaha dans la salle qu'il ne pensait pas que qui que ce soit aurait pu l'entendre s'il avait hurlé une confession complète. Il fronça les sourcils et constata avec embarras que la moitié des projecteurs n'avaient pas encore été allumés.

— Ce sera bientôt fini. (Il regarda l'horloge.) 18 h 08. Ces satanés trucs ne commencent jamais à l'heure.

Hank Abbot, le représentant de la compagnie Straton Aircraft, se fraya un passage à travers la foule.

— Salut, Ed. Sale histoire.

Johnson le regarda.

— Ouais.

Abbot se tourna vers Metz.

— Wayne Metz, non ? Beneficial ?

— Exact.

— Sale histoire pour vous aussi.

Johnson le coupa.

— Vous avez contacté votre assureur ?

Abbot le regarda pendant plusieurs secondes avant de comprendre.

— Attends, Ed. L'un de ces messages du data-link mentionnait une bombe.

— Est-ce que tu as vu les dégâts, Hank ?

— Non, bien entendu, mais...

— Pas un ingénieur ne les a vus non plus. Tu crois sincèrement qu'un passager à moitié hystérique, avec le cerveau endommagé, pourrait dire la différence entre une bombe et une rupture de la carlingue ?

— Hé, attends une minute, bon Dieu...

— Si une paroi ou un hublot a cédé parce que la carlingue ne pouvait pas retenir la pression d'air, ce serait ton problème, non ?

— Écoute, Ed, on est en affaires avec Trans-United depuis avant la guerre. Dans les rares occasions où un accident a été causé par un défaut de structure ou de fabrication, nous l'avons toujours admis et agi en conséquence, mais...

— Désolé, Hank. Pas d'avion, pas de survivants, personne ne sait rien. Je ne crois pas que nous devrions parler ensemble sans la présence de nos conseils juridiques respectifs.

— Espèce d'enfoiré !

Abbot resta planté devant Johnson pendant quelques secondes, puis il fit brutalement volte-face et s'enfonça dans la foule vers le bout de la salle.

Metz se tourna vers Johnson.

— Bon Dieu, tu m'as presque convaincu, moi, que c'était de sa faute.

— Ça l'était. (Il regarda Metz avec force.) *Ça l'était.*

Metz hocha la tête.

— Comment va se passer l'enquête gouvernementale ?

— Pas trop mal. (Johnson pensait qu'aucune agence d'enquêteurs ne pourrait jamais déballer le paquet dans lequel il avait scellé le destin du Straton. Comme il l'avait quasiment rappelé à Abbot, il y avait un dicton pour ce genre d'événements : *Pas d'avion, pas de survivants, personne à pendre — ou alors tout le monde.*) J'ai parlé avec le président, dit Johnson en désignant du menton un homme au physique agréable près du mur du fond. Il dit que ton patron est fou de rage contre toi.

Metz opina.

— Oui. Je viens de lui parler. Il allait très bien cet après-midi, mais il est devenu mauvais quand il a eu une vague idée de la note qu'allait nous présenter Trans-United.

— Est-ce qu'il a posté un chèque ?

— Si seulement il savait ce à quoi il a échappé. Bon sang, si seulement il savait ce que j'ai fait... (Il regarda autour de lui.) Il faut que j'aille à New York ce soir. Je dois le voir à la première heure demain. Bon Dieu ! J'espère qu'on va pouvoir épingler les gens de chez Straton avec ça.

— Ça a l'air bien parti. Et, Wayne (il baissa la voix), ne suggère pas, même le plus discrètement possible, à Mr. Wilford Parke que son chouchou a aidé à planter le Straton dans l'océan pour le bien de la compagnie — parce que si tu le fais...

Metz hocha la tête. Il lui était venu à l'esprit, tout en parlant avec Parke, qu'il avait commis un meurtre de masse pour rien. Ses jours chez Beneficial étaient comptés, définitivement. Johnson, d'un autre côté, semblait s'en sortir absolument intact.

— La vie pue, parfois — tu sais ?

— Ne m'en parle pas.

Johnson, à cet instant, ne désirait rien d'autre qu'un verre et une bonne nuit de sommeil. Il voulait sauter dans sa voiture, rouler jusqu'à la plage, s'enfermer dans un motel et ne plus jamais voir cet aéroport.

Une voix cria : « Deux minutes ! » Visiblement, ils allaient faire un direct, plutôt que d'enregistrer.

Pour Metz, la présence de la presse et de la télévision constituait un événement qui lui était étranger, une addition supplémentaire au problème qui le submergeait. Il espérait que Johnson pourrait y faire face. Il avait le désir soudain de disparaître dans les coins d'ombre de la pièce.

— Est-ce que je ne devrais pas m'éloigner un peu ? demanda-t-il.

— Oui, jusqu'au Brésil, répondit Johnson.

— Je veux dire...

— Reste ici. Écarte-toi juste du champ des caméras, mais ne t'éloigne pas trop.

Metz recula. Il pouvait voir que Johnson était encore très irritable, mais il savait que dès qu'il s'installerait dans son rôle, il commencerait à penser en termes de sauvegarde, et l'aiderait à sauver son boulot. Il n'avait pas le choix, vraiment. Ils étaient dedans ensemble.

— Une minute !

Johnson sortit un cigare de sa poche et l'alluma. Il regarda alentour. Kevin Fitzgerald se tenait avec l'homme des relations publiques de Trans-United et quelques autres cadres. Le propriétaire était avec le président et Dieu se tenait probablement juste à côté d'eux, même si les yeux irrévérencieux de Johnson ne pouvaient pas Le voir. Tout le monde était tombé d'accord : cette conférence était trop importante pour être laissée aux gens des relations publiques et c'était une occasion trop triste pour qu'on y associe le nom et le visage du propriétaire de la compagnie. *Les enfoirés !* Il resserra sa cravate et essuya son front.

— Trente secondes !

Johnson regarda la pendule. 6 h 12.

Un technicien TV cria de l'autre bout de la pièce :

— Nous sommes prêts, monsieur Johnson.

Johnson hocha la tête. Il se tourna et fit carrément face aux caméras tandis qu'on allumait les derniers projecteurs.

Metz recula encore plus loin de Johnson. Par réflexe, il chercha dans sa poche de veste les messages du data-link, comme un type qui vérifie qu'il a toujours son portefeuille, et son cœur sauta un battement quand ses doigts ne trouvèrent rien. Puis il se souvint, avec quelque embarras, que Johnson et lui s'étaient arrêtés sur la route d'accès entre le hangar de Trans-United et le bâtiment administratif pour les brûler au-dessus d'une poubelle. Il eut soudain la peur parfaitement irrationnelle d'en avoir oublié un dans sa poche et que les caméras de télé zooment dessus d'un seul coup comme un rayon X frappant un point de fracture. Ses doigts sentirent la couture au fond de sa poche. Il tapota vite ses autres poches. Il vit Johnson lui jeter un regard agacé. *Calme-toi. C'est presque terminé.*

Une jeune femme qui tenait un bloc-notes appela :

— Monsieur Johnson, attention au rouge.

Johnson sourit à l'assistante de production.

— Je sais.

— Très bien. Commencez avec votre déclaration,

puis nous passerons aux questions-réponses avec les gens de la presse.

— Bien.

Johnson avait l'impression que les gens de la presse, les journalistes comme ils aimaient à s'appeler, se léchaient littéralement les babines de couvrir ainsi la première catastrophe aérienne d'un transporteur supersonique. *Si ces empafés savaient le scoop qu'ils ont raté...*

Le rouge s'alluma sur les caméras.

— C'est à vous.

Johnson s'éclaircit la gorge et se colla sur le visage une expression appropriée à la gravité de la première phrase qu'il allait prononcer.

— Mesdames et messieurs, j'ai le regret d'annoncer que le vol 52 de la Trans-United s'est apparemment abîmé en mer. Cet avion, un Straton 797 supersonique, a quitté l'aéroport international de San Francisco ce matin à 8 h 30, pour un vol sans escale vers Tokyo. À bord de l'appareil se trouvaient trois cent deux passagers et quatorze membres d'équipage. À peu près au milieu du Pacifique, il y a eu une alerte en vol, dont la nature exacte nous est inconnue mais qui impliquait apparemment la carlingue — le fuselage... *Va te faire foutre, Abbot...* entraînant une dépressurisation. L'avion a fait demi-tour pour revenir vers San Francisco. (Johnson marqua un temps d'arrêt et prit une inspiration.) Ce que vous avez peut-être entendu dire à propos d'un passager qui aurait pris les commandes est vrai.

Il y eut un murmure d'excitation dans la salle et Johnson pouvait voir les crayons s'agiter et les appareils photo se déclencher. Il continua.

— À cause d'un dysfonctionnement de leurs radios, nous avons établi le contact avec eux par datalink — un écran d'ordinateur permettant de taper de courts messages en vol. Leur dernier message a été reçu vers 13 heures, heure de San Francisco. Depuis lors...

Un téléphone mural sonna avec force dans le silence de la salle.

Johnson jeta un regard vers ce bruit avec un agacement qu'il ne pouvait pas masquer, et il vit Kevin Fitzgerald décrocher l'appareil. Il jeta un coup d'œil vers l'assistante de production qui lui faisait signe de continuer.

— Depuis lors, des recherches intensives ont été menées par les autorités civiles et militaires...

Johnson vit que Fitzgerald parlait avec excitation dans le téléphone et quelque chose en lui lança comme une alarme.

— Le vol 52 a... n'a pas été retrouvé à l'heure où je vous parle... et s'ils étaient encore en vol... ils seraient probablement déjà à court de carburant... Fitzgerald faisait de grands signes au propriétaire et au P-DG. *Mais qu'est-ce qui se passe, bordel?* Et il est... c'est-à-dire... nous avons beaucoup de parents et d'amis des passagers ici dans ce terminal... dans notre salon d'attente... (Fitzgerald parlait au téléphone et relayait un message aux gens autour de lui. Il y avait un début de mouvement général au fond de la pièce.) Et le chef pilote, le commandant Kevin Fitzgerald... a été avec les passagers... les parents des passagers... constamment... jusqu'à maintenant. Les recherches vont continuer jusqu'à ce que...

— Attendez!

Fitzgerald tenait le téléphone d'une main et faisait signe à Johnson.

Johnson laissa tomber son cigare sur le sol et fixa Fitzgerald.

Tout le monde se tourna vers le fond de la salle.

— C'est la tour de contrôle, dit Fitzgerald. La salle des radars.

L'assistante de production aboya un ordre et une caméra se tourna vers Fitzgerald. Des techniciens couraient à travers la foule avec des micros et l'équipe d'éclairage fit pivoter pas mal de projecteurs vers le fond. L'ombre de Kevin Fitzgerald tenant le téléphone dans sa main tendue s'éleva sur le mur lambrissé derrière lui.

— La tour de contrôle dit, cria Fitzgerald par-dessus le bruit qui montait, qu'ils ont un large écho non identifié sur leur radar. Cet appareil se dirige droit vers l'aéroport de San Francisco. Il est désormais à 80 kilomètres à l'ouest d'ici, volant à basse altitude, et à une vitesse de 340 nœuds. Ils pensent que cet appareil pourrait être... (Il jeta un regard vers Johnson, puis acheva sa phrase avec les mots qui étaient déjà sur toutes les lèvres)... le Straton.

La salle explosa. Certains journalistes se précipitèrent vers Fitzgerald et d'autres sur les téléphones posés sur la longue table de conférences. Les cadres de chez Straton s'étaient déjà alignés le long de la porte au fond de la pièce. Ils disparurent dans le couloir et se dirigèrent vers une petite salle de conférences pour VIP de l'autre côté du hall.

Wayne Metz se fraya un passage dans la foule et saisit Johnson par l'épaule.

— Comment ? Comment est-ce possible ? Johnson ?

Johnson regarda Metz comme s'il n'avait pas compris la question.

— Johnson, bon Dieu ! Est-ce que ça peut être vrai ?

Johnson était dans une sorte de brouillard. Quelques reporters, incapables d'atteindre Fitzgerald, se rassemblaient autour de lui. De toutes parts, on le bombardait de questions. Il avança au milieu des journalistes à coups de coudes et s'enfonça dans le couloir, à moitié marchant à moitié courant vers l'escalier.

Wayne Metz surgit derrière lui, hors d'haleine.

— Johnson ! Est-ce que c'est vrai ? Est-ce que c'est vrai ?

Johnson se retourna et lui répondit d'un air presque distrait en dévalant les escaliers.

— Comment diable pourrais-je le savoir ?

Metz le suivit.

— Où vas-tu ?

— Sur la piste, Metz, sur la piste. À la vitesse où va cet avion, il sera là dans moins de dix minutes.

Metz le suivit jusqu'au niveau le plus bas, dans un long couloir qui menait à un terminal satellite, puis à une porte qui ouvrait sur le tarmac. Johnson mit sa carte d'identification dans un scanner électronique et la porte s'ouvrit. Tous deux se retrouvèrent dehors, face à l'immense étendue de l'aéroport.

— Est-ce que ça peut être le Straton ? Dis-le-moi, s'il te plaît.

Edward Johnson ignora Wayne Metz et regarda le soleil qui descendait, protégeant ses yeux de ses mains. Il essayait de penser clairement, mais son esprit était incapable d'absorber toutes les ramifications de ce qui venait de se produire. Frappé d'une terreur qu'il n'avait jamais ressentie auparavant dans sa vie, il se mit à courir sur la piste. Il avait l'impression que le Straton lui fonçait droit dessus tandis qu'il courait, comme un monstre ailé de cauchemar surgi de l'enfer, une chose morte sortie des abysses de l'océan. Il crut voir un petit point sortir du soleil, mais se rendit compte qu'il était trop tôt pour le voir vraiment. *Mon Dieu, s'il Vous plaît. Faites que ce ne soit pas ce foutu Straton...*

18

Sharon Crandall regarda le DME. 16 nautiques.

Berry avait les mains fermement accrochées sur le manche. Il observait les jauges de carburant. Elles étaient à un cheveu de Vide ; deux voyants avertissant d'une prochaine panne sèche clignotaient d'un rouge brillant, probablement pour la première fois depuis que cet avion avait été construit.

— John, est-ce qu'on a assez pour atteindre l'aéroport ?

Le temps du mensonge rassurant était fini. Ils pouvaient tomber en panne avant qu'il ait repris sa respiration.

— Je ne peux pas te dire. Les jauges ne sont pas très précises quand elles sont si bas.

Il voyait l'aiguille se coller à la marque Vide. Pratiquement, ils étaient déjà vides, mais il était plausible que les réacteurs continuent à fonctionner pendant une dizaine de minutes au moins. Il n'y avait pas moyen de le dire, jusqu'à ce que se présente à nouveau cette sensation nauséeuse de perte de puissance, dont il se souvenait... ce moment fatal où les fausses informations du data-link l'avaient presque obligé à se crasher en mer. Il sentit les muscles de son estomac et de ses fesses se serrer.

— 15 nautiques. Toujours dans la bonne direction. (Elle marqua un temps d'arrêt.) On va y arriver, tu sais.

Berry jeta un œil vers elle et sourit.

— Quelle heure est-il ? Exactement.

— 6 h 21.

Berry regarda le toit ininterrompu de brouillard blanc qui s'étendait dans toutes les directions. Des colonnes de cette vapeur opaque grimpaient et masquaient son pare-brise de temps à autre.

— Bon sang, si on n'est qu'à 28 kilomètres de l'aéroport, on ne peut pas être à plus de 15 kilomètres du Golden Gate Bridge. On devrait voir le pont ou la ville déjà, s'il n'y avait pas ce brouillard.

— On va les voir bientôt.

— Il faut qu'on voie quelque chose bientôt. On est à moins de cinq minutes de l'aéroport — et on va arriver dans une zone de trafic aérien dément. Linda, regarde bien partout pour voir d'autres avions.

— Okay.

Il se tourna vers Sharon.

— Mon Dieu, j'espère qu'ils nous ont repérés au radar et qu'ils ont éloigné tous les autres appareils de nous.

— Je suis certaine qu'ils l'ont fait.

Un calme presque serein était descendu en elle, amené en partie par la présence de cette immense couverture cotonneuse blanche sous eux, en partie par l'épuisement, et le sentiment que tout serait bientôt fini, d'une manière ou d'une autre, dans moins de cinq minutes.

— Regardez ! s'écria Linda Farley, qu'est-ce que c'est que ça ?

Berry et Crandall se tournèrent vers elle, puis suivirent la direction de son bras tendu.

Berry scruta le hublot gauche du Straton. Au bout de l'aile, il vit une masse grise fantomatique qui s'élevait au-dessus de la couche de brouillard. Une montagne. Son sommet était au moins cinq cents mètres plus haut que le Straton.

— Je le vois. Regarde, Sharon.

— Oui, je le vois.

— Tu le reconnais ?

— Je ne sais pas... Attends... Non... (Elle se pencha un peu plus vers Berry.) Oui. C'est le mont Tamalpais. Dans Marin County.

— Okay. Passe-moi les cartes. (Il regarda les cartes de navigation et les étudia.) C'est au nord du Golden Gate Bridge ?

— Oui. Le pont devrait être devant. Un petit peu sur la gauche.

— Okay. (Il se retourna et se força à sourire.) Linda, c'est toi qui as gagné le champagne... Le gros lot. On te trouvera quelque chose de joli quand on atterrira.

Elle hocha la tête.

Il se tourna à nouveau vers l'avant et entama un virage léger vers la gauche.

— Je vais essayer de m'aligner droit sur le pont. Il faut qu'on reste au-dessus de la baie.

Il savait qu'il était trop bas pour essayer de couper par-dessus San Francisco ou les montagnes de Marin County. À trois cents mètres, il était en dessous des sommets d'au moins trois des célèbres collines de San Francisco et sous les derniers étages de certains de ses gratte-ciel les plus récents. La passe du Golden Gate Bridge était exactement ça — une porte vers le port, identique pour un avion à 900 pieds ou pour un bateau à voile.

— Sharon, Linda, guettez le pont — on pourra peut-être voir ses tours.

— Je regarde, dit Crandall.

Berry continua son virage à gauche, s'orientant presque plein est, essayant de trouver la passe vers la baie, cherchant son chemin au-dessus du plafond de brouillard. Il lui vint à l'esprit que l'un des arguments qui avaient dû être soulevés contre le fait qu'il ramène le Straton au bercail serait qu'il mettait toute la cité en danger, mais Berry n'avait pas l'intention de mettre qui que ce soit en danger. Il allait continuer à voler au-dessus de l'eau, quoi que cela lui coûte, à lui ou aux autres.

— Sharon, si on ne voit pas la passe très bientôt, je vais le poser dans l'océan. On ne peut pas prendre le risque de frapper une colline ou un building.

— Tu ne peux pas grimper plus haut ?

— Ça prendrait trop de carburant et trop de kilomètres. On n'a ni l'un ni l'autre.

Il regarda le brouillard. Maintenant, il distinguait quelques trouées dedans, et pendant une seconde, il aperçut l'eau. Il put voir que ce brouillard descendait jusqu'à la surface de la mer. Un amerrissage à l'aveuglette serait un désastre certain. Il se consola avec la certitude qu'à cette distance de la côte, ils pourraient retrouver les corps. Il crut sentir, dans le fond de son pantalon, une espèce d'absence de poids, comme si l'appareil décélérait.

— Tu as senti ça ?

— Quoi ?

Il resta parfaitement immobile quelques secondes. « Rien. » *Bon Dieu. Ça recommence.* Est-ce qu'il imaginait ça ? À cette basse altitude, son vol plané après la panne sèche ne durerait pas plus de trente secondes. Et une glissade de trente secondes avec ce cap pouvait l'amener droit dans le pont ou dans la ville, mais pas dans la baie au-delà de la cité.

— Je vais le poser dans l'eau. On ne peut pas garder ce cap.

— Attends, John. S'il te plaît. Juste un petit moment encore.

— Bon Dieu, Sharon. Je vais peut-être droit vers

une montagne ou un gratte-ciel. Je vais le poser dans l'océan pendant que je sais qu'on est encore au-dessus. Ils nous ont vus au radar. Ils savent où on est.

Elle le regarda et dit, d'un ton définitif :

— Non. Continue. Je sais que la passe est droit devant.

Il la regarda. Il y avait quelque chose dans sa voix et dans ses manières qui lui firent penser qu'elle avait des informations issues d'une source autre que le tableau de bord. « Sharon... » Il vit une image du Straton plongeant à travers le brouillard, la brume qui s'écartait, la ville de San Francisco s'élevant juste sous son pare-brise, et le nez de l'énorme avion pointé sur les rues en dessous. Il secoua vivement la tête pour effacer cette image de son esprit.

— Il faut que je le pose immédiatement, dit-il tout doucement.

— Non.

Elle se détourna de lui et regarda dehors comme si toute discussion était achevée.

Il se rendit compte qu'il la connaissait depuis moins de sept heures, et pourtant il la connaissait aussi bien, sinon mieux, que sa propre femme. Sharon Crandall lui avait donné son entière confiance sans se poser de questions, mais maintenant, elle se retirait en faveur de ses propres instincts, et il voyait qu'elle pensait ce qu'elle disait. C'était à son tour de montrer la même absolue confiance, même si, par nature, il se méfiait de l'instinct et préférait toujours peser le pour et le contre.

— Okay. Un petit peu plus longtemps, dit-il.

Le Straton poursuivit son vol. Suspendus comme ils l'étaient au-dessus de l'aveuglant brouillard, une impression d'irréalité envahit le cockpit. Pour Berry, le vol 52 avait cessé d'être un vrai vol des heures auparavant, et le brouillard ne faisait qu'ajouter une dimension finale à ce sentiment.

Sharon Crandall regardait placidement les rouleaux

de brume, un étrange sourire sur le visage. Elle leva la main et désigna un point au-delà du pare-brise.

Berry regarda dans la direction qu'elle indiquait. Un éclair de rouge attira son œil, et il se pencha en avant. Cela disparut, puis réapparut. Directement devant le Straton, à environ dix kilomètres au loin, les deux tours du Golden Gate Bridge s'élevaient, majestueuses, à travers l'épaisse couverture de blanc.

Les yeux de Sharon Crandall s'emplirent littéralement de larmes.

— Oh, mon Dieu, oui ! Oui !

Berry sentit sa gorge se serrer en regardant les lointaines tours rouges.

Comme elle le faisait à chaque fois qu'elle annonçait la fin d'un voyage outre-mer, elle déclara :

— Bienvenue chez vous.

Berry hocha la tête.

— Oui, bienvenue chez nous.

Il regardait les tours du pont grossir rapidement dans son pare-brise tandis que le Straton s'en rapprochait à dix kilomètres à la minute.

— Regarde, dit Sharon, regarde au-delà du pont.

Berry regarda vers la baie. Comme si le pont avait été un mur, la couche de brouillard s'arrêtait brusquement juste derrière lui. La baie apparut, entière, de Berkeley à Oakland, entièrement claire.

— Je t'avais dit qu'on pouvait vaincre le brouillard, John, dit Sharon en riant. Regarde à droite...

Berry jeta un coup d'œil par la fenêtre de droite. Des formes anguleuses indistinctes émergeaient du brouillard — la silhouette d'une cité. Des éclats de soleil doré partaient des sommets du building de la Bank of America et de la pyramide de la Transamerica, comme un Eldorado, songea Berry, mais ce n'était pas une ville fantôme, et le sens de la réalité commençait à lui revenir. Les gratte-ciel grossirent rapidement tandis que le Straton fonçait vers eux à 340 nœuds. Berry le fit virer sur la gauche, pour l'éloigner de la ville, et aligna son nez entre les deux tours, comme un timonier naviguant aux approches de la baie.

L'avion de ligne entra dans la passe et vola au-dessus du Golden Gate Bridge, les tours jumelles à peine à trente mètres sous son ventre. Berry repéra Alcatraz qui venait à leur rencontre. Il vira légèrement sur la droite et suivit la courbure de la baie, vers le sud, vers l'aéroport, qu'il savait à moins de trois minutes de vol maintenant. Même s'ils tombaient en panne sèche maintenant, pensa-t-il, il serait capable d'éviter les zones habitées.

— Okay, dit-il d'un ton prosaïque, on approche de l'aéroport. Sharon, tiens-toi prête à exécuter les procédures d'atterrissage comme on les a répétées.

— Je suis prête.

Berry sentait entre eux ce lien qui se développe instantanément entre pilote et copilote, entre timonier et navigateur, observateur et canonnier ; la certitude que tous deux doivent travailler en une équipe parfaite, devenir quasiment un, s'ils veulent battre la forte cote contre leur survie.

Le ciel était clair, et par les fenêtres de droite, la ville de San Francisco s'étendait sur les collines de la péninsule. Le vol 52 était un intrus inattendu qui débarquait en pleine heure de pointe. Sur Fisherman's Wharf, des voitures s'arrêtaient et des piétons levaient le nez, pointant l'index vers cet énorme avion qui volait beaucoup trop bas au-dessus de la baie. Sur Nob Hill et Telegraph Hill, les gens voyaient l'avion passer à leur hauteur. Des véhicules stationnaient sur le bas-côté et des enfants criaient. Beaucoup de ceux qui le regardaient virent les trous dans les flancs du Straton, la blessure ouverte éclairée par l'angle oblique du soleil couchant. Même ceux qui n'avaient pas vu les dégâts devinaient que cet énorme appareil de la Trans-United volait trop bas et était donc en mauvaise posture.

Berry aperçut le Bay Bridge argenté, cet immense pont reliant San Francisco à Oakland, droit sur le chemin du Straton. Il savait que ce pont était le dernier obstacle à un amerrissage réussi dans la baie. Il retint son souffle, jusqu'à ce qu'il soit certain que le vol plané du Straton en cas de soudaine panne sèche le porterait au-delà du pont.

En passant au-dessus, il s'autorisa à regarder l'aéroport international de San Francisco. Il s'étendait sur un petit morceau de terrain plat émergeant dans la baie, à moins de quinze kilomètres droit devant.

— Le voilà.

Il savait qu'il aurait dû actionner les volets s'il essayait de se poser sur l'aéroport. Mais les volets allaient retenir l'avion et brûler trop de carburant. Il pensait essayer de s'approcher le plus possible de la piste avant de décider d'où il allait descendre, à moins que cette décision ne lui soit imposée par la panne sèche. Il laissa le Straton filer à 340 nœuds.

Crandall regardait l'aéroport qui s'approchait rapidement. Instinctivement, elle savait qu'ils arrivaient trop vite.

— John, on va trop vite. Beaucoup trop vite.

Berry essayait de se calmer. Il y avait tant de choses à faire et si peu de temps pour les exécuter. À partir de cet instant, tout allait être une sorte de compromis : chaque manœuvre en représenterait un entre la chose à faire et un expédient, en essayant toujours d'éviter l'erreur fatale.

— Tout va bien, tout va bien. Je mesure la distance. On freinera plus tard.

Il regarda les jauges de carburant. Les aiguilles étaient immobiles sur la marque du vide total.

Berry se souvenait de son premier atterrissage solo dans un Cessna 150, un vieux coucou qu'il avait toujours un peu de mal à poser. Quand son moniteur l'avait finalement laissé seul, Berry ne cessait de se trouver des excuses pour continuer à s'entraîner à faire telle ou telle manœuvre plutôt que de le poser, jusqu'à ce qu'il lui reste tout juste assez de carburant pour ne plus pouvoir remettre l'atterrissage. *Plus d'excuses cette fois. Pose-le.* De la sueur commençait à perler au-dessus de ses sourcils et dans son cou, et ses mains commençaient à trembler sur le manche.

Berry abaissa les quatre manettes des gaz, réduisant la puissance des moteurs. Il regarda la vitesse de croisière diminuer, atteindre un chiffre plus raisonnable pour atterrir. Complètement absorbé par les instruments du cockpit, Berry ne remarqua pas ce qui défilait à quelques kilomètres sur sa gauche. Du côté est de la baie se trouvait la base aéronavale d'Alameda et, plus loin au sud, l'énorme aéroport d'Oakland. Chacun de ces deux terrains était une ou deux minutes plus près, mais John Berry était complètement focalisé, physiquement et mentalement, sur l'aéroport de San Francisco. C'était là que tout avait commencé, et c'était là qu'il avait l'intention d'achever son voyage. Il espérait que les équipes d'urgence étaient prêtes.

— Bon, dit-il doucement, pas d'amerrissage. On se pose sur l'aéroport international. (Berry vit que la vitesse était assez basse.) Baisse les volets.

Sharon demeura immobile pendant une seconde, hypnotisée par la vision de l'aéroport qui approchait si vite, langue de terre s'enfonçant dans la baie juste devant elle. Elle était commotionnée par la prise de conscience qu'ils étaient encore à quelques centaines de mètres de haut et à des kilomètres de la piste.

— Les volets !

Mécaniquement, sa main gauche s'avança, comme elle l'avait répété une douzaine de fois durant les trois dernières heures, et elle saisit la manette des volets.

— Mets-les au premier cran. Vite.

Elle tira la manette, et les volets descendirent.

Berry sentit l'avion ralentir encore plus et vit la vitesse diminuer sur l'anémomètre : 225 nœuds. Altitude 700 pieds. Un peu plus de 200 mètres. Sur sa droite, il vit Candelstick Park défiler sous le bout de son aile.

— Plus que 4 nautiques. On rentre. On rentre à la maison. Mets plus de volets. Vas-y. Maintenant.

Sharon tira la manette et la mit au cran suivant.

Le Straton commença à décélérer plus vite et son nez se releva. L'avion pointait vers le ciel.

— John !

Linda cria.

— Du calme ! Tout va bien. C'est normal. Je le tiens bien. Tout est normal. Du calme. Tout se passe très très bien. On descend. Encore deux ou trois minutes.

L'avion géant était nettement plus dur à manier que Berry n'avait osé l'imaginer. Il était lourd, pesant, et sacrément différent du Skymaster... pourtant les principes de vol étaient les mêmes. C'est le Skymaster, se dit-il avec conviction. Rien n'est différent.

Soudain, le manche commença à vibrer violemment dans ses mains et la voix synthétique prévenant du décrochage emplit le cockpit. *Airspeed... airspeed.*

— Bon Dieu !

Il avait laissé le Straton perdre trop de vitesse. L'appareil commençait à trembler salement.

— De la puissance, Sharon, de la puissance.

Il tenait le manche à deux mains, sachant que s'il le lâchait, même d'une main, l'avion pouvait lui échapper.

Sharon se pencha et saisit les quatre manettes des gaz. Elle les poussa de quelques centimètres.

— Puissance.

— Pas trop. Doucement, doucement. On n'a pas beaucoup de carburant.

Berry abaissa le nez du Straton pour reprendre de la vitesse. Il pria, espérant ne pas avoir trop exigé des moteurs affamés de carburant. Les commandes cessèrent de vibrer dans ses mains et le vol reprit de la douceur. Mais Berry pouvait voir qu'il lui restait très peu d'altitude ; il ne pourrait pas se permettre une deuxième approche. Et il lui fallait pourtant rationner chaque gramme de carburant pour équilibrer la puissance des moteurs contre l'altitude, l'altitude contre la vitesse, la vitesse contre la traînée et le décrochage. L'aéroport arrivait à toute vitesse. Il se pencha et réduisit la puissance.

— Okay, on y va, on y arrivera, les pleins volets.

Sharon mit les volets au dernier cran.

— C'est fait.

Soudain, une autre alarme résonna dans le cockpit, suivi d'une autre voix électronique. *Landing Gear.* TRAIN D'ATTERRISSAGE.

Berry regarda le tableau de bord.

— Bordel !...

Il se rendit compte qu'il avait baissé les volets à fond sans sortir le train d'atterrissage, et que cela avait automatiquement enclenché l'alarme. Une manière gentille de se rappeler au bon souvenir des pilotes tels que lui qui avaient bien trop de problèmes pour penser à des choses aussi triviales que le train d'atterrissage.

— Sharon, le train ! Sors-le. Vite !

Sharon savait qu'elle aussi aurait dû s'en souvenir — cela avait fait partie de leurs nombreuses répétitions. Elle se pencha et abaissa la grosse poignée directement devant elle.

— Train sorti.

L'aéroport était presque sous le nez du Straton, et Berry savait qu'il était trop tard pour essayer de se poser sur la piste la plus courte, droit devant lui. Il fit virer le Straton sur la gauche, vers la partie la plus large de la baie, s'éloignant de l'aéroport.

— John. L'aéroport...

— Ça ne va pas. Il me faut de la place pour manœuvrer.

La voix synthétique du train d'atterrissage continuait à fonctionner et il se demandait si le train fonctionnait. Il repéra les trois lumières éteintes du train directement devant lui.

— Oublie le train. Il n'est pas sorti. On va devoir se poser dans la baie. (Soudain, la sonnerie s'arrêta et trois lumières vertes brillantes s'allumèrent devant lui.) Train sorti ! Train sorti ! Okay. Tenez bon. On y retourne.

Berry remit l'appareil sur la droite, mais dès que l'aéroport revint en vue, il s'aperçut que son virage avait été trop large. *Bon Dieu, Berry, fais les choses bien ! Reprends-toi, bon sang !*

— John, on est trop loin sur la gauche de l'aéroport.

— Je sais. Du calme. Je vais le remettre comme il faut. (Il mit la bonne quantité de palonniers et d'ailerons et le Stratron commença à glisser à nouveau vers l'aéroport.) On est okay. On y va. Tout va bien.

Berry sentait qu'il pouvait négocier son approche avec une certaine habileté et un peu de confiance en soi. Mais c'étaient les cinq ou dix dernières secondes qui tuaient — cette transition entre l'approche et l'atterrissage, ces moments où la descente de l'appareil devait cesser et où les forces de gravité reprenaient les pleins pouvoirs.

Il regarda en bas vers l'aéroport, un angle droit de pistes doubles qui se prolongeaient jusqu'à la baie. Il pouvait voir le terminal principal et les longs passages en forme de rayons de roue qui le connectaient aux terminaux satellites. Il vit du mouvement et de l'activité au sol, et il sut qu'ils l'attendaient. Il y avait deux pistes parallèles en face de lui maintenant. Il avait espéré voir les pistes recouvertes de mousse, mais il se souvint que cela n'était plus considéré comme utile dans une situation de crash. Les lumières d'approche blanches qui couraient jusqu'à la baie clignotaient pour lui montrer qu'ils voulaient qu'il utilise la piste de gauche.

— Okay. Bien reçu. Cinq sur cinq.

Les lampes de la zone de *touchdown* encastrées dans la piste étaient allumées et les lumières vertes étaient visibles, même de jour. Il n'y avait pas à se tromper sur l'endroit où ils voulaient qu'il se pose. La seule question qui demeurait c'était de savoir à quel genre d'atterrissage on allait assister. Tout ce qu'il pouvait leur promettre, c'était qu'il ne tuerait personne au sol.

Le Straton continuait à glisser sur la droite tout en descendant comme sur un long toboggan courbe braqué vers la piste devant lui. Berry arrêta la glissade et aligna le nez sur la ligne centrale.

— Okay. Bientôt.

Il ne comprenait pas pourquoi les réacteurs fonctionnaient encore. Il jeta un œil vers l'altimètre. 300 pieds au-dessus du niveau de la mer et l'aéroport était à environ 30 pieds au-dessus de ce même niveau. Plus que 270 pieds avant le toucher des roues. Il regarda par le pare-brise. La piste était à environ 3 kilomètres devant. Ils étaient bas, selon les critères normaux, mais rien dans ce vol n'avait été normal. La vitesse était basse, mais pas assez pour décrocher. Il tint le manche d'une main et, de l'autre, il diminua encore les gaz.

— Okay. On descend. On descend. Sharon, Linda, accrochez-vous. Tenez bon. Je vais essayer de toucher aussi doucement que possible. Sharon, lis-moi les vitesses comme je t'ai demandé.

Crandall regarda l'indicateur.

— 160 nœuds.

— Bien.

Berry sentait qu'il pouvait le faire, tant que le carburant durait encore cinquante ou soixante secondes. Tant qu'ils ne tombaient pas en morceaux dans la minute qui suivait. Il prit une longue et profonde inspiration. Devant lui, une série de projecteurs à effet stroboscopique attirèrent ses yeux vers la ligne centrale de la piste. *Système très élaboré. Très bel aéroport.*

— Vitesse ?

— 150 nœuds.

Berry tenait bon le manche et il sentit l'énorme appareil qui coulait lentement sous son propre poids, descendant vers la terre.

Il entendit un son derrière lui, un bruit de fibre de verre qu'on déchire. John Berry garda les yeux sur la piste, mais il savait ce que ce son signifiait.

Sharon Crandall se retourna et vit le collant sur le sol, avec le loquet encore attaché au bout. Elle leva les yeux.

— Non ! Non !

19

Le propriétaire de Trans-United Airlines, son P-DG et les officiels du gouvernement regardaient du haut de la tour de contrôle. L'opération de secours d'urgence était coordonnée en dessous.

Jack Miller se tenait sur le côté, ne sachant pas bien comment il s'était retrouvé dans la tour de contrôle, mais sachant qu'il n'avait plus le temps de se rendre sur la piste. Il regardait et écoutait, tandis que les opérations se déroulaient autour de lui.

Les curieux et les morbides étaient arrivés par milliers, bloquant les routes d'accès à l'aéroport et couvrant les bas-côtés herbeux de la route 80. La police de la zone de l'aéroport, entraînée à une telle situation, commençait à dégager une voie pour que les véhicules de secours puissent atteindre les lieux.

À l'extérieur du terminal principal, et tout le long des couloirs de sécurité, des gens avaient commencé à se rassembler, même avant qu'on annonce avec certitude que le radar avait dit vrai. Ceux qui étaient dehors regardaient le ciel, attendant la minuscule chance que le Straton revienne. Ceux qui étaient à l'intérieur regardaient les tableaux d'information ou écoutaient simplement les annonces de dernière minute. Ils regardaient et attendaient, comme les femmes de marins attendaient jadis, sur les quais et aux fenêtres de leurs maisons, guettant un navire présumé perdu.

Depuis qu'on avait annoncé son apparition sur les radars, l'aéroport s'était peu à peu rempli d'amis et de parents des passagers du vol 52. Avec eux se trouvaient d'autres passagers et des employés de l'aéroport qui avaient temporairement abandonné leur travail. Tous les gens dehors avaient les yeux tournés vers l'est et suivaient l'énorme Straton argenté qui tournait doucement pour s'aligner vers le sud. Il volait bas au-dessus de la baie, volets baissés et train sorti, comme une mouette près de se poser sur un récif.

À partir du moment où le Straton avait été repéré par les radars, tout autre trafic aérien avait été détourné sur Oakland et d'autres aéroports et des véhicules rapides d'intervention — VRI — avaient coupé à travers les pistes désertées, essayant de se mettre en position pour parer à toute éventualité. De l'équipement était massivement acheminé par les VRI et des hélicoptères à l'endroit où les deux paires de pistes se croisaient. Un camion à plate-forme d'où l'officier en charge allait superviser les opérations fut acheminé au carrefour, bourré d'équipement et de téléphones cellulaires. Du matériel médical, des chaises roulantes, des dizaines de brancards, de l'eau et des unités pour grands brûlés grossissaient le flot qui s'acheminait vers le centre du terrain. Des chevalets en aluminium étaient déployés pour transformer les brancards en tables d'examen. Une unité se tenait prête à identifier et étiqueter les morts. Une autre unité d'infirmiers, d'infirmières et de médecins ouvrait des coffres emplis de matériel médical. Le demi-hectare de pelouse à la jonction des pistes ressemblait à un bivouac militaire assemblé à la hâte. Mais aussi vite que les services d'urgence s'assemblaient, ils n'étaient pas encore prêts à gérer un désastre de la taille de ce Straton qui fonçait sur eux.

Edward Johnson et Wayne Metz se tenaient sur une petite piste à quelques centaines de mètres de la grande. Autour d'eux, sur la route et dans l'herbe, se trouvaient des patrouilles de police, des journalistes, des officiels de l'aéroport et des gens de Trans-United. Une douzaine de caméras étaient plantées dans l'herbe, toutes pointées sur le bout de la piste. Des VRI passaient à toute vitesse, prenant position des deux côtés de la piste.

Wayne Metz regarda vers l'extrémité de la baie et observa en silence le Straton qui effectuait son virage. Sa bouche ne cessait de former des mots, mais aucun son ne sortait. Jamais auparavant il n'avait souhaité autant voir détruit un de ses risques assurés. Il fixait le Straton qui achevait son virage de loin.

— Je n'arrive pas à croire que c'est en train d'arriver. Je n'arrive pas à croire que c'est le Straton.

Edward Johnson regardait, fasciné, l'avion qui faisait son ultime approche.

— C'est bien le Straton. Je ne sais pas comment il a fait. Je ne sais pas comment il a pu se sortir d'une panne totale... mais il l'a fait, pas vrai ?

Il avait cessé d'avoir peur et avait repris le contrôle de lui-même. Une sorte d'impassibilité froide et calculatrice s'était emparée de lui et il regardait avec une certaine admiration Berry faire glisser l'avion droit vers la piste.

— Que je sois damné. Merde, ce type sait ce qu'il fait. Je vais engager cet enfant de putain comme pilote chez Trans-United. Il bosse mieux que la moitié de nos pleurnichards surpayés.

Metz regarda Johnson comme s'il était devenu complètement dingue. Mais en le regardant, il savait pourquoi Johnson en était là. Edward Johnson croyait dur comme fer qu'il n'avait participé en aucune façon à ce qui s'était passé dans la salle des communications. Il était redevenu Edward Johnson, vice-président de Trans-United, et se montrait très inquiet sur le sort de son vol.

Le chef pilote de Trans-United, le commandant Kevin Fitzgerald, s'approcha de la piste, beaucoup plus près que qui que ce soit ne l'avait osé. Il se tenait tout seul à la limite de l'herbe, contemplant l'immense étendue de béton. Il leva les yeux et regarda vers la baie, puis la silhouette du Straton, de face. Son avion rentrait. Il murmura :

— Allez, allez, espèce de salopard. Tiens bon. (Sa voix enfla.) Tiens-le ! Tu l'as ! Espèce de dingue, il est à toi ! à toi ! Tu contrôles. Tu contrôles !

La police et les services d'urgence qui s'étaient rassemblés sur l'herbe commencèrent à s'exciter quand le Straton s'aligna et entama sa descente vers la piste. Beaucoup de ces gens se rendaient compte de la dangereuse position qu'ils occupaient, et ils se mirent à courir vers la zone de crash installée à la hâte, un peu au-delà de la trajectoire prévisible du Straton.

Johnson, Metz et Fitzgerald, ainsi que la plupart des pompiers, quelques journalistes et tous les cameramen restèrent dangereusement proches de la piste.

Johnson se tourna vers Metz.

— Ça va être dur de convaincre qui que ce soit que le pilote de cet avion a subi une quelconque lésion cérébrale.

Metz secoua la tête.

— Bon Dieu, tu pourras dire qu'il était temporairement perturbé.

— Exact. Mais si les feuilles imprimées par le data-link existent, il faut qu'on s'en empare avant que les gens de l'Agence fédérale de l'aviation commencent à farfouiller dans ce cockpit.

— Bon Dieu, qu'est-ce que je voudrais qu'il s'écrase ! Que ce putain d'avion explose !

Johnson hocha la tête. Il n'avait jamais été aussi ambivalent de sa vie à propos de quoi que ce soit.

— Bon Dieu, Wayne, j'espère qu'il va y arriver et qu'on va y arriver aussi.

Les deux hommes se regardèrent pendant un long moment.

À environ dix mètres de Metz et Johnson, Fitzgerald se tenait au bord de la piste, hurlant :

— Descends ! Descends ! C'est ça. C'est ça. Doucement. Gentiment...

Certains des pompiers, des policiers et des journalistes commencèrent à pousser des hourras. Les gens de Trans-United scandaient :

— Descends ! Descends ! Descends !

Tout autour de l'aéroport et, comme la rumeur se répandait, dans le terminal principal, les gens pleuraient et se sautaient dans les bras.

Johnson était littéralement paralysé par la scène qui se déroulait devant lui, ne sachant pas si son comportement paraissait approprié, et s'en fichant.

Wayne Metz saisit inconsciemment le bras d'Edward Johnson. Parler de faire s'écraser un avion de ligne était une chose ; le voir descendre du ciel devant soi était tout autre chose. Il ouvrit la bouche et laissa échapper un bref soupir.

— Bon Dieu, je n'ai jamais... rien vu de... Oh, regarde ça.

Metz avait envie de courir et en fait il avait glissé sa main dans sa poche et pris ses clés de voiture. Il se retourna, abasourdi, vers Johnson.

— On est foutus.

Johnson secoua la tête.

— Pas encore.

Le Straton descendait de plus en plus proche des lumières d'approche, à peine à un kilomètre maintenant, à moins de cent mètres d'altitude, perdant de la hauteur à chaque seconde, ses grosses roues paraissant vouloir désespérément atteindre le béton.

La foule tournait au délire sous le coup de l'émotion et le drame balayait les dernières inhibitions. Des hommes et des femmes, des journalistes et les gens des services d'urgence bondissaient, criaient, pleuraient et s'embrassaient.

Dans le cockpit du Straton, le premier officier Daniel McVary s'avançait, avec plus d'une douzaine de passagers — des hommes pour la plupart, quelques femmes et quelques enfants. Ils bredouillaient, gémissaient, ce qui leur restait d'instincts les avertissant qu'ils étaient en danger. Leurs visages et leurs bras étaient couverts de sang fraîchement coagulé à la suite des secousses endurées pendant la descente dans la tempête.

Sharon Crandall les regardait.

— John...

Linda Farley luttait pour ne pas hurler. Son corps était pris de tremblements.

— John !

Toute l'existence de Berry avait été réduite aux commandes devant lui et à la piste qui grimpait devant son pare-brise.

— Ignorez-les, mettez vos têtes entre vos jambes et ne bougez pas.

Il ne restait plus qu'un peu plus d'un kilomètre avant le seuil de la piste. Trente secondes à peine. La vitesse du Straton était trop élevée et son altitude trop basse. Berry sentit la main de quelqu'un frôler la base de son cou. Il tenta d'ignorer ce qui se passait derrière lui. Il se concentrait désespérément sur l'aéroport et sur son approche finale.

Il pouvait voir les camions d'incendie et de secours qui roulaient en tous sens, convergeant sur toute la longueur de la piste. Il jeta un bref coup d'œil vers l'indicateur de vitesse. Encore trop rapide. Ils allaient dépasser la piste et finir dans la baie ou virer et s'écraser dans les bâtiments au-delà des limites de l'aéroport. Il fit un autre ajustement des gaz et des commandes de vol.

Tandis que l'avion descendait vers le seuil de la piste, Berry était de plus en plus conscient de l'entassement des corps dans le cockpit du Straton. Il se rendit soudain compte que quelqu'un se tenait à quelques centimètres de lui. Il jeta un coup d'œil sur sa droite.

Daniel McVary se tenait au-dessus de la console centrale, entre Sharon et lui. Le corps penché en avant, le copilote menaçait de s'étaler sur les commandes. Les autres passagers s'avançaient vers l'avant du cockpit, avec précaution, hésitant, comme des visiteurs qui se savent indésirables.

Sharon Crandall s'écarta de McVary. Sa voix jaillit en un étrange murmure à peine audible.

— John...

— Reste attachée. Ne bouge pas. Ne les provoque pas.

McVary se pencha soudain et mit la main sur le manche du copilote.

Berry sentit la pression dans ses propres commandes, puis une main froide et moite sur son visage. Il entendit Linda essayer de combattre une crise d'hystérie qui montait en elle. « Jésus-Christ ! » Le seuil de la piste était à quelques centaines de mètres. La vitesse excessive diminuait et les dernières vapeurs de carburant continaient à alimenter les réacteurs. *Mon Dieu, s'il Vous plaît.* Il diminua encore les gaz et sentit la main de McVary se poser sur la sienne.

— Pour l'amour du ciel, foutez le camp d'ici !

Il balaya la main de McVary.

L'autre main toujours accrochée au manche du

copilote, McVary tira d'un seul coup. C'était *son* manche à balai, ça il s'en souvenait, même s'il n'avait plus la moindre idée de son utilisation.

Berry sentait la traction de l'homme. Il poussa en avant son propre manche de toutes ses forces, pour contrebalancer les mouvements désordonnés de McVary. Les bras de Berry lui faisaient mal.

— Ôte-toi de là, espèce de putain d'imbécile ! Pour l'amour du Ciel !...

Crandall se mit à frapper McVary à coups de poing.

— Arrête ! Arrête ! Va-t'en ! John, je n'y arrive pas...

— Encore quelques secondes... quelques secondes...

Il ne leur restait que quatre cents mètres à couvrir, mais Berry savait qu'il était en train de perdre la bataille de la force brutale. Tout ce que le copilote avait perdu en capacité mentale n'avait en rien affecté sa force musculaire.

— Sharon ! Vire-le de là ! Maintenant ! Vite !

Sharon essaya de tordre les doigts qui tenaient le manche, mais McVary s'y cramponnait avec une force incroyable. Elle se pencha et mordit sauvagement le dos de sa main droite, mais l'officier était presque complètement au-delà de la douleur physique.

McVary tirait encore plus sur le manche du copilote et cela fit se relever brusquement le nez du Straton. Son aile droite tomba, et la queue commença à tanguer de droite et de gauche. L'alarme vocale de décrochage recommença à emplir le cockpit de son chant synthétique effrayant. *Airspeed. Airspeed*... Plusieurs des blessés se mirent à grogner. Linda hurlait.

La plupart des passagers coincés dans le cockpit perdaient l'équilibre à cause des mouvements erratiques du Straton. Ils refluaient vers la cloison arrière. Certains d'entre eux tombèrent sur le tableau des coupe-circuit.

McVary tenait fermement le manche et avait conservé son équilibre.

— Enfoiré ! Laisse ça, espèce de fils de pute ! hurla Berry.

Il savait qu'il n'avait plus que quelques secondes pour reprendre le contrôle du Straton. S'il n'y parvenait pas, ils allaient mourir — ici, maintenant. La piste était à quelques mètres devant.

— Sharon ! Aide-moi ! Aide-moi ! Au secours !

Sharon Crandall sentit la chair de la main de McVary craquer dans sa bouche et du sang jaillit sur son menton et dans son cou. Et pourtant, la main ne voulait pas céder. Elle releva la tête et lança un doigt en avant, droit dans l'œil de McVary.

Le copilote hurla, et lâcha les commandes.

Berry poussa promptement son manche en avant, le fit pivoter sur la gauche et appuya très fort sur les palonniers. Le Straton sembla suspendu dans son étrange position pendant une longue seconde. L'alarme synthétique du décrochage résonnait toujours, répétant maintenant son unique mot en continu. *Airspeed, airspeed, airspeed.* Berry pouvait voir le sol filer devant le nez de l'appareil selon un angle incroyable, puis soudain l'horizon se remit d'aplomb et la ligne centrale de la piste jaillit au milieu du pare-brise.

Mais le Straton avait perdu trop de vitesse. Même sans l'avertissement continuel de la voix synthétique, Berry pouvait sentir cette impression nauséeuse qui lui disait que l'appareil avait cessé de voler. Dans une seconde le Straton allait tomber, échappant à tout contrôle, comme un ascenseur dont les câbles se sont rompus, ses quatre cents tonnes s'écrasant sur la piste en dessous.

— John ! cria Sharon.

Le sol fonçait vers eux. Elle se couvrit les yeux.

Attendant aussi longtemps qu'il l'osait, Berry exerça une ultime traction sur les commandes, avec toute l'énergie du désespoir.

L'œil expérimenté du commandant Kevin Fitzgerald lui indiqua instantanément que le pilote avait soudain perdu le contrôle. Il se retrouva en train de courir vers l'avion de ligne qui dégringolait, hurlant comme un dératé :

— Il le perd : Il lui échappe ! Bon Dieu, il le perd !

Le pilote s'était débrouillé pour amener l'avion géant à cinq cents mètres des pistes et maintenant, inexplicablement, il le laissait lui échapper. Il criait comme un entraîneur essayant de diriger le jeu depuis la ligne de touche.

— Bon Dieu ! Espèce d'enfoiré ! Tiens-le, putain ! Tiens-le ! Les palonniers ! Aux pieds ! Bon Dieu ! Les palonniers ! Espèce de fils de pute !

Il s'arrêta soudain de courir.

Juste avant que les roues du Straton ne touchent la piste, Fitzgerald put voir que le pilote avait fait une ultime tentative pour redresser. Cette manœuvre désespérée, couplée avec la vitesse très basse de l'appareil, évita la catastrophe totale et instantanée. Mais la force de la pesanteur était encore trop grande pour la résistance calculée de l'appareil. Sous les yeux de Fitzgerald, le Straton tomba sur ses trains d'atterrissage, et les énormes roues et tout l'appareillage qui les maintenait éclatèrent comme du verre. Des roues brisées et des morceaux de pneus et de métal furent catapultés dans toutes les directions. L'avion s'écrasa sur le ventre et se mit à glisser sur la piste à 100 nœuds, laissant une cascade d'étincelles derrière lui et sous lui. L'appareil fit une embardée de droite et de gauche, approchant dangereusement d'un tour complet. Fitzgerald pouvait voir les aérofreins levés sur les ailes. La gouverne de direction remuait encore et Fitzgerald savait que le pilote n'avait pas abandonné.

Dans l'herbe, la foule commença à courir tandis que l'avion fou, haut comme un immeuble de quatre étages et aussi long et large qu'un terrain de football, commençait à glisser vers eux. Certains sautèrent dans des véhicules qui battaient en retraite, d'autres plongèrent à terre.

Fitzgerald savait qu'aucun endroit n'était plus sûr qu'un autre si le Straton quittait la piste, et il resta là où il était pour regarder. Autour de lui, quatre cameramen n'avaient pas bougé non plus, enregistrant la progression de l'avion géant qui glissait sur la piste à moins de mille mètres d'eux. Le bruit du métal frotté et arraché s'élevait au-dessus du hurlement des réacteurs tandis que le Straton torturé s'approchait d'eux, de plus en plus près.

Wayne Metz dit à Ed Johnson, d'une voix lointaine, chevrotante :

— Est-ce qu'il a réussi ?

— En quelque sorte.

— Est-ce qu'il va exploser ?

— Peut-être.

Ils regardaient tous deux l'énorme avion continuer à glisser de travers sur la piste, laissant un sillage d'étincelles, avec ce son incroyable de métal tordu, arraché, torturé.

— Qu'est-ce qu'on va faire s'il n'explose pas ? demanda Metz.

— On devrait aller jusqu'à l'avion et être dans les premiers à rencontrer ce pilote.

Metz regarda Johnson, puis à nouveau le Straton.

— Explose et meurs, dit-il doucement.

Berry sentit le Straton s'écraser lourdement sur son

train, puis il entendit l'incroyable son du train qui éclatait en morceaux. Les quatre cents tonnes de l'appareil s'aplatirent sur le béton de la piste et l'avion commença à glisser. La seule émotion que ressentit Berry quand le train d'atterrissage céda fut la colère. Colère après lui-même de l'avoir mené aussi loin et de l'avoir perdu au dernier moment.

Mais tout n'était pas encore perdu. Il était vivant, et il avait l'intention de le rester. Il jeta un œil vers Sharon. Tandis que ses mains plongeaient vers les manettes pour couper l'alimentation en carburant, elle le fixait, observant son visage, essayant de lire sur son expression s'ils allaient mourir ou vivre. Il hocha la tête, comme pour dire *c'est okay*. Mais ça ne l'était pas.

Berry leva les aérofreins au bout des ailes dans une tentative désespérée pour ralentir l'avion fou. Ses pieds secouaient les palonniers, mais il voyait que cela avait peu d'effet pour conserver l'avion droit sur la piste maintenant que le fuselage était en contact avec le sol.

Pendant une fraction de seconde, juste avant qu'il touche le sol, il s'était imaginé roulant pour ramener l'avion mutilé jusqu'à la rampe du terminal, mais il savait désormais qu'il aurait de la chance s'il parvenait à éviter l'explosion. Pour la première fois depuis qu'il avait commencé à piloter, il aurait aimé avoir ses réservoirs vides. Mais même s'ils l'étaient, ils contenaient probablement assez de vapeurs explosives pour faire éclater l'avion en morceaux.

Il voyait la foule qui s'éloignait sur sa gauche et les camions de secours qui faisaient de même. Il fit signe à Sharon de se mettre en position de crash, mais elle secoua la tête. Il regarda vite derrière son épaule et vit que Linda avait mis sa tête entre ses jambes. Les passagers titubaient et tombaient ; la décélération en avait projeté un certain nombre dans le salon.

Le terrible bruit du métal déchiré remplissait le cockpit si fort qu'il ne pouvait plus penser clairement. Il se retourna vers l'avant et attendit les ultimes secondes. Il ne pouvait plus rien faire concernant le Straton, et ça, au moins, c'était un soulagement bienvenu.

Le Straton glissait en travers vers Fitzgerald. Arrivé à une trentaine de mètres de lui, il pivota soudain, sa queue haute de sept étages tournant dans le sens des aiguilles d'une montre. Fitzgerald plongea à terre. La masse du Straton remplissait tout son champ de vision et il put littéralement sentir l'odeur de ses moteurs et leur chaleur quand l'aile passa au-dessus de lui. Il leva le nez et vit le bout de l'aile gauche s'enfoncer dans l'herbe. Le moteur extérieur gauche se décrocha de son berceau et roula dans l'herbe, laissant un sillage de terre brûlée derrière lui.

Des gens commencèrent à hurler « Au feu ! ».

Fitzgerald regardait l'avion tourner et glisser, s'éloignant de lui. Il pouvait voir la section de l'aile autour du moteur tombé, réduite à un labyrinthe de fils, de tubes et de câbles arrachés. De longs panaches de flammes orange et de fumée noire s'échappaient de l'aile endommagée. En quelques secondes l'aile entière prit feu, les flammes léchant toute la longueur du fuselage.

Fitzgerald se releva vivement et commença à courir après l'avion. Sidéré, il vit sur sa droite Edward Johnson et Metz qui couraient aussi. Johnson, il pouvait le comprendre. Cet homme n'avait rien d'un lâche, quoi qu'on puisse penser de lui. Mais Metz... Qu'est-ce qu'il foutait là, bon Dieu ?

Le Straton avait considérablement ralenti quand son aile s'était enfoncée dans le sol, et ses mouvements pivotants ralentissaient son avancée. L'appareil finit par s'arrêter à une centaine de mètres de Fitzgerald.

Des unités de secours foncèrent aussitôt vers le Straton, suivies de véhicules de pompiers qui balançaient des trombes de mousse carbonique sur toute sa longueur, essayant d'atténuer le feu avant que les vapeurs et le reste du fuel explosent.

Du siège du commandant de bord, Berry pouvait voir le mur de flammes qui engloutissait l'aile gauche.

Avant que l'avion ne parvienne à un arrêt complet, Berry arracha sa ceinture, se leva et se pencha vers Sharon. Il la saisit par le bras et la secoua.

— Sharon ! Sharon !

Elle était étourdie, et au teint gris de son visage, il pouvait dire qu'elle était en état de choc. Il déboucla sa ceinture et la tira hors de son siège.

Elle s'accrocha à lui une seconde, puis releva la tête.

— Ça va. Il faut qu'on sorte d'ici.

Berry regarda autour de lui. Le cockpit était rempli de corps tordus, remuants. Les premières volutes de fumée âcre avaient déjà envahi l'escalier en spirale, grimpant dans le salon et dérivant vers le cockpit. Des passagers du salon commençaient à fuir la fumée, se dirigeant vers la cabine de pilotage.

Berry cria pour dominer le bruit des blessés et le vacarme des unités de secours dehors.

— Ouvre la sortie de secours. Je m'occupe de Linda.

Sharon hocha la tête et se fraya un passage entre les formes chancelantes autour d'elle.

Berry tira un corps sans vie étalé sur la console de l'observateur et déboucla la ceinture de Linda. La jeune fille était à peine consciente et il la balança sur son épaule.

Il s'avança jusqu'à la porte, qui était toujours fermée.

— Sharon ! Ouvre la porte, ouvre la porte !

Elle était agenouillée près de la petite porte de secours, des larmes coulaient sur son visage.

— Elle est coincée !

Il déposa la jeune fille dans les bras de Sharon et tira sur la poignée de secours. Elle résista. Il tira à nouveau, mais elle refusait de s'ouvrir. *Bon Dieu ! Le fuselage doit être plié.* Il regarda vivement autour de lui. Par la porte du cockpit une foule de passagers s'engouffrait, rampant, griffant, titubant, et avec eux entraient les nuages de fumée qui piquaient les yeux, assombrissant le cockpit. Les passagers se pressaient contre lui. Ils toussaient, hurlaient, terrifiés. De la mousse obscurcissait les fenêtres et le cockpit devint presque entièrement noir. Il regarda partout et constata que Sharon et Linda avaient disparu. Il tendit les mains vers elles, mais d'autres corps le repoussaient contre la paroi. Berry tomba sur un genou et poussa en avant jusqu'à ce qu'il retrouve l'issue de secours. À l'aveuglette, il tâtonna pour saisir la poignée et finit par la localiser. La fumée commençait à avoir raison de lui et il n'avait plus la force de tirer.

— Sharon ! Linda ! Où êtes-vous ?

— Ici, John. (Sa voix paraissait faible.) On est ici, à l'avant.

— Tenez bon...

Berry leva les yeux, mais il ne pouvait pas voir à plus de deux mètres à travers la fumée et la masse de passagers effrayés. Il se retourna vers la porte de secours. Il saisit la poignée et tira de ses dernières forces. Il continua à tirer jusqu'à ce qu'il sente qu'il allait s'évanouir.

Soudain, la porte s'ouvrit à la volée, et une forte explosion suivit quand la bouteille de nitrogène se mit à gonfler le toboggan de secours. Berry avala une grande goulée d'air. Il poussa la silhouette qui se tenait devant lui, mais ses yeux le brûlaient et il ne pouvait plus voir à travers les nuages de fumée qui s'échappaient par la porte ouverte.

Les passagers commencèrent à lui tomber dessus, leur intelligence résiduelle les dirigeant vers le soleil et l'air pur. Berry cria tandis que le flot de passagers se déversait sur lui.

— Sharon ! Linda !

— John ! On est ici. Près du siège du copilote. On ne peut pas bouger. S'il te plaît...

Berry rampa jusqu'à la voix, essayant de rester sous la fumée. À travers les larmes qui dégoulinaient de ses yeux, il aperçut une jambe nue et la saisit. Mais les passagers autour de lui l'emportaient comme une marée, comme l'air qui s'était échappé au tout début de ce cauchemar, des siècles auparavant. Ils se pressaient contre lui, forme agenouillée, et avant qu'il se rende compte de ce qui se passait, il se retrouva sur le toboggan jaune brillant. Il saisit les côtés du toboggan, mais il ne put s'empêcher de glisser, la tête la première, vers la piste en bas. Avant de toucher le sol, il s'entendit hurler « Sharon ! ».

20

La tête de Berry l'élançait et des vagues de nausée le submergeaient. Au lointain, il pouvait entendre des sirènes, des crissements de freins, les cris des équipes de secours, des trompes, des radios qui grésillaient et les hurlements des blessés autour de lui.

Il parvint à s'asseoir et essaya de regarder autour de lui, mais son œil droit était flou et il le frotta. Il regarda sa main : elle était pleine de sang. « Bon Dieu !... »

Il se tourna vers le Straton qui le surplombait de son énorme masse. L'avion géant était posé sur son ventre, mais tourné vers la droite et son nez pointait dans la direction d'où il était venu pour atterrir. Incroyable, songea-t-il, en regardant la taille de cette chose qu'il était parvenu à ramener. Le cockpit paraissait si petit... Il ressentit soudain une sorte d'effroi mêlé de fierté, qui le submergea. « Mon Dieu !... »

Berry pensait n'être resté inconscient qu'un court moment depuis qu'il avait touché le béton, parce que la scène autour du Straton était encore complètement chaotique, camions et ambulances qui fonçaient vers l'appareil. Il leva le nez vers l'aile gauche. De petites fumerolles s'élevaient encore des zones autour des conduites de carburant, mais les flammes étaient éteintes. Plusieurs camions de pompiers étaient positionnés des deux côtés de l'avion, aspergeant l'épave de mousse à une distance de sécurité.

Berry prit une profonde inspiration. C'était étrange, se dit-il, que son corps se sente encore comme quand il était dans le Straton ; il percevait toujours les vibrations de la carlingue, la pulsation et le bruit des réacteurs — tel un marin qui met pied à terre et marche comme s'il tanguait encore. Il passa les paumes sur le béton chaud comme pour s'assurer qu'il était bien revenu sur terre.

Il prit une autre grande inspiration pour essayer de s'éclaircir les idées, mais il y avait une odeur âcre dans l'air et son estomac se souleva à nouveau.

Il se leva, maladroitement, et regarda autour de lui. Sur la piste, une vingtaine de personnes étaient allongées sur le béton, certaines inconscientes, d'autres gémissantes. Certains rampaient, même. Berry chercha Sharon et Linda — cherchant les gilets de sauvetage orange parmi les passagers blessés. Mais ni Sharon ni Linda n'étaient sur la piste.

Il releva la tête et vit que le toboggan jaune était toujours attaché à l'issue de secours du cockpit. Berry hurla vers la porte ouverte.

— Sharon ! Linda !

Une silhouette apparut à la porte, et Berry reconnut le copilote, Dan McVary.

McVary se tenait sur le seuil. Il resta là une seconde, puis fit un pas en avant comme s'il s'apprêtait à descendre des escaliers. Il tomba sur le dos et glissa à toute vitesse sur le toboggan, hurlant en accélérant. Ses pieds touchèrent la piste et la décélération soudaine le propulsa en avant. Il atterrit droit dans les bras de Berry.

Les deux hommes se regardèrent pendant quelques longues secondes et quand Berry scruta les yeux de cet homme qui lui avait causé tant d'ennuis, il se rendit compte que la colère et la haine étaient des émotions totalement inappropriées. Il dit à McVary :

— J'ai ramené ton avion, mon vieux. T'es rentré chez toi.

McVary ne cessait de fixer Berry, ne montrant ni compréhension, ni agressivité. Puis il parut s'amollir dans les bras de Berry et une larme coula sur sa joue.

Un infirmier poussant un brancard surélevé courait vers les gens au pied du toboggan et Berry l'appela.

— Hé ! Prenez ce type. C'est le copilote. Il a besoin d'aide.

L'infirmier s'approcha de Berry et, ensemble, ils obligèrent McVary à s'installer sur le chariot. Berry dit :

— Vous feriez mieux de l'attacher.

L'infirmier hocha la tête et, tout en passant les sangles au copilote, il demanda à Berry :

— Mais qu'est-ce qu'ils ont tous ?

— Le cerveau, répondit Berry... manque d'oxygène. Ils sont tous... Ils ne vont pas bien. Ils sont imprévisibles.

L'infirmier hocha la tête.

— Et vous, ça va ?

— Ouais.

— Vous n'êtes pas censé vous balader comme ça. Restez allongé et attendez un brancard.

— Okay.

L'infirmier emporta le chariot vers une douzaine d'ambulances garées sur la piste près de quelques dizaines de camions rameutés pour transporter les morts et les blessés.

Berry essayait de comprendre ce qui se passait autour de lui. Il apparaissait que la plupart des secouristes et des véhicules restaient à une bonne centaine de mètres du Straton, tant que les pompiers ne leur avaient pas assuré que l'appareil n'allait pas exploser.

Il n'y avait pas d'échelles, ni de plates-formes hydrauliques devant aucune des portes ni devant les trous dans la carlingue. Tout ce que Berry pouvait voir, c'était des tuyaux qui balançaient des produits chimiques sur l'énorme avion, du nez jusqu'à la queue, d'un bout de l'aile à l'autre. Le géant des airs dégoulinait, luisait, tandis que des mares s'étalaient tout autour de lui. Berry remarqua un camion de pompiers qui balançait de la mousse blanche sur la queue, oblitérant le logo de Trans-United. Il comprit que cela avait moins à voir avec la lutte contre l'incendie qu'avec les relations publiques.

Il remarqua aussi qu'un certain nombre d'ambulanciers avaient bravé le risque d'explosion et emportaient les passagers qui avaient emprunté le seul toboggan déployé, celui du cockpit.

Berry regarda à nouveau la porte ouverte et cria :

— Sharon ! Linda !

Il saisit le bras d'un pompier qui passait et cria :

— Ma femme et ma fille sont dans le cockpit ! Il faut que je remonte là-haut !

Le pompier regarda l'énorme dôme du Straton 797 qui les surplombait, l'endroit où se trouvait la cabine des premières et le cockpit. L'homme secoua la tête.

— On n'a rien ici qui peut grimper si haut.

— Alors amenez un putain de camion avec une grande échelle ! Maintenant !

— Du calme, mon vieux. On va entrer par les portes normales dans une minute. On va aller dans le dôme et vous ramener votre famille. (Il ajouta :) Il faut que je vous demande de quitter les lieux. Retournez là où sont les ambulances. Allez.

Berry tourna les talons et se pressa, direction la queue de l'appareil.

Il était étourdi et devina qu'il avait une légère commotion cérébrale. Il examina ce qui se passait autour de lui et, au loin, il aperçut le terminal principal et d'autres véhicules qui fonçaient vers lui. Il repéra un certain nombre de camionnettes avec des antennes et des paraboles sur le toit, et il comprit que c'étaient des équipes télé. Une ligne de voitures de police avec des gyrophares les gardaient à distance et empêchaient la foule grossissante de s'approcher davantage.

Il vint à l'idée de Berry que quelque part autour de lui se trouvaient *la* ou *les* personnes qui avaient accès au data-link et qui avaient essayé de le précipiter, lui et tous les autres, au fond de l'océan. Sans aucun doute, songea-t-il, quelqu'un de la compagnie. Quelqu'un d'assez haut placé pour manœuvrer le data-link après avoir dégagé tout le monde de la pièce. Mais ce n'était pas son souci principal pour l'instant. Sa plus grande inquiétude allait vers les deux personnes qu'il avait laissées derrière lui.

Le chef pilote de la Trans-United, le commandant Kevin Fitzgerald, fit le tour des ambulances, passant entre les chariots roulants et les supports d'aluminium pour les brancards. Il parla brièvement avec les infirmiers et les médecins, regardant chacun des quelque vingt passagers qui avaient glissé sur le toboggan et qu'on avait amenés jusqu'ici, loin de l'avion qui pouvait encore exploser.

D'après ce que Jack Miller lui avait raconté, et selon la liste des passagers, Fitzgerald cherchait John Berry, Harold Stein et Linda Farley, et les hôtesses Sharon Crandall et Barbara Yoshiro. Mais jusqu'ici personne ne répondait à ces noms. En fait, se rendait-il compte, personne ne répondait à aucun nom. En quelques minutes, l'énormité de ce qui s'était produit le frappa.

Fitzgerald s'approcha d'un chariot qu'on allait charger dans une ambulance. Un homme était attaché dessus avec des sangles. Il portait une chemise blanche tachée de sang avec des épaulettes et un badge en noir et blanc où on lisait « McVary ».

Fitzgerald fit signe aux infirmiers d'attendre un instant et se pencha sur McVary, voyant qu'il était conscient et attaché. Fitzgerald se souvenait de l'avoir brièvement rencontré à un séminaire d'entraînement.

— Dan, dit Fitzgerald, Dan, est-ce que tu m'entends ?

McVary regarda le chef pilote, un homme qui hier était son patron, un homme avec qui il avait toujours voulu lier connaissance. Mais aujourd'hui le premier officier Daniel McVary ne se serait même pas reconnu dans une glace et il ne reconnut pas le chef pilote Kevin Fitzgerald.

— Arrrrhhh.

— Dan ? C'est Kevin Fitzgerald. Dan ? Dan, est-ce que tu peux... ?

Non, se rendit compte Fitzgerald, *non, tu ne peux pas et tu ne pourras plus jamais.* Bon Dieu !... Fitzgerald comprit soudain ce que tramaient Edward Johnson et Wayne Metz.

Un camion de pompiers passa et Berry sauta sur le marchepied à côté du chauffeur. Il dit :

— Passez sous l'aile.

Le chauffeur le regarda, mais plutôt que de discuter avec quelqu'un qui avait un air si décidé, il tourna légèrement et roula jusqu'à l'aile oblique.

Berry grimpa sur une petite échelle fixée sur le côté de la cabine et se balança sur le toit du camion. Au moment où le camion passait sous l'aile, Berry sauta et atterrit à quatre pattes en haut de l'aile.

Il pataugea sur l'aile couverte de mousse blanche, se dirigeant vers le fuselage où l'issue de secours centrale était située. Il glissa de droite et de gauche, en situation très précaire, puis finit par atteindre la porte, saisissant la poignée d'urgence.

Il prit sa respiration et tira sur la poignée, mais la porte refusa de s'ouvrir. « Bordel ! » Il colla ses genoux sous la porte et continua à tirer, mais la porte tenait bon.

En dessous, des pompiers lui criaient de descendre. Berry se leva et s'avança vers le bord de l'aile, collant son corps au fuselage pour se retenir car ses pieds glissaient terriblement sur la mousse. Il s'approcha du trou dans la carlingue qui était juste au-dessus et en avant de l'aile.

Un camion de pompiers s'arrêta près du Straton juste en dessous de lui. Les pompiers l'appelaient et il voyait une plate-forme hydraulique qui s'élevait vers lui avec deux secouristes dessus.

Berry se rendit compte qu'il ne pouvait pas vraiment atteindre le trou dans le fuselage et il hocha la tête, marquant sa volonté de descendre. La plate-forme vint se mettre à niveau avec l'aile et l'un des secouristes, se tenant à une rampe de sécurité, tendit le bras pour l'aider. Berry saisit la main de l'homme et sauta sur la plate-forme, mais avant qu'elle ne commence à redescendre et avant que les secouristes ne puissent réagir, Berry lâcha la main du type et sauta de la plate-forme dans le trou du fuselage.

Il se retrouva sur le plancher de l'avion au milieu des débris tordus et pulvérisés. Quelques corps reposaient dans l'amas de destruction et Berry pouvait entendre quelques personnes gémir. Il avait pitié de ces hommes, femmes et enfants qui avaient vécu la terreur de l'explosion et de la dépressurisation, puis la privation d'oxygène, suivies par un atterrissage sur le ventre et l'asphyxie de l'incendie avorté. Il lui vint également à l'esprit — non, il l'avait toujours eu en tête — qu'il aurait mieux fait de laisser ce géant du ciel s'abîmer dans l'océan Pacifique.

Mais il ne l'avait pas fait, et donc il lui restait des tas de choses à régler.

Les deux secouristes sur la plate-forme lui criaient de ressortir.

— Hé, mon vieux ! Sortez de là ! Ça pourrait encore exploser ! Allez, sortez !

Berry les regarda, debout au soleil et cria :

— Je vais dans le cockpit chercher ma femme et ma fille !

Le Straton penchait sur la droite et vers l'avant. Berry se dirigea comme il pouvait dans l'allée de gauche pour atteindre l'escalier en spirale.

Les hublots étaient couverts de mousse. Plus il s'éloignait des deux trous dans le fuselage, plus il faisait sombre et plus la fumée devenait épaisse. Il entendait des gens qui bougeaient autour de lui, et il sentit quelqu'un se frotter à lui en passant dans le noir. Tout était étrangement silencieux, seulement troublé par une sorte de grognement à faire dresser les cheveux sur la tête, venu de quelque part dans l'obscurité. Berry pensa qu'il pouvait s'agir d'un chien.

Il avait cessé de penser à Barbara Yoshiro et à Harold Stein depuis longtemps, mais il eut soudain l'idée d'essayer. Il se mit à crier :

— Barbara ! Barbara Yoshiro ! Harold Stein ! Vous m'entendez ?

D'abord il n'y eut pas de réponse, puis quelqu'un, une voix mâle, tout près de lui dans l'obscurité, dit :

— Ici.

— Où ça ? Mr. Stein ?

— Ouiiii... monsieur... Hahbah...

— Bon Dieu ! La ferme !

Berry sentait qu'il perdait à nouveau le contrôle. Il tenta de calmer ses nerfs. Il était à peu près certain que Yoshiro et Stein étaient soit morts soit inconscients, et au-delà de son aide.

Il continua, à quatre pattes à cause de la fumée. Finalement, il trouva l'escalier en spirale et saisit la rampe, découvrant qu'il était complètement déboulonné. Il fit quelques pas hésitants sur les marches, puis s'arrêta et regarda le rai de lumière qui passait par les trous derrière lui. Il essaya de voir si un des pompiers ou des secouristes l'avait suivi, mais tout ce qu'il put voir, ce fut l'une de ces pauvres personnes au cerveau détruit qui titubait, les mains sur les yeux, comme si le soleil l'aveuglait.

Berry monta encore une marche et l'escalier se balança dangereusement. « Bordel !... » Il cria vers le haut :

— Sharon, Linda !

Une voix répliqua :

— Sharrn... Linaahhh !

Berry prit une profonde inspiration et, retenant son souffle, monta encore une marche, puis une autre, grimpant avec précaution cet escalier branlant, criant tout en montant « Sharon, Linda ! ».

Et à chaque fois on lui répondait « Sharrn ! Linaahhh ! ».

Maintenant, il pouvait entendre des gens au bas de l'escalier, et aussi des gens dans le salon au-dessus de lui. La fumée de la cabine grimpait dans la cage de l'escalier et, devinait-il, ressortait par l'issue de secours ouverte dans le cockpit. Donc c'était comme s'il était dans une cheminée. Il trouva un mouchoir dans sa poche et le mit devant sa bouche, mais il sentait la nausée et le vertige revenir, et il pensa qu'il allait s'évanouir.

C'était bien plus que de l'héroïsme, songea-t-il. D'abord, il savait qu'il ne pourrait pas vivre et se regarder en face s'il avait réussi à descendre par le toboggan et qu'elles étaient mortes dans le cockpit, si près d'être sauvées. Et ensuite, il y avait cette histoire de feuilles imprimées par le data-link, qui prouveraient qu'il n'était pas fou quand il dirait aux autorités que quelqu'un lui avait donné des instructions destinées à précipiter le Straton dans l'océan. Et puis, il y avait ses sentiments pour Sharon Crandall...

Il monta encore une marche. Une ombre se dressait en haut, le dominant, et une main lui saisit la cheville. Une voix hurla « Shaarnnn ! ». Quelqu'un rit. Un chien grogna.

Il était revenu en enfer.

Edward Johnson et Wayne Metz sautèrent presque en marche du véhicule d'intervention rapide, à une centaine de mètres de la masse du Straton entouré de camions d'incendie jaunes qui semblaient minuscules, et cela évoqua à Johnson une masse d'insectes nécrophages autour d'un oiseau mort.

Johnson balaya le site d'évacuation du regard — les chariots en aluminium et les brancards, les chaises roulantes vides, les ambulances qui repartaient. Il trouva une femme avec une écritoire qui avait l'air d'un officiel, et il s'identifia comme le vice-président de Trans-United, ce qu'il était, et ce qu'il voulait continuer à être, ce qui expliquait sa présence ici ; il lui fallait contrôler la situation dans toutes ses extensions possibles, et, avec un peu de chance, le dénommé Berry serait mort, et l'hôtesse également, et les imprimés du data-link seraient dans la petite panière de réception du data-link dans le cockpit. Si rien de tout cela n'était vrai, Johnson savait qu'il allait devoir prendre de graves décisions et faire des choses très déplaisantes.

La femme à l'écritoire s'identifia comme étant le Dr Emmet, du service médical d'urgence de l'aéroport.

— Docteur, lui demanda Johnson, combien de gens avez-vous sorti ?

— Nous n'en avons « sorti » aucun. Quelques-uns

sont tombés par ce toboggan. Vingt-deux pour être exact.

Johnson regarda le toboggan jaune au loin.

Le Dr Emmet poursuivit :

— Les équipes de secours ne vont pas tarder à pénétrer dans l'appareil. Alors, on aura de quoi faire. (Elle réfléchit un moment, puis dit :) À moins, bien sûr, qu'ils ne soient tous morts asphyxiés par la fumée... ce qui est possible puisqu'on n'a vu personne dedans qui essayait de sortir, et que personne n'a déployé d'autre toboggan.

Johnson hocha la tête.

— Et les gens qui sont sortis, demanda Johnson, dans quelle condition sont-ils ?

Le Dr Emmet hésita.

— Eh bien, ils semblent tous avoir subi un trauma physique... saignements, contusions, et ainsi de suite, mais pas de brûlures. Ils ont tous avalé pas mal de fumée...

— Leur état mental, docteur ? insista Johnson. Dans quel état mental sont-ils ?

Le Dr Emmet soupira, puis répliqua.

— Au départ, je croyais qu'il ne s'agissait que du choc et de l'asphyxie partielle...

Johnson l'interrompit.

— Ils ont subi une privation d'oxygène prolongée quand (il désigna le trou dans le fuselage), quand ceci s'est produit.

Elle hocha la tête.

— Je vois.

— Est-ce que vous avez remarqué des gens qui avaient l'air mentalement... normaux ?

— Je ne crois pas... La plupart sont inconscients et je ne peux pas...

— Nous savons qu'il y avait trois personnes au moins qui n'ont pas souffert du manque d'oxygène — un homme, une hôtesse et une jeune fille. Il se peut qu'il y ait aussi une autre hôtesse — asiatique — et un autre passager qui ne soient pas... qui n'aient pas subi de lésions cérébrales. (Il regarda le Dr Emmet.) Vous avez vu des gens comme ça ?

— Non, dit-elle en secouant la tête. Pas d'hôtesse, en tout cas, et pas de jeune fille. Environ dix hommes, mais... (Elle regarda son écritoire.) Nous avons identifié ceux qui avaient des papiers sur eux...

— Les hommes s'appelaient Berry et Stein.

Le Dr Emmet examina sa liste, puis fit non de la tête.

— Ils n'y sont pas... mais il y avait un homme en tenue de pilote... d'après son badge, il s'appelle McVary... Il n'allait pas bien.

Johnson hocha la tête pour lui-même tout en examinant les gens sur les brancards autour de lui.

— Un autre homme a demandé des nouvelles de ces gens, dit le médecin.

Johnson se tourna vers elle et lui décrivit Kevin Fitzgerald, jusqu'à son bronzage parfait.

Le Dr Emmet acquiesça.

— Où est ce monsieur, maintenant ? demanda Johnson.

Elle haussa les épaules et désigna le chaos à moitié sous contrôle étalé partout sur la piste.

— J'ai vraiment d'autres soucis pour l'instant.

— C'est vrai, mais...

Ce fut au tour du Dr Emmet de l'interrompre.

— Nous emportons tous ceux qui sont sortis de cet avion et ceux qui peuvent en sortir jusqu'au hangar 14, où un hôpital de campagne a été installé. La morgue se trouve dans le hangar 13. Excusez-moi, s'il vous plaît, mais j'ai du travail.

Elle se détourna et s'éloigna rapidement.

Johnson prit le bras de Metz et le fit se tourner vers l'avion.

— Où allons-nous ? demanda Metz.

— Dans le Straton, Wayne.

— Et s'il explose ?

— Alors nous n'aurons pas à répondre des charges de tentative de meurtre. On sera morts comme les autres.

Metz se libéra de l'emprise de Johnson.

— Attends. S'il explose, les preuves disparaissent avec lui. Je préfère rester ici.

— Wayne, ne réagis pas. Anticipe, plutôt.

— Ne me refile pas de cette merde pour séminaire de management. Je suis allé très loin avec toi, mais je n'irai pas plus loin. Si tu veux t'approcher plus près de ce... de ce putain de cercueil en aluminium plein d'essence...

— De kérosène.

— ... et de gens devenus gagas, vas-y. (Il ajouta :) Je reste près des ambulances pour voir si nos amis arrivent jusque-là.

Johnson regarda Metz et lui demanda :

— Et si tu les vois, qu'est-ce que tu feras ?

Metz ne répondit pas.

— Tu les tueras ?

Il secoua la tête.

— Wayne, lui rappela Johnson, si ce Berry vit, toi et moi allons passer au moins dix ans, plutôt vingt même, dans une prison fédérale. J'ai mieux à faire que de passer le reste de mes jours à me promener dans une cour en pyjama bleu.

Metz sembla fixer l'espace un long moment, puis il lâcha :

— Je n'ai rien fait de mal. Je ne sais pas de quoi tu parles.

Johnson eut un rire très déplaisant.

— Je savais que tu allais dire ça. (Il se tourna vers Metz.) Okay, cher partenaire, tu peux rester ici et garder la boutique. Mais si je ne trouve pas Berry et Crandall et si je ne remets pas la main sur ces messages du data-link, alors tu peux être certain que tu auras la cellule juste à côté de la mienne.

Johnson tourna les talons et s'avança en direction du Straton.

Wayne Metz le regarda partir, puis se retourna soudain et se mit à courir vers une ambulance. Il cria aux infirmiers qui allaient fermer les portes :

— Attendez ! Vous pouvez m'emmener ?

Sans attendre leur réponse, il les dépassa et sauta à l'arrière du véhicule.

Les infirmiers haussèrent les épaules et fermèrent les portes.

Wayne Metz se retrouva coincé entre trois brancards où reposaient trois personnes. La première chose qu'il perçut, ce fut l'odeur de vomi, de merde et d'urine qui émanait d'eux. « Oh !... ah !... ah !... » Il se couvrit le visage de son mouchoir.

L'ambulance accéléra soudain et Wayne Metz tomba sur un brancard où était allongé un homme entre deux âges dont le visage était couvert d'une croûte que Metz se refusa à identifier. L'estomac de Metz se souleva et fit un drôle de bruit. L'un des patients laissa échapper un hululement et un autre se mit à grogner.

Metz recula jusqu'aux portes et appela les deux hommes devant.

— Stop ! Laissez-moi sortir !

— Prochain arrêt, le hangar 14, répondit le chauffeur. Fermez-la.

Metz aurait bien ouvert les portes pour sauter, mais l'ambulance roulait très vite.

Tandis que le véhicule fonçait vers le hangar 14, les trois patients à bord commencèrent à crier et à grommeler, puis l'un d'entre eux hurla à la mort.

Metz sentit un frisson tout le long de sa colonne vertébrale et ses cheveux se dressèrent sur sa nuque.

— Mon Dieu... Oh... laissez-moi sortir !

— Vous avez sauté à bord, dit l'infirmier sur le siège du passager, maintenant, tenez-vous tranquille.

— Oh !... (Metz s'obligea à regarder les visages des gens sanglés sur les brancards.) Mon Dieu !...

Les mots « couverture totale pour le restant de leurs jours » le frappèrent soudain.

Il se rendit compte qu'il avait perdu son travail, mais que cela n'avait plus l'air si important comparé à une décennie d'années de prison, minimum.

Metz se retourna et regarda par la fenêtre arrière le Straton qui s'éloignait. Il fit une prière silencieuse. « Mon Dieu, faites que le Straton explose, qu'il tue tout le monde, surtout Berry et Crandall, et tous les autres qui pourraient avoir la capacité mentale de témoigner contre moi, et, s'il Vous plaît, mon Dieu, faites que les messages du data-link brûlent, et qu'Ed Johnson parte en fumée, lui aussi. Merci, mon Dieu. »

Mais, comme il regardait toujours le Straton, rien n'arrivait. Il fumait, mais n'explosait pas. « Je Vous en prie, mon Dieu. »

Les patients marmonnaient, l'ambulance fonçait et le cœur de Wayne Metz cognait de plus en plus fort. Jamais de sa vie il ne s'était senti aussi misérable. Il commença à sangloter et à tousser.

L'infirmier avait quitté son siège et se pencha sur lui.

— Tenez, prenez ça. Des tranquillisants. Avalez. Ça ira mieux. Tenez.

Metz avala les deux pilules.

— Oh... sortez-moi d'ici.

— Asseyez-vous.

Wayne tapa sur les portes de l'ambulance. « Stop ! »

L'un des patients cria : « Stop ! »

L'infirmier dit à Metz :

— Asseyez-vous, mon vieux, avant de tomber.

Soudain, Metz sentit sa tête toute légère et ses genoux comme du caoutchouc.

— Oh... qu'est-ce que que... ?

— J'ai dit tranquillisants ? fit l'infirmier. Je voulais dire sédatifs. Je les confonds toujours.

— Mais... je...

— Vous posez un problème, alors vous gagnez un bon dodo. Allongez-vous.

L'infirmier l'aida à s'allonger sur le plancher.

— Mais... je ne... je ne suis pas... un passager...

— Je me fous de savoir ce que vous êtes. Vous êtes dans mon ambulance et vous posez un problème. Maintenant, vous allez faire un bon dodo.

Metz sentit sa vessie se relâcher et tout devint noir.

Ed Johnson surveillait la scène sur le côté gauche de l'appareil. Le chef des pompiers avait déclaré qu'il n'y avait plus de risque d'explosion, et les équipes de secours portant des masques à oxygène et des combinaisons antifeu grimpaient sur des plates-formes hydrauliques pour atteindre le corps de la bête morte.

Johnson aperçut le responsable avec son casque doré et il s'approcha de lui.

— Chef, je suis Ed Johnson, vice-président de Trans-United. C'est mon avion.

— Ah bon... Désolé.

— Ouais. Il y a encore des survivants dedans ?

Le chef hocha la tête.

— Ouais. Les équipes de secours disent qu'il y en a des douzaines — peut-être des centaines dedans. (Il ajouta :) On les sangle sur des brancards, pour les immobiliser, vous voyez, et puis on va commencer à les sortir.

Johnson opina. Sa cervelle travaillait à ses propres problèmes.

Le chef réfléchit un moment, puis dit :

— Ces gens... Ils n'ont pas l'air normaux, d'après ce que j'entends dans mon talkie-walkie... je veux dire : personne n'a essayé de sortir...

— Ils ont le cerveau abîmé.

— Bon Dieu !

— Oui. Hé, vous pouvez me faire grimper là-dedans ?

— Eh bien...

— C'est mon avion, chef. Il faut que j'y aille.

— Il pourrait encore s'enflammer, dit le chef, même si le risque a grandement diminué. (Il ajouta :) Fumée toxique et vapeurs...

— Je m'en fous. Il faut que je sois auprès de mes passagers et de mon équipage. (Ed Johnson lança au chef un regard d'homme à homme, pas entièrement fabriqué, mais qui venait en partie des jours anciens, avant tous les compromis et toute la politique. Il ajouta :) C'est mon appareil, chef.

Celui-ci appela l'un de ses hommes et dit :

— Donnez une veste antifeu à cet homme, des gants et un réservoir d'air, et aidez-le à grimper dans l'avion.

— Merci, dit Ed Johnson.

En attendant, il regarda le trou dans le flanc de l'avion et dit :

— Mais qu'est-ce que... ?

Le chef suivit son regard et dit :

— Ouais, c'est comme crevé vers l'intérieur. L'un de nos gars a dit que ça ressemblait à un météore. Vous voyez ce que je veux dire ? Ou un morceau de satellite. Mais les deux trous sont sur le côté — à l'horizontale. L'autre est crevé vers l'extérieur — et nettement plus gros — comme si quelque chose avait traversé d'un côté à l'autre. Qu'est-ce que vous en pensez ?

— Dieu du ciel !...

Cela le frappa soudain. *Un missile.* Un missile

égaré. Un putain de missile militaire. Ou un drone, un truc téléguidé. Quelque chose qui opérait à 60 000 pieds et qui n'avait pas explosé en touchant le Straton. Un putain de militaire avait fait une connerie, comme dans toutes ces histoires sur le vol 800 de la TWA. Mais là, c'était vraiment arrivé. Un missile. Ça ne pouvait être que ça. Et il s'était inquiété de fissures dans la carlingue ou d'une bombe passée à bord en échappant à la sécurité de Trans-United. Ce n'était pas de leur faute. Cela ne l'avait jamais été.

— Putain de bordel de Dieu. Quelle connerie !

— Hein ? fit le chef.

Johnson le regarda.

— Souhaitez-moi bonne chance.

— Ouais.

Deux pompiers aidèrent Ed Johnson à passer une épaisse veste antifeu, lui montrèrent les gants spéciaux et la lampe accrochée avec du velcro sur la veste. Ils lui remirent une réserve d'air portative. Johnson laissa le masque pendre sur sa poitrine.

— Passez-moi une de ces haches, dit-il.

L'un des pompiers haussa les épaules et lui tendit une hache d'incendie.

— Faites attention avec ça, dit le pompier, elle est affûtée comme un rasoir.

Bien.

— Merci.

Une plate-forme hydraulique fit monter Johnson jusqu'à la porte arrière de service, qui avait été ouverte par les équipes de secours.

Johnson passa du soleil au caverneux Straton 797, seulement éclairé de lampes sur batteries. Il attendit que ses yeux accommodent dans l'obscurité.

Une demi-minute plus tard, il pouvait voir, mais il n'arrivait pas à comprendre.

— Oh, mon Dieu...

Lentement, il s'avança dans l'allée de gauche,

dépassa des secouristes au travail, des passagers morts ou blessés sanglés sur leurs sièges ou allongés sur le sol.

Il arriva aux trous dans le fuselage et examina l'état des dégâts de gauche à droite. Il n'avait plus le moindre doute. Quelque chose était passé à travers le Straton, quelque chose qu'on aurait pu appeler un acte de Dieu, ou un acte de la nature, ou un acte de l'homme — mais pas une négligence de la Trans-United. L'ironie de la situation le frappa, et il aurait ri de lui-même ou maudit sa personnalité de preneur en charge, mais il philosopherait plus tard, quand il serait soit en vacances, soit en taule. Pour l'instant, il fallait qu'il atteigne le cockpit et la corbeille réceptrice du data-link.

Il s'avança dans son épaisse veste protectrice. Plus il s'éloignait des trous, plus la fumée s'épaississait. Il attacha son masque à oxygène et continua.

Vers l'avant de l'appareil, il faisait plus sombre, il alluma donc sa lampe et tourna le faisceau vers l'endroit où devait se trouver l'escalier en spirale.

Le rayon lumineux trouva le galley et les toilettes, il illumina également des silhouettes qui bougeaient à l'avant de l'appareil — mais pas d'escalier.

Il se déplaça le long de l'allée, dépassa les secouristes qui ramassaient les morts et les posaient sur les sièges. Johnson remarqua que les secouristes sanglaient les blessés sur des brancards, autant pour les protéger de blessures internes que pour les empêcher d'errer n'importe où comme des zombies.

— Bon Dieu, quelle merde, quel bordel !...

Dépressurisation totale à 60 000 pieds. Que les petits génies de chez Straton Aircraft expliquent ça aux médias...

Ed Johnson arriva là où aurait dû se trouver l'escalier, mais il n'y en avait plus. En fait, il était posé, couché un peu plus loin dans l'allée, comme une espèce de tire-bouchon géant. « Bordel... », mais tout d'un coup, il se dit que c'était beaucoup mieux comme ça.

Il arrêta un secouriste qui passait et lui parla, fort, à travers son masque à oxygène, se faisant passer pour un enquêteur du Bureau de la sécurité des transports nationaux. Il lui demanda :

— Est-ce que vous avez des gars dans le dôme ?

Il pointa sa lampe vers l'ouverture circulaire au plafond.

Le secouriste regarda l'ouverture.

— Non, monsieur... Je ne crois pas. (Il appela les gens autour de lui.) Hé, y a du monde dans le dôme ?

Une femme répondit :

— Non. Le toboggan s'est déployé là-haut. Tous les gens sont soit descendus, soit probablement morts. (Elle ajouta :) S'il y a des gens inconscients là-haut, faudra qu'ils attendent. On a les mains pleines, ici.

Le secouriste près de Johnson dit :

— On a deux ou trois cents morts et blessés ici, mais je vais envoyer des gens dans le dôme...

— Non. Vous avez vraiment beaucoup à faire déjà ici. Faites-moi la courte échelle et je vais aller jeter un coup d'œil.

— Okay.

Le type appela de l'aide et deux hommes apparurent. Ils firent une sorte de berceau avec leurs bras.

— Grimpez.

Ed Johnson posa sa hache sur son épaule et grimpa sur les mains et les bras de trois hommes, s'appuyant sur une épaule avec sa main libre.

— Vérifiez d'abord ceux qui saignent, puis ceux qui respirent, puis...

— J'ai mon brevet de secouriste. Envoyez !

Les trois hommes le soulevèrent à l'unisson et Ed Johnson se sentit monter, propulsé jusqu'à ras de l'ouverture. Il saisit le bout de rampe qui tenait encore au plancher et se balança dans le salon des premières.

Il resta sur le plancher, regarda, écouta, les sons de sa propre respiration dans le masque à oxygène emplissant ses oreilles. Le salon était complètement obscur, ses hublots couverts de mousse épaisse. Il entendit quelqu'un gémir pas loin et flaira les mêmes odeurs horribles qu'il avait senties en dessous. *Dieu...* Il prit une profonde inspiration et resta immobile un moment, l'oreille aux aguets.

Il s'orienta sans allumer sa lampe et commença à ramper vers le cockpit, traînant la hache derrière lui.

Le tapis — qu'il savait être bleu roi et beaucoup trop cher — était humide de différents liquides, tous dégoûtants. Il s'arrêta, essuya ses mains sur sa veste et enfila les gants à l'épreuve du feu. Il se reprit et continua à ramper.

Johnson connaissait le plan du salon, et avec un seul détour pour éviter un corps, il arriva à la porte du cockpit, qu'il trouva ouverte.

Johnson passa la hache sur son épaule et s'accroupit, se relevant à peine sous l'ouverture. Il pénétra dans le cockpit.

Il s'arrêta, sur un genou, et regarda autour de lui. Le pare-brise était couvert de mousse, mais de la lumière pénétrait par la petite issue de secours. La fumée était très légère ici, et le peu qui restait était aspiré par l'issue de secours. Johnson se redressa un peu et regarda par la petite porte, apercevant le toboggan jaune. Il se retourna vers le cockpit, mais il fallut une minute à ses yeux pour s'accoutumer à l'obscurité. Quand ce fut fait, il repéra un homme allongé sur le plancher à la base du siège du copilote. L'homme était mort ou inconscient. Johnson regarda partout alentour, mais il n'y avait personne d'autre, mort ou vivant.

Toujours à moitié courbé pour échapper aux spirales de fumée suspendues au plafond, il se dirigea vers le poste de l'observateur. Il alluma sa lampe et finit par éclairer l'objet qu'il était venu chercher — l'imprimante du data-link. Le rayon lumineux s'arrêta sur la corbeille de réception et illumina une feuille de papier blanc. *Merci, mon Dieu.*

Johnson se redressa, ôta ses gants et son masque à oxygène. Il s'approcha de l'imprimante où il s'empara de six feuilles de papier dans la corbeille. *Mission accomplie.* Il éclaira les feuilles avec sa torche, puis les retourna.

— Qu'est-ce que c'est que ça ?

Une voix répondit derrière lui :

— Du papier vierge.

Johnson pivota et pointa sa lampe vers la voix. Le mort s'asseyait, le dos appuyé au siège du copilote. Le cœur de Johnson manqua un battement, littéralement, puis il parvint à se reprendre.

Aucun des deux hommes ne parla pendant quelques secondes, puis Johnson dit :

— Berry ?

— C'est exact. Et qui êtes-vous ?

— C'est pas vos oignons.

— J'aimerais savoir le nom de l'homme qui a essayé de me tuer.

Johnson tenait la hache devant la lampe pour que Berry puisse la voir.

— Et pourrait toujours vous tuer, ajouta-t-il.

Les yeux de Berry tombèrent sur la grosse hache. Il n'avait pas envisagé de devoir faire face à une arme.

— Vous êtes un homme brave, monsieur Berry, dit Johnson.

— Et vous n'êtes qu'un fils de pute sans cœur.

— Pas vraiment. Plus que quiconque, vous devriez comprendre pourquoi je devais faire ce que j'ai fait. Et après ce que j'ai vu dans cet avion, si c'était à refaire, je referais la même chose.

— Vous ne devriez pas essayer de jouer à Dieu, dit Berry.

— Pourquoi pas ? Quelqu'un doit le faire.

— Qui êtes-vous ?

— Ce serait mieux que vous ne le sachiez pas.

— Si vous avez l'intention de me tuer avec cette hache, quelle différence est-ce que ça fait si je le sais ?

— La raison qui vous maintient encore en vie et qui peut vous sauver, c'est que vous ignoriez qui je suis.

— La seule raison pour laquelle *vous* êtes encore en vie, c'est cette hache.

Johnson l'ignora et dit :

— Si vous pouvez me donner ces messages datalink, on pourra faire un deal pour votre survie.

Berry se releva et Johnson cria :

— Ne bougez plus !

Berry fixa l'homme dans la faible lumière, puis dit :

— Les messages imprimés étaient cachés sur la jeune fille qui a survécu.

— Où est-elle ?

— Je les ai balancées, elle et l'hôtesse Sharon Crandall, sur ce toboggan. Des infirmiers les ont emportées. Elles étaient toutes les deux inconscientes, mais elles respiraient. Si l'une ou l'autre meurt, je veillerai à ce que vous soyez exécuté ou je vous tuerai moi-même.

Johnson demeura immobile pendant une seconde, puis lança :

— C'est courageux à dire quand on est face à une hache.

— Écoutez, mon vieux, je ne sais pas qui vous êtes, mais la partie est terminée. Lâchez cette hache.

— Je ne suis pas si sûr que la partie soit terminée. Je peux vous fracasser le crâne — ça passera complètement inaperçu vu l'état des autres —, puis je file par le toboggan jusqu'au hangar 14, où se trouvent les survivants, je trouve Linda Farley et Sharon Crandall...

Berry se tendit et ses yeux dérivèrent vers l'issue de secours.

Johnson fit trois pas pour lui couper la route.

— Si vous avez ces messages imprimés avec vous, je vous donne ma parole que je ne vous ferai aucun mal. Ni à elles.

— Bien sûr que si.

— Je ne veux pas vous tuer. Je préférerais qu'on se traite mutuellement de menteurs pendant l'enquête. Même si j'atterris à la cour, j'ai confiance dans les jurys de Californie. Ils me déclareront non coupable. Bon Dieu, pour eux, personne n'est jamais coupable. Et puis j'écrirai un bouquin et je me ferai un tas de fric. Je ferai même de vous un héros dans mon livre. (Johnson rit et continua :) Allez, Berry. Donnez-moi les feuilles. Sauvez votre vie. Vous avez fait trop de chemin pour mourir maintenant.

Berry soupira profondément, puis répliqua :

— Je vous l'ai dit, la preuve est partie. Sur le toboggan avec la jeune fille. (Il haussa les épaules.) Vous êtes fini.

— Non, c'est vous qui êtes fini.

Johnson hésita, puis leva la hache.

Du salon parvinrent les premières notes de *Vive le vent d'hiver* au piano. Quelques secondes plus tard, une voix déclara : « Je n'ai jamais réussi à aller plus loin que ça. En fait, c'est le seul morceau de piano que je connais. »

Johnson pivota sur lui-même et scruta l'obscurité du salon.

— Oh... Bon Dieu !...

Le piano s'arrêta et un homme s'approcha dans les résidus de fumée. La grande et large silhouette de l'homme emplissait la porte du cockpit. Kevin Fitzgerald dit :

— Salut, Ed.

Ed Johnson se figea.

Fitzgerald continua :

— Tu crois pouvoir nous massacrer tous les deux avec cette hache ? J'en doute. Je doute que tu en aies même l'intention. Alors, laisse-la tomber.

— Toi... quoi ?

Il regarda par-dessus son épaule vers Berry, puis à nouveau vers Fitzgerald. Soudain, il se rendit compte qu'il avait mis le pied dans un piège et la tête dans un nœud coulant.

Fitzgerald s'adressa à Berry.

— Merci, monsieur Berry, d'avoir accepté de servir d'appât.

Johnson écarquilla les yeux.

— Vous voulez dire que... vous vous connaissez ?...

— On a fait connaissance juste avant que tu arrives, répliqua Fitzgerald. (Puis il expliqua à Berry :) Ce monsieur avec la hache est Edward Johnson, vice-président de la Trans-United Airlines. Un valeureux cadre de la compagnie qui a les intérêts du groupe très à cœur. Pour ne pas parler des intérêts d'Ed Johnson lui-même. (Fitzgerald se tourna vers Johnson.) Je m'étais un peu douté que c'était toi.

Johnson ricana.

— De la merde, oui !

— Non, pas vraiment, Ed. Tu possèdes la bonne combinaison de cervelle, d'égoïsme, de couilles et d'absence totale de scrupules.

— Va te faire foutre, Kevin. Je n'ai pas besoin d'une putain de leçon de morale. J'ai essayé de sauver cette compagnie. Toi et tes foutus pilotes en couches-culottes, vous n'auriez rien fait.

Fitzgerald perdit patience et répliqua d'un ton sec :

— Mes pilotes sauvent cette compagnie tous les jours que Dieu fait, espèce de bureaucrate de merde.

— Ça suffit ! cria Berry. (Il avait l'impression d'assister à une très vieille dispute.) C'est assez, dit-il à Johnson, lâchez cette putain de hache, sinon, je jure devant Dieu que je vous crève les deux yeux. Lâchez-la !

Johnson resta immobile pendant une seconde, puis balança la hache en arc avec une force incroyable droit dans le pare-brise qui éclata en mille morceaux. Il dit à Fitzgerald :

— Va te faire foutre. Essaie de prouver tout ça.

Johnson franchit l'issue de secours et resta accroupi en équilibre un moment devant le toboggan. Il se retourna et s'adressa à Berry :

— Si vous aviez eu des couilles ou la moindre conscience, vous auriez plongé ce foutu zinc plein de morts-vivants dans l'océan au lieu d'essayer de sauver votre propre cul. Allez vous faire foutre, tous les deux.

Et sur ces mots, il se propulsa, jambes en avant, sur le long toboggan jaune.

— Ne faites pas attention à lui, dit Fitzgerald.

Berry ne répondit pas.

Fitzgerald poursuivit :

— Comme je vous l'avais dit avant, et je le redirai, vous avez fait ce qu'il fallait, et vous l'avez bien fait. En dehors de l'opinion de Mr. Johnson, Trans-United vous en est reconnaissant.

— Bien. Vous croyez que je suis trop vieux pour obtenir un boulot de pilote sur les lignes commerciales ?

Fitzgerald sourit et répondit :

— Visiblement, vous en êtes très capable.

Berry sourit pour la première fois depuis très longtemps. Il regarda autour de lui, puis dit :

— J'ai assez vu ce cockpit.

Fitzgerald hocha la tête.

Les deux hommes se laissèrent glisser le long du toboggan jaune et atterrirent sur leurs pieds.

21

John Berry passa sous la porte ornée d'or et entra dans le jardin de thé. Il marchait doucement sur les sentiers bordés de bambous, de pentes herbeuses et d'érables japonais aux feuilles rouges.

Il passa de petits ponts de pierre qui franchissaient des ruisseaux aux rochers couverts de lichen et il arriva à une série de cinq bassins pleins de nénuphars et de poissons rouges. Un peu plus loin, un pont enjambait gracieusement un petit étang calme. Son reflet dans l'eau immobile constituait un cercle parfait. Attendant sur le pont, il y avait une femme et une jeune fille.

Il s'avança vers elles, passant devant des bonsaïs aux formes fantastiques, des cerisiers et des pruniers délicats. Le jour s'achevait et sentait le camélia et les magnolias. Le soleil couchant projetait les ombres immenses des lanternes de pierre sur les sentiers et nappait d'orangé l'herbe entre les arbres.

John Berry accéléra le pas et se rendit compte que son cœur battait rapidement. Il s'arrêta alors d'un coup au pied du pont, comme si la vision devant lui risquait de disparaître s'il s'approchait davantage. Il leva les yeux et sourit, hésitant.

Sharon Crandall, vêtue d'une robe d'été bleu pâle

et coiffée d'un canotier avec un ruban blanc lui rendit son sourire.

— Nous t'attendions.

Linda Farley le salua d'un geste.

— On pensait que vous vous étiez perdu.

Berry s'avança sur le pont et s'approcha d'elles. Il resta debout un moment, un peu gauche, puis se pencha d'un seul coup et embrassa Linda Farley sur la joue.

— Comment tu te sens ?

— Bien, dit-elle en hochant la tête.

— Bien.

Il se redressa et lui tendit une grosse boîte de chocolats.

— Tiens. Le prix pour avoir vu la terre la première.

Linda prit les chocolats et sourit.

— Merci.

— Pas de quoi. (Il se tourna vers Sharon.) Je voulais t'apporter quelque chose, mais je ne savais pas...

— Un dîner à New York.

— Oui. On a réussi à atteindre l'aéroport, hein ? (Il se tut un instant.) Tu as l'air en forme.

Elle avança la main jusqu'à sa joue et fronça les sourcils en voyant ses bleus et ses coupures.

— On dirait que c'est toi qui as perdu le combat.

— Tu aurais dû voir l'autre type. (Il regarda une pagode au toit rouge entourée d'arbres délicatement taillés.) Quel endroit magnifique.

— Oui. Je pensais que tu l'aimerais. C'est un bel exemple de l'harmonie dans laquelle l'homme et la nature peuvent vivre.

— Tu viens souvent ici ?

— À chaque fois que j'ai à méditer ou réfléchir. (Elle regarda son reflet dans l'étang.) Je venais avec Barbara Yoshiro, parfois.

— Je... (Il ne savait plus quoi dire.) Je pense

qu'elle serait heureuse de savoir que tu es venue ici et que tu as pensé à elle.

— Marchons, veux-tu ?

Ils franchirent le pont. Sur l'autre rive, ils traversèrent un bosquet de bambous et prirent un sentier vers l'ouest. Ils marchaient en silence, atteignant une pente herbeuse qu'ils grimpèrent. Une brise se levait, et Berry s'arrêta au sommet de la butte. De petits nuages blancs roulaient dans le ciel. Des mouettes faisaient des cercles au lointain et le sillage blanc d'un jet à haute altitude traçait une double ligne blanche dans le ciel bleu profond.

— Pas de brouillard aujourd'hui, dit-il.

— Non. (Sharon Crandall fit quelques pas, descendant la pente vers l'ouest, ôta son chapeau et s'assit dans l'herbe.) Non, pas de brouillard aujourd'hui. Hier, ça nous aurait bien aidés à la même heure. Mais alors, cela n'aurait pas cadré avec la chance d'hier.

— Non.

Berry s'installa près d'elle.

Ils regardèrent, silencieux, Linda qui descendait doucement la pente herbeuse vers un bosquet au bas de la petite colline.

— Ne t'éloigne pas trop, cria Sharon. (Elle se tourna vers Berry.) Elle a ses bons et ses mauvais moments. Elle venait juste de s'arrêter de pleurer quand tu es arrivé. Elle n'a pas encore réussi à s'en remettre.

— Sa mère ?

— Elle ne faisait pas partie des survivants.

Berry hocha la tête. Dans son esprit, c'était presque mieux ainsi. Plus facile, sur la longueur, pour Linda.

Sharon Crandall regardait la très jeune fille. Elle l'observa un bon moment, puis se tourna vers Berry.

— J'ai parlé avec la grand-mère de Linda.

— Qu'est-ce qu'elle a dit ?

— C'est sa seule parente, à part quelques cousins

dans le Kansas, je crois. Le père de Linda est mort il y a des années. La grand-mère vit dans un petit appartement au sud de la ville. Elle va prendre Linda en charge, maintenant, mais elle est très inquiète. Elle ne se sent pas vraiment capable d'élever une jeune fille toute seule. Quand je lui ai dit que j'aimerais l'aider, elle était très heureuse.

— J'aimerais bien aider, aussi, si je peux.

— Bien sûr.

Ils se turent tous deux pendant un moment, puis Berry dit :

— Le Golden Gate Park me rappelle Central Park.

Sharon Crandall sourit.

— Vraiment ?

Elle ferma les yeux et s'étira dans l'herbe, ôtant ses chaussures d'un coup de pied.

— Je ne veux pas vraiment entendre les dernières nouvelles, mais tu ferais aussi bien de me les livrer.

Berry la regarda. Le soleil baignait ses traits comme il l'avait fait dans le cockpit du Straton et mettait en valeur ses jolies pommettes et ses lèvres douces.

— Dernières nouvelles... La dernière, c'est qu'il faut qu'on parle avec le FBI demain matin, encore.

— Je m'en doutais. Quoi d'autre ?

— Eh bien, le commandant Sloan a quitté le *Nimitz* ce matin pour être incarcéré dans la base aéronavale d'Alameda. Incidemment, même si c'était un test top-secret, toutes les transmissions radio entre le chasseur et le porte-avions étaient automatiquement enregistrées dans la salle centrale de commandement radio. C'est une espèce d'enregistrement électronique qu'ils ont mis en place pour les enquêtes de sécurité, et il s'efface automatiquement au bout de vingt-quatre heures. Apparemment, Sloan ignorait son existence, parce que seuls les officiers de la sécurité ont accès à ce truc. On aurait pu penser que les gens feraient un peu plus attention aux possibilités d'être enregistrés ces derniers temps. Bref, la Navy a eu les enregistrements avant qu'ils ne s'effacent automatiquement, et donc Sloan va être, selon toute évidence, accusé de meurtre.

— Et les deux autres hommes de la Navy ?

— Le pilote est toujours porté disparu en mer. L'amiral Hennings n'a pas été retrouvé à bord. Apparemment il aurait sauté à la mer. Mais ils veulent faire oublier un peu tout ça. La Navy ne dit pas grand-chose sur ce que ces enregistrements contenaient, mais ils ont bien dit qu'ils prouvaient sans le moindre doute que Sloan était l'instigateur. Mon impression, c'est que Sloan a entraîné l'amiral et le pilote dans une opération pour se couvrir. Et que la faute originelle incombait à Sloan. Après le départ en retard du Straton, Sloan n'a jamais reçu les actualisations du Contrôle aérien à cause d'un problème technique. Il a tout simplement supposé que l'espace aérien était libre de tout vol, même s'il était censé vérifier.

— Il ne m'a pas l'air très compétent. Et Edward Johnson et Wayne Metz ? Ils ont presque disjoncté, non ?

— Johnson a fait des aveux complets. Il dit qu'il était tiraillé des deux côtés pendant toute la durée de la chose — sauver l'avion ou sauver la compagnie.

— Bien sûr, dit Crandall avec sarcasme. Il dit qu'il l'a fait pour la compagnie ? Pas pour lui ?

— C'est sa version.

Trans-United allait se retrouver sous les microscopes pendant un moment, songea Berry. Mais son instinct lui disait que la compagnie survivrait. Même la presse semblait souligner les responsabilités individuelles plutôt que celles des organisations. Peut-être était-ce comme cela que cette histoire finirait. Mais Berry comprenait, au moins un peu, pourquoi Johnson n'avait pas voulu que le vol 52 revienne. Il pensa à Daniel McVary.

— Est-ce que Dan McVary va mieux ? demanda Sharon comme si elle avait pu lire dans ses pensées.

— Non. Pareil. Il n'y a aucun espoir pour aucun d'entre eux. Les médecins m'ont dit que les lésions cérébrales sont permanentes et irréversibles.

— Je l'avais deviné, répondit-elle doucement en secouant la tête.

— Moi aussi, dit Berry.

Il se souvenait d'une conversation semblable avec Harold Stein. Stein avait eu raison, au moins au sujet de sa famille. C'était sans espoir. Berry pouvait sentir l'émotion le gagner. Il arracha une touffe d'herbe et la lança vers le bas de la colline.

— Metz n'a pas dit grand-chose encore, sauf pour préciser que c'était entièrement l'idée de Johnson. Il dit qu'il ne savait pas ce qui se passait avec le data-link.

— J'en doute.

— Bon sang, je *sais* qu'il comprenait où on allait. Et le procureur le sait aussi.

Ils regardaient tous deux vers le bas de la colline où Linda marchait le long d'un petit ruisseau. Berry toussota pour s'éclaircir la gorge.

— J'ai appelé chez moi ce matin.

— Comment va tout le monde ?

— Très bien.

Il se leva, puis aida Sharon à se relever.

— Je parie qu'ils t'attendent avec impatience, dit Sharon.

Berry soupesa cette phrase.

— Oui... ça sonnait comme ça.

Sharon Crandall ne dit rien pendant quelques secondes, puis demanda :

— Pourquoi... pourquoi est-ce qu'ils n'ont pas pris l'avion pour venir te rejoindre ici ?

— Eh bien, les enfants sont en fin de trimestre et Jennifer n'aime pas l'avion. Elle ne venait jamais avec moi quand je volais. On partait toujours en vacances en voiture, ou quelquefois en bateau. Je ne crois pas que le vol 52 l'aura aidée à vaincre sa peur de voler.

— C'est le moins qu'on puisse dire, je pense. (Elle regarda les mouettes qui passaient au-dessus d'eux.) Quand est-ce que tu rentres ?

— Je n'en sais trop rien. Il faut que je reste ici quelques jours comme toi. On a plein de réponses à donner à plein de questions de toutes sortes de gens. J'ai pris un mois de congé. (Il hésita, puis continua :) Ils ont accepté de me le donner, mais... c'est quelque chose de devoir demander un congé après presque vingt ans de boulot, tu sais. Je veux dire : ils auraient pu me l'offrir avant que je le demande. Et Jennifer aurait pu s'arranger pour que les enfants rattrapent leur travail plus tard, s'envoyer trois Martini et voler jusqu'ici. Ma mère, qui a soixante-douze ans et ne va pas très bien, voulait venir. (Il retomba dans le silence pendant un moment, puis reprit :) Ma femme a commencé de manière très prévisible... grosse inquiétude... terrible angoisse. Mais au bout de dix minutes de conversation, je voyais revenir les mêmes vieux dialogues. (Il arracha une autre touffe d'herbe et la dispersa dans la brise.) Les choses seraient sûrement okay pendant quelques mois... on ferait le tour des cocktails et des soirées au country-club, et il faudrait que je raconte ma petite histoire à tout le monde pendant un moment. Et puis ça passerait...

Sharon Crandall lui prit la main.

— Qu'est-ce que tu veux faire ?

Il sentit la pression de sa main et il serra aussi.

— Je ne sais pas trop. Mais je vais rester ici quelques semaines jusqu'à ce que je sache. Parfois, je pense que j'aimerais devenir pilote. C'était ce que je voulais faire quand j'étais jeune.

— Je ne crois pas que qui que ce soit puisse douter de tes capacités à voler.

— Non. (Il rit.) C'est juste ma capacité à poser l'avion qui est un peu douteuse.

— Est-ce que tu dois retourner à l'hôpital ?

— Non. Tout va bien. J'ai une chambre à l'hôtel Mark.

Elle se tourna vers lui.

— Tu peux venir chez moi, j'habite à North Beach.

Il contempla le ciel pendant un bon moment. Un avion venait vers eux, passant au-dessus de la ville avant d'approcher l'aéroport, et de loin, il ressemblait à un Straton 797. Ils le virent tous deux en même temps, mais personne ne fit de commentaire. John Berry pensait à ce qui se trouvait maintenant au-devant de lui. Enquêtes, grand jury, salles d'audience, interviews. Qu'ils l'apprécient ou pas, Sharon et lui allaient faire la une pendant un bon bout de temps.

— Cela ne ferait pas bien. Nous n'avons pas de vie privée. Du moins pour l'instant. Il m'a fallu une demi-heure pour me décoller des journalistes avant de venir ici.

Elle lâcha sa main.

— Il faut que je ramène Linda.

Elle remit ses chaussures et reprit son chapeau.

Berry se tenait à côté d'elle et il prit son bras.

— Tu sais que je voudrais... C'est plus facile pour toi de...

— Pourquoi ? Parce que j'ai moins à perdre ? Mais tu n'as *rien* à perdre. Quelles ont été tes premières pensées quand tu es sorti du cockpit et que tu t'es rendu compte que tu étais en vie ? Tu t'es dit « faut que je rentre et que je retourne au boulot » ?

— Non... j'ai pensé à toi...

Elle le fixa pendant quelques secondes, puis se tourna et appela Linda.

— Ma chérie, il faut partir. (Elle regarda Berry.) On se voit demain, je pense. Je suis désolée si je t'ai mis dans une position difficile, mais... je me fais du souci pour toi et je peux voir que tu n'es pas heureux. (Elle regarda Linda qui grimpait la colline en courant.) Je ne cesse de penser à tous les amis que j'ai perdus dans ce vol. Je pense au commandant Stuart. C'était un brave homme. Un type sensé. Tu me fais penser à lui. Une fois, il m'a raconté qu'il avait des problèmes de famille aussi, et qu'il n'arrivait pas à les résoudre. Maintenant, il n'a plus à le faire. Mais toi, si.

Berry pensa un instant à ceux qu'il avait ramenés, les survivants qui ne seraient plus jamais capables d'aller au-delà des mouvements les plus primaires de la vie. Étaient-ils mieux que ceux qui étaient morts ? Il ne pouvait pas en décider. Était-il suffisant de survivre, ou devait-il y avoir plus ?

Linda finit d'escalader la colline et courut vers eux.

— On s'en va ?

— Oui, dit Sharon en lui souriant.

Elle prit le bras de la jeune fille et elles commencèrent à redescendre l'autre versant.

Juste avant qu'elles atteignent le bus, Berry appela.

— Sharon !

Elle s'arrêta et se retourna.

— Oui, John ?

Linda serrait sa main et toutes deux levaient les yeux vers Berry.

John fit quelques pas hésitants vers elle. En descendant la colline, il pouvait apercevoir, au loin, les hautes tours du Golden Gate Bridge. Elles se dressaient, majestueuses, baignées par le soleil de cette fin d'après-midi, leurs piliers rigides encadrant la scène que voyait Berry. Plus qu'aucun autre moment, l'apparition des tours du Golden Gate dans l'océan de brouillard avait marqué le commencement de leur salut, le commencement de leur nouvelle vie.

Il s'arrêta à mi-chemin de la colline et demanda :

— Est-ce qu'on peut dîner ensemble ce soir ?

— Je ne peux pas. Un de mes anciens boy-friends m'a invitée à dîner.

— Je passe te prendre à huit heures.

— Il vient me prendre à huit heures et demie.

— Tu ne seras plus là.

Sharon rit.

— Tu sais où j'habite ?

— Je trouverai.

Remerciements

Les auteurs tiennent à remercier Mel Parker, éditeur attentif qui a manifesté à l'égard de ce roman un enthousiasme indéfectible.

Achevé d'imprimer sur les presses de

BUSSIÈRE

GROUPE CPI

à Saint-Amand-Montrond (Cher)
en septembre 2001

POCKET - 12, avenue d'Italie - 75627 Paris Cedex 13
Tél. : 01-44-16-05-00

— N° d'imp. 14758. —
Dépôt légal : février 2000.

Imprimé en France